陈杰敏 著

陶渊明

情痴 剑侠 酒圣 诗仙

采菊东篱下，悠然见南山。

一样的归去来兮，不一样的陶渊明。

中国文史出版社

目　录
CONTENTS

第一章　陶范让地

公元 364 年，慧远来到江州，其时，陶范正在寻阳县当县令。

一天，陶范听下人通报说有一个叫慧远的和尚来求见。陶范并不认识慧远。那时，慧远还不出名，出名的是慧远的师父道安。道安可不是一般的人物，当年苻坚花了一年多的时间攻下襄阳的时候，并不为打了胜仗攻占了城池而高兴。让他最高兴的事是得到了道安，他一边高奏凯歌，一边把这位了不得的和尚迎进京城当国师。

陶范不知道这个从未谋面的和尚要找他什么麻烦，反正在他看来，除了儒教，其他什么教都属旁门左道。便编了个幌子，叫门下回道，陶县令下乡视察民情去了。

陶范不愿意见慧远，慧远也不生气，只一笑，笑完了便很知趣地走了。虽说走了，可慧远没说他不再来。第二天，他又朝守门人双手合十问讯，然后轻言细语地问道：施主，请问陶县令回衙否？

门人想，昨天陶大人明明在家，可叫他传话却说下乡视察民情去了，这不明摆着不欢迎你这秃驴吗？便沉下脸说：去去去，靠一边去，陶大人哪愿意见你等秃驴。

这门人说话不过脑子，一不小心说出了一句大实话，把陶范给出卖了。其实，按陶范的意思，如和尚道士这类人也不要轻易得罪，好言好语把他们打发走就是了。门人可没有长这么多曲头曲脑的肠子，一张口就露馅了。

慧远仍笑了笑。他今天不像昨天笑完了就走。今天他笑完了却从口袋里掏出两串铜钱按在门人的手心里。

门人一边紧捏着钱串子，一边说：干啥干啥，你这是干啥？

慧远脸上始终是挂着笑，他笑着说：请传个话吧，就说慧远和尚求见。

门人偷偷地把紧握钱串子的手松开一条缝，瞄了攥在手心的铜钱一眼，脸上好歹总算露出了一丝笑容。他说：你在这儿守着，等我去看看，要是陶大人还是不愿意见你，我也没办法了。

慧远举了举手，虔诚地念了一声：阿弥陀佛！

此时，陶范正在客厅里与侄儿陶逸说着一些家长里短，叔侄两个人正谈在兴头上，门人闯了进来说：大人，门外有一个叫慧远的和尚求见。

陶范脸一沉，说：你没看见我在谈事吗？

门人说我跟那和尚说了，陶大人很忙，没工夫会客，可他就是赖在门口不走。

陶逸站了起来，很恭敬地说：叔父大人，我看既然推不脱，就见他一面吧。

陶范说：逸儿呀，并不是叔父当个县令就摆架子。只是这和尚道士的会是什么正经人物吗？你我都是读书之人，不宜和这些不三不四之人打交道啊！

陶逸经陶范这么一番点拨，便诚惶诚恐地说：是，是，叔父教导得极是。

陶范瞪了门人一眼，说：去，告诉那和尚，就说我今天身体不适，不能会客。

是！门人一边打恭，一边退出了客厅。

尽管门人在里面待了很长时间，慧远似乎一点也不急。倒是门人得了人家的钱，很热情地迎上去，笑着说：师父啊，实在对不起！范大人说了，今天他身体不适，不能会客。

慧远说：那就再麻烦你进去传个话，就说小僧我毛遂自荐，愿意为范大人瞧瞧病症，可保药到病除。

门人一边打着哈哈，一边拍了拍慧远的肩膀，说：唉！我说你这和尚怎么这么老实呢！

哦，哦。慧远明白过来了，对门人说声打搅了，便很知趣地离开了县衙大门。

慧远决定还是回头去找另外一个人，这个人就是刚才劝陶范见他一面的陶逸。

是的，他看中了陶逸家的一块地，想在那块地上建一座寺庙。他已经和陶逸谈了多次，陶逸倒是很爽快地答应了他，同时陶逸也提出了一个很复杂的问题。

陶逸说：慧远师父，我们相知一场，不要说让一块荒山地给你建寺庙，就是让几亩良田都好说。问题是这山地是我们老陶家的公有财产，现在我们家八叔又在本县当县令，怎么说他也是我家的长辈，得他老人家点头才行啊！

慧远说：一客不烦二主，那就麻烦你跟你家八叔说说。

陶逸为难了，他皱着眉说：可我这八叔是位读死书的主子，从来不跟和尚道士打交道。恐怕想说服他，还得靠你自己想办法呀！

既然陶逸找陶范有难处，慧远不好再去为难他。没办法，那只有自己硬着头皮上了。没想到，这陶范还真是铁板一块，两次上门都拒而不见。可而今眼下建寺庙对于慧远而言乃是头等大事，寺庙是弘扬佛法的道场，没有道场，一切都是空谈。

此时，他不由得想念起他的同门师兄慧永。他知道，如果慧永在这里，一定不会像他现在这样束手无策。在慧远看来，慧永是一个真正具有大胸怀和大智慧的人，无论面对什么困境他都能自如地解脱。

十年前，慧远和慧永都在山西老家读书，那时候，他们就听说江东寻阳有一位名叫范宣的名士，乃当时一流的大儒。为了寻找儒学的真谛，在慧永的鼓动下，他们结伴前往江东，寻找范宣，打算拜在范宣门下。但是由于战乱连年，阻碍了他们的行程，一路颠沛，就来到了恒山。一次偶然的机会，听到了道安和尚讲佛，道安和尚讲道：人生于世，生是苦，死是苦，活着也是苦，众生皆苦，人不可能从肉体上解脱苦难。而解脱苦难的唯一途径，便是让灵魂得到安宁。

听到这里，慧远与慧永猛然觉醒，顿时觉得儒道皆糠秕，唯有佛教才是安顿人们灵魂的精华。于是他们打消了到寻阳寻找范宣的念头，毅然拜道安和尚为师。

两个人跟着道安和尚学了几年佛学，苻坚便打下了襄阳，道安在苻坚的挟持下，只好到北方去当国师了，便把手下的一帮徒子徒孙分派到全国各地去传播佛教。在这批大和尚小和尚出山前，道安对每个人都作了一番交代，无非都是循循善诱、谆谆教诲之类的言辞，唯独没有对慧远说什么。在道安看来，在这么多徒子徒孙中，将来能够成就一番事业，成祖立宗的人恐怕非慧远莫属了。当慧远临别道安时请求他作最后的教诲，道安只对慧远说：你还用得着我多说吗？

其实，要说的此前道安已经说过了：欲使道流东国，其在远乎！（要想让佛教在中国得到广泛传播，除了慧远，恐怕已无第二人了。）

而早在此前，道安有一句名言对慧远和慧永产生了巨大影响：不依国主，法事难成（如果不能得到政府或当权者的支持，要使佛学发扬光大恐怕只能是空想）。

现在慧远就有了深刻的体验，想得到寻阳县令陶范批一块地基建庙，连他的人都难见到，看来要与官府打好交道，可真不是一件容易事。他十分感叹师父道安的先见之明。

本来早在离开道安师父之前，他和慧永约好，到广东的罗浮山共建罗浮之岫（岫，白云。原意是共同到罗浮山去修行成佛），但是半途中慧永在安徽被事情绊住了脚，就让慧远去打前站。慧远便沿江出发，本来打算沿鄱阳湖，经赣江，翻梅岭，过韶关，再到罗浮。没想到船刚进鄱阳湖口，便被眼前一座飞峙的大山深深地吸引住了。眼前一座座青峰直插青天，如一朵朵刚刚出水的芙蓉，早晨的阳光照在青石壁上，升腾着紫色的云烟。由于天气晴朗，石壁上的瀑布如九天飞纵的白练，从天上垂挂在人间。而脚下的鄱阳湖一碧千里，湖岸的稻田绿浪翻滚。青山倒映着绿水，稻浪呼应着碧波，组成一幅气势磅礴的人间美景。特别是当慧远听说眼前这座美轮美奂的大山就是庐山时，他的心头不禁为之一动：此处有仙境，何必游罗浮。

慧远就此上岸了。

当然他上岸还有另一个心愿想去完成。因他早年非常仰慕的范宣就住在庐山脚下，尽管他现在当了和尚，毕竟他曾经是多么向往结识范宣，现在范宣就在眼前，他能视而不见吗？然而，他还是与范宣失之交臂了。就在半年前，范宣受友人之邀，遨游四海，游学交友去了。

而就在慧远寻访范宣的过程中，他却结识了陶逸。平心而论，陶逸虽然是一位在学问上也很用功的读书人，但还算不上当地名士，慧远之所以倾心交结陶逸，因为他是长沙公陶侃的子孙，寻阳县令陶范的亲侄子，他始终记得道安师父教导他和慧永的那句名言：不依国主，法事难成。在慧远看来，要想得到国主的支持，首先要得到国主手下一批官员们的支持。

说到底，慧远是一个很有心机的和尚。他想在庐山建寺庙，哪里搞不到一块地，为什么偏偏就看上了陶家的地。这个关节点破了就一钱不值。因为老陶家出了一个赫赫有名的长沙公，长沙公的大部分子孙后代和门生故旧都为官做宰，搭上了这样一条名门望族的大船，他还愁在此地不能立足？还愁他的佛法在此地能不发扬光大？

因为这份心机，所以他必须牢牢抓住陶逸，只有通过陶逸才能认识陶范，只要陶范一点头，同意他在陶家的地盘上建庙，他的事业就成功了一半。

可是，他没想到陶逸在陶范面前竟然是这么一个唯唯诺诺、大气都不敢出的懦弱文人。他不知道求了陶逸多少次，陶逸就是不敢带他去见陶范。没办法，只好自己硬着头皮去了。可是上门求见了两次，不但没跟陶范说上一句话，连人家陶范的面都没见上。

现在，他只好杀回马枪，再去找陶逸了。他知道，没有陶逸的引荐，他无论如何也进不了陶范的县衙大门，但是要想让陶逸答应引他去见陶范，他想不出一个非常的理由是没办法打动陶逸的。

慧远再一次来到他想建寺庙的属于陶家的那座山坡上。也就是现在庐山东林寺的庙址上。

他看了看四周，从心底里对陶家的先人服气，陶家怎么就占了这么一块绝妙的风水宝地呢？放眼四周，清流潺缓，叮咚有韵，佳木郁郁，一派葱茏；山倚水而拔，水养山而葱。眼前的庐山横看成岭侧成峰，远近高低各不同。对眼前景象的认识慧远倒是与后来宋朝大诗人苏东坡的感觉差不多。但凡看事物，看世情，苏东坡有苏东坡的高明，苏夫子发出感慨：不识庐山真面目，只缘身在此山中（苏东坡《题庐山西林壁》）。慧远虽然没有苏轼那样的绝世诗才，此时此刻，他也没有吟诗的兴趣，但慧远却有慧远的慧眼，就在他极目四周的时候，却有了极大的发现，这一发现为他顺利得到兴建东林寺的土地扫清了障碍。

一开始，慧远以为是自己心切，眼前出现了幻影，当他揉了揉双眼，再次朝庐山看过去，眼前的景象愈加清晰了，这不就是一尊卧佛吗？

应该说，经过了几年修炼的慧远已经达到喜怒不形于色的境界，而此时，对于他来说不啻如一个伟大发现，他再也按捺不住内心的狂喜，双膝往山坡上一跪，仰起青光发亮的头颅，昂天大笑起来：

哈哈哈哈哈……！

哈哈哈哈哈……！

欣喜的狂笑在山谷中来回冲撞着，一会儿随着欢快的溪流奔涌，一会儿又在阵阵松涛之上高蹈。这经久不息的回音根本让人难以想象是从慧远和尚胸腔里发出来的，听起来就像是整个山谷在狂欢。

笑着笑着，慧远的泪水渐渐模糊了自己的双眼，当他感觉到自己已是泪流满面时，才止住了自己的笑声。接着，用自己的头颅朝眼前这尊巨大的卧佛虔诚地磕了下去，边磕边说：佛祖啊！请原谅慧远的忘形，请原谅慧远的忘形啊！慧远一定要在这里为你修建一座规模宏大的寺庙，弘扬你的大法！愿我佛祖大发慈悲，护佑苍生！

祈祝完毕，慧远爬起来，朝陶逸的家大步走去。没想到半路上就遇到了刚从陶范县衙里回来的陶逸。

慧远二话不说，抓起陶逸的手就一阵小跑起来。陶逸被慧远这一惊一乍的举动，弄得云里雾里，他一边喘息着，一边说：慧远师父，慧远师父！瞧你急得这般模样，你倒是把话说明白再走也不迟啊！

慧远仍紧抓着陶逸的手，也没停下急促的脚步。但他开口了。他说：现在，什么话也不用说，等你看见了，就什么都明白了！

陶逸：可你也不能急成这样，总要让我歇下来喘口气吧。

慧远：等你看见了，再歇不迟。

陶逸：你可从来不像今天这么不讲道理！

慧远：等你看见了，你就明白了道理！

陶逸：什么道理？

慧远：佛的道理。

两个人说着，就到了慧远刚刚来到的山坡上。慧远指着眼前的一面大山对陶逸说：你看见了什么？

陶逸看了半天，说：我看见了庐山。

慧远：是的，因为此时，你心里只有山，所以你看见的当然是山。

陶逸开着玩笑说：你心里有佛，难道你眼里看见的是佛？

慧远：阿弥陀佛。你到底还是有些慧根啊！如果从现在开始，你心里也有佛，你再看这座山它就不是山了。不信，你再仔细看看？

陶逸再朝横亘在眼前的庐山放眼望去，看了许久，似乎也有所发现，便说：这么看上去，这山倒是像一个素面朝天仰卧的人。

慧远终于笑了，他笑着说：不是人，而是佛。人多么渺小啊，唯有佛才有这般宏伟庄严！

这时，从山脚到山腰都缭绕着洁白的云层，云层之上，仰卧的山峰。不，此时的陶逸已深受慧远的影响，并接受了慧远的看法，所以横亘仰卧在他面前的佛像竟是如此宏伟而庄严。

陶逸为之心服，更为之激动。他反过来紧紧抓住慧远和尚的手说：走！我带你见我八叔去！

陶范送走了侄儿陶逸，又来到卧病在床的小妾云儿身边。最近云儿的病确实让他心烦不已，娶过来还不到半年，云儿就一病不起了，看了不少郎中，吃了不少汤药，不但不见半点好转，病情却是越来越重。刚娶进门时，云儿脸上的水色就像鄱阳湖三月的桃花水，庐山顶上刚出岫的云，转眼间就面黄枯瘦了，整个人就像被秋霜打焉了的枯叶。

尽管把云儿娶进门以来，云儿就寡言少语的，可人家多么年轻，多么有活力。不吭声、少笑容的云儿在陶范看来，那只不过是女孩子的羞涩，过一阵子就会改变的。所以一开始陶范是快乐的，老夫少妻确实也让他感觉到人生的美好！渐渐地，陶范发现云儿有心事，特别是当陶范来了兴致的时候，云儿像是一块干木头一样，任由陶范搬来摆去，没有半点迎合的意思。

陶范终于和云儿摊牌了。

陶范：云儿，我知道娶你为妾，委屈你了，我想明天派人把你送回去。

云儿的眼泪哗的淌下来了。云儿说：可你买我的银子早就让我父母还债了，我家拿什么还你银子呢？你要是把我送回去了，我家父母还不要把我打死！

陶范叹息一声：银子的事我也不去提了。

云儿说：你不要我家还银子事小，可我家失去了你县太爷这么一门豪门亲戚，我父母还不要把我打死！

陶范也为难了。陶范说：可你还是放不下你的心上人哪！

云儿刚刚止住的泪又淌下来了，她很委屈地说：我人都是你的了，还说什么放得下放不下的。只是我听说，你准备派他去当兵了。你能不能不派他去？

陶范哈哈两声：你还是放不下他啊！

云儿说：你是因为我才征他去当兵的，这样不就等于是我害了他！

陶范想了想，说：现在来不及了，恐怕他早已经到了武昌的军营。

云儿叹息一声，再也不说话了。

陶范本来是想断绝云儿的念头，没想到他犯了一个错误。这次谈话后，云儿就一病不起了。陶范也知道，云儿的病与他们这次谈话有关，但是他如论如何都不能把一位病人送回她的娘家。她娘家本来就很贫穷，根本就没有能力为她请医问药，所以陶范暂时还是让云儿住在县衙里，请郎中慢慢为她调理。

陶范想是这么想，其实他还是舍不得放弃云儿。在他看来，放眼整个寻阳县，再也找不出比云儿更美丽的第二个姑娘来。当然从另一方面看，陶范毕竟是读书人，受过陶侃良好的熏陶，算得上是一位还有些良心的人，他不可能去犯一错再错的错误。

他想挽救云儿，挽救云儿的命，更重要的是挽救云儿的心。他十分清楚，挽救云儿的命只要遇上良医就能办到，挽救云儿的心绝不是一件轻易能办到的事。

所以最近几个月来，这件烦恼的事一直在折磨着他。可他做梦都没有想到，这个难题却被他两次拒之门外的慧远和尚解决了。

慧远非常感谢陶逸。陶逸作为陶范的亲侄儿，对陶范的家事好歹还是知道一点。在领慧远来见陶范的路上，陶逸对慧远说：见了我家叔你可要小心啊，家叔正被我小婶的病弄得心烦意乱呢。

慧远心里一亮，赶紧问：你能告诉我你小婶得了什么病吗？

陶逸便把他所知道的加上他所猜想的如此这般都跟慧远和尚说了。陶逸说完了，慧远心里更通亮了。慧远说：看来，我得先送一件见面礼给你家叔。

陶逸不经意地说：你一个穷和尚，哪有什么贵重东西送人呢？

慧远：你说，还有什么东西比治好你小婶的病对你家叔更贵重呢？

陶逸吃惊了：你说你会治病？和尚，我告诉你，这可不是瞎吹的！

慧远说：放心吧，我不会自己搬石头砸自己的脚。见了你家叔，你什么都不要说，就说引见我来帮你小婶治病。然后都是我自己的事了。

陶逸想了想：好吧。如果你没治好我小婶的病，把事情弄砸了，我可再帮不上忙了。

在陶逸的引领下，慧远和尚很顺利地见到了陶范。初灯之下，慧远朝高高上坐的陶范合十问讯。陶范爱理不理的，并严厉地睃了陶逸一眼，那眼神分明在说：什么乱七八糟的人也往我这里带，你小子也太浑球儿了！

陶逸知道叔父不高兴，赶紧开门见山说出了陶范最关心的事。他说：八叔，今天带慧远师父来见你，主要是帮小婶看病。

陶范用不信任的眼神瞟了一眼慧远，不冷不热地说了一句：已经看了不少郎中了。

陶范的意思很明显：许多名医我都请来看了，你一个游方和尚能有什么回天的本事！

慧远一听就知道了陶范话里的意思。他不卑不亢地说：陶大人，既然看了不少郎中，也不多我一个。何况高山卧虎，水深藏龙。我慧远别的本事也没有，倒是走了不少地方，不说见多识广，倒是学了点治病救人的小方，只是与一般郎中治病的方法不同，他们是药治，我是心治。

哦！陶范的心为之一动，因为他知道云儿的病根。

慧远继续说：我师父道安（慧远的心机就在于他及时抬出了道安，在官场上混的人谁都知道道安的名气）教我医道的时候反复叮嘱我：治病救人，三分靠药功，七分靠心治。心通则病愈。

慧远这么一番胡诌，陶范就相信了慧远七八分，何况慧远一开始就说了，既然看了不少郎中，也不多他一个。就算云儿真有个三长两短，好歹他陶范也为她尽了心。于是陶范站了起来，做了一个请的手势说：那就有劳慧远师父费心了！

在陶范的带领下，慧远来到了云儿的卧房。"望闻问切"一番后，慧远下"药"了，只是他这药与一般郎中的药不同，他站起来大声念了几句谒语：嘟！人生苦短，岁月悠长。小小女子，何来怅惘？人命天定，尔何能殇？小病病身，大病病情。小情病已病家，大情是为无情。小情困苦一己，大情慧及众生。嘟，情为何物？无情即真情。

慧远和尚刚一捣鼓完，云儿立即从病床上滚身而下，匍匐在慧远和尚脚下，十分诚恳地说：感谢和尚点拨，我知道该怎么做了。

阿弥陀佛！慧远和尚也不去扶云儿起身，转身离陶范和云儿而去。

云儿把手伸过来让陶范扶她起来。这是云儿从未有过的突出表现，一阵窃喜迅速掠过陶范心头。扶起云儿，陶范十分温存地问：云儿，想吃点什么？因为陶范知道云儿已经几天没有进一粒米了。

云儿说：让厨子熬点粥来吧。

行，行！陶范一个劲地点头。

当陶范来到客厅准备好好感谢慧远的时候，慧远已经走了。陶逸没有八叔发话他可不敢走。正好，慧远也要借陶逸帮助自己对陶范实施欲擒故纵的计划。

慧远临走时交代陶逸，暂时千万不要告诉陶范，他想要得到那块地。慧远知道陶范一定要当面感谢他，他叫陶逸帮他传话给陶范，如果县太爷想见他，他在庐山脚下（东林寺址）那座山坡上等他。

果真，陶范来到客厅问陶逸的第一句话就是：慧远和尚呢？

陶逸：八叔，和尚走了。

陶范责备道：你怎么让他走了呢？我得好好感谢他啊！

陶逸：八叔，慧远和尚闲云野鹤，不习惯在官府久待。

陶范想了想：不对呀。他几次求见我，肯定有事求我帮他办。又对陶逸说，你既然与他相识，有什么事你一定知道。

陶逸到底是诚实人，再说他也不敢欺骗自己的叔叔，只好说：他想在我们家那块地上建寺庙。

哦！陶范沉吟了半晌，又问：他为什么不亲口对我说呢？

陶逸：我想，我想，和尚的意思大概是不想借给小婶看病这件事开口吧。

哈哈！陶范笑了两声说：你不用帮他打圆场了。他不正是借为你小婶治病的事向我开口吗？不过，这和尚确实有几分道行啊！

陶逸见八叔改变了对慧远和尚的印象和看法，便趁机说：八叔，和尚临走前说了，小婶的病要想尽快康复，还得吃他亲手采的几味药草，不过这药草和尚要你明天亲自去取。

这和尚，鬼把戏倒是多。陶范笑着摇了摇头说：行，明天你带我去见他。

第二天，慧远盘腿坐在山坡上，身边摆放着他刚刚采来的几味草药。

陶范在陶逸的引领下朝他走来。慧远和尚也不起身，仍然闭目打坐。

陶逸一看慧远这架势有点紧张了，他担心八叔的自尊心受到挫伤，赶紧叫声：慧远和尚，我八叔来了，怎么还不起身拜见。

慧远眼观鼻，鼻观心，身子一动也不动，只是很平和地说了一声：你来了，我知道。

陶逸：你！你……！

陶范拉了拉陶逸的衣袖，制止了他。陶范说：和尚，有什么事你说吧。

慧远：范大人，恭喜你与我佛结缘，佛正在看着你呢！

陶范觉得这和尚今天有点神经兮兮的，但他还是问：请问，佛在何处看着我？

慧远：远在西天，近在眼前。

陶范：眼前？

这时，陶逸知道怎么配合慧远演戏了。他装模作样地朝庐山看了看，惊叫一声，哎呀，八叔，你看这山，不正是一座仰卧在云端里的佛吗？

陶范顺着陶逸的手指望去，果真像那么一回事。便说：这地方我倒是来过多次，怎么以前就没看见呢？

慧远：佛在人心，亦随心生，因陶大人今天心中有佛，佛今天就在你眼前显灵了。阿弥陀佛！

哦！哦！陶范已经开始半信半疑了。

陶范的心思随时在慧远的掌控之中。慧远说：陶大人，你再瞧瞧吧，因你这一念还不坚，佛又离你而去了。

这时，山顶上涌出一大片云，把山峰给遮住了。慧远说这话也是借云发挥，糊弄陶范。而此时陶范却深信不疑了。

说来也巧，就在陶范相信了慧远所说的话那一会儿，云又飘散了，佛像又显现了。慧远又抓住机会发挥道：陶大人，你看，因你又心生佛念，我佛又跟你见面了。

服了。陶范彻底被慧远弄服了。陶范十分虔诚地说：慧远和尚，你不是要这块地吗？我给你。

慧远：非也，非也。范大人，不是我要你这块地，是佛要你这块地。你送佛一块地，来年，佛会送还你家一尊金刚。

陶范：岂敢岂敢，我陶范岂敢图佛报。

慧远：陶大人你错了。佛讲究的就是一个报应。如果佛不显报，佛法如何光大！

陶范：舍地在我，显报在佛。我不敢妄求佛报，只求佛保佑云儿早日康复，我陶范再无他求。

慧远的嘴角掠过一丝不易觉察的微笑。顺手把身边的药草递给陶范，念了一声阿弥陀佛，继续盘腿打坐。

陶范很知趣地带着陶逸离开了慧远。

就在慧远的东林寺刚开始兴建之际，陶逸遇上了一件喜事，他的妻子孟夫人顺利分娩，产下了一个眉清目秀的男婴。这就是后来在中国文学史上产生了巨大影响的陶潜——陶靖节，令人景仰的伟大诗人陶渊明先生。

自古以来，传说伟大的人物降临人世之前，总会有一些不同寻常的先兆，陶渊明出世之前也不例外。就在陶渊明出生的前夜，陶范做了一个梦，他梦见庐山顶峰上金光闪闪，忽然，云端里出现一座宏伟庄严的大佛，大佛怀中抱着一尊金刚，朝陶范抛了下来，陶范赶忙伸手去接，眼看就要接住，没想到金刚在空中翻了一个筋斗，落进了站在陶范身后的陶逸怀里，他正想从陶逸怀里接过金刚，人就醒了。

陶范一醒来，就记起了慧远曾经对他说过的一句话：你舍佛一块地，佛回报你家一尊金刚。本来慧远说的这句话陶范早就忘了，怎么这事又出现在梦里呢？

他觉得这梦绝不是空穴来风。按道理说，日有所思，夜有所梦，这事他从来都没想过，却在梦里出现，如此说来，这个梦还真是有点来头，或许与他陶家还是有些关系。

毕竟是梦，后半夜，陶范要睡觉，就没继续往下去多想。可是第二天上午，陶逸派人来给他报喜，说是昨天晚上他家孟夫人生了一个儿子。

啊！陶范吃惊了，他马上意识到昨天晚上做的那个梦不同寻常。

他分明记得大佛把怀里的金刚朝他抛过来，可金刚却翻了个筋斗落进了侄儿陶逸的怀抱，而且巧合的是现在陶逸果真生了一个儿子！

这可不是一般的凡夫俗子啊！他自言自语了一声。这声音也透出了几分失落。

但是，他马上又高兴起来了。不管这儿子本来到底是他家的还是陶逸家的，归根结底这儿子都算是他老陶家的子孙后代，将来总归是光他陶家的宗，耀他陶家的祖。

祖宗有灵啊，赐我陶家麟儿！他朝天地虔诚地揖拜，然后对管家说：备轿备礼，我要亲自去逸儿家祝贺！

关于陶渊明出生的这段故事，十有八九是后人编出来的。只是编故事的人很聪明，知道慧远对陶范说过的那句关于佛回报你家一尊金刚的话，既然陶范年纪大了，已经没有了生育的可能，刚好次年，陶渊明就出生了，而陶渊明又是老陶家人，所以这个附会的故事，听起来还是逻辑严密，且有根有据。

关于陶渊明的童年和少年，史书记载不详。我们只知道，大约在他三岁前后，他的父亲陶逸还赋闲在家。公元368年至369年之间，东晋朝廷下诏，要求地方推举功勋名门之后给朝廷备选。对于陶逸而言，对当官倒没有多大的兴趣，从后来陶渊明的《命子》诗中我们也可以看出大致的端倪：于皇仁考，淡焉虚止。寄迹风云，冥兹愠喜。

大意是说他父亲虽然做官，但也不曾表现出什么喜色，把官场的得失包括一切都看得很淡，不过寄踪迹于官场罢了。

但是陶范不这么想。陶范想，咱陶家祖宗曾为国家立过赫赫战功，属于一代功臣，陶家的子孙怎么能终老山林而不出仕为国效力呢！于是他迅速填好荐表，派人把陶逸送到京城。

一来因为陶逸是陶侃的孙子，根正苗壮，来头也非同一般；二来陶逸的堂兄陶夔在朝廷里已经混得相当不错，当上了太常寺，再加上陶逸又是当时征西大将军桓温的长史、大名士孟嘉的女婿。所以也不用陶逸怎么用力走门子、拉关系，朝廷就委派他去当安城太守。陶逸没想到，他一出仕，就比八叔陶范高几个级别，如果抛开家族辈分，按官场上的规矩，现在陶范见了他还要给他下跪磕头呢！

安城就在赣江边上（今江西省宜丰县），陶逸从京城赴任必须逆长江而上，经鄱阳湖，历赣江，一路都是坐船走水路。俗话说吃果子不忘树头，他陶逸怎么说也是陶范举荐上去的，而八叔陶范任所寻阳县就坐落在长江南岸、鄱阳湖西滨，陶逸能不上岸去感谢一下他老人家吗？何况他也必须得回家一趟，把家小略作安顿。

陶逸一上岸，就直奔寻阳县衙。这时陶范早已得到了朝廷委派他的侄儿陶逸当安城太守的消息，听说安城太守、亲侄儿陶逸过来拜访，陶范激动得老泪纵横，赶紧吩咐下人：快快！开中门迎接！

倒不是陶范势利，以前陶逸来见他总是走边门，这次看见陶逸当了比他大的官，就来巴结他。而是侄儿陶逸现在是太守啊！官场的规矩他不能不讲。现在与侄儿同在官场，他只能先公而后私了。

陶逸见八叔打开中门迎接他，也明白了八叔的意思。按宗族规矩，晚辈见长辈的面首先要下跪磕头的，但是，此时，老远的他就看见八叔站在中门之外，迎候着他的到来。他知道八叔在跟他讲官场上的礼仪了，而叔父把礼仪讲到了侄儿身上来了，这也不得不让陶逸大为感动，他慌忙对轿夫喊道：快、快！停轿！停轿！

轿还没停稳，他便掀开轿帘从轿子里冲出来，三步并着两步冲到八叔面前，含泪叫一声八叔，便一把扶住八叔，硬把八叔往衙门里拽。

陶逸知道，在中门向叔父行大礼一是官服在身，有碍观瞻；二是叔父也绝不会答应。把叔父拽到客厅，扶上了太师椅后，迅速脱下官服，朝叔父倒身下拜。

此刻的陶范感觉非常满意，捋着雪白的胡须不停地点头。还是站在一边云儿朝他示意，他才从太师椅上爬起身，扶起了陶逸说：侄儿不必多礼，不必多礼！咱爷俩坐下来好好拉拉家常。

陶逸虽然已经是太守了，官比八叔当得大，但是在八叔这个寻阳县令面前他还是不敢放肆。尽管坐下来了，却只用了半边屁股，显得有些拘束。

陶范打了声哈哈：你现在可是堂堂的太守了，在八叔面前用不着这么拘束啊。

陶范虽然嘴里这么说，但心里却喜欢看见侄儿陶逸在他面前表现出来的这副诚惶诚恐的样子。不为别的，因为他的官职比侄儿小，心里还是有些酸味，现在陶逸在他面前对他表现得如此恭敬，让他明显感觉到辈分大的优势。

陶逸开口道：八叔说哪里话，逸儿永远是你的侄儿、晚辈。

陶逸说得很得体，语气也非常由衷。但陶逸绝不是装出来的，而是发自肺腑的声音。

可陶范忽然感觉到不对劲，哪里不对劲，陶范一时又说不清楚。

陶范说：是呀，咱爷儿俩乃是亲骨肉，今天也就不讲官场上的那一套了。你跟我说说上任后有什么打算。

陶逸站起身朝陶范打了一躬，说：叔父大人，我正要向你讨教呢！

当官没别的诀窍。陶范说，两句话，对上忍，对下狠。

陶逸一笑，道：忍字我倒是能做得到，只是这个狠字就有些为难我了。

哦，是吗？陶范皱了皱眉头，他终于知道了刚刚是什么事让他感觉心里不对劲了。

原来陶逸在他面前表现出来的谦卑让他隐隐感觉到这个侄儿是个心善手软、唯唯诺诺的人，这样性格人不可能在官场上混出个像样的结果来。现在陶逸明确表态他做不到一个"狠"字，这就让他的心更凉了，隐藏在他心中的感觉已经十分明朗清晰了。他知道，人的性格是天生的，他多说也是无益，一切都要看这个侄儿的造化了。

陶范不禁轻轻地叹息了一声。

陶逸似乎觉察到了陶范内心有某种忧虑，但他并没有关联自己的表现来想。他问：八叔，家里一切都好吧？

陶范说：都好。又说，你赶紧回家吧，把家里安顿好，一心一意上任去。

陶逸说：八叔，本来我想把家小带到任上去，考虑到家里的田地也要人照管，加上有八叔你在寻阳关照，暂时我就不打算带他们去了。家里的一切，都有劳八叔你多费心了。

好说，好说。陶范说，你放心上任去吧！

陶逸似乎还不放心，又说：关键是小儿渊明，此子聪明俊秀，我担心我这一去，误了对他的管教呀！

要不把他送到我衙门来，让我来管教他。陶范说。

陶逸却说：可他才一个三岁的小儿，怎么离得开他娘呢！说着，陶逸眼里不禁暗含泪水。

这件事在常人看来，只是父子情深而已。可在陶范看来，这是一个不好的兆头。一丝不祥的预感又涌上了他的心头。

陶逸在陶范的劝慰下回到了家，把家小稍作安顿后，他便踏上了一去不归的官场之路。

公元370年，陶范离任，告老还乡在家闲住。公元373年，安城的噩耗传到了寻阳陶逸的老家：陶逸因病不治，卒于任上。

现在，该陶渊明正式出场了。

第二章　少年丧父

　　一座古朴的村庄掩映在桃红柳绿的山峦下，村庄旁开满了油菜花，三五只蝴蝶在油菜花丛中上下翻飞。在清晰可闻的鸡鸣狗吠声中，一群孩子在油菜田边笑闹追逐着，一群孩子中，一个八岁的小男孩望着在油菜花中一只掉队的蝴蝶发呆。他就是本文的主人公——陶渊明。

　　陶渊明对着这只掉队的蝴蝶发了一阵呆，又自言自语地说：你的伙伴都飞走了，你为什么不和他们一起玩啊！要不，我和你一起玩吧。说完，他轻手轻脚地朝蝴蝶走了过去。

　　他还是惊动了那只蝴蝶，蝴蝶朝前飞走了。他说：你别走啊！便朝蝴蝶追了过去。这时，他的伙伴、大他两岁的庞通之朝他跑来，喘着气说：渊明，你一个人待在这里干什么，我们到溪里去抓鱼玩吧？

　　陶渊明说：不，我要和蝴蝶玩。

　　这时的东林寺禅堂里。一群和尚盘腿坐在一尊庄严的大佛前，低眉垂首，嗡声嗡气地念着经。和尚对面，东林寺的住持，二十八岁的慧远和尚也盘腿坐在佛像下，从门缝里透进来的一束阳光打在他清癯的脸庞上。

　　他正在闭目神游。仿佛间，他看见好友、安城太守陶逸躺在病榻上，气若游丝。慧远和尚的身躯颤了一下。就在他一颤之间，陶逸的头一歪，整个躯体便在病榻上消失了。一只蝴蝶从病榻上飞了起来，飞过窗棂，越过江湖和山川。

　　慧远的身躯又一颤，眼皮动了动，便睁开了双眼。这时，他看见一只蝴蝶从禅堂的门缝里飞了进来，顺着门缝里照进的那束光飞落到他光秃秃的头顶上。

　　慧远伸手捉住蝴蝶，把它轻轻地托在自己的手心里，对它说：人生无常，生死有命。从哪里来，到哪里去。去吧，何来许多牵挂！说完，他手心里的那只蝴蝶便飞走了。

　　慧远双手合十，念了一声：阿弥陀佛！便站起来身来，朝禅堂门外走去。

陶渊明丢开庞通之，朝蝴蝶追过去。他边追边招着小手边喊：你等等我，等等我！

突然，慧远和尚出现在他面前。陶渊明仰起脸，打量了慧远和尚一阵，问：和尚，你为什么要拦我的路？

慧远在他面前蹲了下来，伸手在他头顶上抚摸了几下，说：孩子，你叫渊明吧？

陶渊明稚声说：我叫渊明，你呢？

慧远说：你就叫我慧远和尚吧。

陶渊明一笑：你就是慧远和尚？我听我娘说过，你是大和尚，我就叫你慧远大和尚吧。

慧远说：孩子，和尚就是和尚，无大亦无小。

陶渊明坚持说：可我娘说，你就是大和尚。

慧远低头一笑，说：如果你认我做大和尚，我就喊你小渊明，今后，你得听我的。

我现在是小，可我今后会长大的。陶渊明说，等我长大了，为什么还要听你的。

慧远双手合十，念一声：阿弥陀佛！良久，才说，孩子，你回家吧，你娘在家等你回去呢。

陶渊明指着眼前停在油菜花上的那只蝴蝶说：可是你瞧，它一个人，多孤单。

慧远：那你就把它带回家吧。

陶渊明：可我总是捉不到它。

慧远：我来帮你。

说完，慧远把手一招，蝴蝶便歇在他手中。他把蝴蝶放在陶渊明手中说：孩子，回去吧，带它回家！

陶渊明双手捧着蝴蝶，扬起小脸，笑容灿烂对慧远说：谢谢大和尚！说完，陶渊明捧着蝴蝶朝家的方向一阵小跑而去。

慧远对着陶渊明家的方向，双手合十，嘴里念念有词。

陶渊明正朝家小跑着，忽然听到了母亲的哭声，他一愣，松开手上的蝴蝶，惊慌失措地喊一声：娘！便朝家奔跑过去。跑到家门口，看见门里门外都是人，乱哄哄的，有人说：小公子回来了。

一个老年仆人拿起一件孝服往他身上穿，一个中年仆人往他头上披麻。此时的陶渊明傻呆呆的，任由人摆布，披好麻戴好孝，老年仆人便牵起他的手朝屋里走去，牵到一身缟素正在失声痛哭的母亲孟夫人身边。

看见陶渊明，孟夫人一把抱住他，号啕一声：我苦命的儿啊！可怜你小小年纪就没了父亲嗬！

陶渊明一边伸出手帮母亲抹着脸上的泪水，一边戚戚地说：娘，你不是说我父亲在安城当太守吗？怎么就没了呢？

孟夫人用一双泪眼看着陶渊明，想说点什么，但没说出口，只咬着下唇，痛苦地摇了摇头，又一把搂住陶渊明。

一座古城，城墙斑驳。城楼下，人来人往。城楼上，武士林立，枪头闪着寒光。城楼的门楣上写着"建康"二字。

陶夔戴着纶巾坐在厅堂里会客。他把茶碗端了起来，用碗盖在茶碗上掠了掠，饮了一口茶，站立在门边的小厮喊一声：送客！

客人站起来，恭着身一边朝陶夔作揖，一边后退着说：陶大人，告辞了。

陶夔也站起身朝客人作揖说：恕不远送。

客人刚走出门，陶夔就抓起茶碗，本想喝一口，刚端到嘴边就朝桌上重重一顿，茶水泼了出来。陶夔沉着脸：桓冲小儿，欺人太甚！

小厮恭身走几步，走到陶夔面前说：大人息怒，也许他们只是吓唬你呢。

陶夔一摆手：不，他们什么恶行都做得出来！去年桓温逼迫皇帝要给他追加九锡，是我联络谢王二家极力阻止，桓温抑郁寡欢，因而得病，现在桓温要把这笔账算到我陶家头上！

小厮说：可陶逸太守远在安城，与此事无关，他们为什么要去暗害陶逸太守啊！

他们这一招叫敲山震虎呢！陶夔话音刚落，仆人手里拿着一封书信慌慌张张地跨进了厅堂，说：大人，安城太守府来报，陶逸太守殁于任上！

陶夔一惊，一屁股跌坐在椅子上。

陶夔刚看完来自安城太守府的公文，神色悲痛地把公文缓慢地放在桌上，仆人又递过一封书信说：大人，还有一封陶逸大人临终前写给你的书信。

陶夔噢了一声，急忙接过书信，颤颤抖抖地拆开信封，从信封里掏出书信，看着看着，捏着书信的手便剧烈地抖动起来，两行泪眼也顺颊而流。

书信是陶逸临终前写给陶夔的。

吾兄台鉴：

一别五年，甚是怀想，弟逸尸位安城，功薄绩稀。常思急流勇退，归隐桑梓。而任期未满，身遭暗算，想必来日无多，欲见吾兄，遥遥无期，诸多缺憾，留待来世。

然则人生苦短，无非生死之痛。诸般烦恼，抛之身后，未必非福，奈何黄泉路上，逝者远矣！回望寻阳陶里，吾儿尚稚。千痛锥心，莫过失养；万事可抛，小儿难舍！吾兄吾兄，奈何奈何！

观吾陶氏一脉，仁厚者惟兄也。哀哀之情，泣血之请。乞兄念及手足，分心吐哺，育泽吾儿，延我微脉！

弟逸。顿首。

陶夔读完书信，仰起泪脸，长叹一声：逸弟，是我害死了你啊！桓冲，你太狠毒了！你殃及无辜，殃及无辜啊！

陶夔的目光再一次留驻到这封书信上，读道：哀哀之情，泣血之请。乞兄念及手足，分心吐哺，泽育吾儿，沿我微脉！

陶夔再次重叹一声：逸弟，你安心上路吧。虽说生死无常，我就是舍身夺命，也要帮你把儿子抚育成人，续你香火！

陶夔回想起陶逸赴任前告别他的那一幕：

陶夔坐在案桌边，笑容和蔼地对坐在旁边的陶夔说：逸弟呀，朝廷决定委派你到安城去任太守了。诏书很快就要下达，你做好赴任的准备吧！

陶逸说：要不是兄长费尽心力，帮我上下打点周旋，逸弟哪能有今天。我兄顾惜之情，提携之恩，弟逸当深铭五内！

陶夔摆摆手道：你我虽说隔堂而养，毕竟骨脉相融。一家兄弟不必说两家话。按照我祖上长沙公对朝廷所立的功绩，荫委你一个太守，也不为过啊。

可在弟逸想来，还是惭愧呀。陶逸说，八叔在你的授意下竭力把我举荐给朝廷，而今蒙朝廷思泽和信任，八叔力举，我兄鼎助，我总算是当上了一任太守，可你儿子我的堂弟还是一个小县令呢！有机会，我兄还得帮帮堂弟呀！

陶夔心里想，老弟，你真是一个良善之人哪。如此良善将来恐怕在官场难以立足啊。你可知道，官场的争斗并不亚于战场上的残酷啊！便暗示道：逸弟呀，我可听说安城的那批官员大多都是桓氏荐用的，而且一个个都是精明苟且之辈，你得小心为是呀！

陶逸站起身朝陶夔一揖：兄长教导得极是，兄长不言，我也能想象得到混迹官场的艰难，本来我只想在家好好教儿读书，只是难违兄长一片美意，再说，如我不出仕，也对不起我们的祖宗。

陶夔只"哦"了一声，便端起茶碗喝茶。

陶夔此时本来想说点什么，现在他又明显觉得眼前这位堂弟很不适合出仕，甚至他在敲问自己，他那么用力帮这位堂兄弟上下打点是不是值得？他很后悔此前没有与陶逸作一次深谈，了解了解他的内心想法。可现在任命的诏书就要下达了，面对这位缺少心机和上进心的堂弟，他还能说些什么呢？

陶夔只好说点其他话题：侄儿今年多大了？

陶逸见陶夔问到儿子，便兴奋起来：三岁了。这小子方头大耳，聪明俊秀，将来肯定比我有出息。陶逸说完，一副自得的神情。

当然，当然。陶夔笑着说，但愿我陶家子孙一个个都强宗胜祖啊！

只怕穷乡僻壤，难找一个好先生来教导他呀！陶逸说。

是吗？陶夔说，寻阳不是有范宁和翟道渊众位高贤吗？

陶逸说：只怕世道离乱，兵火难测，谁又说得准几年后的人事变迁呢？

也是，也是。陶夔沉吟一阵，说，要不，等个五年六载的，你把他送到京城来吧，我来帮他请个好先生。

陶逸听陶夔这么一说，脸上便出现了感激之情，他赶紧站起来，对着陶夔一揖到地，由衷道：小儿有福，小儿有福哇！我再也不用为小儿担心了，愚弟先在这里代小儿感谢你了！

陶夔扶住陶逸的双臂：一家人嘛，好说！好说！

陶夔没想到，陶逸与他五年前说的话，如今已成谶语了！

此时，八岁的陶渊明一身缟素，头披麻网，在母亲的牵携下，穿过一抹嫩黄的油菜花丛，朝鄱阳湖边的码头奔去。

忽然，油菜花丛中飞出一双洁白的蝴蝶，在他不远处翩翩起舞，若即若离。他一把挣脱母亲的手，朝那双美丽的蝴蝶奔跑过去。

是的，此刻的陶渊明只是一个活泼可爱的童子，他的心头根本没有丧父之痛，何况，父亲的概念在他心里并不明朗。父亲在他大约三岁半的时候离开了老家，孤身赴任。后来，他也听母亲说过，父亲在安城当太守，但是父亲是一副什么模样，在他的脑海中没有一点具体的印象。说起来，他最亲近的人只有母亲。

所以，当报丧的人报完丧后，他只知道那个叫父亲的人死在安城，这似乎与他关系不大，倒是母亲的失声痛哭让他感觉心痛。他不明白，母亲为什么那么在意那个人，难道那个人在母亲心中比他还重要。

当然，他不希望母亲痛苦。他知道他要做的就是让母亲开心起来，不再泪流满面。他靠近母亲的怀抱，伸出自己温软的小手一边帮母亲揩去脸上的泪水，一边说：娘，你为什么这么伤心呀！

孟夫人当然知道儿子暂时还不明白父亲对于她和儿子的重要性，她只把小渊明紧紧地搂在怀里心痛如刀绞地哭叫出一声：我苦命的儿啊！

陶渊明把小脸贴在母亲的脸上说：不，娘，我有娘就不命苦！

陶渊明说的是大实话。他一直跟着母亲生活，从三岁半以后就没见过老爹一面，在他幼小的心里，当然只有母亲最重要了。三岁半以前，父亲是怎样疼爱他的，他不可能记住，即使能记住一点，那也是一种很缥缈的印象。从他三岁半到八岁，不能说父亲不疼爱他，但隔山隔水的，只能是一种精神疼爱，不可能让陶渊明感受到实际的内容。所以，此刻幼小的陶渊明对丧父之痛浑然不觉。在童心的驱使下，他对翩翩起舞的蝴蝶产生了浓厚的兴趣。

作为母亲孟夫人当然要制止儿子这种不懂事的行为。她喊一声：明儿，你怎么这么不懂事呢！

陶渊明十分不理解，他回过头来疑惑地问母亲：娘，前几天你不还帮我捉蝴蝶玩吗？

孟夫人确实不知道该怎么跟儿子解释。还是家人走上前把陶渊明抱起来说：公子，你现在可是热孝在身哪！

陶渊明还是不明白，为什么穿了孝服就不能抓蝴蝶玩。他对母亲说：娘，要不，我们把孝服脱了？

唉！孟夫人叹息一声。她并没有因此而责备陶渊明，而是用疼爱的口吻对陶渊明说：明儿，乖，你要知道，父亲没了，你是儿子，就必须为父亲披麻戴孝，戴孝是不准淘气的，知道不？

陶渊明沉默了。他的沉默并不是因为父亲的亡故，而是父亲亡故的消息传来后，母亲除了以泪洗面外，再也看不到她的笑容，甚至连他想抓只蝴蝶母亲都不开心。

现在他才意识到，那个叫父亲的人的死，对于他而言真是一件比较麻烦的事，让他受到了许多的限制。但是，为了不让母亲不高兴，陶渊明决定还是按照母亲的意愿，做一个听母亲话的孩子。

人有的时候是突然成熟的。陶渊明就属于这一类型的人。

陶渊明是在母亲的悲痛中成熟起来的。

循规蹈矩跟着母亲走了十多里的旱路，陶渊明终于看到了码头。这时湖面刚刚涨起了桃花汛，眼前的鄱阳湖一望无边。陶渊明第一次见到鄱阳湖，此前，他根本不知道世界上还有如此阔大的水面。随着湖面奔涌的浪涛，他的心也随之激荡起来。

本来他想欢呼，但看见母亲满面的戚容，他还是保持了沉默。

一切都是这样新鲜。除了阔大的鄱阳湖，最让陶渊明内心兴奋的是在湖面荡漾的点点白帆。在没有看到鄱阳湖之前，他只看见家乡鹤问湖上的小渔船。原先他以为鹤问湖就是这世界上最大的水面了，鹤问湖上的渔船就是最大的船了。

是的，他还从来没有坐过大船。他一直有个愿望，就是坐上大船在水面上漂来荡去。现在他即将要实现这一愿望了。而且还是比家乡的小渔船不知要大多少倍的帆船。

他有了做梦一样的感觉。蓝天、碧水、白云、远帆。他的心已经飘到很遥远很遥远的天际去了。他不记得他是怎样上船的。现在上船的体验对于他并不重要了，重要的是他发现了一个很奇特的现象。坐在船舱里，岸上的远山、树木、村庄为什么飞快地后退呢？

因为母亲不高兴，他也不愿意开口问人。

岸离船越来越远了，他又发现了一件很奇怪的事。湖西岸的庐山怎么比起他在家里看起来高了许多呢？难道天天在家里看的庐山今天他一出门就突然长高了吗？还有这山的模样也变了，在家门口看见的庐山是一障连一障，在这湖面上看见的庐山却是五座陡峭的山峰直插云天。

是的，幼小的陶渊明一直生活在庐山的西北面，现在他随船来到了庐山的东南面，他所看到的山景是他第一次看见的庐山五老峰。从这一点也可以看见，幼小的陶渊明已经具备了诗人的潜质，他所关注的事物和思考的问题与他同年龄段的幼童就是不一样啊！

他喜欢这样水光山色。他不想马上就到达安城，他希望能在船上、在湖水之上长久地待下去。

但是，三天之后，他还是到达了安城。

仆人背着包袱，一手扶着陶母，一手牵着陶渊明从船上搭在码头上的跳板上走下来。

一行三人沿着码头的麻石台阶往上走。三人眼里出现了城门，城门上写着安城。

陶渊明停下脚步，仰起脸问：娘，这就是安城吗？

陶母也停下了脚步，凝视着城门。一边抚摸着陶渊明的头，一边说：是呀。

陶渊明见娘站着不动声，又问：娘，我们怎么不进城呢？

陶母轻声地说：别出声。

陶渊明也轻声地问：娘，你看见什么了？

陶母低下头摇了摇。又不甘心地揉了一下双眼，再朝城门望去，她看见了陶逸伸张着双臂，笑容满面地朝他们母子大步走来。

陶母丢下陶渊明，大步迎了上去，刚走几步，陶逸的身影又消失了。

陶渊明小跑几步，追上母亲，牵起她的手摇摆了几下，担忧地问：娘，你怎么啦？

母亲紧紧捏着陶渊明的手说：娘没什么，娘只是坐船坐晕了，看花了眼。走，我们进城。

一行三人走进了安城。

慧远和尚闭目合十在禅堂打坐。

一个小沙弥轻轻地走进禅堂，走到慧远和尚身边，双手合十：住持，门外有人求见，说是京城大常寺陶夔陶大人派来的。

慧远打坐的姿态不变，只张口问：有无书信？

沙弥：来人说要面呈住持。

慧远：来的是什么样的人？

沙弥：来人军士打扮。

慧远：不必见我。又说，笔墨侍候。

沙弥拿起笔，在砚池添了添墨，又从佛经架上取过一张土黄色的纸，把笔递给慧远，自己展开纸端在慧远面前。

慧远微开半目，在纸上写了六个字：你来了，我知道。写完，把笔递给小沙弥，闭上眼，双手合十说，交给来人，让他将此带回给陶大人吧。

安城太守府内的灵堂里，摆放着装殓陶逸的棺材。棺材前摆放着灵牌，灵牌上写着：安城太守陶公逸之灵位。

灵牌前摆放着一个陶香炉，几炷香火袅袅生烟。

陶母牵着陶渊明，在仆人的搀扶下跨进灵堂，一眼就看见了陶逸的棺材和灵位，便丢下陶渊明，甩开仆人，朝棺材一头扑上去，凄切喊出一声：我苦命的夫君哪！喊完一声，陶母便昏死过去。紧接着，"哇"的一声接了上来。是陶渊明的哭声。

陶渊明趴在陶母身上边哇哇大哭，边急切地大喊：娘，你怎么了，你不能死啊！你不能死啊！你死了谁带我回家啊！

陶母在陶渊明的号啕大哭中悠悠醒来。陶渊明用力扶起陶母，陶母把陶渊明紧紧搂在怀里。母子俩跪搂着，悲天怆地的哭声此起彼伏。

陶母的声音哭沙哑了，她用沙哑的哭声说：我命苦的夫君啊！你睁开眼瞧瞧你的儿子吧！他这么小小的年纪，就穿山越水，千里奔波，接你回老家呀。老天爷哟，你怎么就不怜悯怜悯我母子俩啊，你让我母子今后依靠谁啊！

母子俩的哭声引来了府衙里的人，他们纷纷朝灵堂里走来，边走边说：

是陶夫人来奔丧了！

来得蛮快啊！

命苦啊！听说陶大人公子才八岁呢！

听见这样的对话，陶渊明又放声大哭起来。陶逸的棺材边，年幼的陶渊明越哭越悲伤。最初，他是被母亲的昏死而吓哭的，当母亲醒来的时候，虽然他幼小的心灵立即得到了抚慰，但他越想越可怕，如果母亲不醒过来，将他抛在这个人生地疏的地方，他孤零零的一个人，谁带他回家！

围观的人看见八岁的陶渊明在父亲灵前表现出如此巨大的悲痛，他们一边洒泪叹息，一边交口称赞：

孝子呀，孝子！

不愧为名门之后啊！

陶太守可以瞑目了！

陶母垂首坐在椅子上，神情悲切。

一个不到三十岁的妇人，一身重孝牵着一位三四岁，也披麻戴孝的小女孩跨进了门槛。一进门她就双膝跪地，并把小女孩也按跪下来，膝行到陶母身边。她恭恭敬敬地朝陶母磕了个头，然后抬起一双红肿的泪眼说：妾，刘氏见过夫人！

陶母搀扶起她，用沙哑的声音说：妹妹请起。老爷故世，姐姐我又来迟，辛苦难为妹妹了！

陶渊明站在母亲旁边，一脸的疑惑：妾？莫非这位漂亮的女人就是娘说的，父亲在安城所娶的二娘。

刘氏一边擦着泪一边言道：姐姐千万莫说我辛苦，你与公子风餐露宿，千里奔波，苦的可是姐姐和公子呀！

刘氏说完，拉过小女孩，说：丫头，快叫大娘。

小女孩怯怯地喊一声：大娘！

陶母一把搂住她，怜爱地说：我的儿！说毕，陶母从头上取下一根金钗边往小女孩头上别，边说，大娘来得匆忙，也没来得及给你母女俩准备什么见面礼，这个，大娘就给你戴上吧。陶母说完，一手搂着小女孩，一手拉过陶渊明，对小女孩说：这是你渊明哥哥。

渊明伸手在她脸蛋上摸了摸。

刘氏又说：丫头，快，快叫哥哥！

小女孩再不羞怯，甜甜地叫了一声：哥哥！

陶渊明也高兴地应了一声：哎，妹妹！又问，妹妹，你叫什么名字呀！

小女孩奶声奶气地说：我叫云娘。

陶母听罢，点头道：嗯，云娘，这名字好听！

见陶母夸云娘名字起得好听，不禁又触动刘氏的心绪，她戚戚地说：这是老爷知道自己快不行了，临终前给丫头起的。老爷说，庐山的云很美很美。云从庐山出岫后，飘向四面八方，只要看见云，他就看见了故乡陶里。

陶母听得眼一酸，说：是呀，老爷他人在江湖，身不由己，可他的心里没有一天离开故乡，离开陶里呀。

刘氏又说：老爷还说，云是漂泊之物，姐姐你一定会懂他的心思的。

云？漂泊？心思？哦！哦！陶母沉吟良久，说：妹妹，你放心吧！我明白老爷的心思。只要有我和渊明一口吃的，一定不会让你和云娘受半点漂泊之苦。

刘氏在陶母面前跪了下来，磕了三个头说：姐姐慈悲，我和丫头这辈子全仰仗你了！

陶母一把扶起刘氏，言道：妹妹快起来，你我同为苦命人，我娘儿四人就相依为命吧！

慧远的禅堂里，翟道渊正在与慧远品茶。

翟道渊悲声道：不承想，与陶逸五年前的一别，如今竟是阴阳两隔了！痛哉！惜哉！

慧远闭目合十，不发一言。

翟道渊：你这秃驴，怎的一言不发？

慧远：逝者逝矣，生者尚存，何需和尚置言。

翟道渊：果然生死皆是空无吗？

慧远：有既无，无既有。

翟道渊：一派空言。

慧远：佛说，不可说，不若拈花一笑。

翟道渊：秃驴，禅室哪来的花可拈。

慧远：莲在心中。

翟道渊：呵呵，你到底没放下啊。

慧远：放下眉头，却上心头。既然生死有命，何不坦然待之。和尚我心头没有死，唯有生。

翟道渊站起来，哈哈大笑。笑过说：到底是大和尚，我心中已经有如莲的喜悦，告辞，告辞了！

慧远双手合十微微一笑：五柳先生，为何急着告辞？

翟道渊道：难道你想留我吃斋饭不成？可我五柳一生好酒，你能让我破你寺规吗？

慧远：本寺从来不置酒，如果你五柳带酒上门，但喝无妨。至如你在不在本寺吃斋饭，全凭你的兴致。

翟道渊：那你为何还留我？

慧远：你为何而来？

翟道渊：秃驴，你这问的不是废话吗？陶逸死了，留下了八岁的孤子，往后，谁来培育他长大成人？

我这里有一封书信，你看完了再走吧。言罢，慧远拿出一封书信，递到翟道渊手中。

翟道渊看完书信，抬起头看看慧远问：陶夔想接陶渊明到京城读书？

慧远点点头。

翟道渊沉吟起来，良久才说：陶夔的人品，学识在京城也是数一数二的，我只怕……

慧远说：你怕桓冲害死了陶逸，也不会放过陶逸之子！

正是。翟道渊不无担忧地说。

慧远：我想，既然陶夔已做好了安排，这一点，他一定比我们想得更深。

翟道渊：也是。只怕孟夫人……

慧远：八岁小儿，千里求学，孟夫人难以割舍，这也是人之常情。

翟道渊：夫亡子离，母子连心啊！

慧远：孟夫人出自名门，她会想得开的。

陶母和刘氏对面而坐。陶母神色凝重，刘氏不停地叹气。

陶渊明牵着云娘走进室内，叫了一声：娘！二娘！

陶母说：明儿，你带妹妹到外面去玩吧，我和二娘正在商量事呢。

可渊明还是问：娘，我们什么时候回陶里啊？

娘不正跟你二娘在商量着嘛。陶母笑着说。

可我看你们不高兴，是不是二娘不愿意跟我们回去呀？渊明继续问。

瞧你这孩子。陶母说，哪是二娘不愿跟我们回去，是官府给我们作难，不给我们派船呀。

陶渊明说：娘，二娘，官府不派船，我们自己买船回去吧。

陶母说：儿呀，我就怕跌了你父亲在生的脸面哪。

哦！陶渊明想了想，又说，娘。父亲可能、可能比我们更想回家呢。

当然，人死了最要紧的是入土为安。刘氏说，可官府也不能人走茶凉，就这样欺负我们孤儿寡母呀！

陶渊明咬咬牙道：娘，二娘，要不，你们带我找官府评评理去。

陶母惨然一笑：痴儿，你才多大哟！哪里知道怎么去和官府理评！

这时，室外传来一个男人的声音：孟夫人在吗？

陶母和刘氏站起来，走到室外。面对一个身穿官服的中年男子，陶母：你是？

中年男子仰着脸，傲气地说：我是安城别驾。

陶母客气道：哦！大人前来，有何见教？

别驾傲然道：新任太守这两天就要到任了，可夫人还住在这太守府内……

陶母淡然一笑：我明白别驾大人的意思了。请问大人，你们什么时候派船送我们回去呢？

派船嘛，好说。别驾想了想说，可船钱还得夫人你自己出啊。

陶母一笑。笑罢逼视着别驾道：船钱我自己也出得起，可我要请问别驾大人，我夫君堂堂一任太守，亡故在任上，扶柩回乡，还得自己出船钱，这又是哪朝哪代定下的规矩？

别驾：这个，这个，这个船钱嘛，还得等新太守到任后，给你派发。

陶母说：好说，那就等新太守上任后，我们再回去吧。

这可由不得你。别驾见陶母口吻硬朗，不由一怒，吼道：来人哪，把孟夫人的行李搬到码头去！

别驾吼完，一群衙役从院子外冲了进来。

陶渊明从室内冲出来，站在陶母面前，小手一伸，大喝一声：慢！看谁敢胡来！

别驾双手往背后一搭，摇摆着走到陶渊明跟前，嘴里嘲讽一声：嗬，是陶公子吧！

陶渊明把头一昂：正是本公子！

别驾把脸一沉，喝一声：为何挡住本官的道？

陶渊明也嘲讽一声：本官！你一个小小的别驾，也敢在本公子面前称本官！你知道我是谁？我是长沙公陶侃的重孙，长史孟嘉的外孙，太常寺陶夔的侄儿！我只要一封书信写给我外公和我叔叔，你这小小的别驾还当得了吗？

别驾：你！

一个衙役头目走上来，在别驾耳边咕哝一阵。

别驾手对衙役们一挥：走！

一群人在别驾的带领下，垂头丧气地走出了院子。别驾说：没想到，陶逸竟能养出这么一个有担当的儿子来！

一个衙役接过话：是呀，此子俊朗轩昂，气度不凡啊！

别驾回想起三个月前的一幕：

衙役递给别驾一封书信。

别驾问：是桓冲大人派人送来的？

衙役说：正是。

别驾从信封里抽出书信，看了看，一双狡黠的目光转了转，一丝坏笑在脸上荡开，缓慢地点了点头。

别驾对衙役说：去，请陶大人来赴宴。

衙役走后，别驾打开一个纸包，看着纸包里白色的粉末。一个男子低沉的声音在他耳边回响：此药和酒吞服后，不出一月，饮者会烂肠而死！

别驾嘴角掠过一丝坏笑，迅速把药粉倒进酒壶里，端起酒壶摇了摇，便朝厅堂走去。

厅堂里摆了一桌宴席，陶逸坐在席上。

别驾笑容满面抱着酒壶坐了下来，往陶逸的酒杯里斟满一杯，在收回酒壶时，偷偷地在酒壶底座上转了一下，再往自己的酒杯里斟满杯，两个人对饮起来。

酒席散罢，陶逸带着几分醉意朝厅堂外走去，别驾恭身为他送行。

回想完这一幕，别驾对衙役说：陶逸家的小子现在乳臭未干，就这么张狂，将来得志……我们不如趁现在……咔！别驾朝衙役做了杀人的手势。

看着别驾灰溜溜地走了，刘氏对陶母说：姐姐，今天多亏了明儿啊。不然，还真被那帮狗官给欺负了。

陶母神情凝重地说：我正为此事担心呢！

刘氏问：姐姐担心什么？

陶母说：我担心他们不会就此罢手，更担心他们对明儿……

刘氏一惊，急道：那如何是好！

陶母说：我们惹不起他们就躲。为了明儿的安全，我想明天我们还是自己买船回去。

刘氏说：我听姐姐的安排。

陶母又说：我在安城人生地不熟，你是安城人，总有几个故交，你今天就去找找他们，请他们帮忙请几个壮实的男丁，明天一早就把老爷的灵柩抬到船上去，这里的东西我来收拾。

此时别驾正在府内与衙役密谋。

别驾：此事你去安排。

衙役：我派个人去灭了他易如反掌，我就担心明目张胆去杀人，影响不好。

别驾：谁你让明目张胆地去干这件事！

衙役：大人，小的认为不管是明杀暗杀，只要陶家小子死在安城，你都不好交代。就算安城的百姓不说什么，可你想想，这小子的外公孟嘉和叔叔陶夔都是掌有实权的人物，他们不来追究吗？

别驾：言之有理。

衙役：不如……

就在别驾对衙役说话时，一个丫鬟端着茶朝这边走来，听见他们的对话，便停下脚步，偷偷听起来。

别驾：不如怎么？

衙役：要灭陶逸之子，没有必要动刀子，不如这样……他对着别驾耳朵咕哝起来。

别驾一脸阴笑，一边频频点头，一边连连说：好！好！好！这件事你亲自去办吧，事成之后，除了赏银外，我还会在桓冲大人面前保举你。

衙役朝别驾恭身作揖：多谢大人栽培。

丫鬟赶紧闪躲到墙角。

刘氏正要外出，走出屋门就碰见衙役。衙役朝刘氏作了一揖，说：如夫人，出门啊！

刘氏问：上差有事吗？

衙役说：别驾大人让我来传话，说一来念及与陶大人共事一场，二来十分佩服公子，知道公子将来前途无量，故而不等新太守上任，自己做主，明天派船送你们回乡。

刘氏一听就高兴起来，朝衙役道了一个万福，说：有劳上差了，请代我们回去谢过别驾大人。

衙役说：那是，要不是我在别驾大人面前费尽口舌，这事还难办得很呢！

看见衙役没有离开的意思，刘氏明白衙役在讨赏，便从头上拔下一根银钗，递到衙役手上说：一点薄意，上差去买杯酒喝吧。

衙役笑眯眯接过银钗说：多谢如夫人的赏赐！

看着衙役离开了，刘氏便带笑回到屋内。陶母见刘氏又进来了，便问：怎么这么快就回来了？

刘氏高兴地说：姐姐，不用我们费心了，刚才别驾派衙役来传话，答应明天派官船送我们回去了。

陶母：哦？

刘氏：衙役说了，别驾一来看在与老爷共事的分上，二来佩服明儿，觉得明儿将来前途无量，所以就……

陶母：话虽说得好听，就怕到时候有什么变故。

快三更时分，丫鬟打开别驾府的后门，伸出头朝外张望了一下，便轻轻地侧着身，从门缝里挤出身来，又反身把门轻轻地关上了。她快步来到刘氏的屋前，在门上轻轻地叩了几下，轻轻地喊道：姐姐，我是红儿。

刘氏打开门，疑惑地问：红儿，这么晚了，你来找我有什么事？

红儿拉住刘氏的胳膊说：姐姐，进屋说。

两个人进屋，红儿对着刘氏耳朵轻言了一阵。

刘氏听完，脸色一沉，面若凝霜，良久，嘴里吐出四个字：大胆鼠辈！

红儿关切道：姐姐，你们可要小心哪！

刘氏握住红儿的手：红儿妹妹，谢谢你来给我们报信，请妹妹放心，有姐姐我在，他们的鬼计是不会得逞的。

红儿朝刘氏点点头，说：你明天一走，恐怕我再也见不到你了。你一路保重啊！

刘氏脸色一戚，言道：你也一样，好好照顾自己！

红儿点点头：姐姐，那我回去了！

在回去的路上，红儿想起了从前的事。

红儿跪哭在别驾面前：大人，请看在我服侍了你两年的分儿上，施舍我点银子，让我给父亲买口棺材吧！

别驾沉着脸说：哼，你吃我的，喝我的，穿我的，还要我给你葬父！做你的美梦吧！

红儿伤心地走出了别驾府，走上街头，十分无助地号啕大哭。

刘氏走了过来，问：红儿，为何如此伤心？

红儿哭泣道：我父亲，他，他故世了。现在，现在连口棺材都，都没有啊！

刘氏帮她抹了一把眼泪，心疼地说：妹妹莫哭，不是还有姐姐吗？走，我带你去见陶大人去，他一定会帮你的！

就在红儿前来报信的时候，陶母正在看陶逸临终前留给她的一封信：

夫人，一别五年，每日莫不怀想你和明儿，思念陶里。然官命在身，身不由己。近日，重疾加身，精神恍惚，料想来日不多，永别在即，留书于你，望夫人度之。

　　田园家事，毋用多嘱，夫人自能料理。唯有明儿已到进学之龄，想我陶氏子孙，岂能不读诗书？况此子聪颖俊秀，将来必成大器，夫人慎待之。观吾陶里，能为明儿师者，无非范宁、道渊、慧远三人，范宁潦倒，道渊落拓，慧远又身在佛门。思虑再三，吾去后，请夫人将明儿送到京城陶夔兄府上就读，况兄早已应之。

　　读完书信，陶母重重地叹息一声，心里说：明儿啊明儿，母子连心哪，我怎舍得你小小年纪，就离开娘亲，到千里之外的京城去读书啊！难道娘才刚经离死别，又要面对与你的生离吗！

　　第二天一早，陶母一行就来到了安城码头上。

　　刘氏对陶家仆人耳语一阵，仆人点点头，便来到陶母面前，对陶母说：夫人，你们先走吧，老爷的遗物我尽快整理好，随后就带回去，你们一路小心啊！

　　辛苦你了！说完，陶母一行人离开码头，登上装载着陶逸棺材的船上。

　　船缓慢地离开了码头。

　　远处也停了一艘木帆船，一个脑袋从船舱里探了出来，朝陶家的船望了望，见陶家的船离开了码头，便朝后面的艄公打了个手势，说：跟住那艘船，不要离得太近了。

　　小船远远地跟在陶家大船后面行驶着。小船后面，三五只渔船也陆续离开了码头。

　　刘氏朝后面的小船看了一眼，鼻子里轻轻地哼了一声，一脸不屑的神情。

　　船驶出了赣江，驶进了鄱阳湖，水面开阔起来。不远处的湖岸边，是一片片茂密的芦苇丛。船公说：起风了，我们把船开进芦苇中去避风吧！陶母正要答应船公，刘氏却接过话：咱们的船大，这么点风算得了什么？

　　船公说：这鄱阳湖可不像赣江，水面八百里，这风要是起大了，我到哪里去找岸靠？

　　陶母说：也是，小心驶得万年船。

　　船公笑着迎合道：还是大夫人明事理。

　　刘氏盯了一眼跟在大船后面的小船，脸色有几分凝重。

　　陶母见刘氏神色异样，便关切地问：妹妹，你是不是晕船了？

　　刘氏一笑：姐姐，我可没有那么娇气，我是在想啊，这天色尚早，天边看不到带风暴的云气，我们还是赶路要紧。

陶母说：可船公……

陶母还没说完，一个浪头打来，水花溅到了船板上。船公借机道：瞧瞧，这浪多大！大夫人，你可不能由着二夫人胡乱做主哇。再说，你们千里迎丧，多不容易，总不想都在这湖里葬身鱼腹吧！

陶母只好说：我们妇道人家，也不懂江湖险恶，全凭你做主吧。

这就对咯。船公说完，立即扳舵，船朝芦苇丛驶去。

离大船不远处的小船上，衙役阴险一笑，挥手对身后的船公说：跟上去，进了芦苇，别让他们发现了。就在衙役说话间，陶家的大船驶进了芦苇丛中。

远处的芦苇中升起了一股烟柱。船公看了一股升腾腾的烟柱，脸上掠过一丝笑说：夫人，我们生火做饭吧？

陶母刚想回答船公，刘氏又抢先说：太阳还这么高，申时都没到，急着做什么饭？

船公说：饭总是要做的。

刘氏厉声道：今天就不劳驾你了，我们带了干粮。

可我自己也要吃饭啊！船公说完，也不顾刘氏反对，就要点燃柴火。

刘氏一个箭步跃过去，阻挡住船公：不急，等天黑下来，我们再生火做饭不迟！

船公见刘氏有些不同凡响，便见机笑了笑，说：行，行，听二夫人的。

衙役的小船停在芦苇丛中，船尾上一堆烟火正在往天空中升腾。

衙役爬上船篷，站在篷上朝芦苇四周看去，除了看见芦苇随风摆动，其他什么都没有发现。他只好从船篷上爬了下来，进到船仓，对同行的几个人说：他娘的，这死老头子，说好进了芦苇就点烟火，怎么进去老半天了，一丝烟毛都看不见？

同行者说：再等等吧！

再等天就黑了。衙役说，就算他点了烟火我们也看不见。

陶家的船上，船公对陶渊明说：小公子，老汉唱首渔歌给你听吧。船公说完，就扯开了喉咙唱了起来：

　　哟嗬嗬～～～！

　　关上人家不种田，

　　鄱湖春水望苗船。

　　纤鳞一网银花乱，

　　换得丛花好卖钱。

　　哟嗬嗬～～～～！哟嗬嗬～～！

船公一声"哟嗬嗬～～"的长调，惊得芦苇丛中的水鸟四散而飞。

刘氏脸色一惊，道一声：坏了！便一个箭步从船舱跃上船头的棺材，又从棺材上腾跃到棚顶，警惕望着芦苇丛。

此时的衙役在小船里听见一声"哟嗬嗬～～"长调传来，便迅速跃上棚顶，看见一群水鸟从远处四散惊飞，惊喜地指着远处的芦苇丛喊一声：在那边，追过去！说完，几个人戴上面罩，抄起明晃晃的刀，开着小船朝陶家停船的方向追去。

刘氏迅速掀开陶逸的棺材盖，从棺材里掏出一把陪葬的宝剑，一边对陶母说：姐姐，照看好孩子。一边冲向船尾，飞起一脚，把船公踢下帆船，抄起船橹，使劲摇了起来。

船朝开阔的鄱阳湖驶过去。刚到芦苇口，便被衙役的小船拦住。

刘氏驾驶大船一边朝相隔数丈的小船直接撞去，一边大喊：姐姐，升帆！而此时的陶母却是一脸的茫然和惊恐，她紧紧地搂着两个孩子，慌乱地说：我，我，我不知道怎么升帆！

刘氏喊道：你来摇橹！

陶母这才"哦"了一声，跌跌撞撞跑过去接过刘氏手中的橹，摇动起来。陶渊明也奔了过去，双手捏住船橹，对陶母说：娘，别怕，我来帮你！说完，母子俩使劲摇起来。

刘氏冲到舱前，迅速把帆绳解开，使劲地往上升帆。

小船离大船越来越近了。

帆绳在刘氏手中不听使唤，帆被风吹得朝两边摇摆，帆船在水面上呈之字行扭来扭去。忙乱了好一阵，刘氏总算把帆绳拉直了，帆正了，被风鼓了鼓，看上去非常舒展。刘氏一笑，把帆绳固定好后，又迅速跑到船舱后面，掌起船舵，船头终于正对着湖心，破浪前行。

小船与大船的距离拉开了一些。

远处，夕阳如血，落霞满天。

刘氏望着渐渐拉开距离的小船长舒了一口气，说：总算躲过了一劫了！而陶母还是一副惊魂未定的样子，但眼里已充满了对刘氏的感激之情。陶母说：今天这一难能躲过去，真是多亏了妹妹呀！

刘氏擦了一把额头上的汗说：姐姐，你千万别这么说，是明儿和姐姐福大命大，加上有老爷的阴灵相助，才使得我们娘儿几个化险为夷呢！

定下了神，陶母的脑海里才出现了刘氏刚才不准船公生火的一幕，接着又出现了船公唱完歌，刘氏一脚把船公踢下船的一幕。

陶母说：妹妹，你好像早知道有这一劫？

刘氏这才说道：是呀。之前，我曾得到别驾府丫头红儿告诉我的消息。

陶母：你为什么不早告诉我呢？

刘氏：我怕吓着了你和明儿。

陶母：你身上好像有功夫？

刘氏：我父亲传给我的。我之所以不提前告诉你，有人想暗算明儿，也是我知道自己对付几个小毛贼还是绰绰有余的。

此时陶渊明显得异常兴奋，他大声道：二娘，你为什么不杀掉那些坏人！

刘氏说：我何尝不想杀掉那些坏人。只是怕万一和他们打斗起来，刀光剑影的，一不小心伤着了你们呀。

陶渊明走上前，拉住刘氏的衣襟，仰着脸说：二娘，你教我功夫吧！将来，我要把那些坏人全部灭掉！

刘氏一笑：你先把书读好，然后二娘才答应教你功夫。

说话间，刘氏抬头一看，惊叫一声：不好！船前不远，一排火烧一样的礁石犬牙交错，林立在船前不远处。

夕阳下，风陡然增大，船头溅起的浪花扑到了船上。

帆被风鼓着，帆绳晃动，桅杆吱吱作响。

刘氏惊喊一声：船舵坏了，不听使唤了！

不远处，衙役驾驶的小船正朝陶母的大船紧追过来。

衙役问旁边的人：到哪里了？

旁边的人说：刚过老爷庙，前面就是星子火焰山，这片水城通常风急浪高，刘氏她们两个女流之辈，再有本事，恐怕也难闯过这片险恶的水域。

就在陶母一家人几近绝望的时候，三五只渔船跟在小船半里的地方，朝前行驶。陶家仆人站在一只渔船的船头上，手搭在额前，朝前张望。

陶家的大船离火焰山礁石越来越近了！

陶母紧紧搂着两个孩子，脸色惊慌！

大船急速朝火焰山礁石撞来！

刘氏"哗"的抽出宝剑，跃身而起，挥剑斩断帆绳，风鼓起的船帆，发出扑扑扑的响声，急速滑落下来。

船速立即慢了下来。

陶母松了一口气。

风将大船向火焰山吹了过来，快接近火焰山时，刘氏纵身跳下船，站在礁石上，双手死死地抵住将要撞上礁石的船头。

第三章　求学建康

衙役的船快速朝陶家大船方向驶来。衙役站在船头上，看着远处挨着礁石的陶家大船，阴笑一声，说：快。追上去！

见衙役的快船就要靠近了，刘氏飞身上船，手持宝剑，对陶母说：姐姐，你带着两孩子在船舱里千万别出来，让我来收拾这帮恶人！说完，刘氏持剑站立在船头，怒睁双目注视着离大船越来越近的小船。

暮色下，不远处的湖面上，三五只渔船跟在衙役的小船后面也快速朝陶家已撞上火焰山的大船行驶过来。每只渔船船头上站立着两三个青壮年汉子，他们手握鱼叉，朝衙役的小船怒目而立。

一个手持钢刀的蒙面衙役对另外蒙面握刀的衙役说：后面怎么有几只渔船也跟上来了！

衙役甲说：几个打鱼的，别理他们。

衙役乙说：不对呀，他们好像是冲着我们来的。

这时，湖面上传来一阵嘹亮的渔歌声：

　　哟～～～喂！

　　老子本姓天，

　　家住鄱湖边，

　　双桨摇起风浪涌，

　　一杆鱼叉捅破天。

　　哟嘀喂～～～！

渔歌声传到陶家大船上。刘氏惊喜地对陶母说：姐姐，别怕，我们的援兵来了！

陶母说：你是说，唱歌的渔民是来救我们的？

刘氏说：不错，姐姐，我在离开安城前，已安排红儿带我家的仆人去见她表哥，让她表哥带上他的一群兄弟跟在我们后面保护我们。

陶母脸上的神色这才安放下来，赞道：红儿真是个好姑娘！

是呀，红儿她一直记着老爷的大恩呢！刘氏说，当年老爷为她葬父的时候，她表哥还代表她到老爷面前磕头谢恩。她表哥还说了，将来愿意为老爷赴汤蹈火。这不，这回还真让他给派上了用场。

难怪，东林寺的慧远和尚总是说，人要多行善积德，善恶必有报哇。陶母由衷地说。

陶母与刘氏说话间，三五只渔船围住了衙役的船。衙役看了一眼明晃晃的鱼叉，对船公说：我们回去。说罢，衙役的船掉头冲出了渔船的包围。

看着衙役的船落荒而逃，一群青壮年渔民又齐声唱了起来：

哟嗬喂～～～！

三月桃花春汛来，

双桨摇动浪花开。

看我船头撒大网，

红鲤跳进舱里来。

待到日落千帆归，

鱼香飘出湖天外。

哟嗬喂，哟哟嗬，得儿喂！

唱完，一群年轻的渔民放声大笑起来：哈哈哈哈！哈哈哈哈！

此时，夕阳西下，晚霞满天。

陶渊明被母亲牵在手中，站立在船头上，注视着湖面上渐行渐远的三五条渔船。此刻，湖面被晚霞映得通红，渔船是红的，渔船上的手握鱼叉的一群渔民是红的，像火红色的剪影一样，在陶家母子眼里渐渐消失。

脱险后回到家中的陶渊明变得沉默起来。这一天他默默地坐在门前的石头上，小手托着下巴，目光呆滞地望着门前的苍山。

云娘从屋里跨了出来，走到陶渊明身边，不声不响地在陶渊明身边坐了下来，学着陶渊明的样子，小手也托着下巴，眼睛却一眨一眨地望着远方的苍山。

看了一阵，云娘嫩声嫩气地问：哥哥，你看什么呀？

陶渊明呆呆地望着山说：看山。

云娘又问：山的那边是什么呀？

陶渊明说：还是山。

陶母挽着竹篮从屋里走出来，对陶渊明和云娘说：孩子们，今天是你们父亲的百日之祭。走，娘带你们给你爹上坟烧纸去。

陶母一手挽着祭品的竹篮，一手牵着云娘，陶渊明紧跟在母亲身后。刚走进山林，迎面碰到了慧远。

慧远朝路边侧身站定，举手念了一声：阿弥陀佛！念完佛，慧远指着陶母身边的陶渊明对陶母说：夫人，这位就是陶公子吧？

陶母朝慧远侧身施过一礼，说：正是小儿。

慧远又合掌念了一声：阿弥陀佛！然后，低垂着双目说，不知夫人是否知道，公子与我佛有缘？

陶母不由得警觉起来：慧远师父有话不妨直说。

慧远说：我访遍方圆数十里，唯有公子聪俊非凡，慧根不浅，将来所建功业不可限量。如果任由他放任山野，无人启蒙，如此下去，我担心会泯灭了他的慧根啊！

陶母仍警惕地问：慧远师父的意思？

慧远呵呵一笑，说：如果夫人信得过贫僧，贫僧便收小公子为徒。

陶母一边把陶渊明紧紧搂住，一边厉声问：你想让我儿跟你出家当和尚？

慧远不急不缓地念一声阿弥陀佛！说：夫人不必紧张，我只想收他为俗家弟子。不过，此子得跟我住到东林寺里去。

陶母略一沉思，冷笑一声：和尚，你不用白费心机了。我儿就是跟我去讨饭，也不会让他跟你去当徒弟的！

慧远一笑，言道：夫人，你误会了。想陶逸施主生前乃我挚友，慧远只想看在亡友的分上，尽我所学来点化此子啊！

按照陶逸临终前写给孟夫人的遗书，叮嘱她一定要把陶渊明送到京城建康陶夔家去读书。孟夫人之所以一直没有告诉陶渊明，并派人送他到建康去，是因为渊明年纪尚且幼小，孟夫人本打算渊明年满十岁，或者更大一点再送他去京城读书也不迟。没想到，陶逸的丧事刚处理完，渊明就被慧远和尚给盯上了。现在，已让孟夫人处于两难境地，送走渊明，可儿子是她的心头之肉，也是陶逸死后她唯一的精神寄托；不把渊明送到京城去读书，慧远和尚一定会紧盯着纠缠不放。

但陶母还是坚决地说：和尚，你趁早收了这份心吧。想我陶家世代公卿，有根有底。我夫再不济，也是一任太守，要让我儿去跟你当徒弟，陶家可损不起这个脸面啊！陶母说完，拉起两个孩子朝家快步走去。走了一阵，发现慧远和尚没有跟来，陶母才舒了一口气。转瞬，她的泪水又涌了出来。

陶母流着泪对陶渊明说：明儿呀，看来娘舍不得你也不行啊！

陶渊明听母亲这么一说，小脸吓得煞白，"哇"的一声哭了起来！他哭着说：娘，你真的想让我去当和尚？

云娘也吓哭了。云娘哭着说：娘，我不要哥哥去当和尚，我不要哥哥去当和尚！

陶母搂住两个孩子，对陶渊明说：娘怎么会让你去跟那个和尚当徒弟，就是打死娘，娘也不会答应啊！

陶渊明仍抽泣着说：可是，你刚才说舍不得也不行……

陶母这才一笑：明儿啊，娘舍不得你，可不是让你去当和尚呀，而是你父亲死前给娘留下了一封书信，让娘派人把你送到建康叔父家去读书啊！

哦，去读书。陶渊明终于松了一口气。又说：娘，建康远不？我晚上可以回家来陪娘不？

陶母想了想，还是决定跟儿子实话实说：建康离家里很远，坐船也要走七八天。又说，儿呀，可建康是一个繁华的帝都，到了那里，叔叔会教你学会很多很多的东西，将来你才会出人头地，为国家建功立业呀！

陶渊明沉默了，心里说：老天，坐船都要七八天！

云娘闹开了。云娘拉着陶母的衣袖说：娘，我不要哥哥去读书，七八天也见不到哥哥，我一个人在家不好玩啊！

陶母摸了一下云娘的头顶，笑道：傻妮子，哥哥将来要做大事，他怎么能不去读书，待在家里陪你玩呢？

待在一边沉默的陶渊明开口了：娘，儿不愿意离开你，只要每天都能见到娘，儿愿意去给慧远和尚当徒弟！

陶渊明话刚说完，陶母脸一沉，厉声说：你放肆！从前你的祖上柴桑侯和长沙公他们浴血奋战，为国家建功立业，难道是为了在九泉之下看着自己的子孙去当和尚吗？

陶渊明惶恐地站立在陶母身边，低着头，不敢回言。

见陶渊明一副惶恐不安、六神无主的神态，陶母又心疼起来。但她还是硬着心肠说：好男儿志在四方，匡扶天下。你倒好，为了守着娘，连书都不愿意去读，宁愿去当和尚！好，好！娘也不愿活了，娘陪你父亲去，免得看着你这不争气的子孙现世报！

陶渊明"扑通"一声，双膝跪倒在脸色铁青的陶母面前，哭喊一声：娘！

陶母仍厉声说：你既然不愿去建康读书，也不用叫我娘了！

陶渊明仰起一张泪脸：娘，我答应你还不行吗？

陶母这才俯下身来，一把搂住陶渊明，哽咽着说：唉，我的痴儿哟！娘哪里舍得你离开我啊！娘也是为了祖宗的脸面和你的前程哪！

这时，慧远跟翟道渊正在说道此事，说到高兴处，翟道渊开怀大笑起来，边笑边用手指点着慧远说：秃驴，秃驴，亏你想得出这样的馊点子。

慧远合十：阿弥陀佛！如贫僧不逼一逼孟夫人，说是要收陶公子为徒，她一时下得了决心送陶公子到京城去读书吗？

翟道渊说：你断定孟夫人已下定了决心！

慧远点了点头。

翟道渊又说：只怕京城风云多变，陶公子命运难测呀！

慧远却淡然道：福兮祸兮，人各有命。况且，在贫僧看来，陶夔陶大人在朝廷也算是一个有分量和威望的人，凭他的智慧和力量，陶公子在他府上读书应该是安全的。

京城建康。金銮殿上，简文帝坐在御座上，一群大臣排班而立。大殿上，肃穆安然。

谢安出班上奏：臣接到密报，桓温已率十万兵马朝京城逼近。

大臣们立即骚动起来，神色惶然地交头接耳。

简文帝脸上升了怒色，恨声道：桓温贼子，他意欲为何？

王坦之出班奏道：前日，他想加封九锡，未能如愿，看来此次他想率兵逼宫了！

陶夔也出班奏道：此次桓温是有备而来，而京城又派不出兵力，皇上要早做打算呀！

简文帝一脸怒色，猛地站起来：摆驾，我亲自出城会会他，看看这乱臣贼子到底是何居心！

王坦之急道：皇上，不可草率！

此时，一直未发言的谢安缓步出班，用沉稳的声调说：皇上，王大人言之有理，吾皇乃九五之尊，不可轻率出城。

简文帝又坐回御座，说：难道就眼睁睁地看着这乱臣贼子带兵攻进京城吗？京城的百姓怎经得起兵火涂炭啊！

陶夔说：皇上不要心急。谢大人、王大人乃当朝重臣，平日里桓温也敬重他们三分，依臣看来，不如暂派谢、王二位大人出城，代表皇上到桓温的大营去借慰劳三军之名，先探清楚虚实，再做打算。

简文帝看了谢、王一眼，用眼神征求他们的意见。谢安与王坦之也对望了一眼。简文帝见谢王二位大臣还在犹豫，便开言问道：二位爱卿是否愿往？

谢安与王坦之朝简文帝恭身作揖，同声说：臣愿领旨。

建康城门前，士兵戒备森严，城头上刀枪林立。

城门缓缓打开了，谢安、王坦之骑着马从城门里鱼贯而出，直指城郊桓温大营，他们身后跟了一群将士和一群抬着酒肉的兵丁。

这时的桓温正坐在军营大帐里，旁边坐着桓冲，两边各站一排带着兵器的将士。

一个兵丁跑到大帐中央，单腿跪地：报！大人，皇帝派谢安、王坦之二位大人前来慰劳三军！

桓温头也不抬，闷声问：离大营还有多远？

兵丁禀道：还有五里。

桓温一挥手：知道了，下去吧。说完，桓温又对桓冲抬抬手，桓冲把头靠过去，桓温对桓冲耳语一阵，桓冲边听边点头，然后，起身离去。桓温得意一笑。

一盏茶的工夫，谢安、王坦之便骑马来到了桓温帐前，二人翻身下马，把缰绳递给旁边的兵丁。

这时，桓温也从大帐里大笑着走出来，朝谢安、王坦之深深一揖，说：我桓温何德何能，敢劳皇帝派二位大人前来犒军！罪过，罪过哇！

谢安把头一扬：桓大人，你当真知罪？

桓温一愣，继而哈哈大笑：不知谢大人所言，我桓某身犯何罪？

谢安脸上毫无表情，道：不经请旨，调动兵马，逼近京城，难道还不算罪过吗？

王坦之朝谢安眨眼，想阻止他往下说。

桓温却说：将在外，调动兵马，乃本职之事。何况我没有一兵一卒入城，何罪之有！

王坦之赶紧说：言笑，言笑。皇帝知道将军忠心为国，带兵操劳，才派我等前来慰劳三军！

桓温才不卑不亢地说：谢过皇上。不过，我听说皇帝身边有佞臣作乱，才带兵靠近城下，以防不测啊！

这时，一阵风吹过大帐，谢安看见帐内露出几双脚。

谢安抚了抚长须，沉着脸问：那么，请问桓大将军，皇上派我等前来犒赏三军，你为何却在大帐内埋伏刀斧手，暗藏杀机，这算不算有罪。

桓温一惊：哦！有这等事。说完，桓温朝帐内大喝一声：桓冲！

桓冲从帐内跑了出来，恭立在桓温面前。

桓温问：谁让你干如此龌龊之事？

桓冲眼珠子一转，赶紧带笑说：此前，我们也不明白谢、王二位大人的来意。这不也是为了以防万一嘛！

谢安哈哈大笑。笑过，握着桓温的手说：桓将军一心为国，朝野有目共睹，谁不说桓将军功德无量啊！

桓温也露出一脸笑：谢大人，王大人，过誉，过誉啊！

谢安说：哪里，哪里。晋室之安危，可系于将军一身哪，还望将军……

桓温道：朝廷有谢、王二位大人坐镇安邦，我晋室能不兴旺万年！言罢，三人同时放声哈哈大笑。

谢安和王坦之劳军完毕，刚回到京城，桓温便一头病倒了。听说哥哥身患重病，桓冲赶忙前来探望。

桓温躺在室内的病榻上，面容憔悴。看见桓冲进来了，便侧身在病榻上拍了拍，虚弱地说：贤弟，坐吧。

桓冲赶紧在榻沿坐了下来，一把抓住桓温的手说：哥哥，你怎么病到如此地步呢！

唉。桓温重叹一声，说：生死有命啊！说完，桓温从桓冲手心里抽出一只手，在桓冲手背上拍了拍：贤弟，往后桓家就靠你了。

桓冲问：哥哥是不是前日受阻于谢、王二人，气郁于心啊？

桓温摇了摇头，虚弱地说：我不怪谢、王二人。只恨晋室气数未尽哪！贤弟，我死后，你可千万不要轻举妄动啊。

桓冲急言：哥，难道我们苦心经营这么多年，就这样……

桓温说：贤弟呀，你听哥哥的不错。照眼下看来，谢、王两家势力尚大，加上陶家势力，更不可小觑，你要看准，将来再待机而动。

桓冲又问：哥，那眼下？

桓温说：先退一步吧，把谢、王二家推到风口浪尖，只有他们败下来了，我们才有机会啊！

桓冲含泪点头。

良久，桓温又说：我看玄儿生有异相，又聪颖不凡，你要好好培养他呀！

桓冲抹了一把泪，说：哥哥的话，我一定谨记在心。

见桓温已十分虚弱，桓冲流着泪站起来，说：哥哥，你安心养病吧，我先告辞，改日再来看你。

桓温喘着气说：别、别急着走。我还有话要说。

桓冲又坐到榻沿，注视着桓温。

桓温上气不接下气地说：你、你、派人杀了，陶爰的堂弟、陶逸吧？

桓冲说：谁叫陶爰小儿联合谢、王两家阻止你加封九锡呢，我这不是给点颜色他看看，好让他们知难而退嘛！

桓温上气不接下气地说：陶家，在天下广有声望。我、我还听说，陶逸有一个儿子，慧远、慧远预言，此子将来前途无量，你、你、你要设法，让此子将来，为、为玄儿、所用啊！

简文帝坐在大殿上。殿下站立着谢安、王坦之、陶夔三位大臣，陶夔出班奏道：启奏皇上，桓温病故。

是吗？那贼子也有今天。好哇！简文帝听得一脸的兴奋。又问，陶爱卿，你可知道桓温的兵符交给谁人保管？

陶夔奏道：听说暂时交给其弟桓冲保管，不过……

简文帝问：不过什么？

陶夔道：桓冲上奏，他要交出兵符，想到朝廷任职。

简文帝笑道：算他聪明，那就如他所愿吧。

陶夔又道：不过……

简文帝问：又不过什么？

陶夔说：也许，桓冲是在试探朝廷。

这时，谢安上前一步，奏道：启奏皇上，臣有话说。

简文帝说：爱卿讲来。

为了不引起桓冲的怀疑，既不让他交出兵符，又在朝廷安排他一个要职。谢安言道，只要桓冲回到了京城任职，就好控制了。

简文帝将头点了点：就依爱卿。

陶渊明在两个老城家人的护送下，朝姑塘码头走去。

早晨的阳光透过树叶，照在村口的道路上，几声清婉的鸟鸣传来，只见山林，不见鸟影。

走出村口，陶母说：明儿，娘只能把你送到姑塘码头了。

陶渊明点了点头。

陶母又说：你这一去，就要寄人篱下了，免不了要受一些委屈，你可不能像在家中一样任性啊。

陶渊明低着头小声说：娘，我知道。

忽然，身后传来小妹云娘的哭喊声：哥！娘！等等我！

陶渊明回望一眼村口，只见四岁小妹从村口跑了出来。

陶母叹息一声：唉！这个小冤家，她跟出来干什么？

陶渊明回头紧走几步，用力把小妹抱了起来，小妹紧紧搂住陶渊明的脖子，仰起一张泪脸，抽抽搭搭地说：哥，你不要妹妹啦？你带妹妹一起去读书，好不好？

陶渊明眼里也盈满了泪水，他帮小妹云娘擦了擦脸上的泪水，说：妹妹，你还小，又是女孩子，去不了建康，那地方很远很远。再说，你去了就见不到大娘和你娘了。所以你在家要乖，要听娘的话，哥哥很快就会回来的。哥哥回来的时候，一定会带很多好玩的东西给你，好不好？

小妹云娘使劲地摇头：不要不要，我只要哥哥！

陶渊明终于忍不住抽泣一声，眼泪像断线的珍珠，一串串往下掉。

刘氏也跟了过来，她从陶渊明手中接过云娘，责备道：不懂事的小妮子，哥哥要出门读书，你跟着胡搅蛮缠干什么？

云娘并不理会刘氏的责备，她在刘氏怀里挣扎着，双手伸向陶渊明，伤心地哭喊着：我不要娘抱，我要我哥抱，我要我哥抱嘛！

看见小妹云娘如此伤心，陶渊明又伸出双手，准备抱起小妹，却被仆人拦住了。

仆人说：公子，时候不早了，赶紧上路吧！说罢，仆人硬生生地将陶渊明拉开。

在小妹云娘的哭喊声中，陶渊明一步三回头。渐渐地，他与小妹的距离越来越远了。小妹的声音清晰地传了过来：哥，你早点回来呀！

在陶渊明他们身后几百米处，慧远一直跟在后面送行。亲眼目睹陶渊明上船，直到帆船将要在鄱阳湖口消失的时候，慧远仍在离码头不远的地方朝船张望。

陶母把目光从湖口收回来，正要转身离去，似乎看见了远处的慧远。

慧远的出现，让孟夫人心里有一种说不清楚的滋味。她似乎觉得慧远是一个跟随着渊明的不散的阴魂，尽管现在渊明已远离了慧远，可在孟夫人看来，只要慧远的存在，对渊明就是一种威胁。陶母心里想：我得去跟这和尚好好谈谈。

于是，陶母便朝慧远盘腿打坐的水岸走去。走到水岸，慧远却不见了。陶母朝四周望了望，仍未发现慧远的身影。心里想我明明看见这和尚坐在这里，怎么一会儿工夫就不见了呢？难道是我看花眼了吗？

陶母又朝四周看了一眼，心里说：看来真是我看花眼了。便独自笑了笑，踏上了回家的路。

慧远从湖边芦苇里钻了出来，凝望着陶母远去的身影。此刻的慧远，高兴的心情并不亚于孟夫人。他一直担心陶逸亡故后，孟夫人忽略了对陶渊明的教育，现在，孟夫人终于送陶渊明去建康了。他也亲眼看见陶渊明登上了去建康的客船，这颗心总算彻底放下来了。

搭载陶渊明的船抵达建康城时，残阳浸江，一抹绛红涂抹在陶渊明眼前一座巨大的城池上。江鸥掠水，发出凄婉的鸣叫，站在码头上的陶渊明，小小的身材，显得很孤独。他回望了一眼江水，耳边回响起小妹的声音：哥，你快点回来呀！

幼小离家的陶渊明回望了一眼残阳，心情一下子便落寞起来，他知道自己已经离家很遥远了，离母亲和小妹已经很遥远了。

忧郁的陶渊明偷偷地抹了一把眼泪，在仆人的牵扯下，十分不情愿地踏上了建康城的码头！

陶夔在书房里处理公文，门子来报：老爷，寻阳的陶公子来了。陶夔放下手中的公文，脸上带笑吩咐：赶紧把公子带到书房来！

门子一躬身：是。

门子退了出去。陶夔把灯盏里的灯草拨了拨，书房里亮了许多。陶渊明被门子领进了书房，打量了一眼面前这位长着胡须的半老头子，有些不知所措。

门子扯了扯陶渊明的衣袖，提醒道：小公子，见了陶老爷怎么不喊叔叔呢？

陶渊明又抬眼看了一下陶夔，垂下眼睑，想起出门前母亲对他说的话：见到了叔叔一定喊他。可眼前这个小老头分明像爷爷，怎么能喊叔叔呢？

门子仍在一旁催促：公子，叫呀！叫呀！叫叔叔！

陶渊明抬头看了一眼端坐在他面前的陶夔，小声地问：我叔叔在哪里？

门子说：老爷就是你叔叔，叫吧。

陶渊明低下头：老爷像爷爷，我怕叫错了。

听陶渊明这么一说，陶夔站起来放声大笑。笑毕，他走到陶渊明面前俯下身来，在陶渊明头顶上抚摸了一阵，说：此子果然聪明俊秀。瞧这双眸子，有神，将来定非凡品呀！说完，陶夔站直身子，对门子说：你出去吧，山里孩子初到京城，不习惯，不要为难他。

门子回一声：是。

门子边躬身后退，边小声说对陶渊明说：可也不能不懂礼貌呀。

陶夔听见门子的话，抚了抚胡须，心里想：是呀，我陶家的后代岂能不懂得礼仪，看来我得先花些时间让他学习礼仪，再教他读书也不迟。

这一天，陶渊明学完礼仪后，一个人在书房里呆坐着，用手支着下巴在想着什么，看起来神色忧郁。陶夔从门外踱步进来，陶渊明没有发现，仍在发呆。

陶夔走到陶渊明身后，用手摸摸他的头。陶渊明一惊，迅速下位，站在陶夔面前，躬身作揖：渊明见过叔父大人！

侄儿免礼。陶夔说，侄儿，想你娘了吧？

陶渊明抬头看了陶夔一眼，又垂下眼睑，诚实地点了点头。

门子手持帖子快步走进书房，双手朝陶夔递过帖子，禀道：大人，桓府请你明天去赴宴。

陶夔接过帖子，沉吟道：哦，桓府！也没听说桓冲家里最近有什么喜庆之事，为什么要请我去赴宴？

门子说：桓府来人说，请大人赴宴也没什么大事，只是桓大人多日不见大人，很是想念，想请大人过去叙叙旧。

陶夔说：哼，无事献殷勤。又说，知道了，把帖子收下吧。

第二天，陶夔果真前来赴宴。不过，来桓府赴宴的可不是陶夔一人。见陶夔牵着一位小公子来到桓府门前，门子赶紧传报：陶夔陶大人到！

桓温快步走出府门，一边朝陶夔作揖，一边殷勤道：陶大人，久违呀，久违！今天，陶大人光临，真是让我桓府生辉呀！

陶夔回揖：哪里，哪里。桓大人召唤，陶某怎敢不来。说完，陶夔牵过身后陶渊明说：明儿，快拜见桓大人。

陶渊明在桓冲门前朝桓冲跪拜下去：愚晚渊明拜见桓大人！

桓冲一伸手：公子请起。

桓冲说完，牵起陶夔的手朝屋里走去。

众人入座。桓府家人朝各席上的酒樽里斟酒，席上摆满了菜肴。

桓冲手一伸：陶大人，请。说完，桓冲、陶夔端起酒樽，用衣袖遮脸而饮。陶渊明也学着大人的样子，端起酒樽，用袖子挡住脸饮了一口。

桓冲放下酒樽，对陶夔带笑道：陶大人，从来没有听说你家还有一位小公子呀！

陶夔笑道：此乃我从子。

桓冲一脸疑惑：从子？

他父亲便是安城太守陶逸，陶逸在安城亡故后，便将此子托付给下官抚养，今天带来拜桓大人，便是望桓大人今后多多怜悯关照啊。陶夔说。

桓冲笑得有些不自然：好说，好说！此子聪俊秀慧，懂事明礼，又有大人亲自培养，将来前途无量啊！心里却在说，陶夔老儿果然精明！

陶夔正要开口，陶渊明离席朝桓冲恭敬地作了一揖，朗声道：谢桓大人美赞！

桓冲抚须大笑，边笑边说：好，好！此子果然敏达，将来定非凡品，定非凡品呀！

桓冲说着，便想起其兄桓温躺在病榻上对他说的一番话：陶家在天下广有声望。我、我还听说，陶逸有一个儿子，慧远、慧远预言，此子将来前途无量，你、你、你要设法，让此子将来，为、为玄儿所用啊！想到这里，桓冲对站立在旁边的家人说：去，把公子请来见过陶公子。

不一会儿，桓玄被人带到客厅。此时桓玄只有七岁，个头比陶渊明略矮。

桓玄走上来朝桓冲作了一揖，朗声道：玄儿见过叔父大人。

桓冲看着懂事的侄儿桓玄，含笑点头。他朝桓玄身后的陶夔一伸手：玄儿，快快见过陶大人。

桓玄又转身朝陶夔深深一揖：桓玄见过陶大人。

桓冲又朝陶渊明打了个手势：那位是陶公子。

就在桓玄打量陶渊明时，陶渊明已离席来到桓玄面前，朝桓玄作了一揖，说：渊明见过桓公子。

桓玄回过神来，也朝陶渊明回了一揖：见过陶公子。

端坐在宴席上的桓冲看着两个孩子，神色得意，频频点头。脑海里又闪过一幕桓温的声音：你，你要设法，让此子将来，为、为玄儿所用。于是，桓冲走下席来，解下腰上的一块玉佩，递到陶渊明跟前说：区区微物，还望小公子笑纳！

陶渊明看了一眼陶夔：这个……

陶夔说：桓大人所赐，还不跪接。

陶渊明双膝跪下，伸出双手，接过桓冲的玉佩：谢大人赏赐！

哈哈哈哈！桓冲畅快地大笑起来。

这时，在陶渊明的老家里，刘氏正在一边纺纱，一边连连咳嗽。

陶母举着灯盏过来说：妹妹，你早点休息吧。

姐姐先去歇息吧，我纺完了这一锭纱就歇了。说完，刘氏又咳嗽起来。

陶母一脸忧色，说道：妹妹一天比一天咳嗽得厉害，是不是从安城到了陶里，水土不服啊？

刘氏微微喘息了一会儿，抬起头笑道：自从来到陶里，姐姐一直对我关照有加，我哪能水土不服呢？可能是转秋凉了吧，受了点风寒，过两天就好了。姐姐你早点去歇息吧。

陶母说：自从明儿去了建康，我没有睡过踏实觉。

我理解姐姐，母子连心嘛。刘氏说，可你也不用担心，我想陶夔叔叔一定不会看轻明儿的！说完，刘氏又咳嗽起来。

陶母用手在刘氏背上轻轻地拍打着。刘氏身子往前一倾，赶紧掏出一块手帕，按在嘴边。当刘氏把捏在手里的手帕从嘴上拿开时，手帕上留下一朵鲜血！

陶母惊呆了！

刘氏惨然一笑！

陶夔府上，陶渊明正在书房读书。

陶府家丁走进书房，说：小公子，桓府桓玄公子来拜，老爷请你去会客。

陶渊明一听，不由得兴奋起来：哦，我正想他呢！说罢，陶渊明便放下书，抽身跑出书房。当陶渊明兴冲冲地跑到客厅时，陶夔却朝陶渊明将脸一沉。

陶渊明又恢复了彬彬有礼的模样，朝桓玄一揖：渊明见过桓公子。

桓玄赶紧从椅子上溜下来，兴奋地抓住陶渊明的胳膊。陶渊明用嘴朝陶夔努了努，示意桓玄我叔叔在旁边看着呢。桓玄会意，立即松开手，退了两步朝陶渊明像模像样作了一揖：桓玄见过陶公子。

陶夔看着两个小孩子的表演，不禁摇头笑了笑，对桓玄说：桓公子，老夫还有一些公事要处理，就让小儿渊明陪你说说话，老夫就不奉陪了。

桓玄懂事地说：大人请便吧。

陶夔便离开了客厅。陶夔一离开，两个小孩子立即便露出了天性。陶渊明拉着桓玄的手说：桓玄，我们到花园去玩吧。

桓玄：好啊！

两个人就手牵手朝客厅外跑去。跑进花园，在一座假山前坐了下来。

假山前有一水池。陶渊明朝水里扔了一颗石子，说：桓玄，自从你府上离开后，我可是天天想你呢！

桓玄也拿起一颗石子朝水池里觅食的红鲤鱼抛去，说：骗人吧？你想我为什么不到我家看我呢？

陶渊明：我要读书。你不知道，我叔叔把我管得可严呢！

桓玄：我回去跟我叔父说，不准你叔叔管你，这样你就可以到我家来找我玩了。

陶渊明一听不高兴，沉着脸问：你叔父凭什么不准我叔叔管我？

桓玄没发现陶渊明不高兴，还在一边朝鱼池的鱼抛石子，一边得意地说：我告诉你，我叔父在朝廷里手握文武大权，没有人不敢不听我叔父的。

陶渊明不屑地吱了一声：那我宁愿待在家里读书，也不愿去看你。

桓玄不高兴了，他把嘴一撇，说：哼，你以为是我愿意跑到你家里来看你，要不是我叔父派我来，我才不来呢！又说，好了，不说了，我该回去了。说完，桓玄怒气冲冲地要走。

躲在假山后偷听两个小孩子说话的陶夔走了出来，笑容可掬地说：桓公子且慢。又对陶渊明说，你怎么让桓公子不高兴了？还不给桓公子赔不是！

陶渊明这才不情愿地站起来，对桓玄作了一揖：请桓公子见谅！

看见陶渊明跟自己赔不是，桓玄得意一笑，也还了一揖，昂着头：好说，好说！

晚上，陶夔将陶渊明叫进了书房。陶夔说：你明天到桓府回拜一下桓公子吧。

陶渊明想起桓玄白天那副盛气凌人的样子，嘟着嘴说：我为什么要去回拜他？我又不喜欢他！

陶夔严肃地说：你现在是读书人了。要明白，来而不往非礼也。见叔父不高兴，陶渊明才很不情愿地哦了一声。

第二天，陶渊明在家丁的导引下，朝桓府而去。

桓玄听说陶渊明来了，一头从府门里冲了出来，兴奋地拉着陶渊明的手：陶渊明，你来了。快，跟我进去。说完，桓玄拉着陶渊明往府内跑去。

陶渊明被动地跟着桓玄跑进府门，拂下桓玄的手：桓玄，你能不能斯文点。

桓玄说：在我自己家里，你怕什么？

陶渊明本就对小他两岁的桓玄直呼自己姓名有点不高兴，现在又见他行为鲁莽，便说：你我都是官家子弟，不能让下人看着笑话。

桓玄才有所收敛地说：哦，那就斯文点呗。

陶渊明又说：我问你，你叔父在朝当了最大的官，为什么还派你到我叔叔家来看我啊？

桓玄毕竟才是个七岁的孩子，见陶渊明问他，也不假思索，张口便道：我叔父说了，你是长沙公陶侃的子孙，是名门之后，要我倾心交结于你。

陶渊明也不十分明白桓玄叔父的心思，应了一声：哦。又说，长沙公！可我从来都没见过他。

桓玄说：我们不管什么长沙公，渊明哥哥，我真的非常喜欢你，要不，我们到后花园去撮土为香，结拜成兄弟吧！

陶渊明一听桓玄说结拜成兄弟，想起了叔父跟他讲过的桃园三结义的故事，觉得结拜兄弟是一件很好玩的事，便高兴地说：好哇！我们也学桃园结义。

桓玄说：对，桃园结义！

不过，这事我还得回去问问我叔叔。陶渊明又说。

桓玄一听陶渊明说还要回家问叔父，便拉下小脸说：你叔父总没有我叔父的官大吧？我都不去问我叔父，你还去问什么你叔叔！

陶渊明一听就不高兴，也沉下脸说：对不起，我叔叔的官是比你叔父的官小，我也高攀不上你，我就不与你结拜了。

桓玄听陶渊明说不与他结拜，顿时就发急了：谁说的高攀不上，你祖上长沙公的官就不比我叔父的官当得小。

陶渊明冷笑一声：只可惜我叔不是长沙公。

桓玄说：这么说，你真不同意结拜了？

陶渊明回想起出门前叔叔说的话：明儿，到了人家府上，可不要顶撞了人家桓公子。便说：我们既然是好朋友，不一定非要结为异性兄弟，我比你大两岁，本来就是哥哥，我心里有你这个弟弟，你心里有我这个哥哥不就行了。

桓玄想了想：也行，不过我们提前说好了，将来我要干大事，你可要帮着我。

陶渊明不解，看着桓玄问：干大事！你准备将来干什么大事？

桓玄挠了挠头，笑道：嘿嘿，我也不知道。又说，可我叔父说，我将来要干大事，必须要得到你们陶府的支持，所以我叔父要我现在就倾心去交结于你。

陶渊明仍是一脸的疑惑，喃喃道：现在交结我，为你将来干大事？又问，你叔父要你将来干什么大事啊？

桓玄：嗨，无非就是带兵打仗嘛！

陶渊明：滥杀无辜的事我可干不了！

桓玄：哪要你亲自动刀杀人，到时候，到时候你帮我当军事吧！我叔父说过，你外公就给我父亲当过军师呢！

陶渊明：当军师？到时候再说吧。

回拜完桓玄回到陶夔家中的陶渊明立即又被下人叫进了陶夔的书房里。陶夔问陶渊明：在桓府，桓公子都跟你说了些什么？

陶渊明：桓公子要跟我结拜为兄弟。

陶夔：你答应了吗？

陶渊明：本来我想答应他也没什么，只想回来问问你再说，可他的话说来让人生气。

陶夔笑着问：哦！说来叔叔听听，他说了什么话让你生气了？

陶渊明就把他与桓玄的交谈一五一十地告诉了陶夔。陶夔听得不停地点头。心里说：桓冲小儿，贼心未泯啊！

听完侄儿的话，陶夔沉吟了良久，才对陶渊明说：渊明哪，你始终要记得老叔一句话，将来无论何时何地，你都要亲君子，远小人。

陶渊明想了想问：叔父大人，谁是君子，谁是小人呢？

陶夔说：你现在好好读书吧，等把书读好了，你就什么事理都会明白的。

陶渊明老家里，陶母带着八岁的云娘给刘氏上坟。上完坟，天空便下起了小雨，陶母拉着云娘往回走，云娘十分不愿意离开，朝刘氏的坟墓伸出小手伤心地哭喊：娘！娘！

陶母心疼地搂过云娘：妮子，不哭，哦，大娘会疼你的！

云娘揉了揉带泪双眼：大娘，哥哥什么时候回来呀？

陶母说：快了，快了，哦！

云娘抽泣道：我想哥哥！

陶母也哽咽地说：大娘也想他啊！

这一天早晨，鸟鸣清脆，阳光明艳地照射在陶渊明书房的窗格上。

陶夔走到窗格前，咳嗽了一声。陶渊明猛地从床上坐了起来，惊叫一声：娘！

此时的陶渊明已长成了玉树临风的青少年了，他揉揉双眼，叹息一声，赶紧穿好衣服，打开书房的门，拿着一本《春秋》朝花园走去。

陶渊明来叔父陶夔家六年了。在这六年中，他已熟读了《诗经》《尚书》《礼记》《乐礼》《周易》《春秋》六部诗书。此时的陶渊明正捧着《春秋》边读边朝花园里的假山走来。突然，假山边传来陶夔的声音：渊明，在读书呢！

看见叔父站在假山旁用疼爱而欣赏的目光望着自己，陶渊明赶紧夹起书给叔父行礼：叔父大人，你这么早来到花园？

哦。陶夔慈祥笑道：叔父一大早就被鸟鸣声给吵醒了，睡不着，就到花园来走走。

陶渊明赶忙低下头，说：惭愧，惭愧！叔叔大人一天到晚为国事操劳不说，还要为侄儿操心，侄儿真不知道将来如何报答你呢！不过，叔父大人你也要保重身体呀。

陶夔呵呵一笑：明儿，叔父知道你读书用心，叔父对你很放心哪！

陶渊明：谢谢叔父大人的夸奖，只是现在侄儿还没有完全把《春秋》背诵下来。

陶夔：也不在乎这一时，回到寻阳，你还可以用功嘛。

陶渊明一惊：叔父，你说，让我回寻阳？

陶夔也不急于表态：来，陪叔父在花园里走走。

叔侄俩在花园一前一后，慢慢走着，两个人都各怀心事，互不说话。突然，陶夔停住脚步说：明儿，你刚才说《春秋》差不多能背下来了，是吗？

是。陶渊明低着头说。

陶夔端详了陶渊明好一阵，才开口道：那你明天就离开建康，回到寻阳去。

陶渊明一惊，问：叔父，是不是朝廷出什么大事了？

你别多想了，回去就是。陶夔道，再说，你已经离开寻阳陶里六年多了，你母亲盼你回去一定是望眼欲穿哪！现在你已学业有成，作为人子，你也该回到母亲身边去尽孝哇。

陶渊明"扑通"的一声，跪在陶夔脚下，含着泪说：叔父大人对我恩重如山，对我恩养胜过亲子，我还没有在叔父大人面前尽孝呢，怎忍离开叔父回寻阳去呢！

陶夔扶起陶渊明：明儿，你对叔父有这份心思已是大孝了。现在你必须听从叔父的安排，立即回家，明白吗？

陶渊明又跪了下来，抬起饱含热泪的双眼望着陶夔。良久，他哽咽地喊了一声：叔父！把头朝陶夔重重地磕了下去。

第四章　情迷五柳

春日的阳光泼洒在建康城外的码头上。江边樯橹林立，细浪追腾，江花似火。十六岁的陶渊明在叔父陶夔的送行下，来到码头。

码头上，人来人往，神色慌张。

陶夔拦下一个老人问：老人家，你来自哪里？

老人家：庐江。

陶夔：庐江那边的情况现在怎么样了？

老人家：惨哪！哪个村子一天不死几个人啊！

陶夔：朝廷不是已经派人送药去了吗？

老人家摇摇头：没用啊，这瘟疫来得太凶猛了，控不住哇！

陶夔一脸凝重。

一群人从城门口朝陶夔这边涌来，乱哄哄的，人群后边传来兵丁的吆喝声。

陶渊明不安地问：叔父，怎么这么乱哪？

唉，为防止瘟疫传到京城，官府已经下令，建康城只准出，不准进！陶夔忧心忡忡地说。

唉，老百姓真是可怜哪！陶渊明轻轻叹息一声，又问，叔父，你是担心我被染上瘟疫，才急着让我回寻阳吗？

陶夔说：你可是寻阳陶里的一棵独苗啊！你要是有点闪失，我怎么对得起你父亲陶逸的托孤之情啊！

可是叔父大人年事已高，我这一去，怎能放得下心来。陶渊明凝望着江水说。

你不用为我担心，我毕竟在朝为官，怎么说都比百姓强一万倍。陶夔说完，拿出一封书信，对陶渊明说，明儿，回到寻阳后，你可不能荒废了学业。我这里写了一封书信，回去后你交给范宁老夫子，就拜在他门下继续读书，他可是寻阳的大儒啊！

陶渊明接过书信：是，侄儿谨遵叔父大人教诲！说完，恋恋不舍地朝停靠在码头边的帆船走去。

陶夔目送着陶渊明踏上从船头搭在码头上的跳板。刚走到一半的时候，陶渊明停住了脚步，又急忙从跳板上走下来，快步走向站在码头上看着他的叔父，说：叔父大人，江岸风大，你快请回吧。

陶夔拍了拍陶渊明的肩膀：明儿，上船吧，待船起程了，叔父这就回去。

此刻，陶渊明真是舍不得离开教养了他六年多的叔父，可六年多来，他也没有一天停止过对母亲和小妹云娘的思念。两边都是亲人，让他处在两难丢舍的境地之中。现在，在叔父的坚持下，他就要回到母亲身边了，这一头却丢下了日渐苍老的叔父。而且这一去，隔山隔水，再也不知道哪一天能见到他老人家了。此刻，陶渊明的心里无比空落起来！

陶渊明说：叔父，让我在码头再陪你一会儿吧！

陶夔眼里的泪水闪动了一下，又忍住了，说：你现在已经长大成人了。男子汉大丈夫，行事怎么像一个小女子，如此患得患失呢！去吧，去吧，不要耽误开船的时辰。

陶渊明仍站着不动身。

去呀！陶夔催促道。

陶渊明这才抹一把泪，转身朝船走去，边走边回首，一副恋恋难舍的神情。

船开动了，帆升上来了。陶渊明站在船头上不停地朝叔父挥手。一开始，叔父站在码头的身影还是那么清晰。陶渊明的手挥着挥着，泪水就朦胧了他的双眼，叔父的身影连同整个建康在他眼里彻底模糊起来。

这时的桓玄正在院子里练功。门子拿着一封书信朝桓玄走过来，看见桓玄正在耍弄一把大刀，便站在旁边不敢近前。

桓玄耍完刀，把刀放到武器架上，取过一条布巾擦汗。门子才趁上前禀道：公子，陶公子派人送来了一封书信，来人还说，陶公子今天就起程回寻阳老家了。

桓玄"哦"了一声，甩手夺过门子手中的书信：为什么不早送来？

门子躬着身说：小人怕耽误了公子练功。

桓玄抽出书信，在书信上扫了一眼，急着说：快，备马！

桓玄骑马挥鞭冲出了桓府，一路狂奔到建康城外的码头上。码头两边的人等纷纷避让。

骑在马上的桓玄一眼就看见了陶夔，一把勒住马缰，一声：吁！马头一纵，马在陶夔面前停止住了。

桓玄骑在马上急切地问：陶大人，渊明兄呢？

陶夔说：桓公子，你来迟一步了，渊明的船刚刚离开码头。

来迟一步了！桓玄坐在马背上呢喃了一声，又挥了一鞭，驾！马从陶夔身边驰过。

陶夔看着远去的桓玄，捋了捋胡须，摇了摇头说：冤家！

桓玄骑马在江边奔驰。终于，一艘在江上破浪前行的帆船映入他的眼帘。桓玄骑在马上高喊：渊明兄！渊明兄！

陶渊明立在船头，一边朝桓玄躬身作揖，一边大声说：桓玄弟，不劳远送，就此别过了！

桓玄：你怎么不辞而别啊？你心中还有没有我这位兄弟！

陶渊明：桓玄弟何出此言？我这不是叔命难违嘛！

桓玄：我们说好的事，你可别忘了！

陶渊明：你说什么？

桓玄：你答应将来帮我！

陶渊明：好吧，只要你愿意听我的！

船头拍打着江水逆江而上。映入陶渊明眼帘的是两岸青山，青山下是飘着炊烟的村庄，村庄边是大片大片嫩黄的油菜花和三三两两装点在水岸边的嫣桃绿柳。

陶渊明立在船头上，衣带飘飘，如玉树临风。此时他心里正在热切地呼喊着：烟村、柳岸、黄花、竹篱。烟村里翘首盼儿归来的母亲，竹篱边采花迎接哥哥的小妹呵，我就要踏浪而来了！娘啊，小妹，我带着满腹的诗书，长久的思念回来了！飞翔的江鸥啊，你能否以最快速度飞到我母亲身边，告诉母亲，她的儿子回来了！

再见了，难忘的建康城！再见了，我永远也忘不了的叔父大人！再见了，桓玄老弟！我一定会回来看望你们的！

数天后，陶渊明身背包袱朝陶里走来。

几声犬吠，数声鸡鸣，三五株粉桃，七八棵古柳，十几户人家。哦，一切都没有大的改变，这就是我魂牵梦绕的家乡啊！

陶渊明心里念叨着，走到家门前，双膝朝门口重重地跪了下来，大喊一声：娘啊，不孝儿渊明回来了！

屋里传出急切的声音：渊明！渊明回来了！明儿，我的明儿，你在哪里！

这时，从屋里踉跄着奔出一位身着青布衣裳、发鬓有些斑白的半老归人，妇人身后紧跟着小跑出一位十岁出头的豆蔻少女。

陶渊明一边飞快地朝母亲膝行几步，抱住母亲的双腿，一边一叠声地呼唤着：

娘！娘！我的娘！

陶母浑身颤抖，双手哆嗦捧起陶渊明的脸，左端详，右端详。随之泪水哗地奔涌而出，一把将陶渊明搂进怀抱，号啕一声：儿啊！果真是我的儿啊！娘可总算把你盼回来了！

站在陶母身后的女孩喜极而泣。她泪流满面，单膝跪下，扶住陶母，抽泣着说：娘，娘，哥哥回来了，你应该高兴啊！

陶母仍一手搂着陶渊明，一手抹了一把泪水。笑着说：妮子，娘是高兴啊！

陶渊明这才注意到娘身边的少女，猜想可能是云娘，便问：你是小妹吧！？

小妹羞羞地叫了一声：哥哥！

哎。陶渊明应了一声，说，小妹，几年不见，你已经长成大姑娘了！说完，陶渊明就回想在他离开家乡的那一幕：刘氏抱着小妹，他帮小妹揩了揩脸上的泪水说，你在家里要乖，要听娘的话，哥哥很快就会回来的。等哥哥回来的时候，一定会带很多好玩东西给你，好不好？小妹使劲摇头：不要不要，我只要哥哥！

这真切的一幕恍如昨日。

陶渊明从自己的腰带上解下一块玉佩对小妹说：妹妹，这块玉佩是朝廷里一个大官送给我的，哥哥戴在身上快七年了。这次回来，哥哥也没带什么回来给你。就把这块玉佩送给你吧，愿妹妹一生平安幸福！

面对陶渊明递过来的玉佩，小妹的脸红了，她伸出手想接，又缩了回去。

陶母一笑，从陶渊明手中接过玉佩，塞到小妹手中：傻妮子，哥哥送给你的，还不赶快收下。

桓玄在书房读书，门子来报：公子，荆州来人。

桓玄问：是老爷派来的？

门子说：是。

桓玄说：那还不赶快请进来。

门子对站在门外的人说：大人，我家公子有请！

一名官员进来，朝桓玄一揖，说：荆州刺史府参军黄其亮见过公子。

桓玄回揖道：黄参军多礼，请坐。上茶。

宾主落座罢，桓玄问：黄参军，我叔父身体可好？

黄其亮坐在椅上躬了一腰说：桓大人身体一向康泰，但自担任荆州、江州两州刺史后，公务十分繁忙，因此，桓大人派我来建康，将公子接到任上去。一来让公子去荆州读书习武，二来也好让公子帮大人处理一些军政事务。

桓玄一听，高兴起来：好啊！此行我们要路过江州，正好我可以顺路去看看渊明兄了！

黄其亮说：恐怕此行难如公子所愿，桓大人限令我们的时间很紧急，要求我们在半个月内，一定要赶到荆州。

桓玄问：为何要这么急？

黄其亮说：谢安带兵在北方打了胜仗，现在正组建北府兵，我这次来建康的使命除了接公子去荆州外，还有一个重要使命，就是打探有关军情，立即回报桓大人。军情紧急，这可是半点都耽误不得的呀！

哦。桓玄说，那好吧，我们立刻动身。

陶母带领陶渊明、小妹云娘去祭拜陶逸。刚走出村口，陶渊明疑惑起来，心里说：二娘呢？从我昨天回来到今天一直都未见到她呀？便问云娘：小妹，你娘呢？我怎么没见到她呀？

小妹的泪水就哗地淌了一脸。

陶母叹了一声。陶母这一叹，使云娘更加伤怀，她"哇"的一声，哭着一头栽进了陶渊明怀中。

陶渊明仰起泪脸，心里叫一声：哦，妹妹，我苦命的妹妹！便紧紧地搂住小妹。

良久，陶渊明捧起小妹泪花闪闪的脸，说：小妹，莫伤心，哦。你娘虽然去世了，还有我娘疼你，哥哥疼你呢！

小妹仰着脸，含着泪，使劲地朝陶渊明点着头。

陶母提着装着祭品的竹篮走在前面，陶渊明牵着小妹的手紧跟在陶母身后。
云娘说：哥哥，我再不准你到建康去，我要你陪我一辈子，我跟你永远不分开。

陶母回头看了一对孩子一眼，笑着说：你这傻妮子，哥哥怎么可能陪着你一辈子，难道你长大了就不嫁人了？

云娘说：不嫁人，我就不嫁人，我就要和哥哥在一块。

陶渊明说：好，哥哥保证一辈子都对妹妹好，但从今往后，你要快乐，知道吗？

云娘愉快地点点头，笑着说：嗯。

在陶母的带领下，陶渊明牵着小妹云娘的手朝父亲的坟墓走来，在坟头边摆好祭品，上好香，陶母把陶渊明和小妹拉到身边一起跪下。

陶母说：夫君，你看到了吗？你的一双儿女都长大了，今天我带他们来看你了。你的堂兄陶夔可没有辜负你的托付啊！教明儿熟读经书，现在，你可以瞑目了！陶母说完，陶渊明和小妹把头磕了下去。

就在这时，林子里传来了一阵震荡山谷的笑声，把小妹云娘吓得直往孟夫人怀里钻。

陶渊明站起身，指着发出笑声的山林大声说：何人鬼鬼祟祟？有话为何不出来讲？

林子里又传来回荡山林的声音：七年一瞬学无境，六部经书又若何？心中若想藏天地，五柳门前有真谛。阿弥陀佛！

陶母用惊恐的声音说：是慧远和尚！

陶渊明却在心中默念道：心中若想藏天地，五柳门前有真谛！似诗非诗，似偈非偈。这和尚到底想说什么？又对母亲说：娘，你不用惊慌，和尚这四句话并没有什么恶意，听起来好像在提醒我什么？

陶母还是有些担心地说：这和尚怎么像不散的阴魂，你刚回来他就缠上了。

陶渊明说：娘，别怕。我听说这和尚是父亲生前的挚友，他建寺庙的地盘都是我父亲在世时说服八叔公给他的呢。他一定不会做蝇营狗苟、暗中害人之事。我倒是想明天去会会他，看他到底是何居心。

陶母惊慌道：明儿，万万不可！你应该还记得，当年，他硬逼着我让你去跟他当徒弟，万一你这一去，他强留你做他徒弟可怎么办？

陶渊明放声一笑：娘，你放心，我再也不是七年前的小渊明了。谅这和尚也不敢如此不讲道理。况且叔父说过，这和尚乃是道安大和尚的高足，现在是享誉天下的道德高僧。要想了解他对我的真实意图，只有我上门去找他了，免得他一天到晚缠着我们。

孟夫人欣慰地看了陶渊明一眼。从陶渊明坚毅的目光里，她看到了儿子的成熟。是的，儿子长大了，有自己的主见了，她应该放手让儿子去处理一些复杂的事情，让儿子在处理这些复杂的事情，去练习生活，丰富人生。

第二天上午，陶渊明来到了东林寺门前。一个小和尚迎了上来，对陶渊明合十问讯：你是陶公子吗？

陶渊明：正是在下。

小和尚说：哦，慧远住持在方丈室候你多时了，请吧。

陶渊明边踏进庙门，边对小和尚说：是吗？心里却在想，这慧远和尚，怎么就知道我今天必来呢？看来他还真有几分道行。

盘腿打坐的慧远见陶渊明进了方丈室，便说：阿弥陀佛！陶公子，贫僧终于等候到你了。

陶渊明站在方丈室，也不朝慧远施礼，只说：我只是路过此地。偶有兴致，便进来逛逛，事前并无通告，何来大和尚等候多时之说？

慧远道：公子此言差矣，难道公子忘了你我昨日的山林之约？

陶渊明心里想：这和尚果然厉害！便朝慧远略施一礼，言道：请问大和尚，你怎么知道我在建康读了六部经书，还有，何为五柳之说？

慧远大笑数声，对站立在一旁的小和尚说：给公子上茶！

陶渊明手一摆，道：不用上茶，听大和尚说完，我就走。

慧远一笑：故人之子，地主高谊，一代人杰，两代交情，焉有不敬茶之理！

陶渊明见慧远言语恳切，便在慧远面前的蒲团上坐了下来：请大和尚明示。

慧远：陶公子，虽然你在京城苦读了七年诗书，可谓学富五车，但公子可知天外有天，人外有人？

陶渊明：此言极是，所谓天外有天，人外有人，大和尚指的是不是五柳？

慧远：公子果然好悟性。

陶渊明：可我在回寻阳前，叔父大人让我带回一封给范宁先生的书信，嘱我拜范先生为师！

慧远：范宁也算得上寻阳名儒，然则五柳……当然，贫僧姑妄言之，公子姑妄听之吧。

慧远和陶渊明对话间，翟道渊正在自己的草庐里作画。

门外来人喊道：翟先生在家吗？

翟道渊说：在，进来吧！

来人躬身一揖：我家主人想请先生画一幅仙鹤图，为县令大人的高堂祝寿。来人说完，拿出一包银子放在桌上：这是润笔费。

翟道渊说：对不起，请回复你家主人，画仙鹤寿桃之类，非在下所长。你把银子带回去，还是请范宁先生帮你们画吧。

见到手的银钱翟道渊都不要，来人以为自己听错了，问：范宁先生？

翟道渊说：不错，范宁先生。他乃江州画寿画的圣手啊。

来人说：可是，我家主人请的是先生你呀。

翟道渊不耐烦起来，对来人挥手道：去吧，去吧，不要耽误我作画。

来人只好拿过银子走出门，边走边摇头：真是怪，有钱不赚。

来人走后，一边侍候翟道渊作画的女儿玉如不解地问：父亲，你这又是为何？

翟道渊搁下笔，抚了抚胡须说：女儿，范先生向来贫寒，儿女又多，我们可不能抢他的饭碗哪！

玉如说：可这是人家找上门来请父亲作画呀！

女儿，你不懂，范宁他除了能画仙鹤寿桃外，其他的画作拿不出手哇。翟道渊说，可为父除了这些外，梅兰竹菊都能画几笔。如果我画了仙鹤寿桃，那范先生岂不……

玉如不禁赞许道：父亲的善心，女儿明白了！

慧远的禅室里，慧远和陶渊明仍在交谈着。

陶渊明说：然则，我乃井底之蛙，从未听说五柳先生何许人也，又缘何才能拜见？

慧远垂着眼睑，又说出了四语非诗非偈，却又似诗似偈的话来：五柳非人非仙，住在人间水边。用心用意寻访，五柳便在眼前。

陶渊明：五柳非人非仙，住在人间水边？

慧远：一切皆缘分，公子随缘吧。

慧远说完，双眼闭上，再不开言。

辞别了慧远，陶渊明持着叔父陶夔的亲笔书信正式拜范宁为师。

这一天，陶渊明端坐在范宁的书房里，范宁手捧经卷，朝陶渊明开讲：何谓敬中以达彼？便是端正内心才能通达他人，自尊自重才能敬人敬业。

陶渊明说：先生，是否可以说，人必自信而后人信之，人必自重而后人重之，人必爱人而后人爱之。己欲立而立人，己欲达而达人，己所不欲，勿施于人？

范宁点头道：然也。你要记住，做人处事，要恪守能勿失三个字。

陶渊明问：先生，何谓能勿失？

范宁说：这可大了去啦。失常、失敬、失言、失意、失语、失态、失准、失明、失聪、失方向、失章法，全是失。全是自我溃败的表现。我告诉你，你只要掌握了这些道理，比掌握了一把宝剑厉害多了！

陶渊明听得点头沉思起来。

皇宫里，皇帝正在与陶夔议事。

皇帝开言道：王坦之奏报，桓冲在荆州日夜操练兵马，爱卿可听说此事？

陶夔说：老臣听说了，老臣正担心桓冲心怀不轨呀。

皇帝说：桓冲如今领荆江两州刺史，虎视京都，只要他顺江而下，建康危矣！

吾皇所虑及是。陶夔说，照我朝地势看来，桓冲在长江上游居有雄兵，又在中游兼领江州刺史，建康处在长江下游，虽说谢安手中也有不少兵马，而北方祸乱又起。他正在北方平乱，如此时，桓冲挥兵东下，势必成破竹之势，建康恐怕没有兵力可挡啊！

皇帝忧心如焚地问：陶爱卿真乃洞若观火，不知你有何良策？

此时，吾皇只能用制衡之术了。陶夔回道。

皇帝：请爱卿详细道来！

陶夔：从当下朝野的势力来看，能够相互制衡的唯有桓、谢、王三家！而今桓、谢二家均手握重兵，盘踞于西面和北面，加之谢安之子谢某又在建康东面的扬州担任刺史。如谢安在北方有异动，其子可从东面的扬州起到呼应作用。如桓冲从荆江二州起兵，大军顺江而下，那就非扬州之兵可挡了。

皇帝点头道：是啊，那如何制衡呢？

陶夔道：不若派王坦之弟王凝之去江州担任刺史。

皇帝问：爱卿之意是想让桓、王、谢三家互相制衡？

陶夔说：正是此意。

皇帝开始还点头称赞，可又一想，还是觉得不妥，便说：可我听说王凝之不学无术，又奉信什么五斗米教，如此之人，怎能担当大任？

陶夔笑了笑，便不开言。

皇帝见陶夔笑而不语，便问：爱卿有话不妨直言，就不要含而不露了。

陶夔只好说：此人确实有些昏庸，但他一来是王家子弟，二来他娶了谢安侄女谢道韫为妻。谢道韫嘛，可非普通的女流之辈，姿色且不论，就凭其才华胆识，那也不在谢安之下呀！

皇帝这才哦了一声，似乎有所觉悟。说：爱卿告退，待朕再好好想想。

范宁家。范宁站在陶渊明的身后，正在陶渊明端着的书上指指点点，一个衙役走了进来，对范宁说：范先生，我家老爷请你过府作画。

范宁说：听说你家老爷不是请了翟道渊先生作画吗？

衙役说：翟先生说，画仙鹤你是大家，有你在，他不敢献丑。

范宁说：那是翟先生谦让啊。

衙役：翟先生对我家老爷说，这寿画无论如何都要请你去。

范宁：好吧，那我恭敬不如从命了！

荆州刺史府。

桓冲对一名手下人说：这是聘书，你坐快船赶到江州，把范宁先生接到荆州来。

手下人从桓玄手中接过聘书：是！

见手下人退了出去，桓玄才开口问：叔父大人，我这里不是有先生吗？为什么还要去江州接范宁先生来教我？

桓冲捋了一下短须，说：范宁乃江州名儒，我听说，陶渊明现在正拜在他门下读书啊。

桓冲说：可叔父大人把范宁先生请来了，那渊明兄不是失去先生吗？

桓冲说：玄儿，叔父也是一番苦心为了你呀。

若渊明兄要是知道我夺了他的先生，岂不……？桓玄看了一眼桓玄的脸色，欲言又止。

侄儿多虑了。桓冲说，我已跟去接范宁先生的人说好了。这一切都不会让陶渊明那小子知道的。

这一天，陶渊明正在范宁的监督下读书。范宁忽然放下书简，对陶渊明说：渊明，今天你自己读书吧，我要去拜访一位老友。

渊明也放下书简问：先生，是什么样的朋友值得你亲自去拜访啊！

范宁笑着说：说起这位老友啊，他叫翟道渊，不但学问才艺冠绝大江南北，而且人品十分高洁，因为战乱，他从江北漂泊到江南，定居在庐山脚下的南村。

陶渊明心里一动，问：庐山脚下的南村？

你别管南村北村，好好读书吧。范宁说完走出草庐，消失草庐前的树丛中。

看着范先生的身影消失在树丛中，陶渊明不禁语道：翟道渊？南村？

翟道渊身背一个酒葫芦，正走出家门，迎面却遇上了范宁。范宁大声笑问：呵呵，道渊兄，你这是何往啊？

翟道渊取下酒葫芦，摇了摇说：呵呵，正要买酒去，哪承想你范宁老弟来了啊，真是稀客呀！又站在门口喊：玉如，来客人了，你代爹买酒去！

玉如从屋里出来：哎，爹，我这就去！

范宁看着从翟道渊手中接过酒葫芦的玉如，不禁赞道：嘿，好一个玉如姑娘呀！

哪里，哪里，宁兄过誉了！翟道渊说，听说你收了陶逸之子渊明为学生，今天宁兄不在家中课徒，怎么有空到跑到我这儿来陪我喝酒呢？

范宁说：我来是为了感谢道渊兄啊！

这谢字，从何而来？翟道渊问。

范宁说：道渊兄乃画坛圣手，却屡次三番举荐我为人作画，此等高谊，岂能不谢啊！

翟道渊牵起范宁的手，一边往屋里让，一边说：我乃雕虫小技，哪比得上宁兄大手笔，岂敢悬挂于他人高堂呢！

刚进屋，范宁便被悬挂于堂前翟道渊的数幅画作吸引住了，他快步走到画前，仔细端详起来。端详了好一阵，范宁才转身朝站在身后的翟道渊深深一揖：道渊兄高艺，高艺呀！看过道渊兄的画作，我才知道什么是江河大海，什么是小溪浊流呀！惭愧、惭愧啊！从今往后，我再也不敢在他人面前言画了！

翟道渊扶起范宁，道：宁兄不必过谦，尺有所长，寸有所短，我不过画得几笔歪梅乱竹。宁兄的松鹤岂是凡人所及啊！

范宁：告辞告辞！

翟道渊：茶未喝，酒未饮，宁兄怎言告辞？

范宁：道渊兄不与我争画，惠及我衣食，已经让我自惭形秽，范宁岂有颜面坐下来喝酒。告辞、告辞！说完，范宁抢步而去。

翟道渊望着范宁的背影，摇了摇头，叹息了一声！

寻阳江边，陶渊明送范宁朝码头走去，后面跟着桓冲派来的人。

陶渊明神情暗淡地问：先生这一去，不知何日能归？

范宁摇了摇头：不好说。

陶渊明又问：看先生神情落寞，莫非心中有难言之隐？

范宁看了一眼身后桓冲派来的人，说：人在江湖，身不由己啊！为师虽然舍不得你，但与你师徒缘分已尽，你好自为之吧！

陶渊明说：先生何出此言，学生不才，倒也知道一日为师、终身为父的道理呀？

唉！范宁说，渊明呀，我何尝不想与你如父子一般厮守终身，然而……不说了，送君千里，终有一别，你回去吧！

渊明又说：难道师徒一场，先生临别就没有一言相赠吗？

范宁抬头望着江水，思想良久，才问陶渊明：你还记得为师跟你说过的翟道渊吗？

记得，他住在庐山脚下的南村。渊明说。

有时间，你一定要去拜访于他，或许他能教你点什么！

范宁说完来到江边停靠的船旁，在桓冲派来的人的扶挟下，登上了船。船开动了，陶渊明站在江边朝范宁深深一揖：先生一路顺风。当陶渊明抬起头时，眼里已含满了泪水，注目载着范宁船渐行渐远。

范宁先生突然走了，也不告诉陶渊明他的去向，郁闷几天后，陶渊明决定到村外走走。一开始他的行走毫无方向，正在他感觉有些疲惫的时候，突然回想起了为范宁先生送行的那一幕！

你还记得为师跟你说过的翟道渊吗？

记得，他住在庐山脚下的南村。

有时间，你一定要去拜访于他，或许他能教你点什么！

陶渊明一笑，又抬起脚朝不远处农田里的一位把锄挥汗的老农打听南村的位置，老农停下活计，一边擦汗，一边朝前指了指。

陶渊明朝老农一揖，又朝前走去。转过一道山弯，穿过一片竹林，看见一座山峦，山峦下有一汪小湖，小湖里清水荡漾，湖岸开着各色野花。沿着花径走下去，一座茅屋出现在他眼前，茅屋前并排生长五棵翠绿的垂柳。

陶渊明心一动，几步小跑来到柳树边，用手抚摸着树干，仰起脸，带笑朝树干轻轻地呼唤：五柳、五柳！继而，他又自嘲一笑，自语道：五柳先生怎么会住在这么一个寂静的地方呢？何况这所茅屋又是多么简陋啊！

就在陶渊明转念之间，从茅屋传出悠扬的琴声。最初琴声婉转悠扬，继而清澈激昂，一会儿如清风抚拂，一会儿又如春暖花开。

陶渊明听呆了。他自言自语地说：能弹出如此美妙的琴声，一定是一位旷世高人哪。对，一定是五柳先生！陶渊明三步并作两步冲到茅屋前，琴声一落，陶渊明便在门外高喊：学生陶渊明拜见五柳先生！

回答他的是一片寂静。陶渊明把声音又提高了八度：学生陶渊明拜见五柳先生！茅屋的门呀的一声打开了，站在他面前的是一位亭亭玉立的少女。她抿嘴一笑，说：何来轻狂小生，在此乱喊乱叫！

面对眼前貌若天人的少女，陶渊明惊呆了，半天都说不出话来。

看见陶渊明一副呆若木鸡的模样，眼前的少女又掩面一笑。

陶渊明回过神来，道：哦，哦。刚才，刚才不是五柳先生在弹琴？

这时，从茅屋里走出一位老者，他对陶渊明举手一指说：刚才是小女玉如在弹琴。

陶渊明慌忙躬身还礼：老伯一定就是五柳先生了，渊明一直想寻访拜见先生，今天老天垂怜，总算让学生我有幸得遇先生了！

翟道渊抚着胡须微笑着：陶公子何以见得老夫就是五柳？

陶渊明看了一眼还在偷偷打量自己的玉如，想了想说：有其父必有其女，先生刚才说弹琴的是令爱，学生想，非先生高才雅教，学生岂能听到如此绝妙的琴声。

陶渊明刚说完，玉如便偷偷一笑。

翟道渊心想：此子果然玉树临风，出口不凡，真不愧为陶家子孙。便说：公子谬赞了。如不嫌茅舍简陋，请公子进屋一叙。

陶渊明又朝翟道渊深一礼：蒙先生厚爱，学生敢不从命！走进茅舍，陶渊明与翟道渊分宾主而坐，一老一少毫无顾忌地高谈阔论起来。谈到契合处，翟道渊不禁言道：哎呀，今日见到公子，大慰老夫胸怀。公子学识过人，老夫叹服哇。

陶渊明恭敬道：渊明谢先生抬爱。

翟道渊抚须喜言：欣慰，欣慰呀！老夫此刻愿为公子弹奏一曲。说罢，翟道渊走到琴架前，席地而坐，弹奏起来。

一曲高山流水从翟道渊指尖流淌而出。

初次与五柳先生交谈，陶渊明便深感受益匪浅，他没想到五柳先生不但对世事有如此精辟的见解，而且对老庄学说也有独到的看法，虽然有些观点陶渊明闻所未闻，但他已被五柳先生深深折服。陶渊明回想起慧远的四句非诗非偈又似诗似偈的话：七年一瞬学无境，六部经书又若何？心中若想藏天地，五柳门前有真谛。

五柳先生弹完琴，把身子从琴架旁转过来。陶渊明扑通一声，朝五柳先生双膝跪地。

五柳惊问：陶公子，你这是？

陶渊明由衷道：我想拜先生为师，请先生收下学生！

五柳赶忙扶起陶渊明，说：公子先别急着拜师，你先回答我，我刚才为你弹了一支什么曲子？

陶渊明回道：学生才疏学浅，我想，要是不错的话，先生弹的应该是高山流水吧。

五柳点头道：不错，老夫弹的正是高山流水。

陶渊明试探着问：先生，你的意思……？哈哈哈哈！五柳先生大笑起来，笑毕说：渊明哪，学生易得，知音难求哇！我们就做个忘年之交吧。

陶渊明拘谨地说：学生岂敢放肆。

五柳豪放地说：渊明哪，我们千万不要拘泥于俗套啊，如果我们之间一旦确定了先生与学生的名分，我俩交往起来多别扭，老夫我不喜欢受拘束，只要你看得起老夫，你天天来我这里，老夫打心底里欢迎，我也会知无不言、言无不尽的。如你硬要拜我为先生，那老夫可就不高兴啰。

陶渊明这才向五柳深深一揖：我尊重先生的意见，那我就把先生两个字深深地藏在心里吧。

五柳捋着胡须哈哈大笑起来！

不知不觉间，便到了黄昏，陶渊明只好朝五柳先生作揖告辞。

送走陶渊明，五柳却看见女儿玉如还坐在窗前手支下巴，凝望着陶渊明走过的那片山水。

五柳：玉儿，看什么呢？玉如哦了一声，脸便红了。

五柳：渊明这孩子可真是一位了不起的才俊哪。

玉如：那你为什么不收人家当学生？

五柳笑一笑：为什么要收他当学生啊！

玉如：你刚才不还在夸人家嘛。

五柳：收他当学生，不如……

玉如：不如什么呀，爹爹？

五柳：不如，不如收他为知音。呵呵！玉如有些失望，暗自叹息一声。

皇宫里。皇帝正在一堆奏章中拿过一本看了起来。

宦官进来禀报：皇上，谢安谢大人返朝，正在宫门外求见。

皇帝一边继续看着奏章一边说：宣他进来。

宦官走到门外喊道：宣谢安谢大人晋见！

谢安快步走进宫门，在皇帝面前跪了下来：谢安拜见吾皇。吾皇万岁，万岁，万万岁！

皇帝搁下奏章，走下座位，亲手扶起谢安：爱卿平身。赐坐！

谢安朝皇帝一揖：老臣谢坐！

皇帝说：爱卿不必多礼，你一路车马劳顿，应该在家好好休息几天，把身子养好了，再来晋见也不迟呀。

谢安说：老臣不累，老臣许久未见皇上，皇上倒是清瘦了许多，皇上更要爱惜自己的身体呀！

皇帝摆摆手：朝廷事多，想静下心来都难哪！

谢安说：不知皇上急着诏臣回朝有何要事？

前日，陶夔来奏，想朕派一名大员去任江州刺史，不知爱卿意下如何？皇帝问。

谢安想了想，说：江州刺史不是桓冲在兼任吗？朝廷再派人去，桓冲会交出江州刺史的大印吗？

朝廷有命，桓冲岂敢不遵，况且他不是还有荆州吗？皇帝说。

依陶夔之意，打算派谁去江州呢？谢安问道。

王坦之之弟王凝之。皇帝回言。

谢安往地上一跪，一边朝皇帝磕头，一边大声说：皇上，陶夔该杀！

皇帝不解，问：此言怎讲？

谢安急言道：王凝之乃一平庸之辈，怎能堪当如此重任，一旦坏了吾皇大事，岂不是画虎不成反类犬么？

皇帝却淡然地说：王凝之是无能，可听说你的侄女儿谢道韫才华过人哪！

谢安说：这个嘛，我侄女就算有再大的才华，毕竟乃一女流，不可抛头露面哪！

皇帝：那……

谢安：皇上，此事得从长计议呀！

辞别皇帝，谢安回到府中。他正坐着边喝茶，边思考刚才与皇帝的对话时，刘牢之进来了。

刘牢之进门便开门见山地问：大人为什么反对王凝之去任江州刺史呢？

谢安说：桓冲贼心已露，王凝之去了江州，必定会引起他的警觉。

刘牢之说：难道大人的意思是，让他造反？

谢安说：桓冲目中无人，以为天下就是他的囊中之物，我北府兵岂是吃素的。

刘牢之点了点头：末将明白了，桓冲造反，大人就可早日除掉他。

谢安说：你早点回去吧，在青州和庐陵两处加强布防。

五柳家的草堂里。五柳和陶渊明谈笑着。玉如走进草堂，欲言又止，而五柳和陶渊明却浑然不觉，继续高谈阔论。

五柳：老百姓最伟大，老百姓最可爱。

陶渊明：老百姓也最可怜啊！

玉如暗叹一声，又走下去。

五柳：可惜的是，人性的某些方面有如禽兽，自私而贪婪，他们讲仁义，但又不为仁义而牺牲贡献，却要享受仁义。

陶渊明：先生所言极是，这样仁义便变成了自天而降的大馅饼，人人望而盼之，分而享之。可能吗？

五柳：是啊。同样的道理，仁政脱离实际，脱离民生，天下还能不乱吗？

玉如又走了进来。看见玉如，五柳说：玉儿，日头早过午了，怎么还不上饭呢？慢待了爹爹可不要紧，可不能慢待了人家客人啊！

玉如轻声说：爹爹，你过来一下。

五柳脑子立即回闪了一下玉如昨天对他说的话：爹，只剩下两把米了，明天我们只能吃稀粥了。便哈哈一笑，道：哎呦，你这宝贝女儿，不是还有两把米嘛。煮饭不够，你就煮稀粥吧，难道你渊明哥哥还会计较我们招待不周吗？

陶渊明窘迫地站起来，说：先生，只怪渊明不明事理，天天在先生家中白吃白喝，惭愧，惭愧呀！渊明这就告辞了。

五柳按住陶渊明：哎，你我乃诗书之交，何必挂念这些俗事呢？你这一走，岂不让小女玉如不安吗？

陶渊明犹豫了一阵，又坐了下来。

回到家中的陶渊明，坐在书房里唉声连连。

小妹从窗前经过，停步看了渊明一眼，直接走进陶母的房里。

小妹附着陶母的耳朵说：娘，哥哥好像有什么心事了，正在书房里唉声叹气呢？

哦，是吗？陶母说，走，过去看看。说完陶母起身走进了陶渊明的书房。

见母亲进来，陶渊明站起来，叫一声：娘！

陶母开门见山问：明儿，什么事让你不开心了？

渊明如实回道：娘，五柳先生家里断粮了。今天只剩下两把米，中午喝稀粥都把孩儿留下了来。

哦，娘也没想五柳先生的日子竟然过得如此艰难呀！陶母说。

是呀，先生豁达，对此毫不介意，还与孩儿谈笑风生。说完，渊明早已忧形于色。

既然如此，你可不能坐视不管哪。陶母说，自从你父亲去世后，我家虽然算不上什么富贵人家，可也还有数百亩薄田。明天，你赶紧送点粮食过去，可不能让先生一家饿肚子呀。

是，娘！比起我曾祖母湛老夫人的风范，娘你可是有过之而无不及呀！陶渊明对母亲由衷赞道。

陶母说：虽然你没有拜五柳先生为师，可娘知道，他就是你心里真正的先生。哪有做学生的眼看着自己的先生受饿而无动于衷呢？做人可得讲良心啊！

是，明儿谢娘的教诲！说完，陶渊明心里便开朗起来，心想：这下可好了，有娘这句话，往后就不用担心先生与玉如妹妹挨饿了！

啊——！突然，书房外传来小妹一声惊叫！

第五章　无弦琴断

随着书房外传来小妹云娘的一声惊呼，陶渊明叫声不好，便冲出了书房，一眼便看见云娘倚靠在厢房的门框上，身子不停地发抖。

陶渊明一把扶住云娘，问：小妹出什么事了！让你吓成这样？

陶母手里端着灯盏，也紧步跟了出来，惊慌地问：妮子，妮子，你这是怎么了？

云娘指着一间屋子，颤颤地说：里面，有，有人！

陶渊明站在门口朝屋里瞧去，看见屋里有一团黑影。

哼，梁上君子！陶渊明心里说，便对屋里的一团黑影喊道：梁上君子，请出来吧！

屋里的黑影蠕动了一下，便畏畏缩缩地走了出来，低着头，站在陶渊明一家人面前。

陶渊明见此人身材瘦小单薄，站在他面前不停地发抖，一腔怒气已泯灭了一大半，只冷笑一声，嘲讽道：你既敢为梁上君子，为何又不敢抬头见人？

那人仍低着头。

陶渊明托起那人的下巴，一张稚嫩而清秀的面庞出现在陶渊明面前。渊明微吃一惊：你多大了？

少年把头一低，小声说：十三。

陶渊明扬起手一边要打，一边恨道：小小年纪，竟不学好，干起入室为盗的勾当来，找打！

少年往陶渊明面前一跪：请公子饶恕，我并不是来偷盗的。

陶渊明说：那你为何黑夜躲藏在他人家中？你这举动非奸即盗，还要强辩！

陶母一手托着灯盏，一手抓住陶渊明的手，说：明儿，饶了他吧，这孩子瞧上去蛮可怜的！

少年这才仰起脸，身子也不抖了。他一边流着泪一边言道：公子听我解释，我与母亲流落在此地，举目无亲，听说公子是位读书人，心肠必定良善，想来求公子施以援手，不承想公子在书房唉声叹气，又不敢贸然打扰，正在发愁，又看小姐出来，怕撞见了不雅，便藏进屋里，可、可还是惊动了小姐。说毕，他朝陶渊明深深一拜：小子有罪，求公子宽恕！

陶渊明心里思忖：瞧这小子说话语气不像是做贼的，倒像是读书人。便问，你叫什么名字，家住哪里？

少年说：我叫良驹，家已破败，只剩下我与母亲相依为命，而今，母亲身患重疾。少年说着两行泪水又夺眶而出。

哦，你起来吧，到书房说话。说完，陶渊明牵着良驹走进书房。

陶母也跟进来了，一脸疼爱地问：孩子，你饿了吧？良驹点点头。

陶母转身对云娘说：妮子，快去拿几个粑果来。云娘哦了一声，便飞快跑去拿粑果。

良驹对陶母深深一拜：谢过夫人！

莫谢，莫谢。陶母边摆手边关切地问：你刚才说你与你娘流落在寻阳，你们住在哪里啊？

良驹说：就住在村前的牛栏里。这时，云娘端着一碗粑果过来，递给良驹。

谢谢了！良驹道完谢，便提起自己的衣襟，将一碗米粑倒在衣襟里，转身就走。

陶母说声慢，问道：你为何不吃了去？

良驹说：家母都三天未吃，良驹岂能独自享受夫人的恩赐！

陶母点点头，言道：这孩子，真是个孝子呀，孝子！妮子，你再去拿些米粑来给他吧。

良驹又一跪：谢夫人、公子的活命之恩！

陶母扶起良驹，抚摸着他瘦弱肩膀，慈爱地说：孩子，起来吧。就凭你这份孝心，老天爷一定会顾惜你的。

陶渊明也被良驹的孝心深深打动，他看着良驹关切地问：几个粑果，你与你母亲也吃不了三餐两顿，往后，你母子俩作何打算？

唉！良驹叹息一声，一脸迷茫。

陶母见状，便笑着对陶渊明说：明儿，要不，你就让他在你身边做个书童吧，我们家也不少他母子俩的口粮。

陶渊明听母这么一说，满心欢喜，便问良驹：你意下如何？

陶渊明这一问，良驹便想：想我父亲，也曾贵为太守，可恨桓冲贼子，害我家破人亡，如今害我良驹竟沦落到如此地步！但他并未露出任何声色，只朝陶渊明母子深深一揖，说：谢夫人和公子收留！

第二天一早，陶渊明背着一袋米正要去五柳先生家。刚走出家门，良驹追出来，说：公子，让我来背。

陶渊明说：你就留在家中吧。

良驹说：我已是公子的书童了，名分已定，跟随公子端茶倒水，铺纸研墨，手提肩挑都是我分内的事。

陶渊明一笑，言道：虽然我们名分已定，但我心里已把你当自己的兄弟，你就在书房看看书吧。何况我要去看的是五柳先生，他可不喜欢我摆出个公子的派头，带个书童见他哦。

良驹这才知趣地说：哦。那公子早去早回。

陶渊明朝良驹点点头，便背着一袋米走出了村口。一个时辰后，陶渊明背着米袋来到了五柳先生门前。

屋里传来一阵琴声。

陶渊明摇头一笑，自言道：先生好雅兴，都断粮了，还有心思弹琴，真乃高人也。

陶渊明正要进门，又一愣，心里说：不对啊，这不是一首《凤求凰》的曲子么？先生怎么会弹这样的曲子呢？对了，一定是玉如妹妹在弹琴。玉如妹妹！陶渊明在心里默念一声，脸就红了。

琴声在继续。

陶渊明把米袋轻轻地放在门前，独自一人来到水边，看着清澈的水里小鱼成群结队游来游去，他摘下一片青嫩的柳叶朝水面扔去，鱼儿欢快啄食，搅起阵阵轻微的水花。

这时，陶渊明身后传来一声轻轻的叫唤声：渊明哥哥，你什么时候来了？怎么不进屋呢？

陶渊明脸一红，低下头不敢看玉如，只说：哦，我怕打断你的琴声。

玉如也把头一低，脸一红：你，你听见我弹琴了？说完，玉如转过头朝对面的山坡看去，对面的山坡上开遍了火红的云锦杜鹃。

陶渊明知道，女孩子弹起《凤求凰》的曲子，一定是有了心思，怕说了实话让玉如害羞。便说：我，我不懂琴。不过，玉如妹妹，你弹的琴真好听，什么时候你也教教我吧！

玉如红着脸，低着头轻声道：渊明哥哥，你骗人，那天我爹弹了一曲《高山流水》，你一听便听出来了。

陶渊明背过身，抚着垂柳枝说：嘿嘿，那是瞎猜的。

玉如说：渊明哥哥，你懂琴！我……

陶渊明只好说：不过是懂点皮毛而已。说完又怕玉如难堪，便转过话题：玉如妹妹，你就别吝啬了，抽空教教我吧。

玉如已恢复了常态，大方地说：你就别笑话我了，我爹说了，你学问超群，小小琴艺，于渊明哥而言，又何足挂齿。

见玉如大方起来，陶渊明反倒觉得是自己多情，便心有不甘地说：玉如妹妹，你刚才弹得，弹得，真好听！妹妹，琴乃心声，渊明虽然不会弹琴，但妹妹刚才所弹，我还是，还是听得懂！

玉如这回真的羞了：渊明哥哥，你坏，你好坏！说完，双手把脸一捧，跑进了茅屋。

看着玉如往屋里跑，陶渊明快意一笑，随手在水边捡起一块瓦片，朝湖面漂打过去，瓦片在水面上纵跳着一阵小跑，跃进了湖心。

五柳先生在市面上卖完画，又在市面上买了袋米，扛在肩上，正朝自己的茅舍走来，老远地就看见在水边的陶渊明，便喊道：渊明哪，这么早你就来了？五柳先生边说边拍着半袋粮继续说，瞧，今天咱们可不用喝稀粥了！

陶渊明朝五柳迎了上去：哦，先生，你辛苦了，让我来拿吧。说完，陶渊明接过五柳先生手中的半袋粮，一前一后朝茅舍走来。

玉如从屋里迎了出来，指着门口一袋米说：爹，渊明哥哥一大早就送米来了！

五柳看了陶渊明一眼，张了张嘴想说点什么，但还是没说出口。

三人进屋，陶渊明放下粮食，便和五柳席地而坐。玉如端上茶，一人面前摆放一碗，手拿茶盘站在一边。

五柳端起茶饮了一口，才开言：渊明，谢谢你对老爷子的这番用心，我和玉如谢谢你了！又对身边的玉如说，玉儿，你渊明哥一定还没有吃早饭，你还不赶紧给做点吃的来。

玉如说：好，我先到对面山上去掰点嫩笋子来，为你们做盘下酒菜。

见玉如提着竹篮出门了，五柳才对渊明说：外面春光宜人，我们到门外坐坐吧！

先生有此雅兴，渊明随从就是。说完陶渊明和五柳来到门外竹篱边的石头上坐了下来。而陶渊明的目光却时不时跟着玉如的身影在对面的山坡上游来移去。

五柳端茶饮了一口，轻轻咳嗽了一声。陶渊明赶紧把目光收回，看着五柳。

五柳一笑，随口吟出：云锦知春开万朵！吟完了，便看着陶渊明，意思是你接第二句吧。

陶渊明轻念一声：云锦知春开万朵！心里想，先生是在试探我吗？脑海里又回闪出玉如所弹《凤求凰》的曲子，继续想，玉如妹妹弹的那曲《凤求凰》一定与我有关。坚定了这种想法后，陶渊明看了一眼门前五棵柳树，也吟出了一句：弱柳扶风独一枝！

好，好啊！哈哈哈哈！五柳放声大笑起来。心里却在说，我总算没有看走眼，这小子果然是个情种！

陶渊明看了一眼五柳明亮而兴奋的眼神，也跟着嘿嘿嘿地笑起来，他的笑声里透着几份年轻人的羞涩。

回到家中，陶渊明决定告诉母亲，他要娶五柳先生的女儿玉如为妻。

他本以为他的想法会得到母亲的赞同，没想到母亲还没听完他的话，便坚决反对起来。什么？你要娶五柳的女儿玉如为妻！？陶母说。

是呀，娘。陶渊明说，玉如妹妹聪明贤淑、美丽大方，而且琴棋书画都得到她父亲五柳先生的真传，这样的女子，是可遇不可求啊！

陶母一个劲地摇头：不行，坚决不行，她家穷得连米都没有下锅，和我们家也门不当户不对！儿呀，我们家虽然不算是富户，可在寻阳也算是名门望族啊！你要知道，美貌的女子多的是，我们可不能辱没了门风呀！

陶渊明仍坚持道：娘，我们和五柳先生家结亲，怎么就辱没了门风呢？五柳先生可是当世的学问大家，何况他教了儿子不少的经世学问，他对儿子有恩哪！

陶母却固执道：有恩我们就报恩。可不一定要娶人家女儿啊！

好吧，娘，既然你不同意儿子娶玉如妹妹为妻，那儿子就打一辈子光棍了。陶渊明说完，将身子一别，背对着娘，第一次与娘赌起气来。

唉，你这傻儿子。陶母说，何必为此事跟娘置气呢，娘这不也是为你好吗？

娘，孩儿累了，你也早点休息吧。陶渊明仍在赌气。陶母站起来，摇摇头，从书房里走了出来。

陶渊明却陷入了深深的迷惑之中。他想，母亲乃名士之后，熟读诗书，一向大度开明，怎么这时候在他的婚姻问题上存有门户之见呢？

而此时的陶母心里也是有苦说不出。以前她并不知道五柳先生的真实身份，自从儿子拜在他门下后，才打听出来这个叫五柳的先生原来就是翟道渊。在她还未嫁给陶渊明的父亲陶逸以前，翟道渊就得到了她父亲孟嘉的赏识，经常在她家中与她父亲饮酒吟诗，讨论时政。其时，她已情窦初开，对风流倜傥、才华横溢的翟道渊景仰万分，总是有意无意地找机会接近他，可这一切并没有逃过父亲孟嘉的一双法眼。当她含蓄地对父亲表达想让父亲招翟道渊为其东床之意时，没想到父亲却明确地告诉她，父亲在三年前已将她许配给了长沙公之后的陶逸。当然，翟道渊并不知道这一切，与孟嘉不但没有疏远，反而更加亲密，直到许多年以后，孟嘉知道自己将不久于人世了，便将自己最宠爱的小妾托付给翟道渊。不久，便生下了他的女儿玉如。孟嘉死后，世道更加离乱，为避战火，翟道渊便带上妻子和女儿来到江州隐居，三年后，孟嘉的小妾、翟道渊的妻子终于因清苦贫寒、水土不服而亡故。

现在，对陶母而言，与翟道渊结亲，门户根本就不是问题，问题的根源在于翟道渊的女儿玉如的身份，谁知道玉如的身上流的究竟是翟道渊的血还是她父亲孟嘉的血呢？如果玉如身上流的是父亲孟嘉的血，那么她可就是陶渊明的亲小姨啊！就算玉如不是陶渊明的小姨，毕竟玉如的母亲曾经是陶渊明外公孟嘉最宠爱的小妾，这一切都与名分有碍呀！可是这一切又怎么能对陶渊明说得清楚呢？既然是说不清楚又不可说的事，那么陶母只有以门户之见来作为反对儿子娶玉如为妻的理由了。

陶母拿定了主意后，叫来一个仆人说：你明天赶到江北去，去把公子的舅舅给我请过来。路上不要耽搁，快去快回。

陶渊明正在书房发呆，良驹进来了，见陶渊明一副魂不守舍的模样，便问：公子有心事？

陶渊明在良驹面前并不掩饰：是有心事，但不好说，也不可说呀。

良驹说：公子何不去会会慧远和尚，或许他能帮公子指点迷津。

陶渊明问：你也认识慧远和尚？

良驹说：我来求公子，被公子收留，正是受慧远和尚点化，那天公子为五柳先生送粮，良驹无事，便去东林寺感谢慧远和尚，慧远和尚说……

陶渊明急忙问：慧远和尚说了什么？

慧远和尚说，说公子已被情魔所困。良驹笑言道。

陶渊明：当真？

良驹：当真！

陶渊明：他还说了什么吗？

良驹：和尚还说，姻缘乃天定，强求不得啊！

陶渊明：和尚满口胡言。

良驹：和尚若是胡言，他待在庙里，又怎会知道公子被情魔所困？

陶渊明：行，良驹，我就听你的，抽空去会会他。

陶渊明舅舅孟固在仆人的引导下，走进陶渊明家。

孟固取下包袱塞进仆人手中，赶上前一步，握住陶母的手，叫声：姐姐！

陶母：弟弟呀，我总算把你给盼来了！

孟固：姐姐急着招弟弟前来，不知有何要紧的事？

陶母：你先坐下来喝口茶吧，听姐姐慢慢跟你说。

孟固坐下来，小妹云娘端茶上来，摆放在孟固面前，轻轻地说：舅舅请喝茶！

孟固看了云娘一眼：姐姐，这是？

陶母笑着说：这不就是你的外甥女云娘嘛。

孟固又朝云娘端详良久，赞道：哦，好标致的外甥女。

云娘脸一红，朝孟固福了福：舅舅慢用。说完，云娘退了下去。

孟固说：姐姐，怎么不见我的外甥渊明呢？

陶母说：他不知道你今天就来了，到东林寺去会慧远和尚去了。

我多年未见外甥，他已长大成人了，听说已是一表人才，而且学问超群哪。孟固一边端茶小饮一边说，姐姐，你总算没白辛苦一场啊！

这不，他已长大成人了，才急着请你这当舅舅的过来帮我拿捏拿捏啊。陶母这才说上正题。

不知姐姐要我帮你拿捏何事？孟固放下茶碗问。

唉！陶母未言先叹：明儿自京城读书回来，先拜范宁为师，后来范宁离开了寻阳，又把他举荐到五柳先生门下，这三年，明儿在五柳先生家中走动频繁，一来二往的，就看上五柳先生的女儿了。

五柳先生何许人也？孟固问道。

陶母想了想，还是没向自己的亲弟弟说明五柳的身份，只说：一个穷困潦倒的隐士，靠卖画为生，总是三餐不继，五顿不保的，你想想看，我们陶家怎么能娶这样人家的女儿为媳呢？

姐姐说的是呀。孟固沉吟半晌，继续说：这事可由不得外甥自作主张啊，你得帮他寻访一户门当户对的人家，这才对得起我那死去的姐夫啊！

谁说不是呢。陶母说，可难就难在一时也没有寻访到一户合适的人家呀！

就在姐弟俩商量陶渊明的婚姻大事时，陶渊明带着良驹已来到东林寺的大门前，一个小沙弥在寺门口迎住了陶渊明和良驹，双手合十道：陶公子，慧远住持云游去了，住持临行前，留了些物件给公子，说是公子来了，让我交给公子。

是么？陶渊明不禁惆怅起来。

小沙弥说：请公子稍等，我这就去为公子取来。小沙弥转身到寺内取出一个包袱和一把宝剑递到陶渊明手上。

陶渊明把宝剑递给良驹，打开包袱，包袱里有两本书，一本是《道安剑谱》，一本是《大雁神功》。

陶渊明疑惑起来，捧着包袱自语道：《道安剑谱》《大雁神功》？半晌，陶渊明才拿起两本书来翻看，一翻便从书里飘出一张纸来。

良驹拾起那张纸，念出声：男儿国是家，仗剑行天涯！良驹念完，把纸递给陶渊明。

陶渊明看了纸一眼，问小沙弥：慧远住持什么时候回来？

小沙弥说：这可不好说。

陶渊明：哦！

陶渊明家里，陶母仍在与弟弟孟固商谈。

孟固说：姐姐呀，咱们老姑家的孙女儿不是已长大成人了么？表哥陈文现在任江北祁门县县令，我看与咱陶家也算门户相当，我去保个媒，说不定这门亲事就成了。

陶母想了想，高兴地说：这倒是一门不错的亲事。明儿还是真有福哇，碰上了你这么帮他用心的舅舅。又说，可是，我还有一块心病哪。

姐姐，有事千万不要闷在心里，怎么说我也是你的亲弟弟，你不妨说来我听听，看看我能否还帮得上你？孟固见姐姐说还有一块心病，便忙着表态。

陶母说：刚才那妮子你也看到了，虽说是明儿父亲之妾刘氏所生，可她母亲死得早，我一向待她如亲生，你看能不能再费费心，帮她找一门像样的婆家，也好让她父亲在九泉之下安心瞑目哇！

孟固想了想道：这事好说，江北那边咱们的亲戚故旧多，请姐姐放心，我回去帮她寻访一户相当的人家就是了。

陶母笑着点了点头：儿女们的婚事，就有劳弟弟操心了。

孟固说：姐姐言重了，我尽心就是！

太元八年（383）八月甲子日。苻坚率六十万兵马从长安出发，直奔江南。

朝堂里，二十二岁的孝武帝高坐在皇位上，殿前排立着十数位大臣。

一位大臣走出班奏道：苻坚率六十万秦军南下。据探马来报，秦军前锋统帅苻融等人率三十万大军，已先期抵大颖口，进入了进攻寿县的位置，请陛下早作决断。

殿前的群臣们交头接耳，议论纷纷：六十万大军，这不是倾巢而出吗？据说骑兵就有二十七万。

苻坚的幽州和冀州部队据说也已濒临彭城了，我大晋危矣！

是啊是啊，我京城内外所有的兵力加起来也不过十万，如何与其抗衡啊？就在朝堂上众大臣一片慌乱之时，谢安走出班大喊一声：慌乱什么，无非是兵来将挡，水来土掩！

孝武帝见谢安一副胸有成竹的样子，心里也稍安了些许，忙问：谢国相，莫非你已有破敌良策？

谢安大声说：陛下毋忧，想那苻坚远道而来，已是疲兵，我们不妨以静制动，以逸待劳。

殿前大臣又议论开了：哼，以静制动，以逸待劳？我们只有区区十万兵力，想抵御敌人六十万精兵，谈何容易？

空谈误国呀！听到这些议论谢安也不生气，笑言道：请问诸位，当年的官渡之战，曹操有多少兵力，袁绍又有多少兵力？曹操还不是在谈笑之间，让袁绍的百万大军灰飞烟灭么！？

见谢安气定神闲，孝武帝精神顿增：好！既然相国已成竹在胸，那就任你为征讨大都督，率兵出征！

谢安：臣领旨。

陶渊明十九岁，淝水之战爆发。此前，孝武帝曾让会稽王司马道子用威仪鼓吹拜求八公山山神，祈求其发神兵相助，并答应胜利后加封八公山神为相国之号。据说八公山上草木皆兵这一现象的出现，就与此祭拜活动有关。

谢安坐在行营大帐内，两边站立铠甲加身的威仪将领。

谢安：谢石听令！

谢石：末将在！

谢安：命你为征讨都督！

谢石：末将领命！

谢安：谢玄听令！

谢玄：末将在！

谢安：命你为前锋都督！

谢玄：末将领命！

谢安：谢琰，桓伊，檀玄，戴熙，陶隐听令！

谢琰等：末将在！

谢安：命你等为东西南北中五路前锋，各率一万人马迎敌！

谢琰等：末将领命！

谢安：胡彬听令！

胡彬：末将在。

谢安：命你率五千水军从水路增援寿阳。

胡彬：末将领命。

哨兵进帐，单腿跪下：报，大都督，桓冲从荆州派出三千精兵东下，入卫京师。

谢安抚了抚胡须：哦！他派兵入卫京师？他三千兵马对这场大战又能起什么作用？去，传令给桓冲，就说此场战事，朝廷早已安排妥当，兵马不缺，倒是荆州，让他加强戒备。

哨兵应声是，便退出帐外。

陶家的前院内，陶渊明与良驹照着剑谱练剑。

云娘从屋里走出来：哥，娘叫你呢。

陶渊明停下剑，擦把汗，应了一声，便走进屋内。

陶渊明问：娘，你叫我有事？

陶母说：你坐下来吧，娘有话对你说。陶渊明只好在母亲身边坐了下来。

陶母说：你舅舅昨天让人来传话，说是给你订了一门亲事，那姑娘是你江北老表姑家的孙女，叫陈翠芝。

陶渊明一惊：娘，这事怎么由得舅舅去做主！

陶母沉下脸，说：你这孩子，亏你还读了一肚子的诗书，婚姻大事，由父母长辈做主难道还错了？

陶渊明仍辩道：可舅舅毕竟不是父母！

陶母说：他可是娘的亲弟弟啊，是娘委托他做的主。

陶渊明大声说：我不要，除了玉如，我谁都不娶！

陶母威严地喊一声：你放肆！陶渊明双膝一跪：娘！

陶母别过身，仍大声喊道：你别叫我娘，娘连你的婚事都做不了主，还是你娘吗？

谢安军营大帐内。

谢安正在与一客人下围棋，哨兵进来，喜形于色地高喊一声：报！

谢安脸一沉：大声喧哗什么！没看见我正在与先生下棋吗？

哨兵无言，只恭敬地递上一封战报。谢安只看一眼战报封皮，看见"淝水大捷"四个字，便随手放过一边，继续与客人下起围棋。相互落下数枚棋子，客人看看棋盘，带笑双手一拱：相国大人，高明啊，在下服输、服输！

谢安笑道：承让，承让！

客人又问：相国大人，刚才那封书信与战事有关吧？

谢安淡定地说：哦，没什么大不了的，不过是孩儿们在淝水打败了敌军而已！

客人朝谢安深深一揖：恭喜大人！贺喜大大！大人又为我朝立下了不朽功勋啊！

谢安客气道：同喜，同喜！

客人又道：相国大人不但运筹帷幄之中，决战千里之外。更让在下深深折服的是，面对关乎江山社稷存亡的淝水大捷，仍如此淡定，荣辱不惊，我大晋有你这样沉稳的良相，何愁基业不稳啊！

谢安：先生谬奖，谬奖呀！

而此时的桓冲，闻淝水大捷，发病身死。桓冲之死，避免了桓氏在淝水之战以后终将爆发的大乱，也使得桓冲的名誉得以保全。淝水大捷后两年，公元 385 年，谢安病逝，终年六十六岁。

陶渊明一副失魂落魄的样子，站在院子里喃喃自语：云锦知春开万朵，弱柳扶风独一枝！此时他脑海出现了玉如弹着《凤求凰》的曲调，他和五柳先生在水边对诗的一幕。便含着满眶的泪水，心里喊一声：五柳先生，玉如妹妹，渊明对不起你们哪！

陶渊明在院子里狂舞起剑来，剑影纷乱，琴声哀怨，剑影和琴声在陶家小院里交织。

云娘正坐在窗前绣着花。

陶渊明停下剑来，汗水、泪水倾泻在他脸上。

云娘停下花针，走出来，拿出一方手帕，边帮他擦汗，边心痛地说：哥，现在你就别去想玉如了，说不定未来的嫂子比玉如更漂亮呢！

陶渊明重重地叹息一声：唉！云锦知春开万朵，弱柳扶风独一枝呀！哥哥的心事你如何懂得？

云娘说：哥，你说什云锦呀，弱柳呀，我是不懂。我只知道，娘的话你可要听。

陶渊明仰起脸，面部表情木讷，只有眼里的亮光在闪动。

云娘扶着陶渊明的胳膊摇了摇：哥，别这样好不好，要不，我陪你再去求求娘，把玉如姑娘一起娶回家吧！

陶渊明仍一脸呆板地说：妹妹，我知道你的好心，可是你想过没有，娘会答应吗？就算娘答应，玉如又愿意吗？将心比心，换成你，你会答应吗？

云娘头一低，小声说：哥，你干啥拿人家打比方呀！

陶渊明只好说：对不起，哥哥的比方打错了！说完，陶渊明走到台阶前，拿起放在台阶上的剑谱翻了翻，又舞起剑来。

他一边舞剑，一边在心里说：玉如妹妹，渊明对不起你了，我只能从此斩断心中的情丝了！五柳先生，我辜负了你呀！

五柳家。

玉如：爹，渊明哥哥有些日子没来呢。

五柳：是呀，我也觉得奇怪。

玉如：莫不是他生病了？

五柳：就算他生病了，也该传个信过来呀。

玉如：那他……？

五柳：渊明这孩子知书达理，重情重义，我想总归是有什么要紧的事绊住了他。孩子，你莫急，他总会来的！

玉如一嗔：爹，你这是什么话呀，我急什么？

五柳一笑：好，好！我知道玉儿不急，爹也不急，慢慢打听，哦！

玉如又一嗔：爹！我不急，你不能不急，我看你这几天画也懒得画，喝酒都没有味了！

五柳：是吗？你渊明哥哥对爹就有这么重要吗！？

玉如：谁说不是呢。渊明哥哥一来，你就高兴得像个老小孩。喝起酒来都不知道醉！

五柳：唉！你说的也是，明天爹去打听打听，看看这小子到底在忙些什么？

江州城内的集市上。

陶家仆人在购买布匹，正转身间，前面站着五柳。

五柳问：你是陶家的吧？

仆人说：正是。

五柳又问：你购买这么多布匹，这是……？

仆人一笑：哦，我家公子过几天就要大婚了，这都是给新娘置办的聘礼。

五柳一震，问：陶公子将要大婚？

仆人说：对呀。

公子聘的是哪家姑娘？五柳问。听说是公子江北老姑家的孙女儿，祁门县令陈大人的闺女。仆人说。

五柳啊了一声，人便愣住了。

仆人抱着布匹走了几步，五柳又赶了上去问：请问贵介，陶公子近来可好？

仆人摇摇头，说：唉，莫谈我家公子，听说他看上了一个叫什么，什么五柳先生的女儿，可我家老夫人死活不同意，说是门不当，户不对，弄得我家公子……

公子怎么了？五柳急忙问。

莫谈，莫谈。仆人说，他人现在瘦得像个猴，要不待在书房里整天不出门，要不舞弄着一把剑，舞起来就是一个晚上，整一个情痴剑痴！

仆人说完，丢下五柳走了。

五柳垂头丧气朝家门走来，嘴里念叨着：情痴！剑痴！

玉如迎了出来，问：爹，你念念叨叨的，说什么呢？

五柳抬起头，望着玉如强装出一丝笑：没说什么，哦，我在念一首古诗呢。

玉如：你打听到了吗？

五柳：打听什么？

玉如：打听渊明哥哥的消息呀！

五柳：哦，打听了，他去江北探望舅舅去了。

玉如：他什么时候回来？

五柳：快了吧。

玉如哦了一声，自言自语道：渊明哥哥也是，出远门也不告诉我们一声。

此时，陶母身着一新，正在指挥一群人张灯结彩。

仆人神色慌张地走到陶母面前，禀道：夫人，新娘的船已到码头，可公子，公子他，人不见了！

陶母一听，急了起来：你快去找哇！

仆人说：是，我这就多派人手去找。

冤家！这如何是好喔！陶母急得在门里团团打转。

老年仆人又趁上前来禀道：夫人，新娘的船既然已到了码头，可不能让人家久等啊，误了良辰可不吉利呀！要不……

陶母说：你说嘛，真急死人了！

老年仆人说：要不，先让云娘小姐代公子去码头迎接新娘，等新娘迎到了家，说不定公子也就找到了，也不至于误了拜堂成亲的时辰。

陶母想了想，说：就按你这主意去办。又喊，云娘，云娘！

哎，娘。听见娘喊，云娘跑了过来。

陶母如此这般对云娘交代了一阵。

娘，我行吗？听完娘的交代，云娘说。

陶母说：不行也没有别的办法，你去准备一下，赶紧动身。

哎！云娘答应一声，赶忙去准备。

五柳家。玉如手托下巴独坐在窗前，满脸忧郁憔悴的神色。

五柳走过来问：玉儿，想什么呢？

玉如慢慢地转过身说：爹，没想什么。

女儿呀，你近来心神不定，人也憔悴了许多，爹都一直看在眼里，可心里却不好受哇！五柳点出玉如状态，是已经作出了决定，要告诉女儿渊明要娶亲了。

玉如轻轻地叫了一声爹，眼泪便齐唰唰地往下掉。掉了一阵眼泪，又说：爹，有什么事你不用隐瞒着我，你直说吧，我受得了。

五柳轻叹一声：痴女儿，人生不如意十有八九哇。我也知道，渊明是不会嫌弃我们，可自古以来，婚姻大事都是由父母做主，他母亲已为他订了门亲事了。

这是我本该料到的。说完，玉如强抑着悲伤，一任自己的泪水无声地流淌。

五柳抚着玉如一头秀发，说：痴儿呀，爹知道你心里难受。难受你就别抑着，当着爹的面哭出来，老爹不是旁人，哦！

玉如悠悠道：爹，我不哭。

唉！五柳重叹一声。

见爹叹息如此沉重，玉如心如刀绞，说：爹，你说过，渊明哥哥与你对过诗。你说云锦知春开万朵；渊明哥哥说弱柳扶风独一枝。是吗，爹？

五柳又重重地叹一声，又无何奈何地摇了摇头。

玉如说：你说呀，爹！渊明哥哥他说过弱柳扶风独一枝，是吗？

五柳说：渊明是说过，可吟诗作赋的事，哪能当得真呢！

不，爹，渊明哥是真的，我相信他是真的！玉如坚持道。

痴儿呀，可人家今天就要成亲了，还有什么真不真呢？五柳说。

渊明哥哥，他、他、他今天就要成亲了么？玉如呢喃着，从窗前无力地站了起来，身子晃了晃。

五柳一把扶住她：玉如，儿呀，你就认命吧！

玉如伸手掠了一下额前的刘海，朝五柳惨淡一笑：爹，我认命，我已经想清楚了，从今往后，我就守着爹爹终老山林。说完，玉如来到琴桌边，深深呼吸了一口气，缓缓地抬起手，在琴弦上轻轻抚弄起来。

此时，陶渊明正躲在五柳先生家的窗前，靠在竹篱墙上，听着他们父女俩的对话，悲伤难抑，嘴唇哆嗦，泪水流淌了一脸。

迎亲的队伍朝陶渊明家走来。云娘女扮男装，骑在一匹枣红色的马上，由仆人牵着行走，马匹后跟着一顶花轿，花轿后边一群人抬着嫁妆。

急急风风的锣鼓欢快地敲打着，陶家大门前燃放起爆竹。一群观看热闹的人和前来喝喜酒的亲朋站在陶家门口，笑闹喧然。

花轿停在陶家门前。云娘掀开轿门，扶着新娘走出轿门。

陈翠芝趁云娘掀轿门扶她下轿时，偷偷掀开红头盖瞧了云娘一眼，也被云娘瞧见了。云娘一笑，在陈翠芝眼里，云娘女性特征十分明显，陈翠芝的脸色不禁疑惑起来。云娘也发现了陈翠芝的疑惑，趁扶她进门时便把脸凑到她耳边轻轻地叫了一声：嫂子！

嫂子，你不是……？翠芝惊问。

云娘又把脸凑到她耳边轻轻地说：嫂子，我是代我哥接你成亲的。

你哥，他，他怎么了？翠芝一脸悚然。

云娘说：你不用多问，我接你成亲就是了。

急急风风的锣鼓又遽然响起，一群人簇拥着一对"新人"朝屋里走去。

五柳先生家门前。躲在窗户下的陶渊明，朝屋里偷看了一眼。

玉如的手在琴弦上一滑，一串轻柔音符从琴弦上滑落下来。这琴声在陶渊明听来，起初像是数点湖边柳叶上的露珠，轻轻地摇落在清澈的湖面上，溅起了一圈圈涟漪；接着晓风吹送，嫩荷舒展，花蕊初吐；继而阳光遍地，万木葱郁，百鸟齐喑，琴声里展现出一派人间胜境。渐渐地，冷风飕飕，雷声隐隐，进而狂风大作，电闪雷鸣，柳枝狂乱摇曳，断枝残叶贴地而飞，落红朵朵，飘满湖面。风停了，雨止了，而乌云还在天上翻滚，雷声由远而近在人的心里隆隆作响。此时的琴声听起来有愤怒，有忧伤，有委屈，有无奈，而更多的是酸楚和哀怨！

陈翠芝头盖红巾，坐在新房内，局促不安。云娘看了陈翠芝一眼，转身来到堂前，对陶母说：娘，哥找到了没？

陶母焦愁道：还没有一点消息呢！

云娘说：娘，客都来得差不多了，都等着哥拜堂开席呢，再找不到哥，就要让人看笑话了！

唉！真是前生的冤家！陶母摇着头说。

云娘说：娘，你派人到南村五柳先生家去看看吧，说不定……

你瞧，娘这一急就急糊涂了，怎么就没有想到这一层呢？陶母说，快，妮子，快叫人骑马赶到南村去，看见你哥，架也要把他架回来！

陶渊明站在五柳窗外，一副落魄的神情。

玉如仍在弹琴。

琴声如泣如诉，玉如弹得如痴如狂。

五柳默默地点了一炉檀香，轻轻地放在琴桌上。

玉如感激看了五柳一眼，手指稍为一用力，琴声如歌如颂！

玉如弹出的琴声，时而传递着花开花落，时而传递着风起云涌，时而透着满目阳春，时而藏着满楼风雨，时而让人感觉到鸳鸯戏水，情意无限，时而又让人感到孤雁南飞，哀鸣凄切……

陶渊明听得不禁双肩颤动，忍不住抽泣起来。抽泣声惊动五柳，五柳看着窗外：你！唉！

玉如也抬起头，看见陶渊明痴望着自己，手跟着心一紧，嘣的一声，琴弦在她手指上绷断！

玉如啊了一声，人便昏厥过去。

香炉里最后一缕香烟已经散尽。

五柳冲上前，一把抱住女儿，含泪大呼：玉儿，玉儿！

陶渊明也冲进屋，心痛地望着昏厥在五柳怀中的玉如，不知所措。

五柳看了陶渊明一眼：唉，冤家，你还来干什么！？

陶渊明从琴桌上抱起断弦琴，任由泪水打在断弦上。

玉如幽幽醒来，显得十分虚弱，她朝陶渊明惨然一笑：渊明哥，今天，你能来看我，我已经、已经、很满足了。今天，是、是你的、大喜之日。玉如说着从五柳怀里挣起来，抚着抱在陶渊明怀里琴继续说，妹妹我，也没有什么好礼物，送给你，就把这无弦之琴，送给你吧。望你能，能好好珍惜！

陶渊明流着泪轻轻地叫唤一声：玉如妹妹！

玉如虚弱地抬起手臂，朝屋外挥了挥手，有气无力地说：哥哥，你成亲去吧！说完，玉如两眼一闭，人又昏过去了。

陶渊明一把抱住玉如，急切地呼喊：玉如妹妹，你醒醒，你醒醒啊！

玉如在陶渊明的呼喊中，用力睁开眼皮，看见陶渊明一张模糊的脸，便虚弱地问：渊明哥哥，是你，抱我吗？

陶渊明使劲点点头，泪水打在玉如脸上。

玉如悠悠道：哥哥，你放下我吧，我，我没福分让你抱。

此时的五柳心如刀割，他知道，只要陶渊明在女儿玉如面前多待一刻，对玉如的折磨就更深一层。便从陶渊明手中接过玉如说：冤家，你还待在这里干什么？

你快回去成亲呀，快回去！

这时，三个陶家家仆骑着马朝五柳的茅屋奔来。

五柳对陶渊明说：走呀！

陶渊明一跺脚，抱着无弦琴深情地望着五柳怀里的玉如，倒退着离开他们父女俩！

陶渊明骑在马上，一男丁牵马，一男丁扶着他，朝陶家院子走来。他面无表情，脸色灰暗，闭着眼睛，身子摇晃，但他的双手紧紧地抱着无弦琴。

陶母站在门口，看着陶渊明回来了，舒了一口气道：好了！好了！冤家都总算给我找回来了！

陶渊明抱着无弦琴昏昏沉沉地被家人架回了家，便稀里糊涂被人拉过来，和蒙着红盖头的新娘朝高堂上拜了起来，然后又被人簇拥着，推进了孟夫人早已给他准备好的新房。就这样，陶渊明昏头昏脑地和翠芝姑娘拜过了天地，稀里糊涂地成了新郎。

洞房内，红烛摇曳。陈翠芝端坐在床沿。

陶渊明坐在一旁的椅子上，怀里抱着一架无弦琴，面无表情。

陈翠芝掀开盖头一角，偷看了陶渊明一眼，心里一惊：天，难道这就是我的夫君吗？面对眼前这位丧魂落魄的男子，陈翠芝心里暗暗叫苦，并强烈地预感到自己所面临的可能是一场不幸的婚姻。

陈翠芝蒙着盖头朝陶渊明试探着哎了一声。陶渊明似乎没有听见。陈翠芝取下盖头，又朝陶渊明哎了一声。

这回陶渊明听见了，他回过头看了一眼陈翠芝，也木讷地回了一声：哎。

陈翠芝又看了陶渊明一眼，见他一副丢魂落魄的样子，想到自己今后的命运，也顾不上做新媳妇的羞涩，轻声道：夫君，我隔山渡水，远离父母亲来陶家与你成亲，往后，就靠夫君抬爱了。

陶渊明半天才回了两声：哎，哎。

陶渊明回了陈翠芝两声后，自己不禁重重地叹息了一声，言道：夜已很深了，你早点歇息吧。

陶渊明说完，把琴往桌上一摆，双手深情地在无弦琴上弹奏起来。

在无弦琴的弹奏中，陈翠芝靠在床架上，脸上已是泪水涟涟。

建康城临街一家酒店内，刘裕正在自斟自饮，酒桌上放着长剑。

一位书生朝酒店走来，走到酒店门口，被酒店主人挡住了。

店主：客官，请止步。

书生：怎么了，难道贵店不做生意？

店主：寄奴正在里面饮酒，我怕吓着了客官。

书生：哦，寄奴是何人？他为什么要吓着我？

店主：他是本街坊一出名的泼皮。

书生：泼皮？与我何干？书生说完，拨开挡在酒店门口的店主，朝酒店走了进去。

走进酒店的书生朝寄奴（刘裕）看了一眼，便大惊失色。只见一条巨大的花蟒在刘裕身边蠕动。

书生惊叫一声，夺门而去，一路飞奔跑进王谧家的客厅，惊魂未定地说：王兄，吓杀我也！吓杀我也！

王谧见状，安抚道：你别慌乱，喝口茶，定定神，慢慢讲。

当书生定下神来把自己看到的景象告诉王谧时，王谧先是大感吃惊，接着又似信非信。

书生说：千真万确，是一条青花大蟒啊！王谧仍是似信非信，言道：真有此等异事，你领我到酒店去看看吧。

书生便领着王谧朝酒店走来，走到酒店门口还是惊魂未定，朝酒店大门指了指，让王谧进去，自己留在门外。

王谧走进酒店，朝刘裕走去。刘裕正在埋头喝酒，王谧朝刘裕一拱手：请问壮士尊姓大名？

在下刘裕。刘裕端着酒杯只顾自饮，看都不看王谧一眼。

王谧又问：壮士是否看见身边有一条大蟒？

刘裕说：呵呵，此物乃刚才我路过城外的山冈时，被我伤了一剑，便把它提了回来，晚上好邀几位兄弟下酒。

王谧继续：此蟒现在何处？

刘裕朝周身一看：是呀，恶物哪里去了？王谧一脸疑惑。

刘裕豪爽一笑：呵呵，我只顾喝酒，没想到让它给逃了。

王谧说：这满大街的都是人，如此巨物，即便逃走，也会有人看见，可大街上未听说有半点风吹草动啊！

也是。刘裕一副漫不经心的样子。又说，管它呢，下次遇见，便一剑毙命，看它还能往哪里逃。正说着，刁逵带领一群家丁冲进了酒店，将刘裕围住。

刁逵指着刘裕喊道：好你个寄奴，欠我三万钱的赌债不还，却有钱在此买酒喝，给我打！

刘裕一脚踢翻酒桌，抓起长剑摆好拼杀的架势。

慢！王谧制止住了双方，又指着刁逵说，刁逵，你也曾经为官，怎么能在京师与人殴斗？

刁逵对王谧一脸不屑地说：愿赌服输，欠债还钱，此乃天经地义！

王谧说：正如你所言，欠债还钱，不就两清了吗？刁逵哼了声说：还钱便无话可说。

不就三万钱，你派人到我府上来取吧。王谧说。

好，既然王大人从中周旋，在下也无话可说。刁逵对手下一挥手：走！

一群人退出了酒店内，刘裕便朝王谧深深一揖：谢王大人援手之恩，容在下后报。

王谧说：不必言谢，你将成为一代英雄，望往后好生珍惜。

唉，想我刘裕，乃大汉楚王二十一世孙，纵有天大的抱负，也是投报无门啊，还谈什么珍惜不珍惜。刘裕说完，又端起了酒杯。

王谧想了想：我有一好友，叫刘牢之，乃北府都督，我写一封荐书给你，你持我的书信到他帐下去任一员将领，你看如何？

刘裕一跪，拱手道：刘裕拜谢大人举荐之恩！

第六章　仗剑出游

陶渊明婚后，很快就过去了两年。两年来，陶渊明基本上在诗书琴剑中度过。而妻子陈翠芝也习惯了陶渊明对她的冷淡。倒是孟老夫人和云娘待她不薄，似乎是以不同的关爱方式来弥补陶渊明对她的冷落。然而，就在陈翠芝与小妹云娘姑嫂情感日渐加深之际，小妹云娘就要出嫁了。

这一天，云娘在陈翠芝房里坐着陪陈翠芝绣花。

云娘问：嫂子，夜已深了，哥哥怎么还不回房歇息？

陈翠芝说：他经常在书房里过宿。

嫂子，我和娘都知道，你嫁到我家来受苦了。云娘说罢，看了陈翠芝一眼，眼里满是怜爱。

妹妹何出此言，苦也罢，甜也罢，这都是我们做女人的命啊！何况娘与妹妹真心待我，我已知足了。陈翠芝说这话时，语气里充满了无奈。

云娘朝陈翠芝报以真诚一笑，道：嫂子不愧是大家闺秀，说出来的话让人听着就是舒服。

妹妹不要夸我了，你过两天就要出嫁了，今晚就在嫂子房里过夜吧！陪陪嫂子，不知妹妹可答应？陈翠芝也含笑道。

云娘丢下手中的绣活，扑进陈翠芝怀里，动情地说：嫂子，往后你就多多关照自己吧！

陈翠芝在云娘的秀发上抚了抚，眼里便蓄满了泪。她仰起脸，控制住欲滴的泪水说：妹妹不用担心，你出嫁了，不是还有娘对我好吗！又回味着说，前年春天，你代你哥去码头接我，恍惚就像是昨天。可再过两天，你也要做人家的新娘了！

云娘抬起头，看了嫂子一眼，轻叹一声，道：嫂子，不瞒你说，我好担心呢！

陈翠芝笑着说：妹妹担心什么啊？女大当嫁，哪个女人都会有这么一天的，何况我知道你那夫君，长相人品在我们江北也算是百里挑一呢。

云娘难为情地叫了一声：嫂子！

妹妹，这有什么好难为情的。陈翠芝说，你要是信不过嫂子，再过两天你不就能亲眼所见吗。如果嫂子有半句虚言，你回门时，就不用喊我嫂子了。

云娘又把头埋进嫂子的怀里：嫂子，你别说他嘛，羞死人的。

好，好，不说，不说他。陈翠芝说，就让那只小鹿关在你心里乱蹦乱跳去。

云娘说：嫂子，我们都是女人，我也看见了，这两年哥哥对你的情形，我真担心，嫁过去了和你在我家的境遇一样啊！

陈翠芝沉默了，继而淌下了几行委屈的泪水。

云娘见嫂子难过，又反过来安慰她：嫂子，也许我出嫁了，我哥哥会对你好起来的。

陈翠芝含着泪问：妹妹何出此言？

云娘想了想说：因为，因为我在家里，哥也有说话的人，嫂子你也有交心的人。所以，你们俩在一起说话交心的时候反而少了。嫂子，我走后，你多多体贴我哥吧，人心都是肉长的，你主动跟他说说话。说不定我哥他，他就会回心转意的。

陈翠芝看着云娘笑了笑，点了点头：嗯，妹妹，我听你的就是了。

陈翠芝与云娘说话间，陶渊明也正在与母亲交谈。

陶母：明儿，你做点准备吧，明天，要好好为你妹妹送嫁。

陶渊明：是，娘。我负责把妹妹好好送到婆家，你放心就是了。

陶母：唉，你叫娘怎么放心得下哟！

陶渊明：娘，谁家女儿长大了不出嫁，你又有什么不放心呢？娘，我知道，你是舍不得小妹离开你，可女儿大了，你留得住吗？

陶母：唉，冤家！你知道娘为什么放心不下云娘吗？还不是看见你跟翠芝一年到头总凑不到一起。

陶渊明：娘，我……！

陶母：你也别怪我说你，翠芝是个多好的姑娘啊，嫁给你造孽呀！你想想看，要是云娘像翠芝一样，嫁过去也得不到自己夫君的疼爱，她会过成什么日子哟！

陶渊明别过头去，不敢看母亲。

陶母又说：想想你们这对小冤家，你叫娘怎么放得下心来？就舍得云娘她、她天遥路远嫁到江北去吗？

陶渊明叹息一声，心里照着陶母的话默念道：大江之北，天遥路远！心头便立即回响起慧远的声音：男儿国是家，仗剑走天涯。心想：我何不趁护送妹妹出嫁的机会，到外面走走呢，一来看看山川胜景，二来交结天下名士与豪杰。对，顺路去看看桓玄。桓玄不是还在荆州承袭了他父亲的南郡公吗？听说他已是誉满荆州的大名士了。这么一想，陶渊明便试探着说：娘，孩儿有一个打算，不知娘同意不同意！

陶母说：你说吧。

陶渊明说：娘，你总是教导孩儿，说男儿志在四方。圣人也曾说：读万卷书，行万里路。孩儿不想就这样终老山林，想借这次为小妹送嫁的机会，到四处走走，增长一些见识。

陶母沉吟了半晌问：你跟翠芝商量过没有？

陶渊明说：娘，你也知道，我和她哪有什么话可说，与其这样让我闷在家里，还不如你准许我出去游学几年吧。

按道理说，你有志游学，去外历练增长见识，娘也不好反对。陶母说，可是你也知道，娘已一年老一年，孔圣人说过：父母在，不远游，游必有方；还说：不孝有三，无后为大。你既然想出去游学，这也是你的人生大事，娘就答应你，但是你也要答应娘两件事。

娘，你说吧，只要孩儿能办到的，就一定答应你。陶渊明满口应承。

好！第一件事，你外出游学不得超过五年，五年之内，你必须回到娘身边来。陶母说。

行，我答应娘。陶渊明点头道。

陶母又说：第二件事，你回来后，必须要对翠芝好，在我的有生之年，你一定要让我抱上孙子。

陶渊明想了想：行，娘，我都答应你！

荆州刺史府内，刺史王忱正在书房批阅公文，下人来报：南郡公桓玄在府外求见。

南郡公，桓玄？王忱沉吟起来，听说桓玄与他的父亲桓温一样，容貌十分奇伟，通晓各门艺术，且擅长文学，可当下皇帝和朝中重臣一直对桓家心存芥蒂，尚未任桓玄一官半职，我是见他还是不见他呢？

而府门外，等了许久的桓玄还不见门内叫传见，便显得有些焦急，心想：听说王忱也是一位风流名士，见与不见传个话出来不就结了，为何如此磨磨蹭蹭，这不是有意怠慢本人吗？哼，你不传见，我就自己进去，看你待我如何！

拿定了主意，桓玄便朝府内走去，门卫前来阻拦，桓玄双臂一撒，把两个门卫挡开，直奔王忱书房，一脚将王忱书房大门踢开。

王忱猛地站起来，喝道：你是何人？竟敢如此无礼，破门而入！

桓玄也大声道：我乃南郡公桓玄，今天来拜见大人，而大人竟闭门不见，故而冒犯大人。

如此说来，是我的门卫失职了？王忱沉着脸说完，大喝一声，来人！几个武士冲了进来。

桓玄并不为之所动，而是一脸的不屑：这就是王大人的名士做派吗？

王忱道：名士只在名士面前名士，对于粗鲁之辈，何来名士做派？！

桓玄仰着脸，不屑道：大人意欲何为？

王忱说：既然门卫失职，理当受责。给我把门卫拖下去重责二十军棍！

你！狗屁名士，下作武夫！说完，桓玄掉头而去。而身后却传来王忱的哈哈大笑。

陶家堂前，陶渊明对良驹说：良驹，我思来想去，决定还是把你留在家里。

良驹见陶渊明不打算带他去游学，便有些发急，问道：公子，这是为何？

陶渊明说：我娘年事已高，而你我虽说名分上是主仆，实际情同手足，我只有把娘托付给你照顾，才放得下心来呀。

良驹想了想说：我心里明白，公子一直没有把我当下人看。只是公子这一去，少则三年，多则五载，你一人仗剑天涯，良驹我怎能放得下心来。

你多虑了，当年荆轲刺秦未果，那是他学艺不精啊。陶渊明说，何况自淝水大战后，中原晏清，天下太平，我此次出行又非与人以长剑交锋，不过是交结天下名士，探求匡时济世之大道啊！

公子的心事良驹全知道，公子一向反对战争，渴求天下太平，百姓安生养息。良驹言道，可我听说公子此番送云娘小姐完婚后，先要去荆州拜见南郡公桓玄。我也听说桓玄不但名士风流，且武功盖世，文学之名尤甚，被人称为无冕之王。我想，公子能否带我去见见桓玄，以完我夙愿。见过桓玄后，我就与公子从荆州别过，回到寻阳，代公子行孝。

陶渊明想了想：如此也行。

不日，送云娘去江北成亲的彩船溯江而上，陶渊明腰佩长剑，与良驹伫立船头，指点江山。

云娘从船舱把头伸出来：哥哥，船头风浪大，你要小心啊！

小妹，你放心，我站得稳呢。渊明说，要不，你也到船头来透透气？

小妹说：我怕。

你怕什么呢？陶渊明说完自顾自吟起诗来：江水泱泱，青山苍苍。

江水浩浩，青山袅袅。良驹接道。

两个人相视，哈哈大笑！

陶渊明：江山大美呀！

良驹：壮士一去兮，风动荆楚啊！

陶渊明看了良驹一眼。

小妹云娘又把头伸出来朝渊明招手：哥，你过来。

陶渊明走进船舱，问：妹妹有事？

云娘脸上升起一丝愁容，说：哥，快到汉口了吧？

陶渊明说：快了，最多还有四个时辰。

云娘说：我要你在舱里陪着我，不准你再到舱外去。

陶渊明说：舱内舱外，不都在船上吗？

云娘说：不，我要你陪在我身边。

陶渊明说：好，好，我就陪在你身边。

云娘把头靠在陶渊明肩上，说：哥，小妹还有一个请求，哥哥你要答应我！

陶渊明：说来听听。

云娘：不，哥哥你要先答应我，我才说。

陶渊明：好，哥哥答应你。

云娘：我拜堂成亲后，你要在我婆家多住些日子才走，行吗？

陶渊明呵呵一笑：妹妹你都拜堂成亲了，我这大舅哥还赖在你婆家住着不走，这不让人看笑话吗？

云娘：不，我要嘛！

陶渊明：小妹，这可由不得你的性子呀。

云娘：十天。哥，就住十天，行吗？

陶渊明摇了摇头。

云娘：五天。哥，就五天，这总行吧！

陶渊明不做声。

云娘：哥，五天你都不答应吗？我怕，我怕……

陶渊明：小妹，你怕什么啊？

云娘小声地说：我怕将来，见你的日子不多呢！

妹妹你想多了，我们尚且如此年轻，将来相见的日子有的是。陶渊明说，哥哥我还担心妹妹成亲后，与妹夫缠绵起来，把哥哥都忘了呢！

小妹伸出双拳在陶渊明胸前擂打起来：哥哥你好坏，好坏！

陶渊明捉住云娘的双手：小妹，哥和娘都舍不得你啊。可男大当婚，女大当嫁，谁都一样。小妹呀，成亲后，好好孝顺公婆，相夫教子，别想哥哥，把自己的小日子过好，有时间就回老家看看娘，哦！

嗯，我听哥的。小妹含泪说完，把脸倚在陶渊明怀里。

小妹的话是有预兆的。到小妹去世的这二十年间，陶渊明与她只见过一面。

荆州桓玄府上，桓玄正在与几位门客一边饮酒，一边高谈阔论时，门下来报：寻阳陶渊明陶公子门外求见。

渊明兄！桓玄惊呼一声，便从席上一跃而起，鞋也不穿，只穿着袜子朝门口奔去。

门客高喊：鞋，鞋！桓玄充耳不闻。

门客大笑：真名士也！

在门客们的注目下，桓玄穿着袜子冲出门外，一把抓住陶渊明的双手，两个人对视着半天后，桓玄大喊一声：渊明兄，果真是你！

陶渊明朗声道：桓玄老弟，别来无恙？

桓玄手一挥：无恙无恙！快，进来喝酒！

站在陶渊明身后的良驹，哼了一声。桓玄这才发现了良驹，问陶渊明：渊明兄，此位是？

良驹眼睛望着天说：陶公子的书童。

陶渊明忙说：不不！此乃我的好友，良驹，良公子。

桓玄朝良驹一拱手说：哦，能与陶兄结伴而行者，一定是名士，桓玄有幸见过良公子。

良驹仍一副傲慢的神情，道：在下既非公子，更非名士，只是陶公子的一名随从而已，不劳桓公多礼。

陶渊明见良驹对桓玄一点也不客气，便说：良驹，你这是干什么？

桓玄放声一笑：陶兄，何为名士风流，这就是啊！快快，二位快随我进来喝酒。今天真乃大快吾心，我们不醉不休！桓玄说完，一手抓住陶渊明，一手抓住良驹往屋内疾走，边走边大声喊：有朋自远方来，不亦乐乎！

桓玄喊完，三人就到了席前。

一群门客都站了起来。

桓玄高声说：诸位，这就是长沙公陶侃之重孙，现任太常寺陶夔大人之亲侄，寻阳大名士，大才子陶渊明陶公子！

一群人朝陶渊明作揖：见过陶公子，我等久闻大名，今日一见，果然名士风采。

陶渊明朝众位一揖：见过诸位。

桓玄朝良驹做了个手势：这位是，这位是良公子。

众人又朝良驹一揖：见过良公子！

良驹愣在那里，陶渊明扯了扯他的衣袖，良驹才朝众人回揖：不客气！

这时，下人搬来两个座席，一个与桓玄摆在上边正中的主席上，一个摆在众人旁，摆上菜肴，斟上酒。桓玄拉着陶渊明的手坐在他身边的席上。众人才落座。桓玄双手端起酒樽，举到陶渊明面前：桓玄敬陶兄，请饮满此杯！

众人端酒起来：敬陶公子！

谈笑间，酒过三巡。一位年轻貌若女子的门客站起来，朝上座的桓玄和陶渊明一揖：陶公子远道而来，一路风尘，在下愿为陶公子舞剑洗尘！

桓玄击掌道：好！妙啊！

陶渊明将身子侧到桓玄身边：这位是？

桓玄带笑说：此乃妙音尼也！

陶渊明小声地问：尼姑？

桓玄笑言：陶兄别小看她了，此尼道行颇深。

陶渊明也一笑，道：那是，能聚在老弟门下的，自然都是名士高人。

妙音回以一笑，说：听说陶公子的剑术，得到慧远大师的真传，不知能否请动陶公子与贫尼对舞，以增饮趣！

陶渊明也带笑说：哪里哪里，在下哪里谈得上懂剑术，只略知皮毛而已，怎么敢与高人交舞。

良驹站起来，面无表情地说：慢，良驹愿与你对舞。说罢，良驹抽剑跃到席前。

妙音叫一声：好，看剑！

剑影舞动，寒光夺目，只闻剑声，不见人影。正在众口喝彩时，只听"铮"的一声，妙音飞身跃到一边，良驹的剑直接朝主位的桓玄刺去。在这千钧一发之际，陶渊明将手中的一双筷子一伸，夹住了良驹的剑锋，又用力一送，良驹的脚步踉跄地朝后退了数步。陶渊明朝桓玄一揖：让老弟受惊了！

桓玄一脸疑惑。

陶渊明道：刚才良驹并非有意伤害老弟，只是与妙音师傅对舞时，求胜心切，用力过猛，被妙音师傅让过后，其势难控，就差点伤到老弟了。

桓玄的神色才松了下来，说：无妨无妨，还请诸位尽兴饮酒。说罢，桓玄端起酒杯请大家共饮。

众人回过神来，又端起酒互饮起来。良驹将酒一饮而尽，将酒樽往席上重重一放。

陶渊明盯了良驹一眼。良驹将头别过门外。

夜晚的桓府堂内，桓玄与陶渊明继续对饮。

房梁上，伏着一身黑衣的良驹。

只听见桓玄问：请问陶兄，良驹与你到底是何关系？

陶渊明脑中一闪，出现了多年前良驹在他家中被发现的一幕。便说：我们虽然名分上是主仆，但情同手足。这次我出门远游，他非要跟出来，说是对你仰慕已久，到荆州见过你一面，便回寻阳去。

陶渊明叙述完，桓玄点了点头：如此说来，肯定是家叔与他父亲结了仇，这次他是冲我来的。

陶渊明说：个中缘由，为兄的确不是很清楚，日间突发此事，我也曾想过，还请老弟以行船走马之胸怀，谅过良驹吧。

请陶兄放心。桓玄说，我想，也许是家叔做事过头，才使良驹心怀大恨，冤家宜解不宜结，请兄安排个时间，让我见上良驹一面，亲自代家叔向他负荆请罪。

难得老弟有如此过人之胸怀，我敬你一杯！陶渊明见桓玄言语恳诚，便端起酒来敬他。

就在陶渊明与桓玄对饮之间，良驹从房梁上斜冲下来，剑锋直指桓玄。千钧一发间，桓玄灵巧让过，良驹的剑尖直刺在桓玄身后的梁柱上。

就在良驹拔剑间，一道身影掠过。陶渊明身子一斜，已长剑在手，"铮"的一声，撞开了妙音刺向良驹的剑锋。三剑交锋，光影闪动。光止人静时，妙音的剑锋直指良驹的咽喉，而陶渊明的剑锋也抵着妙音的脖子。三人停在那里一动不动。

桓玄击掌大笑：妙，妙不可言！三位的剑术乃当今一流，让我桓玄大开眼界了！

良驹一挺脖子：要杀就杀，何必冷嘲热讽。

桓玄走到三人面前，用手轻轻地按下妙音指在良驹喉咙上的剑。陶渊明也顺势放下指在妙音脖子上的剑。桓玄朝良驹一揖倒地：良公子，桓玄在此代家叔向你谢罪了！如果公子还是不肯原谅，那就请公子杀了在下，桓玄绝无怨言！说罢，桓玄抬起仍握在良驹手中的剑，抵在自己的前胸。

陶渊明与妙音同时惊呼：桓玄弟！桓公子！

良驹手一松，剑落在地，发出清脆的响声。

陶渊明与妙音紧张的神色为之一松。

良驹走到陶渊明面前，一揖到地：公子，良驹就此别过。

陶渊明惊问：你要去哪里？

良驹一脸落寞：回寻阳去，削发为僧，拜慧远为师。

陶渊明更加吃惊：兄弟何出此言啊？

良驹道：此次刺杀未能成功，想来都是天意，况桓公子气度非凡，又有公子等人相助。想我良驹，即便能斗赢人，岂能斗赢天乎！良驹认命了，从此遁入空门，不争世事，望公子保重！说完，良驹扭头而去。

注视着良驹远去的身影，妙音长舒了一口气，感叹道：此人一定能修炼成一代高僧。

陶渊明只重重地叹息一声！

荆州郊外，桓玄牵马为陶渊明送行。两个人走到一个亭子前，陶渊明转身对桓玄说：送君千里，终有一别，老弟，就在此别过吧。

桓玄带笑道：行，我们在此亭饮满三杯后，就此别过。

两个人走进古亭，落座。桓玄的下人已在亭子的石桌上摆满酒菜。

两个人在亭子里的石凳上坐了下来，桓玄说：渊明兄，你还记得我们在京城的时光吗？我想与兄撮土为香，结拜为兄弟。兄言只要在心里把对方看成兄弟便是，又何必在乎形式上的结拜。

陶渊明回想了一下，说：恍如昨日啊，如何不记得。此次相见，大慰兄怀。

可惜，相聚日短，又要与兄别离了。桓玄言罢，满脸惆怅。

是啊，相聚与别离乃人生常态。陶渊明说，而大丈夫又何必计较于朝朝暮暮呢，要知道男儿国是家啊！

男儿国是家！桓玄击掌道，我兄说得好，有气魄！老兄，你还记得你我京城之约吗？

陶渊明一时不解，问：京城之约？

桓玄说：当年在我叔父家的花园里，兄曾答应愚弟，将来愚弟若干大事，你便来相助啊。

弟要干大事，愚兄理当相助。陶渊明小饮一口，说，可你现在尚无一官半职啊！

哈哈哈哈！男子汉立世，何愁不封疆裂土。桓玄站起身，眺望着远方说，想你祖上长沙公，年轻时不也青衫布履，后来不也干出了惊世骇俗的大事么！

陶渊明望着亭子外的天空，沉吟不语。

桓玄见陶渊明不语，便绕过话题，说：不知老兄今后有何打算。

陶渊明说：打算么？仗剑天涯，饱览大好河山，阅尽人间世故，斩不平，匡正义，劝和平，济百姓，这算不算打算？

是呀，我兄胸中有诗书，手中有琴剑，剑胆琴心，胸藏锦绣，此行定有收获。桓玄点头道。

陶渊明：诚愿如弟所言。

桓玄端起酒：请兄饮满此酒，我们再定数年之约，如何？

陶渊明：数年之约？

桓玄：数年之后，如我桓玄仍悠游朝野之外，也就罢了；如到时能掌管一方，手握兵马，还请我兄前来指点迷津，助我军威，壮我声势，如何？

陶渊明眺望一眼远方，收回目光：到时，愚兄敢不从命！

桓玄：好，君子一言，驷马难追！渊明兄，我们就在此击掌为盟，如何？

陶渊明：行！

陶渊明站起来，爽快地与桓玄连击三掌。

击完掌，桓玄朝站在亭子外的下人一挥手，下人托着一个紫檀盘走进亭子，盘子里堆了满满一盘子的钱。

桓玄指着盘子里的钱说：渊明兄，你这一去，山高水远，车马舟船盘缠总是难免要花费的，愚弟无以为报，些许薄礼，还望愚兄笑纳！

陶渊明朝桓玄一揖：恭敬不如从命。

告别了桓玄，陶渊明便朝北方一路行来，他一副书生打扮，背上背了一把宝剑，肩上挎着一个沉甸甸的包袱。走到一障山边，陶渊明抬头看了看，只见山势险峻，前路荒凉。

这时，路边不远的草丛里正埋伏着三个强盗。草丛动了一下，而这细微的动静却并没有逃离陶渊明犀利的双眼。他蔑视地一笑，只用鼻子哼了一声，便继续前行。

路边出现了一副死人的骨架。陶渊明停下身来，看了一眼，叹息一声，抽出宝剑，斩了些路边的茅草，覆盖在骨架上。

三个强盗远远地跟在后面，躲在岩石边议论起来。

盗甲：趁他掩埋尸体，我们把他给做了。

盗乙：你没看见他的宝剑很锋利么？

盗丙：他一个书生，背着宝剑，独自在小路间行走，按道理，不是泛泛之辈。

盗乙：我们别急着先下手，还是先跟他一程，摸摸他的火炉，看看他到底有几块红碳。

三个强盗相互点了点头。

又朝前行走了大约一个时辰，路上的行人渐渐多了起来。陶渊明抬头一看，眼前出现了一座古城，城门上写着青州。

陶渊明停下脚步，看了城门上的青州二字一眼，舒了一口气：呵，青州！便随着人流走进了城门。此时，三个强盗也混在人群中，跟进了青州城。

陶渊明在一家小酒馆坐下，将琴剑和包袱从身上取下来，放在酒桌上，喊一声：店家！

小二前来打招呼：客官，吃点什么？

陶渊明：随便上两个菜，一荤一素，再来壶酒吧。

不一会，小二将酒菜摆在陶渊明面前，陶渊明自斟自饮起来。

正在陶渊明自斟自饮间，三个彪形中年大汉走进酒馆，在紧靠着陶渊明的桌子旁坐了下来。他们用贪婪的目光同时盯着陶渊明摆在桌子上的包袱看了一眼。

三人异样的眼光落进了陶渊明的眼里，脑海一闪，立即想起了来青州路上那草丛里埋伏的身影。但陶渊明并没有去理会眼前的三个人，只顾自斟自饮，显得不慌不忙，神情淡定。

三个强盗对视一眼。盗丙朝盗甲使了个眼色，盗甲眼角边的一道疤痕跳动了一下，对小二喊：过来，过来，为什么不给爷上酒？

小二赶紧朝强盗作揖倒茶：几位爷，就送来，就送来。

送你娘个鸟！眼角留疤的强盗蛮横地抓起小二的胸襟，小二双脚离地，一脸惊恐。

强盗将小二朝陶渊明抛去。陶渊明一手端着酒杯，一手随意地拿过横摆在桌子上的剑，轻轻地朝被横着丢抛过来的小二一托，笑着说：站稳了。

小二直挺挺地站在陶渊明身边，人却吓得连气都不敢喘。

此时，一个年轻的军官正在酒馆门口看到了这一幕，他走了进来，击掌道：好，真英雄也！

陶渊明也站起来问：兄台何人？

青年军官道：在下刘裕，目前在刘牢之都督帐下任一员副将。

哦，是刘将军。陶渊明略带嘲讽地说，渊明在京城读书时，就曾听过刘将军的大名。

那时，刘裕刘寄奴正是京城里无恶不作的地痞。

三个强盗互看了一眼，灰溜溜地离开了酒馆，走到店外，盗甲说：好险！

盗乙：原来他与刘裕将军是故交。

盗丙：要不然，他的功夫怎会如此了得，幸好我等未与他交手，不然，今天可就要吃大亏了。

见三个强盗溜出了酒馆，刘裕才自嘲道：陶公子笑话了，公子在京城读书时，也正是刘裕我少年轻狂之时。年少无知啊！

陶渊明见刘裕并不忌讳自己的过往，只好说：哪里，此乃英雄本色。

刘裕说：谬奖。不知公子可愿到刘某帐中一叙？

渊明乃一介书生，对军务之事本无兴趣，就不去打扰了。陶渊明推辞道。

公子何必谦虚，莫说是我刘裕，就是牢之君侯听说公子驾到，也会倒屣相迎啊。你又何必客气呢！刘裕仍在努力劝挽。

陶渊明对刘裕一揖，道：蒙将军折节倾交，渊明荣幸之至，奈何在下性爱山水，一贯闲云野鹤，还请将军见谅。将军，渊明与你就此别过了！说完，陶渊明背上琴剑包袱，大步走出酒馆。边走心里边说：想你刘裕，不过一街头混闹小儿，如今当了一名副将，就想收买我陶渊明，真乃笑话！

刘裕望着陶渊明远去的身影，一边暗自点头，一边心想：只听说他诗书满腹，不承想他武功也如此了得，真名士，大英雄也！有朝一日能得到这样人才的辅助，真人生一大快事也！

陶渊明一路慢行。离开青州后，他又北上幽州，西行至张掖。连年的战争使这片土地显得愈加荒芜，一路行来，陶渊明所经所见都是民不聊生，饿殍遍野，以及扶老携幼，流离失所，疲于奔命的民众，使陶渊明对这片土地和流浪在这片土地上的人民给予巨大的同情和怜悯。

这一天，陶渊明正随着一群逃难的流民朝东南方走来，看见一群流民在路边小憩，他也感觉到自己走累了，便停下脚步，在流民身边坐下休息。

这时，一群人正围着一位老者听他讲述着一个故事。老者说：故事发生在什么地方，我可记不得了。说是有一位打渔人，一天，他摇船来到一条溪上，溪水两岸开满了鲜艳夺目的桃花，美丽的景色让他总觉得看不够。

旁边的一位年轻人问：他不饿吗？

又一书生模样的年轻人说：你懂什么，不是秀色可餐嘛？

青年人问：什么是秀色可餐？

读书人：看到美丽的景色，肚子就不饿了。

青年人：你骗人，饭都没得吃，还有什么心情看景色？

读书人：你别吵，听老伯讲嘛。

陶渊明听得一笑。

老者继续说：渔人便沿溪而走，快到溪水的尽头时，他看见一座山，山旁有一个石洞，溪水从石洞里流出来，于是呀，渔人便划船进去，结果发现山洞里有一个很大的别样的世界。

青年人：山洞里有吃的吗？

读书人：你就知道吃！

青年人：没吃的他跑到山洞里去干什么？民以食为天嘛，百姓不就是为了吃嘛？

老者呵呵一笑，说：山洞里何止有吃的。那里啊，有良田千顷，四季如春，住了百十户人家，这些人老少相安，和睦共处，待人热情。更让人欢喜的是啊，这里没有变乱和战火，没有官家的征派，大家在一起过着衣食无忧、自由自在的生活！

老者说完，神情充满了向往。他叹息了一声说：唉，我要是能找到那个地方就好了，我就在洞里生活一辈子不出来！

陶渊明问：老伯，这个故事是你听谁说的呢？

老者说：我那位渔人朋友。

陶渊明又问：他怎么就不在洞里住下来呢？

老者说：他不是想把家人老少都带到石洞里去嘛？可是他从那个洞里出来后，再去找那个洞口，可就怎么也找不到了。

书生：也许那就是渔人瞎编的故事，让人开心吧。

老者：不，我相信一定会有那么一个地方，只是我们没有那个福气找到罢了。

陶渊明说：老伯，你想啊，北方气候干燥，土地荒凉，哪里会找到一个四季如春、良田千顷的地方呢？

老伯一脸痴迷和向往地说：有，我相信一定会有的！说完，老者看了陶渊明一眼：难道你不信吗？

陶渊明说：信！老伯，我信！人间一定会有那么一个美丽的地方，总有一天我们会找到的！

此刻，陶渊明明白讲故事的老伯完全沉浸在自己所讲的故事之中。当然，如果人世间真有一个这么美丽的地方，陶渊明也一定会像老伯那样，心里一定会充满膜拜。此后，陶渊明在游历过程中，开始留意老伯描述的那片世外桃源。然而，在北方，他见到的都只是战争留下的巨大创伤，除了断墙残骸，就是遍野哀鸿。他决定南下，顺路去湖南祭拜曾祖长沙公陶侃。

很快，风尘仆仆的陶渊明便来到了湖南长沙，找到了第四代长沙公府。站在长沙公府的门楼前，陶渊明仰起头，注视着门楼上的长沙公府第五个大字，一脸的肃穆。

一个门卫虎着脸指着陶渊明喝道：哎，你是干什么的？为何在此探头探脑？

陶渊明朝门卫一拱手，笑道：哦，门公，我乃寻阳陶里的陶渊明，第一代长沙公之曾孙，今日游学路过此地，特来拜见第四代长沙公！

哦，你等着，待我去传报。门卫说完便进去通报了。不一会儿，门卫出来了，对他说：公子，请。

门卫将陶渊明引进一间偏室。偏室内，一个四十来岁的中年偏瘦男人见陶渊明进来，也不起身，坐在那里对陶渊明说：陶公子请坐！

陶渊明心里想，听说第四代长沙公不过二十余岁，而他年过不惑，怎么……便问：阁下，你是……？

中年人答道：我乃长沙公府的长史。

陶渊明一揖：见过长史。

长史道：长沙公正在忙于公事，没时间接见公子。

陶渊明：哦。

长史：公子想见长沙公，可有要事吗？

陶渊明：并无要事，不过就是路过此地，欲一睹同门兄弟的风采而已。

长史干笑一声，说：是吗？如果没有大事，也就不必去打扰长沙公了。当然，有事与在下说说也是一样。

陶渊明冷笑一声，说：我来此地并非有求于长沙公，只是顺路来到长沙，便过来看看而已，告辞了。说完，便昂头走出长沙公的府门。

在长沙公府，陶渊明感受到了极大的人格侮辱，他没想到，年轻的长沙公对待同门兄弟，血脉之情，竟然是如此冷漠。

走出长沙城的陶渊明几经打听，终于找到长沙公陶侃的墓地。三跪九拜之后，陶渊明站起身，抽出随身的宝剑，在陶侃墓前边舞边吟：

> 我家先祖甚遥远，帝尧之世称陶唐。
> 其后为臣宾于虞，历世不绝显荣光。
> 御龙效力于夏世，豕韦亦曾辅佐商。
> 周世陶叔甚端庄，我祖由此得盛昌。
> 乱世纷纷属战国，衰颓冷落彼东周。
> 凤凰隐没在林中，隐士幽居在山丘。
> 虬龙奔腾绕乌云，鲸鱼奔窜掀激流。
> 上天成全立汉代，顾念我祖封愍侯。
> 赫赫愍侯声威扬，命中注定辅帝王。
> 英勇威武仗剑行，屡立战功在疆场。
> ……
> 在我东晋鼎盛日，长沙郡公业辉煌。
> 威武英姿长沙公，功勋卓著道德崇。

祭拜先祖陶侃墓后，陶渊明朝湘西一路走来。不知不觉间，观遍了横溪、无溪、西溪、辰溪、雄溪，来到了湘西武陵老陶家的发祥地。

这一天，陶渊明沿着一条溪水逆流而上，溪水两旁，山势巍峨，树木茂郁，夹岸开遍了鲜艳的桃花，脚下清流潺潺，落红随水而淌。他抬头看看山势，心里说：此地我怎如此熟悉啊！是在哪里见过呢？又低头一想，脑海里出现了老者讲故事的声音：有一位渔人，一天，他摇着渔船来到一条溪水上，溪水两岸开满了鲜艳夺目的桃花，美丽景色让他总也看不够。

陶渊明摇头笑了笑，又朝两岸的桃林看去。这一看，眼前的一幕让他不禁惊呼起来：啊！

目瞪口呆的陶渊明，望着小溪对岸桃林边的一位身穿绿色衣裙的女子，心里说：天哪，那不正是玉如妹妹么？陶渊明边搓着双眼，心里边说：不不，也许是我看花了眼，玉如妹妹怎么可能从寻阳千里迢迢跑到这里来呢？

搓完眼，陶渊明再朝对岸望了过去，对面的女子也正对着他痴痴凝望着，那种神情看上去既羞涩，又充满了忧伤。

陶渊明心里狂欢起来：是玉如妹妹，果真是玉如妹妹！他再也顾不上料峭的春寒，朝冰冷的溪水中扑了过去，扑到了对岸，那女子已离他只有数丈之遥了。

陶渊明呼喊起来：玉如妹妹，你等等我，我是你渊明哥哥呀！

那女子回头看了他一眼，凄然一笑，头一扭，朝桃林深处飞快地走去。

陶渊明朝女子一路狂追过去。他已经坚信，前面的女子一定是玉如！现在他来不及想小师妹玉如为什么来到这里，他心中只有一个念头，追上去，一定要追上玉如妹妹！

花丛，人影。那人与陶渊明总是隔着数丈之遥，陶渊明怎么也追不上。那人时而被桃林掩映，时而朝他拈花回眸。

陶渊明已经追得气喘吁吁，停下脚步，他抹了一把额头上的汗，朝前面的绿色身影呼喊道：玉如妹妹，我知道你心里恨我！可是已经过去多年了，难道你连见我一面都不肯吗？

一声幽怨的叹息从桃林深处传来，突然之间，翠绿色的身影在桃林中一闪，人就不见了。

随着一声幽怨的叹息声，一阵微风刮过，一片花瓣随着山风吹落在陶渊明脸上。陶渊明从脸上摸下花瓣，托在手心中凝望着眼前的桃林。一抹夕阳挂在山梁，金辉四溅。

陶渊明喃喃道：妹妹，玉如妹妹！

此刻，亦真亦幻的玉如出现在陶渊明眼前，又激起了他无限的柔情。同时，也让他进退无措。陶渊明也不知道自己追赶玉如多久了，随着山渐深，水渐幽，天色也渐暗下来。陶渊明这才发现自己已远离了人间。

一勾月亮挂在深山，山势显得幽暗而突兀。一阵风吹来，陶渊明打了几个冷战。他自语道：我今天追赶玉如是受自己的幻觉驱使吗？果真如此，为什么玉如的一颦一笑又如此清晰可见呢？如果并非幻觉，为什么我一个身强力壮的男人又追赶不上一个柔弱的女子呢？看来，这一切只有回到寻阳老家，上门去拜见五柳先生，才能解开眼前之谜啊！对，回家！已经快五年了，我得回家！

就在陶渊明心情杂乱，百般转念、惶惑无措之时，传来了一声凄厉的狼嚎声。他赶紧抽出随身宝剑，警惕注视了四周一眼，当他发现四周还很幽静，便迅速捡起一些枯木和柴草，掏出火石撞击出火星，点燃一堆野火。火堆边，他坐了下来，深山里不时传来阴森的狼嚎，还不时伴着夜鸟的哀啼。

陶渊明略显紧张，他把宝剑抽出鞘，紧紧握在手中，警惕地四顾着。突然，他发现火光不远处传来一声异动，把目光投过去，对面树林出现了一片绿幽幽的光。

陶渊明一惊：狼群！莫非今晚难逃一劫了！便朝火堆扔进几块枯柴，火苗又旺了起来。

第七章　渊明丧妻

火光周围点点绿光在不停地游移，当火苗渐渐暗淡下来时，绿光像有预谋似的开始向陶渊明聚拢，并离他越来越近，近得让他可以看清这些畜生们露出的狰狞的牙齿。

陶渊明迅速从火堆里掏起一块燃着的柴火朝群狼抛打过去，随着几声狼嚎，一片绿光朝周围四散开来。陶渊明一笑，紧张的神情又松弛下来，他在火堆边坐了下来，闭上眼想小睡一阵，可就在他刚闭上眼时，又传来几声凶厉的狼嚎！

陶渊明猛一睁眼，跃身而起，就在一跃间，长剑在手，对视着又聚在一起的绿光。

绿光闪动，狼群朝陶渊明逼近。

这时，传来一声苍劲的男子声音：啊—嗬嗬嗬！

接着，又传来一个女子的声音：啊—嗬嗬嗬！

群狼四散。

陶渊明抱着剑朝深山喊道：何方高人，出手相救，陶渊明深谢了！

山谷寂静，只有陶渊明的回声：深谢了，深谢了，谢了……

俄顷，山谷里的溪水水面上亮起来了。继而，幽静的山谷里传来了一声清脆的鸟鸣，接着整个山谷里鸟鸣声此起彼伏。陶渊明深呼出一口气，自语了一句：天亮了，我也该回去见我的母亲了！他深情地望了一眼深山，转身朝山外走去。

带着离开家乡五年来对母亲的浓烈思念之情，陶渊明踏上了回寻阳的路程，出五溪，沿湘江，顺洞庭，下长江，一路船不落帆，一天也不曾耽搁。陶渊明终于踏进了阔别五年的寻阳陶里，终于见到了望眼欲穿、盼儿归来的母亲和与母亲相依为命、代夫尽孝的妻子陈翠芝。

陶渊明身背琴剑，朝陶里村走来。刚走到村口，便遇见了庞通之。

庞通之见到陶渊明，惊喜道：哟，这不是渊明老弟吗？

陶渊明朝庞通之一揖：通之兄，久违了！

庞通之也满脸堆笑回了一揖：久违，久违。

与兄一别，转眼就是五年，通之兄可是越显精神富态了。陶渊明说。

哪里，哪里！庞通之说，渊明哪，虽说你比出门前清瘦了些许，可看起来还颇有精神的，这五年你在外面吃了不少苦吧？

谈不上吃苦，风餐露宿倒是难免啊。陶渊明笑言。

呵呵，那是。孟子云，天将降大任于斯人，必先劳其筋骨，饿其体肤……庞通之正在摇头晃脑之时。陶家仆人挑着菜担子走了过来，看见陶渊明，将菜担子一丢，欢喜地说：这不是公子吗？你可回来了，可把老夫人给盼苦了，我赶紧禀告夫人去！说完，仆人边朝家跑去，边大声呼喊起来：老夫人，老夫人，公子回来了，公子他回来了！

陶渊明朝庞通之忽忙一揖，说：通之兄，暂且别过，改日再请你到我家来喝酒。说罢，陶渊明丢下庞通之，朝家门疾步走去。

庞通之对陶渊明的背影大声说：好，改日我一定登门讨酒喝！

陶母听见仆人呼喊，在陈翠芝的搀扶下，拄着拐杖颤颤巍巍地走出家门，手遮在眉头上喊：明儿！明儿！明儿在哪里？

离母亲还有两丈远的陶渊明，丢下肩上的琴剑包袱，朝陶母一边奔去，一边喊：娘，娘！跑到母亲身边，陶渊明朝已老态龙钟的母亲双膝一跪，仰起泪脸：娘，孩儿不孝啊！说罢，将头深深地磕了下去。

陶渊明将头磕在地上嘭嘭直响，听得陶母一阵阵心疼。她一手拄着拐杖，弯着腰一手拉起陶渊明：儿呀，快别磕了，你再磕可就把娘的心给疼碎了哟！儿呀，回来了就好！回来了就好哇！

陶渊明爬起身，双手扶住母亲，将母亲扶进屋，扶坐在椅子上，说：娘，这么些年，孩儿不在娘身边，可让娘受苦了！

陶母笑着摇了摇头：不苦，不苦，娘一点也没受苦！明儿呀，这几年你不在娘身边，多亏了你媳妇哇。陶母说着，伸手拍了拍站在她身后、将手扶在她肩上的陈翠芝的手背说：她可比你对娘还贴心呢！

陶渊明这才望了陈翠芝一眼。陈翠芝脸一红，低下头，一手挡着嘴，微勾着腰，轻轻地咳嗽起来。

陶母扭头看了一眼陈翠芝，又看了陶渊明一眼：儿呀，你还不代娘好好谢谢你媳妇。

陶渊明这才对着陈翠芝一揖：翠芝，渊明在这里谢过你了！

陈翠芝赶忙从陶母身后走出来，斜对着陶渊明还了一礼，说：夫君多礼了，夫君的娘，就是我的娘，夫君不在家，我代夫君尽孝是做媳妇的本分。陈翠芝说完，又伸手挡住嘴，轻轻地咳嗽起来。

陶渊明看着脸色有几分憔悴的妻子陈翠芝，内心除了感激外，还有几分同情。这些年来，他不仅把母亲交给她照顾，还让她独守了多年的空房，受了多年的孤寂，作为丈夫，面对温顺贤淑的妻子，陶渊明内心更多的还是愧疚。他关切地看了陈翠芝一眼，略带几分柔情问：翠芝，身体不舒服吗？

陈翠芝眼眶一红，抑住泪说：没什么，没什么。

自与陶渊明成亲以来，陶渊明第一次表现出对陈翠芝的关心，不禁让陈翠芝又心酸，又感动。

陶母：儿呀，为了服侍好娘，你媳妇可是熬出了一身的病啊！

陈翠芝：娘，你可千万别这么说，媳妇是婆的裙边带，有服侍不到的地方，还请娘多多遮盖。

陶渊明在心里禁不住叹息一声：翠芝啊翠芝，是我渊明亏欠你了，现在我还有什么可说呢，就冲你待我娘这份用心，我渊明也只有把心掏出来给你了！

夜晚，陶渊明回到房内，见陈翠芝在一边绣着花，一边不时地轻轻咳嗽。他也不知道该对陈翠芝说些什么，只在她身边走来走去。

陈翠芝不时地抬头偷偷地看陶渊明一眼，一副欲言又止的样子。陈翠芝这些细微的表现都被陶渊看在眼里，他在心里说：我得跟她说点什么啊。可又该怎么说呢？

陈翠芝又偷看了陶渊明一眼，心里说：他在我面前走来走去，是不是不愿意与我同床共眠，想到书房去睡，又不好开口呢？这么一想，她便抬起头轻轻地唤一声：夫君。

陶渊明：哦，翠芝。

陈翠芝：夫君，你一路劳顿，还是早点回去休息吧。

陶渊明：回去？回哪里去？

陈翠芝：以往，你不总睡在书房吗？

陶渊明：翠芝，我……

陈翠芝：夫君，有话请讲。

陶渊明接过陈翠芝手中的绣活，放在一旁，一把抱起陈翠芝，朝床前走去。

陈翠芝也顺势用双手挽住陶渊明的脖子，轻呼道：夫君，夫君，你，你放尊重些！说罢，又轻咳数声。

陶渊明仍抱着陈翠芝，轻柔地说：翠芝，原谅我吧，翠芝！

陈翠芝紧紧地抱住陶渊明。

陶渊明把陈翠芝轻轻朝床上放去。此时，平躺在床上的陈翠芝，一脸的羞涩，她微闭着双眼说：夫君，妾，妾身尚是处子，还请夫君少点轻狂，多点怜惜。

陶渊明俯下身，在陈翠芝额头上轻吻了一下，转身吹灭了灯盏。

事毕，俩人躺在床上，陈翠芝枕在陶渊明的胳膊上，禁不住嘤嘤地哭泣起来。陶渊明伸出另一只手，帮陈翠芝擦了一下脸上的泪水说：翠芝，我知道你心里委屈，我给你赔不是了。你别哭了，哦！

陈翠芝这才一笑，轻声说：人家这不是高兴得才哭嘛。

陶渊明说：唉，我知道，我给你的太迟了，太迟了！真是委屈你了！

只要夫君从今往后对我好，翠芝就不委屈。陈翠芝在陶渊明胸口上轻轻抚摸着说。

陈翠芝的隐忍和贤淑让陶渊明大受感动，他由衷地说：我渊明没想到哇，你翠芝虽说是官家小姐，却能如此逆来顺受，渊明是身在福中不知福哇。你放心，从今往后，我只一门心思对你好！

陈翠芝又一笑：夫君，你就不想你那个叫玉如的妹妹吗？

唉！陶渊明深深叹息一声，苦笑着摇了摇头，对陈翠芝说，睡吧，都三更了。

是的，这一夜陶渊明的心情非常复杂，几乎无法入睡，看着枕在自己胳膊上已进入梦乡的陈翠芝，他心里说：明天，我无论如何得去看看五柳先生和玉如妹妹！

第二天早晨，陶渊明一边整理着衣襟，一边走出家门。

迎面走来庞通之：渊明，出门哪？莫非是我这一来你就出去，是不是舍不得几壶酒啊？

通之兄言笑了。陶渊明笑道，我哪里是舍不得几壶水酒，只是不知道我兄光临哪。

庞通之说：此言差矣！我与你昨天不是说好了，今天来你家讨酒喝吗？

那我俩站在外面说话干嘛，请！陶渊明只好朝门内对庞通之做了一个请的手势。

庞通之却说：嘿，言笑，言笑。我此来是特意请你到我家去喝酒，我得为你洗尘哪。

陶渊明：渊明受之有愧，受之有愧。

庞通之：瞧，你们这些读书之人，就是酸，请你去喝顿酒，都这么文绉绉的，走吧。庞通之说完，拉起陶渊明就走。

庞通之家中，桌上摆放了几道菜肴，一壶酒。

陶渊明一边与庞通之对坐而饮，一边说：昨天听家母言讲，通之兄已在州府衙内高就，如今我兄已是官府的人了。

什么高就，不过是一个催缴税赋的书办而已。庞通之一言带过。

陶渊明说：我兄现在好歹也是一个官吏嘛。想当年，我祖上长沙公不也是县府里的一个管理鱼粮税赋的小吏，后来不也名垂青史？

庞通之：我怎敢与令祖长沙公相比，何况现如今税赋征缴一年比一年难哪，弄得百姓怨声载道！

陶渊明：百姓上缴皇粮国税，乃理所当然，怎么上交税赋就如此艰难？

庞通之：你有所不知呀。

陶渊明：愿闻其详。

庞通之：你离开家乡这五年，寻阳发生了两年大水灾，一年大旱灾，就拿你家来说吧，百顷田地不但没有得到一石租谷，反而还要为佃户归还官府的钱粮。

陶渊明：如此说来，我家如今也屯空粮尽了！

庞通之：可不是吗。一家十数口人的生活，坐吃山空啊，去年，你母亲还卖了几十顷良田呢！

陶渊明端起酒杯，一饮而尽。

傍晚时分，与庞通之说了一天话的陶渊明回到房内，看见陈翠芝正在房内绣花，并不时轻声咳嗽，便疼爱地说：翠芝，你身体欠佳，早些上床歇息吧。

陈翠芝放下手中的绣活：夫君，你也早点上床歇息吧。

陈翠芝正要宽衣上床时，朝陶渊明看了一眼，陶渊明却在桌子旁的椅子上坐了下来，一副心事重重的样子，便关切地问：夫君，你莫非有什么心事？

陶渊明：唉，听说我出外这几年，家乡遭受了连年的大灾，家中不但少粮，还卖了几十顷田地呀！

陈翠芝：是呀，不卖那几十顷良田，一家老小怎么活呢？为此，娘都老了许多！

陶渊明：几十顷良田倒不重要，只要母亲与你平安就行，我只担心……

陈翠芝走到陶渊明身边，一手扶在他肩上说：夫君，我知道，你担心五柳先生和玉如姑娘究竟生活得如何，是吗？

陶渊明在陈翠芝手臂上拍了拍，点着头，长叹一声！

陈翠芝说：可惜啊，五柳先生和你师妹玉如姑娘自太元十年出门逃荒，至今未归呀！

陶渊明心里一惊：啊！先生和玉如逃荒去了？

陈翠芝有些紧张地点了点头。

陶渊明又问：那你和母亲为什么不去接济他们？

陈翠芝小声说：太元十年大水，母亲派人给五柳先生送去了几次米粮，他也接受了。太元十一年大旱，母亲又派人给五柳先生送粮，可送粮的仆人回来说，先生带着玉如姑娘逃荒去了。这两年，母亲反复派人去打听先生和玉如姑娘的消息，每次都没有发现他父女俩回来啊！

陶渊明哦了两声，便默然了。

陈翠芝神情依然紧张，轻声问：夫君，你？

此时陶渊明的脑海里闪过一片一望无际的桃林，一个貌似小师妹的女子在桃林中与他若即若离。良久，陶渊明忽然抬头一笑，言道：翠芝，你放心，五柳先生非常人，她与玉如师妹一定平安无恙！

陈翠芝用疑问的眼神望着陶渊明。真的，翠芝，你相信我！陶渊明说。

陈翠芝朝陶渊明点点头，道：但愿如此。这样，我和母亲也便不觉得有愧于玉如和五柳先生父女，我也能安心面对你了。

陶渊明拥住陈翠芝说：翠芝，你没有什么对不起人家的，倒是我渊明有愧于你呀，好在往后的日子还长，容我慢慢地补报吧！

被陶渊明搂在怀抱中的陈翠芝，不禁淌下两行感动的泪水。人一激动，又咳嗽起来。

陶渊明松开陈翠芝，双手捉住她的胳膊：你呀，再也不要操劳了，歇下来好好养息身体吧。

这时，仆人手持名帖站在房门外说：公子，良驹，不不不，东林寺的素心和尚求见！

陶渊明一听良驹求见，不禁大喜：良驹，素心！他在哪里？

仆人道：我已将他请到公子的书房用茶。

陶渊明便丢开陈翠芝，急着走出房门。

陶渊明疾步走进书房。刚跨进书房门，陶渊明就大喊：良驹，果真是你！

良驹站起来，朝陶渊明合十行礼：小僧见过公子！公子别来无恙？

陶渊明一愣，瞬即又跨步上前，双手紧紧捉住素心的胳膊，双眼朝素心上下瞧了一遍，眼里便蓄满了泪水。道：你果真出家了！

荆州一别，回到寻阳，母亲病逝，小僧了无牵挂，便拜在慧远大师门下，削发为僧。昨闻公子回府，便来拜望！素心不紧不慢地说。

呵呵，你既然来拜望我，怎能说已了无牵挂，不是说，出家人五蕴皆空吗？陶渊明戏谑道。

空即非空，非空即空。我佛不也拈花一笑吗？佛亦有情啊！素心回道。

陶渊明手一挥，笑道：你才出家几载啊，一见面就跟我开口佛、闭口佛的，说说慧远吧，他对你可好？

素心道：大师乃高人，心如明镜高悬，度人于无形之中。在小僧看来，好与不好皆为空，情仇恩怨在小僧心中早已荡然无存，与大师，与公子，唯有神交意会啊！

陶渊明听得心中一喜：你似乎得道了啊，这几年，读了不少佛经吧？

素心：一部也不曾读过。

陶渊明：那慧远拿什么教你？

素心合十：阿弥陀佛，佛说，不可说。

出游五年回到家乡的陶渊明，经过接触庞通之、素心等知心挚友，才知道这五年家乡发生了很多意想不到的事情，这些事情让他的心绪变得复杂起来，也迫使他不得不静下心来思考将如何面对自己的人生。

这一天，陶渊明正与母亲和妻子同桌吃饭，他帮母亲夹了一筷子菜，又正要往陈翠芝碗里夹菜时，陈翠芝却忽然站起来要吐。

陶渊明放下筷子，疾步走过去，一手扶住陈翠芝，一手在她背上轻拍着问：是不是不小心感染了风寒？

陈翠芝笑着回头看了陶渊明一眼：夫君，没事。

陶母一笑，站起来扶住陈翠芝，对陶渊明笑着说：去，吃你的饭去！

陶渊明哦了一声，便坐了回去。

我的儿，莫非你……？陶母指了指陈翠芝的肚子问了一半又把话收住了，只用慈祥、关爱的眼神望着她。

翠芝含羞道：娘，我也拿不准。

陶渊明一头雾水：娘，莫非什么啊？

陶母笑着说：吃你的饭吧，女人的事你不懂。

陶渊明看了母亲和妻子一眼，摇头一笑，低头吃饭。

陶母又对翠芝说：我看，还是请个老到的郎中来为你诊诊脉。

陈翠芝仍是一脸的羞状，别过头说：我听娘的。

第二天，家仆请来了一位老郎中，他一只手搭在陈翠芝从帐里伸出来的手腕上，一手抚着须，抬头闭目轻摇。

陶母与陶渊明站在一旁，神情有些紧张。

良久，老郎中才睁开眼，轻轻地把翠芝的手放进帐中，站起来朝陶母一揖：恭喜老夫人，恭喜陶公子，少夫人有喜了！

陶母一听，脸上立即荡开一层喜色，她欢笑着说：哦，是吗？祖上积德，祖上积德啊！明儿，这真是祖上积德呀，翠芝终于有喜了！

陶渊明也露出一脸的喜色扶住笑得泪光闪闪的母亲，欢愉地说：娘，总算如你所愿了！

陶母轻拍着胸口说：是哟，是哟！娘这颗心总算能放下来了！明儿，快，快赏过郎中！

郎中朝陶母和陶渊明一揖：谢老夫人、公子赏赐。

陶母：呵呵，应该的，应该的，我们同喜啊！

自从知道妻子有了身孕后，陶渊明很少离开家门。一晃就过去了几个月，这一天，陶渊明正在想很长时间没见到庞通之了，也不知道外面发生了什么事情，庞通之却一脚跨进了门。陶渊明赶紧将他请到书房，两个人刚坐下，茶都没端上来庞通之便开口了。

庞通之：渊明哪，坐吃山空呀，况且自太和十年以来，连年大灾，你家的家道，再不像前些年那么殷实了。

陶渊明：是呀，我也在想呢。

庞通之：坐在家里想没有用，你得走出山林哪。

陶渊明：通之兄，你的意思是为了养家糊口，劝我去谋个一官半职？

庞通之：一来为养家糊口，二来凭你的家世与才华，匡扶天下，牧民济世，扬名天下，也非难事。

陶渊明：可如今朝纲不振，官场黑暗，恐怕……？

庞通之：此言差矣！你乃读书人，庄子不也说过，枉世之士需要朝廷，中民之士需要的是官位吗？

陶渊明一笑：恐怕我这一生只能沦为枯槁之士了。

庞通之：呵呵，枯槁之士。既然你自诩为士，也需要传播名声，如果你只有枯槁而没有名声，谁又知道你是枯槁之士呢？

陶渊明：唉，可叹如今，枯槁之百姓多矣！

庞通之：岂止枯槁，百姓生下来就枯槁，况且成为饿殍者多啊，可又关乎于谁呢？如你心中尚有枯槁之百姓，那又何不去一展你匡时济世之抱负呢？

这时，仆人一脚踏进书房门，高兴地说：公子，少夫人生了，生了个少公子，你快去看看吧！

通之站起来，双手朝陶渊明一拱：呵呵，渊明哪，大喜呀！我就不打扰了，你快去吧，改日再来讨杯喜酒喝。

陶渊明说：应该的，应该的，通之兄好走，陶明不送了。

送走庞通之，陶渊明便急步跨进房门，而眼前一幕让他惊呆了！

陶母伏在躺在床上的陈翠芝身上悲苦地哭诉道：儿呀儿呀！你怎么忍心抛下稚儿，就这样去了啊？陶家对不起你呀，我短命的儿呀！

伴随着母亲的悲苦声，婴儿呱呱的啼哭声显得格外清脆。

陶渊明快步走过去，从床上抱起儿子，紧紧地搂在怀里。

自从陈翠芝与陶渊明结婚后，因得不到丈夫的爱，使她一直心怀抑郁，加之远离父母，心事无处诉说，更加深了她的孤独，渐渐地，她染上了肺病。陶渊明仗剑出游五年，回来后虽然给予了她巨大的同情，但女人的敏感和直觉告诉她，那不是爱。加之怀上孩子后，她的身体更加虚弱，生下孩子后，陈翠芝便撒手人寰了。

在母老子幼的时候，丧妻对于陶渊明来说不能说不是巨大打击。在打击面前，陶渊明既思念贤惠的妻子，又想念杳无音讯的师妹。从这时候开始，陶渊明开始终日以酒为伴了。虽然一直在借酒浇愁，但他始终保持着清醒的思维，他一边在喝酒，一边在对他的人生何去何从进行一番认真的思考。这番思考，从他写的十首《命子》诗中可以略见端倪：

《命子》之七：

嗟余寡陋，瞻望弗及。顾渐华鬓，负影只立。

三千之罪，无后为急。我诚念哉，呱闻尔泣。

从这首诗里可以看出陶渊明当时盼子的心情是多么急切。他说自己无才无德，不敢有大的需求；眼看自己鬓发都白了，在他父亲这一支里只有他一棵独苗。《孝经》中说：五刑之属三千，而罪莫大于不孝。而这三千之罪当中，无后更是最要紧的事。我陶渊明现在终于听到了你这婴儿的呱呱啼声，这块心病终于解决了。

这首诗不但表达出了陶渊明对于生子一事的重视，而且也反映出了他当时的思绪非常复杂和矛盾。此诗前六首，追述了陶氏祖辈的光荣。从这种绵远的追述中不难看出他对自己显赫的族氏有一种自卑心理，同时也可以从侧面看出他对晋朝司马氏、王氏、谢氏以及南方朱、张、顾、陆等大姓世族地主在朝中窃居权要的一种不满。从陶姓自陶侃死后的情况来看，除了他的叔父陶夔在朝廷任太常寺外，再也没有谁做大官了。如何光耀门庭，再宏祖德是陶渊明当时在不断思索的问题。

有诗为正：

《命子》之八：

卜云嘉日，占亦良时。名汝曰俨，字汝求思。

温恭朝夕，念兹在兹。尚想孔伋，庶其企而！

《命子》之九：

厉夜生子，遽而求火；凡百有心，奚特于我！

既见其生，实欲其可。人亦有言，斯情无假。

《命子》之十：

日居月诸，渐免子孩。福不虚至，祸亦易来。

夙兴夜寐，愿尔斯才。尔之不才，亦已焉哉！

陶渊明希望这个新生的儿子陶俨不辱家门，像孔子的后人一样承继家学。而他自己快三十岁了，还闲居在家中，觉得自己很没有作为，因此希望儿子不要像自己一样，长大了要求上进，做出一番光明大业，以便能和陶氏历代先祖的业绩相称。

京城建康。

一乘小轿穿过某条街巷，小轿后面跟着两个清秀的丫头，一个丫头抱一个书箱，一个丫头怀抱一张瑶琴。

小轿被抬到一座高门大府前，府第门楼上写着谢府。

小轿落下，怀抱瑶琴的丫头对着轿窗说：夫人，到了，请下轿吧。说完，丫头掀开轿帘，谢道韫从轿里走了出来。

谢道韫仰头凝望了谢府两个字一眼，心里说：一别五年，我终于回来了。然后提起裙摆，向谢府走去，对坐在厅堂里的父亲谢奕及母亲倒身下拜：孩儿拜见父亲，母亲！

谢母上前扶起谢道韫：孩儿快快请起。

谢奕问：女儿呀，好端端的，你怎么就与汝夫凝之闹起不快来了？

谢道韫满面愁容地说：王郎人才丑俗不说，更可恼的是平日里不读诗文，不思长进，一天到晚只迷恋五斗米道，纯属一混世魔王。

谢母劝道：儿呀，凝之他怎么说，也是王羲之之子，人品相貌亦可说得过去，你怎么如此讨厌人家？何况嫁鸡随鸡，嫁狗随狗，你既然已经嫁到了王家，就得忍耐呀。

谢道韫仍愠着脸说：母亲，我对王郎是可忍孰不可忍呀！想我谢家叔父辈中，如尚叔、据叔，兄弟辈中的韶兄、朗兄，还有家兄玄，都是当下的精英豪杰，风流名士。可我真没想到，这人世间竟然还有王郎这种草包，叫女儿实在无法忍受。

谢奕叹息一声，道：当初，你叔伯谢安在朝为国相，主张将你嫁与王家，我也知道女儿你嫁过去会受委屈，可王家一门都是朝廷重臣，谢王二家如不联姻，我们谢家在朝廷说话就欠分量啊！

谢母拉着站在她身边的谢道韫手，在她手背上拍了拍：女儿，你就忍忍吧，哦。

谢奕也说：女儿，你乃当今一代才女，有些道理也不用为父与你细讲，你既然回家了，就高高兴兴在家住两天，然后再高高兴兴地回去，别让凝之不快。

谢道韫嘟着嘴道：父亲，女儿都五年未归，怎么只让女儿住两天，就赶女儿回去嘛！

谢奕说：女儿呀，你有所不知。朝廷决定派凝之去任江州刺史，任命诏书在这两天将要下达。诏书一下，凝之克日得启程赴任，这可是等不得的，你得赶紧回去陪凝之走马上任。

王凝之任江州刺史消息谢道韫还是第一次听说，她几乎不敢相信。但这消息是从自己父亲口中讲出的，断然假不了。况且在谢道韫看来，当今的朝廷还有什么荒唐事做不出来。便说：父亲，这朝廷也过于草率了吧，他胸中既无经济学问，又无军事韬略，朝廷这不是拿江州百姓的性命开玩笑吗？

谢奕却笑着说：我儿只观其一，未洞悉其二。朝廷任命的并不是凝之这个人哪，而任命的是王、谢二家在天下的威望啊。况在朝中许多有识之士如陶夔等人看来，凝之背后有女儿你用心辅佐，江州便不至于会出什么大乱子的。

谢道韫咬咬嘴唇不做声。

陶渊明正在家中独自饮酒。什么时候素心站在门口，陶渊明却浑然不觉。

在门口站了许久的素心终于忍不住念了一声佛：阿弥陀佛！

陶渊明一抬头：良驹！

素心双手合十：公子，小僧乃素心也。

呵呵，素心。陶渊明说：快快，进来进来，别站在门外神神叨叨的，进来陪我喝两杯。

不了，公子，素心前来见公子，是受我师慧远住持所派遣，请你去寺里叙谈叙谈。说罢，素心上前递上一封请柬。

陶渊明看看请柬，放在一边，说：叙谈？可寺庙里是不能饮酒的，我这酒才饮数杯，酒兴正浓呢。等我尽了酒兴，再动身去见他也不迟。说罢，陶渊明又满饮一杯，啧啧嘴，一副投入的样子。

素心说：慧远住持这次不光是请公子，还请了周续之和刘遗民二位寻阳大才子呢。

陶渊明一听，便来兴趣了：哦！我早闻续之和遗民两位仁兄的大名，一直无缘会面，没想到今日倒有机缘相见了。说着陶渊明就站起身来说：走吧。

公子这酒饮尽兴了？素心问。

能与续之、遗民兄相见，可以当得三大杯好酒。走吧！陶渊明说。

素心摇头一笑，两个人走出了陶家。

陶渊明与素心才走到东林寺门口，周续之和刘遗民已从寺庙里迎了出来。

周续之出门就拱手大喊：哎呀，渊明兄，早闻大名啊，今日一见，果然风采非凡。

刘遗民站在寺门口朝陶渊明一揖：遗民见过渊明兄。

陶渊明赶紧深还一揖：见过续之兄，见过遗民兄。渊明早闻二位盛名，总想寻找机缘拜见，一直未能如愿，今日得见，真乃平生一大快事也！

素心也说：阿弥陀佛！小僧请陶公子时，陶公子正在饮酒，未能尽兴，听说二位在此，立即放下酒杯说，能见二位一面可当三大杯美酒呢！

三人放声大笑，相互挽手走进庙门，说说笑笑朝方丈室走去。

慧远站在方丈室门口，双手合十相迎：贫僧今日十分有幸，迎来了寻阳三位高贤。请到方丈室用茶吧。

陶渊明对慧远弯腰一揖：大师召唤，渊明怎敢不从。

素心为慧远及陶渊明等三人上茶。

慧远端起茶饮了一口：此庐山云雾茶乃贫僧刚来时亲自栽种，小徒素心亲手采摘，亲手炒制，不知可合三位高贤口味？

周续之道：此乃明前茶，不但炒制得高明，翠绿可观，饮来亦是满口生香，乃茶中之妙品也！

刘遗民也附和道：对对对，满口生香，妙品也！

闻听此言，陶渊明脸色不快，心里说：出家人应是四大皆空，怎么请我等来谈论起茶道来？

慧远似乎看出了陶渊的不快，说：当然，与陶公子家的陶里菊花茶比起来，其清香要逊色多了；但论起生津解渴，这庐山云雾茶却又胜过一筹，不知陶公子以为如何？

陶里菊花茶凛冽醇香悠远，大师的庐山云雾茶嘛……陶渊明端起茶饮了一口，继续说：生津，爽口、香淡，各有千秋，都是茶中妙品，但又不可同日而语。

慧远点点头，说：此论倒也中肯。不过，今日请三位高贤屈就小寺，倒不是请你们专程来论茶的，乃贫僧有个不情之请！

周续之、刘遗民同声说：大师不用客气，有话请讲。

陶渊明见周、刘二人在慧远面前表现得如此谦逊，心想：周续之、刘遗民两位仁兄好歹也算是寻阳大才子，怎么在慧远和尚面前如此唯唯诺诺呢？

而慧远又开口了，他对陶渊明说：不知陶公子是否愿意听贫僧道来？

陶渊明回过神来：哦，哦，愿闻其详。

慧远与陶、周、刘三人谈兴正浓时，王凝之的官船也正在溯江而上。官船上飘着一面官旗：江州刺史王。

谢道韫与王凝之站在船头上看风景，当谢道韫从江岸收回目光时，看见船上飘扬的官旗。谢道韫盯着旗子看了一阵，目光落在王字上，然后转身对王凝之说：王郎，你觉得这面旗有什么不妥吗？

王凝之：莫非夫人觉得这旗子小了点，不够醒目威风？

谢道韫：非也。

王凝之：那，夫人之意？

谢道韫：我觉得旗子上绣的字大大不妥。

王凝之：哦，我看没什么不妥呀。

谢道韫：夫君，请问你现居何职？

王凝之：夫人不是明知故问吗？我乃现任江州刺史。

谢道韫：请问夫君，你何时被封为王？

王凝之：夫人说笑了，别说我了，就算我祖上为朝廷立下了不世之功，也未有人被封为王啊。

谢道韫：那你看看这旗上绣着什么字？

王凝之：江州刺史王。江州刺史王。王！

谢道韫一笑：明白了吧？如果有人拿这旗子做文章，到朝廷告发你，你这不是自找麻烦吗？

王凝之：这，这这……

谢道韫：未经朝廷封号，你自称自立为王，那可是灭门之罪啊！

王凝之朝谢道韫躬身一揖：谢夫人点拨。难怪人言，夫人乃当世大才女，果不其然！我王凝之有夫人在身边，还愁这个官当不稳吗？说完，王凝之对随从说，快快把旗子给我取下来，扔到江里去。

谢道韫：慢！

王凝之：夫人，这、又是何意？

谢道韫：把旗扔到江里去，这旗顺流而下，下游就是京城建康，你这不是授人把柄吗？

王凝之不由得叹服起来：夫人高见哪，高见！看来到江州上任后，我王凝之凡事都要多听夫人的指教啊。

谢道韫：此言当真？

王凝之：绝无戏言。

谢道韫：好，那我就保你这官当得风生水起。说罢，她便想起了来江州前与父亲谢奕的一番交谈。

谢奕说：女儿，听说寻阳有位叫陶渊明的青年名士，此人乃长沙公陶侃曾孙，能文能武，有惊天纬地之才，你与王凝之去江州后，最好把此人请到幕下，他可

113

助凝之一臂之力呀。

谢道韫说：父亲，是不是早年在太常寺陶夔府中读书的那位陶公子？

谢奕说：我想大概就是此人了。

谢道韫说：我对这位公子也早有耳闻，听说他仗剑出游，不知是否已回到寻阳？

谢奕说：陶公子乃读书之人，父母在，不远游，况且我听说他母亲年事已高。

谢道韫说：父亲的话我记住了！

东林寺的慧远方丈室里，几个人仍在高谈。

慧远说：日前，我派了三个徒弟法净、法钦、法善前往西域取来了百部佛经，但都是梵文。如今贫僧遇到了难题，不知如何将这百十部佛经翻译成汉文，三位乃当世高贤，贫僧想听听你们的高见。

这个嘛……周续之看了看一旁的刘遗民一眼。

刘遗民见周续之看他，便说：遗民虽然读了几本诗书，可足不出寻阳，乃一井底之蛙耳。说完他又转头看了一眼陶渊明说，听说渊明兄曾仗剑出游，历访五湖四海，见多识广，一定会有高见。

陶渊明见刘遗民把难题抛给了他，便笑道：遗民兄抬爱陶渊明了。不过……

慧远见陶渊明欲言又止，说：陶公子不妨讲来。

陶渊明只好说：我在北方游历时，听说道安大师亦曾主持翻译过百十部佛经，大师曾提出过五失本、三不易的译经思想，慧远大师你乃道安大师之高徒，不会不了解个中详情吧？

慧远想了想，说：吾师主持译经我只略有耳闻，因那是吾师派我与慧永师兄南下结罗浮之岫以后的事。吾师译经时，我已离开他多年了，五失本、三不易我还是第一次听说，还望公子详细道来，指点迷津啊！

周续之说：是啊，还请渊明兄详细道来，也好让我与遗民兄增长见识呀。

王凝之的官船内，王凝之对着摆在官船船舱内的五斗米道祖神像焚香。谢道韫一边嘲笑，一边摇头。

王凝之上完香，便跪下磕头：请道祖保佑我在江州任上顺息安平，保佑我一路官运通旺。

谢道韫实在忍不住，说：夫君，我看你还是多尽些人事，少听些天命吧。

王凝之问：夫人，如何才叫多尽人事？

谢道韫说：你上任后，所要尽的最大人事，就是广罗人才，为你所用。

呵呵，你说得倒是容易。王凝之说，广罗人才，我初来乍到，知道谁是人才？

谁又能为我所用？

不知道不要紧，只要你用心寻访，自然会有所发现的。谢道韫回道。

夫人说得不错，人才要紧。何况有道祖在，不用我寻访，道祖也会为我点化人才的，让人才找上门来，为我所用。王凝之欢欣地说。

谢道韫叹息一声。

东林寺慧远的方丈室内，慧远等三人已被陶渊明的高论所深深折服。陶渊明继续说：梵文词序颠倒，译时改从汉语语法，易失意愿，此其一也；梵经质朴，而汉文华美，译文要加以修饰，易失本真，此其二也；梵经中同一议论，往往反复再三，译时应加以删销，易失原文，此其三也；四乃梵经结尾处，要作一小结，将前文又加复述，译时也得删销，而与原文不同；五乃……

陶渊明侃侃而谈，慧远等频频点头。

陶渊明接着道：此等佛经乃是佛祖释迦牟尼之后，迦叶主持第一次结集，阿难颂出佛经，五百罗汉审定，尚且小心谨慎，当下我等要以自己的领会传达佛经，十分不易。而在下还听人所言，当年道安大师主张直译，但也允许在特殊的情形下，进行一定的修饰。

慧远：那按公子高见呢？

陶渊明：唯格义二字。

慧远：公子主张意译？

陶渊明：然也，大师不妨将道家、儒家、玄家之词汇，用来翻译佛经，唯其如此，才能通俗易懂，才能被信众所接受。

哎呀，渊明兄真乃才高八斗啊，我等叹服、叹服！周续之由衷地说。

渊明兄一语便道破了天机，服、服啊！刘遗民也心悦诚服。

站在一旁的素心点了点头，看见慧远看了他一眼，便低头双手合十。

见周续之与刘遗民都赞成自己的意见，陶渊明谦逊道：两位仁兄，千万不要再抬举我了，渊明不过随便胡说了几句而已。这些事情，还是你们与慧远大师去商量吧。说完，陶渊明站起来，对慧远一揖：大师，你们继续谈吧，我想到寺里转转，不知大师是否答应？

周续之和刘遗民对视一眼，脸上便有一些尴尬。

慧远也站起身，朝陶渊明双手合十：公子请便。你已为贫僧破了一大难题，贫僧致谢了！

大师言重了。说罢，陶渊明走出了方丈室。

慧远看了素心一眼，素心朝慧远低头合十，跟了出来。

远远地，素心看见陶渊明将身子斜倚在放生池的栏杆旁，将手中的青草掐碎抛向鱼池，引得一群鲤鱼游动争食。

素心走到陶渊明身边，诵了一声：阿弥陀佛！

陶渊明回过身来，对素心说：你不听他们讨论如何翻译佛经吗？我想，这翻译佛经的重任，慧远和尚会让它落在你的肩上呢。

公子已一语道破了天机，难道还用继续讨论下去吗？素心说。

陶渊明哈哈一笑，指着放生池里的鱼说：良驹……

素心合十：公子，我已对你说过多遍了，贫僧乃素心也。

陶渊明颔首道：素心，素心。唉，好吧，从今往后，我就叫你素心吧。

素心合十：阿弥陀佛！

素心，我问你，你觉得这些鱼是养在池子里快乐，还是在江湖里快乐？陶渊明问。

鱼被渔夫捕上来以前，在江湖里快乐；鱼被渔夫捕上来以后，在这池子里快乐。素心答。

陶渊明：何以见得？

素心：池子里的鱼不是已经告诉公子了吗？

陶渊明：他们何时告诉我的？

素心：就在公子刚才喂养它们的时候。

陶渊明抬头望了一眼天空，眨了眨双眼一笑，继续问：那请问素心，此时是我快乐，还是你池子里的鱼快乐？

素心：鱼比你快乐。

陶渊明：此话怎讲？

素心：因为鱼比你无知。

陶渊明：难道无知就是快乐？

阿弥陀佛！一声高诵，慧远站在陶渊明和素心面前。素心朝慧远合十一礼，退到一边。

慧远道：从无知到有知，是为有，有即多，多即负累；从有知到无知，是为悟，悟即空，空即解脱。

陶渊明摇了摇头说：大丈夫心怀四海，大济天下，才能舒展抱负，岂能沦为池中之物。

陶公子，你既然有这份心胸，为何不走出山林呢？慧远合十道。

陶渊明看了慧远一眼，说：可渊明小时，大师为何非要收我为徒呢？如今又劝我走出山林，这就让渊明不明白了。

此一时彼一时也。慧远说，况公子拯济天下苍生，与我佛慈悲为怀，又有何区别？

大师，莫非以为我该出仕了？陶渊明问。

鱼在池中快乐，因为它胸怀所及，只是这块池子；而公子在江湖中快乐，是因为公子你胸怀天下。慧远答。

陶渊明对慧远深深一揖：渊明领教了！

慧远：时候不早了，请公子到斋房用斋吧。

陶渊明：唉，可惜，你这寺庙里规矩太多。

慧远：公子何出此言？

陶渊明：不准许喝酒啊。

慧远合十：阿弥陀佛！

陶渊明：渊明还是告辞了。等有朝一日，大师允许渊明在你寺庙中饮酒，那时我再来用斋吧。说完，陶渊明丢下慧远、素心二人，转身离去！

看着陶渊明走出寺门的背影，慧远摇了摇头，说：唉，不受拘束者，又如何吃得了这碗官饭？！

素心：师傅，你何不开导点化公子？

慧远：本性乃天成，只恐怕陶公子他此生命运多舛哪。

素心：阿弥陀佛！

与慧远在放生池边的一番对话，对陶渊明下决心出仕起到了至关重要的作用。当然，促使陶渊明首次涉入仕途的还有一位重要人物——东晋时期著名的女诗人，江州刺史王凝之的夫人谢道韫。

这一天，陶渊明正在书房端着一本书，边看边饮酒。

庞通之一走一拐边朝陶渊明书房走来，边高声大喊：渊明，渊明在家吗？

陶渊明走出书房站在门口朝庞通之一揖：哟，通之兄，听说新刺史上任，你们正忙得焦头烂额呢。今日你不在衙门守值，怎跑到我这里来了。

庞通之摸着屁股说：莫谈，莫谈！有酒吗，让我喝两杯。

陶渊明一笑：怎么，通之兄要借酒消愁？

庞通之说：唉，什么狗屁刺史大人，纯一草包耳！自己无能，收不上钱粮，拿我等小吏出气。这不，被重责了二十棍！

陶渊明上前一把扶住庞通之：哟！通之兄，快快进来喝两杯，压压惊！

陶渊明把庞通之扶到座椅上，拿起酒壶，往庞通之面前的酒杯倒满酒。两个人正要饮酒时。仆人站在门口说：公子，门外有一位姓谢的公子登门求见。

陶渊明疑惑道：哦！谢公子，从来未听说过啊。

庞通之说：嘿，来者都是客，请进来喝两杯，不就相识了。

陶渊明说：说的是啊，快快有请。

仆人挑开门帘，一位身材修长、面部白皙、手持羽扇的年轻公子走了进来。

来人声音清亮：谢某见过陶公子！

陶渊明拱手道：幸会幸会！

谢公子指着庞通之问：这位是？

谢公子才问完，心里便一闪，立刻想起了不久前王凝之在堂下责打庞通之的一幕。

陶渊明说：这位乃在下好友庞通之。

谢公子带笑一揖：在下见过通之兄。庞通之想站起来回礼，可嘴一咧，又坐下去了。

谢公子故意问：通之兄身体有恙？

陶渊明忙掩饰道：呵呵，小恙，小恙。无妨，无妨。

庞通之却忍不住，说：嘿，说来惭愧，遇上了刚上任的草包刺史，被重责了二十杖。这不，让在下对公子缺礼了。

谢公子脸上掠过一丝尴尬：通之兄言重、言重了。

陶渊明挽起谢公子的胳膊说：谢公子不必介意，请坐下来喝酒吧。

谢道韫看了一眼陶渊明挽着他的手，抬起头：公子客气，请！

陶渊明：请！

陶渊明抬头注视谢公子，发现谢公子耳垂有一个小孔，不禁疑惑起来：谢公子温文尔雅，面庞姣好，怎么看起来却像个女子啊。我与他素不相识，今日他贸然登门，究竟是何动机呢！

第八章　出仕祭酒

陶渊明为谢公子斟好酒，放到他面前，然后端起自己的酒杯：公子，请。陶渊明先干为敬！

谢过陶公子！谢公子端起酒杯一饮而尽。

陶渊明又为谢公子斟满酒一杯：请问公子家住何处？

谢公子：建康。

陶渊明自忖：建康，谢公子？便说，哦，公子一定出自名门望族，不知公子与已故的谢相国有何关系？

谢公子说：呵呵，谢相国乃家叔，家父谢奕。

陶渊明：公子是……

谢公子：啊，在下，乃，乃谢玄。

陶渊明：久仰久仰！

谢公子：惭愧惭愧！

陶渊明：不知谢玄兄来到寻阳有何贵干？

谢公子：因姐夫王凝之携家姐来江州赴任，家父便派在下护送过来。在下久闻陶公子大名，今日便抽身前来拜见，以慰仰慕之情啊。

陶渊明：啊，令姐谢道韫也来江州了？

陶渊明：正是。

陶渊明：令姐乃空前绝后之大才女呀，渊明向往之至，奈何男女有别，一直无缘拜会，真乃人生之大憾事呀！

庞通之惶恐不安地站起来对谢公子说：适才，适才在下言语上多有冒犯令姐夫，还请公子海涵。

谢公子朝庞通之一摆手：通之兄切勿如此说，只怪在下姐夫行事欠虑，让通之兄受屈了，事后家姐曾经说过姐夫，还请通之兄原谅！

陶渊明挥手道：嘿，过去之事我们就不必挂怀了。两位仁兄，喝酒，喝酒！

谢公子端起酒杯对庞通之说：在下就以陶公子的酒代姐夫向你赔情了。

庞通之慌忙道：岂敢岂敢！

三位端起酒饮尽。

陶渊明放下酒杯，还在想着大才女谢道韫，忍不住说：令姐乃绝代才女，可惜生为女儿之身，让渊明失之交臂呀。

谢公子呵呵一笑，道：家姐对陶公子也是仰慕不已呀。我来探访陶公子前，家姐一再交代在下，嘱咐我代她向你问好呢。

谢公子这次来访，并没有久坐，客套了一阵，小饮了几杯，便借故天色向晚，告辞了。

送走了谢公子和庞通之，陶渊明从母亲手中接过儿子，逗着儿子玩：儿子，笑一笑。

儿子果真咧嘴一笑。

站在陶渊明身边看着他逗儿子的陶母说：明儿，你得给孩儿起个名字呀。你可以一天到晚喊儿子，我也可以喊孙儿，可旁人呢，孩儿没个名字可不成哪。

陶渊明想了想，说：母亲说的是。这孩子命苦，一出生就没了娘，幸亏有了母亲，让他舒舒服服地长大，我看，就叫阿舒吧。

陶母言道：阿舒，舒儿，舒舒服服，顺风顺水地长大成人。这小名起得不错。可是，将来他要读书了，你还得给他起个有学问的名字。

陶渊明想了想：就叫俨吧，陶俨。严字加人字旁的俨。人字即代表母亲你对孙儿慈爱；严字即我这位做父亲的不能因这孩儿失去了母亲，就对他纵容，让他从小失去管教啊。

陶母想了想，说：陶俨，阿舒。阿舒，陶俨。不错，都依你。

青州大营。

刘裕在亲自操练兵马。

一个士兵朝靶心连射三箭，两支箭没有中靶，另一支箭也没有射中靶心。

刘裕接过士兵手中的弓，拉满弦，朝箭靶连射三箭，箭箭射中靶心。然后回过来严肃地看着士兵说：三天后考核，三箭都偏靶者，重责三十军棍；一箭都不中靶心者，重责二十军棍；三箭都中靶心者，有赏！

说完抛下弓箭，扬长而去。

江州街头。陶渊明在一家酒店饮酒，已饮完一壶，正朝酒店伙计喊：伙计，再来一壶酒。

伙计应一声：好嘞。

伙计刚转身去取酒，庞通之也带着几个衙役走进酒店，一进门便喊：店家，税钱准备好了吗？

店家从柜台前迎上来：呦，上差，你辛苦了。可这几天小店生日实在清淡，税钱尚未凑齐啊，请上差再宽限几天吧。

庞通之道：唉，店家呀，我们都是本乡本土之人，若这税钱是收到我家里去，让我宽待你，这都好说呀。奈何我宽待你，这新来的王刺史不能宽待我呀。想必你也听说了，为了这税钱没能及时收上来，前些日，我不是被王刺史责打了二十杖吗！

店家头一低，叹息一声：唉！这官家的税怎么一年比一年重啊？官家对我们的盘剥如此之重，叫我们这些小百姓可怎么活呀！官家也不想想，要是这市面上做生意的人都关门停业，哪里还有税钱可收喔！

陶渊明听得不停地点头。

说得好！随着一声清吭的声音，谢公子走了进来。

庞通之看见谢公子走进来，便束手而立道：啊，是谢公子！你怎么也、也到这小店来饮酒？

谢公子说：呵呵，刚才下人告诉我，说陶公子在这家酒店喝酒，在下便找过来了。

庞通之说：是吗，渊明也在这里喝酒，我怎么就没发现呢？

在这儿呢。陶渊明站起身，朝谢公子和庞通之走过来，带笑说：通之兄啊，你心中除了税钱，哪有其他呢？你这是心无旁骛啊。

庞通之摇头一笑：惭愧啊，惭愧！这不都是被税钱逼的嘛。看来，在江州我是难逃一个恶吏的名声了！

三人哈哈大笑。

笑毕，谢公子说：官俗则吏恶，这也怨不得通之兄。

庞通之看了陶渊明一眼，不知怎么说好。

陶渊明一手挽起一人的胳膊：来来来，且不论俗恶，喝酒要紧！

谢公子看了一眼陶渊明挽着他胳膊的手，脸一红。

庞通之推让道：渊明哪，我可是公务在身，今天没时间陪你了，改日吧，改日等我把税钱收齐了，再来陪你吧。

陶渊明见庞通之推让，便松开了二人。

谢公子舒了一口气，对庞通之说：通之兄切勿为了几个税钱如此挂怀，适才店家说得极是，如果官家如此逼迫盘剥百姓，这市面上的店铺都关张了，将来官家哪里还有税钱可收？

嘿，公子呀，可惜你不是刺吏大人哪！庞通之无奈地说。

可我，我，我是刺吏的小舅子呀。谢公子说，来来来，喝酒喝酒，回去我跟我那姐夫说说，我保证姐夫再也不会为难你。

庞通之说：此话当真！

谢公子笑着说：我对你实讲，我那姐夫对我家姐姐是言听计从，回去我就去求我姐，保准无事。

庞通之这才放下心来说：如此甚好，也免得江州的百姓骂我是恶吏了！

说罢，三人落座。陶渊明喊：店家，还不快将好酒上来！

店家高兴起来，对伙计说：快快，快上好酒！

江州刺史府的后堂内，王凝之对着五斗米道神上香，下跪磕头，嘴里念念有词。拜完道祖，王凝之站起来问身边的下人：夫人在干什么？

下人说：夫人出去了。

王凝之：夫人出去了？

夫人听下人们讲，甘棠湖边有个烟水亭，烟水亭上有个大乔二乔的梳妆台，便来了兴致，说是要去凭吊凭吊两位古代美人。下人解释道。

王凝之摇了摇头：唉，孔子说得好哇，女子无才便是德。一个夫人，好好的家里待不住，非要到外面去抛头露面。

此时的酒店里，谢、陶、庞三人饮谈正欢。

谢公子问：陶公子今年贵庚几何？

陶渊明说：今年二十有八，谢公子你呢？

谢公子说：添长几岁，在下今年三十有五了。陶公子，我想，我想……

陶渊明：请公子明言。

谢公子：我想，从今往后我们就别公子来、公子去地称呼了。既然我添长你几岁，我就称你为渊明弟吧；你呢，就称我为，为兄，何如？

陶渊明：如此……只怕高攀了公子。

谢公子：渊明老弟何必如此谦逊。想你祖上长沙公乃本朝一代名臣，你父也曾是安城太守，要说高攀，只怕是愚兄了。

陶渊明：既如此言来，那渊明往后就斗胆称谢公子为兄了。

庞通之：如此甚好，名士嘛，理当脱俗，你们不妨满饮此杯，今后就以兄弟相称了。

谢公子：一言为定？

陶渊明站起来端起酒杯：一言为定！

二人一饮而尽。饮毕，陶渊明连说：痛快！痛快！

谢公子说：渊明老弟年纪也不小了，况又熟读诗书，难道不打算走出山林，一展济世之抱负？

陶渊明道：此事小弟也曾想过，但又苦于一时没有一个好去处，况家母已老，不想远离江州，故此当下也只能守在家中奉母教子了。

哦！谢公子思忖了一阵，说：兄有一言，不知当讲不当讲？

陶渊明说：我们既然兄弟相称，还有何话不当讲。

我想将弟举荐给姐夫王凝之，让弟去刺史府上任个一官半职。这样弟离家又近，又不耽误你奉母教子，不知我弟意下如何？谢公子道。

这个嘛！陶渊明沉吟起来。

依我看来，甚好甚好。庞通之说，渊明老弟呀，你就别推辞了，你在州里任职，一则离家又近，不妨碍你照顾母亲和儿子；二则嘛，对我也有个帮衬哪。

只是，不知王刺史他？陶渊明仍拿不定主意。

嘿，不是还有家姐吗？谢公子爽快地说，我姐既弟姐，请弟放心，此事就包在姐身上了。

陶渊明：姐身上？

谢公子脸一红：呵呵，包在家姐身上。

陶渊明：那就，有劳我兄费心了！

谢公子：好说，我这就回去找我姐说去，告辞。

陶渊明与庞通之朝陶里走去。庞通之开口了：渊明，一路上你很少讲话，是不是有心事？

陶渊明皱了皱眉头说：我总觉得这位谢玄兄，身份有些不明不白的。

庞通之说：你是，担心遇上了骗子？

陶渊明说：那倒不至于。

那你疑虑什么？依我看，人家谢公子举荐你去做官，全然是出于一片诚心。庞通之说。

是呀。陶渊明说，我也看得出来。

那你还多疑什么？庞通之问。

我嘛？嘿嘿！陶渊明笑而不语。

庞通之催促道：你就别卖关子了。

陶渊明终于说：我疑心的是，他并非谢玄。

庞通之问：此话怎讲？

陶渊明说：她似乎是个女儿之身。

女儿之身？庞通之说，我怎么就没看出来！

那就慢慢往下看吧。陶渊明说，事情总会明了的。

江州刺史府内，佐僚正在向王凝之禀报征收钱粮之事。佐僚说：刺史大人，并非下属们不尽心尽责，实乃这钱粮一时难以征收哇。

这时，谢道韫正朝官厅走来，听见王凝之与佐僚说话，便没有掀开门帘，只站在门帘下静听。

王凝之吼道：难征，难征！难征难道就不征了吗？

佐僚说：大人哪，为了这征收钱粮的事，下面的人也没少费力气。各县都给弄得鸡飞狗跳，已经是怨声载道啊！

王凝之把手乱挥着：鸡飞狗跳、怨声载道！要不是夫人慈悲，劝我少动板子，我要你们一个个皮开肉绽，看是这钱粮难征，还是我这板子难挨！

佐僚低头弓腰道：是是是。

王凝之仍骂咧咧的：是什么是？草包，饭桶，一群没用的猪！

谢道韫在帘子外暗叹一声，心里说：唉，王郎王郎，你好歹也出自名门，受过书香熏陶，怎么竟然这样庸俗、市侩的话也骂得出口啊？

谢道韫转身走开。边往回走边对跟在身后丫头说：你赶紧去把大人请进后堂。

是。丫头朝谢道韫礼完一礼，便朝前堂快步走去。

庞通之在刺史府门前转悠着，一个佐僚走出刺史府大门。

庞通之迎了上去，脸上堆满笑说：李兄，忙啊！

哦，哦，庞兄，你这是要去哪里？佐僚问。

庞通之说：来找李兄你呀。

佐僚又问：不知庞兄找在下有何事？

也没什么大事。庞通之说，李兄你一向在刺史面前走动，想找李兄打听一下，听说谢玄公子来江州了，不知他在忙些什么？

谢玄公子？佐僚说，没听说他来了江州啊，他不是一直待在京城吗？

庞通之朝佐僚一揖：哦，那打扰李兄了。

两个人分道而别。

王凝之提着裙摆疾步走进后堂，朝端坐在圆桌边的谢道韫揖着手说：不知夫人叫我来有何见教？

谢道韫轻轻地叹息一声说：夫君，刚才，你在前堂为何事发那么大脾气呢？

夫人哪，还不是为了征收钱粮之事。王凝之皱着眉说。

谢道韫说：钱粮既然一时征收不上来，也许百姓们确实有难处。

王凝之说：夫人有所不知，今年虽算不上风调雨顺，可比之往年，总算没有遭受大的水旱之灾。

谢道韫说：听说前几年江州连年大灾，老百姓这不是还没缓过气来么。

自古以来，天干税不饶。大灾之年钱粮也是要征的，况且今年少灾，钱粮如此难征，于理不通啊。继而，王凝之又说，都怪那群草包、饭桶们办事不力，白养他们了。

谢道韫一笑：夫君，人分三六九等，此等人办事能力有限，你也怪不得他们。

不怪他们怪谁，这钱粮征收是大事，国家年年都在北方打仗，钱粮征收不上来，我拿什么向朝廷交差！王凝之声音不觉大了起来。

你别发急嘛。谢道韫缓缓道：话理虽说不错，可行事得有讲究啊。

夫人说的是。王凝之赶紧说，夫人哪，此事还得请你帮帮我，出出主意啊。

依我看，此事要想顺利解决好，关键嘛，还是在用人！谢道韫说。

陶渊明抱着孩子阿舒在竹篱旁观菊花。阿舒在他怀里伸出小手，朝一朵菊花伸去。陶渊明说：舒儿啊，呵呵，舒儿呀，花只能看，不可折啊。

庞通之气喘吁吁地走过来，大声道：渊明兄，你的疑虑不错啊，我刚才向刺史府的人打听了，谢玄一直待在京城，他根本就没有到江州来！

哦！那他会是谁呢？陶渊明正在寻思，陶母拄着杖从屋里走出来：通之啊，你来啦。

伯母，你身体还是硬朗呢。庞通之赶紧说。

还行，还行吧。陶母笑着说完，又对渊明说，明儿，你把孩儿给下人带吧，陪通之到书房去说说话，通之跟你是发小，不可怠慢了人家。

下人走了过来，从陶渊明怀里接过孩子。

陶渊明扶着母亲说：娘，你也进屋去吧，外面有风。

陶母说：娘还行，这点风算不了什么，娘经得住，我得到村头转转，看看播下去的麦子出苗没？

陶母说完，拄着杖朝村头走去。

陶渊明与庞通之相视一笑。笑过，陶渊明摇了摇头：这老人家，闲不住呢。走吧，我们进书房去说。说完，陶渊明挽着庞通之走进书房。

此时的江州刺史府内，谢道韫还在与王凝之谈论用人问题。

谢道韫：夫君，用好人乃当务之急。

王凝之一脸媚笑：极是，极是，夫人说得极是！

谢道韫：既然如此，夫君何不赶紧招纳贤才？

王凝之：夫人，要论贤才，谁还能与你相提并论呢？

谢道韫：嘿，夫君此言差矣。我谢道韫纵然有才，奈何是一女流之辈，毕竟不能抛头露面啊！

王凝之：那，夫人何不为我举荐一位贤才。

谢道韫心里一喜，心里说：蠢材，我就要你这句话。便笑着说：要论人才嘛，江州倒是有一位现成的，如果能把他请来辅佐你，那可是夫君你天大的福分呢！

王凝之：听夫人之言，一定是位盖世奇才啰，不知夫人说的是谁？

谢道韫：陶渊明！

王凝之：陶渊明？陶渊明是谁？我怎么没听说过？

谢道韫伸出一只芊芊玉指，在王凝之的额头上轻轻一捺，叹息一声，说：王郎啊王郎，你一天到晚除了烧香求道外，还知道什么哟？陶渊明乃陶侃的曾孙，太常寺陶夔之侄，其父曾任安城太守，此人乃当代杰出的才俊。你得赶紧把他请来，否则，让别人先下手了，你可就悔之无及了。

王凝之：哦！是吗？这个，这个……既然夫人如此看好他，那我马上就派人去请，正好，我这里还缺一个州祭酒呢。

谢道韫摇了摇头：祭酒？不行，论其才华，这么个小官职还是委屈了他，不一定能请得动他。

王凝之：那，那就是聘他当个别驾祭酒，夫人以为如何？

祭酒，乃古代祭神时，由一位尊者举酒洒地。通常举国子卿掌学官为祭酒，列大夫之缺，但非行政长官。晋代，设有国子祭酒。各州，郡立有学校，因此又设有州祭酒。据《宋书·百官志》记载，江州自晋成帝咸康中开始设祭酒，居官僚职之上。别驾祭酒，除了掌管州学之外，还兼管一州教育、钱粮、刑察等。

谢道韫：如此才说得过去。夫君，那你得赶紧去给他下聘书。

王凝之：是，明天我就将聘书派人给他送过去。

谢道韫：不行，明天你得亲自去陶先生家送聘书。

王凝之：还得我亲自去？

谢道韫：那是当然，夫君你得礼贤下士，表达你的诚意啊！

王凝之：真是麻烦，请他来做官，还得我亲自上门。

谢道韫：夫君！

王凝之：行，行，就按夫人你的吩咐去办，这总行吧？

谢道韫这才一笑。

陶渊明走进东林寺。素心迎了出来，朝陶渊明双手合十：公子印堂敞亮，莫非近日遇到了什么喜事？

陶渊明一边在庙里随便走动一边说：何来喜事呀，倒是有一件悬在心头的疑事，今天来是想与你这位开悟了的和尚道言道言，看你能为我指点迷津否？

公子高看我了。素心一笑说，素心自遁入空门以来，向来无人相，无我相，无众生相，更别言能为公子指点什么迷津了。阿弥陀佛！

呵呵，你这不是一派胡言吗？陶渊明说，刚才你还说我印堂发亮，现在又言什么无人相，无我相，无众生相。出家人可不能打诳语，小心下阿鼻地狱。

若是理解实相，便会看见无相；若是理解无相，万物乃假有。素心言道，而对万物的认识，又不失其假有形体，对无相之认识，并不妨碍有相之感受。此乃实相既无相，无相则实相啊。阿弥陀佛！

陶渊明：如此说来，有喜则无喜，无喜即有喜啰？

素心：喜则喜，不谓非喜。无悲则喜，是为有喜。悲喜自在人心，就看公子如何看待了。

陶渊明：我乃一尘俗中人，你也别跟我打禅语。你师父慧远在么？

素心：正在禅室打坐。

陶渊明：那我就不去打扰了。

素心合十道：早晨起来，师父听见鸟鸣，就知道公子要来。说是公子来了不必见他，只嘱咐公子两句话：青山有路，好自为之。速去速回！

哦，速去速回？陶渊明问，你师父叫我速去哪里啊？他还说了别的么？

未曾言说，公子请速去速回吧。素心说罢便走进寺庙。

陶渊明朝素心的背影一笑：好个素心，也跟慧远学得神神叨叨的。

从东林寺回来，刚走到村口，正准备回家，陶渊明便听见身后的官锣开道声。一回头，看见一顶官轿，官轿前，庞通之在引路；官轿后逐拥着一群衙役。庞通之一眼就发现村口的陶渊明，一边向他招手，一边朝他跑来：渊明，快快快，去迎接刺史大人！

陶渊明：迎接刺史大人？

庞通之：对呀！你还愣在这里做什么？刺史大人这不是来给你下聘书吗！

陶渊明这才赶紧上前，朝官轿深深一揖：草民陶渊明叩见刺史大人！草民不知刺史大人驾临，有失远迎，有罪有罪！

庞通之满脸堆笑掀开轿帘，把王凝之从官轿里扶了出来。

王凝之走出官轿，大腹便便地往陶渊明面前一站，问：你就是陶渊明？

陶渊明低头作揖说：草民正是陶渊明！

王凝之看着陶渊明，又淡淡地问：年庚几何？

陶渊明恭敬地答道：草民贱庚二十有八。

王凝之嗯了一声，又朝后一伸手，说声：拿来。

衙役递过一本红纸折页，王凝之接过来往陶渊明手上一递：拿去吧。

陶渊明拿着红纸折页，不禁问：大人，这是？

王凝之瓮声瓮声地说：这是聘你到州里当别驾祭酒的聘书，你拿好了，择日上任去吧。

陶渊明手握聘书又朝王凝之一揖：谢刺史大人的抬爱与栽培。请大人到寒舍用茶！

王凝之手一摆：不了。又对衙役说，回府。

衙役喊：大人回府！

当，当，当！几声啰响，王凝之钻进官轿，一行人便离开了陶村。

此时的陶渊明手持聘书，看着远去的王凝之官轿，不但没有后来李白大诗人那种仰天大笑出门去、我辈岂是蓬蒿人的欣喜若狂，心中反而有一丝不快。在陶渊明看来，虽说是王凝之已将聘书亲自送到他手中，但王凝之的言谈举止却透露出一种对他的轻慢，这让陶渊明深感如鲠在喉。

捧着聘书，陶渊明来到家中。陶母一脸慈笑迎上来：儿呀，今天刺史大人亲自为你送聘书，请你去州里做官，你应该高兴啊！

陶渊明却皱着眉说：母亲有所不知，孩儿与刺史大人非亲非故，他为何要请我去做官，这其中有些不清不白啊。

我听通之说，你与刺史大人的舅爷称兄道弟，不是他在刺史大人面前举荐你么？陶母说。

唉！孩儿正为此事感到蹊跷呢。陶渊明说，他的小舅子远在京城，与孩儿未曾某过一面，又如何举荐孩儿？

那么，那么与你称兄道弟的谢公子又是谁呢？陶母问，他既然能举荐你，又何必冒名谢公子呢？

这正是孩儿所虑呀。陶渊明说，况且，今日刺史大人虽说是亲自前来送聘书，可对孩儿又不冷不热，对孩儿连先生都没称呼，看来这里面大有玄机。

孩儿不必多虑。陶母说，以娘看来，既然那位自称谢公子的人能在刺史大人面前成功举荐你，一定是我儿遇上贵人了，要不刺史大人怎么会亲自前来送聘书。

我儿放心前去上任就是。

上任容易，就怕到时候骑虎难下呀。陶渊明不无忧虑地说。

儿啊，不必多虑，为官者，只要清正为民，不贪不吝，也就能正己正人了，还怕什么到时骑虎难下啊！陶母劝道。

娘教导得极是，那孩儿就择日前去赴任了。陶渊明说。

北府军的都督府里，刘牢之对恭立在他面前的刘裕说：刘裕呀，你带兵有方，战功卓著，经我举荐，朝廷现封你为我北府军督领，督领庐陵、铜陵二州兵马，你即日启程，到庐陵赴任去吧。

刘裕跪下：谢都督大人倾心栽培之恩。从今往后，末将唯都督大人之命是从，为大人赴汤蹈火，肝脑涂地，万死不辞！

刘牢之扶起刘裕：好，好，你赶紧赴任去吧。

遵令。刘裕从地上爬了起来，朝刘牢之又深深一揖，请都督保重，末将告辞了。

刘裕转身，器宇轩昂的走出去。

刘牢之额首道：真乃虎将也！

刚上任的陶渊明正翻看钱粮账本，一位刺史府的承差走了进来，说：陶大人，刺史大人在后堂为你设宴接风，请陶大人前去赴宴。

在承差的导引下，陶渊明来到刺史府后堂。

承差在后堂门口停下脚步说：陶大人，请！

走进后堂的陶渊明，看见堂前摆了一桌子丰盛的宴席，堂内却空无一人，心里不禁疑惑起来：刺史大人呢？这是唱哪门子戏啊！

过了片刻，谢道韫身着盛装走了进来，脸上带着虔诚的笑意，在离陶渊明还有五步的时候，停下脚步，朝陶渊明深深道了个万福：贱妾久仰先生大名，今日一见，先生果然风采照人。能请动先生大驾，出任别驾祭酒，实乃拙夫之幸！先生，请入席，贱妾当奉敬三樽，为先生接风！

谢道韫一口一个先生地叫着，陶渊明却愣住了，心里说：她是何人？王大人怎么派一个女子前来陪宴？

谢道韫抬头看了陶渊明一眼，一脸笑意。

陶渊明心里十分不快：真是岂有此理！我陶渊明也是名门之后，熟读诗书，你王凝之不亲自为我接风，我也不怪你，怎么说你也不能让一个女流之辈陪我喝酒吧！于是，一脸怒色的陶渊明一句话也没说，只把衣袖一甩，转身就走。

渊明贤弟，请慢！谢道韫紧追了几步站在陶渊明面前，又朝他一揖：渊明贤弟，请息怒！

陶渊明一愣：你，你！

谢道韫颔首一笑：我乃你的谢兄也！

陶渊明：可你？

谢道韫：兄即家姐，家姐即兄啊！

陶渊明：你原来就是当今大才女，谢，谢家姐姐啊？！

谢道韫：正是。

陶渊明：这，这这，怎么讲！？

谢道韫：渊明贤弟，你能否先坐下来，听我慢慢道来。

陶渊明想了想，终于坐了下来。

谢道韫亲自斟满一樽酒，双手捧到陶渊明面前：请贤弟先饮了此樽酒，姐姐再向你细说详情。

陶渊明端起酒来，一饮而尽。

谢道韫又将空樽斟满，然后在陶渊明对面坐下，刚启朱唇，欲言又止。

陶渊明：姐姐有话请讲，不必顾虑。

谢道韫：唉，不瞒贤弟，请你出任江州别驾祭酒，确非拙夫本意。

陶渊明：那刺史大人又为何亲自到我家中下聘书，今天又为何为我设此宴席？

谢道韫：这，这都是为姐的主张。

陶渊明：你……

谢道韫：贤弟乃通情达理之士，在你面前我也不隐瞒什么。拙夫虽然官居刺史，可他，唉！

陶渊明：既然姐姐如此信任渊明，有话不妨直言。

谢道韫道：可他，不谙为官之术，不懂牧民之道，不知用人之要。以姐姐我看来，若要为朝廷尽忠，为百姓尽职，没有高人辅助他，恐怕他这官，是当不到头的。

哈哈哈哈！笑罢，陶渊明说，看来，看重我陶渊明的不是刺史大人，而是姐姐你了？也罢，也罢，有姐姐你这样的绝世才女看得起我陶渊明，也值我满饮此樽。说罢，陶渊明端起酒樽，一饮而尽。

谢道韫一边给陶渊明斟酒，一边说：只怪拙夫有眼无珠啊。也怪我谢道韫身为女儿身哪。按理讲，今天该拙夫亲自为贤弟把盏接风，可他……

谢道韫想起了此前的一幕：谢道韫对王凝之应礼贤下士，亲自为陶渊明设宴接风，哪知王凝之一听就跳了起来：什么，夫人你让我为陶渊明接风洗尘！他乃一酸腐文人，尚未到而立之年，我给他个官当，还是看在夫人的面子上，难道还要我堂堂刺史大人为他把盏？谢道韫只好叹息一声。

为了维护自己的丈夫，谢道韫只好编了一句谎言。她对陶渊明说：可他听说贤弟才高八斗，便觉得无颜来见贤弟了。

陶渊明一听此话便知谢道韫是为了安抚他，也不点破，只说：姐姐不必多言，姐姐待陶渊明的心意，渊明当铭记此生。言毕，陶渊明端起酒樽站起来：来，姐姐，请让渊明借花献佛，用贵府的酒奉敬姐姐一樽！

谢道韫站起身，端起酒笑盈盈地说：同敬，同敬。说完，以宽袖掩面，将樽中的酒饮尽。

就这样，陶渊明的第一次出仕，便算正式走马上任了，而此时的桓玄，对陶渊明也是念念不忘。

桓玄对坐在一旁的妙音说：妙音，你还俗吧！

妙音笑问：为何让我还俗？闲云野鹤，不正适合于我吗？

桓玄说：我，我想纳你为妾！

呸呸呸，你这是何话？难道你就不怕下阿鼻地狱吗？妙音虽说没有答应桓玄，可她这话却是笑着说出来的。

我乃至诚之言也！桓玄说，你想啊，我身边虽说妙龄女子不少，可能为我出主意，定谋划策的可没有一个呀！

可我听说尊夫人的见识不让须眉呀。妙音仍笑着说。

此言不假，可夫人与你相比，是足不出户啊。桓玄说。

妙音沉默了半晌，忽然说：在江州的寻阳，你不是还有位故交吗？他可是少有的睿智之士呀。

你说的是陶渊明陶公子吧？桓玄问。

妙音点了点头。

是呀，我也一直在惦记着他，不知他如今可好！桓玄言道。

何不派人前去通问。妙音说。

你倒是提醒我了。要不、要不你就代我去寻阳走一遭！桓玄看着妙音的眼睛说。

在桓玄的逼视下，妙音不好意思起来，她垂下眼睑问：为何让我去？

呵呵！桓玄笑着说，你不是也在惦记着陶公子吗？

妙音双手合十：阿弥陀佛！出家人，六根清净，贫尼心中早无爱恨情仇了。又说，不过，代你走一趟寻阳，贫尼倒也愿意，贫尼早就想到东林寺去拜会慧远大和尚，贫尼还听说，慧远和尚与陶公子家有通家之谊呢。

桓玄：那就辛苦你了！

妙音：阿弥陀佛！请你给我派船一艘，沿江而下，不日即到寻阳，也谈不上什么辛苦。

江州刺史府，陶渊明正与王凝之商谈创建州学之事。陶渊明正向王凝之侃侃而谈，正说到兴头上，王凝之却不耐烦地打断他：呵呵，州学固然重要，但你身为别驾祭酒，主要精力不能仅放在办州学上，防偷缉盗、钱粮征收皆当下要务，特别是钱粮征收，朝廷催得很急，切切不可掉以轻心哪！

陶渊明只好说声：是。

今天就谈到这吧。王凝之把手一摆，道，去吧，好好把钱粮催上来。

陶渊明揖辞王凝之后，便来到了寻阳县，刚走到粮库门口，便看见县衙小吏正对着一位老农夫抽着鞭子。

吏头狞笑着吼道：刁民，看你还嘴硬？给我狠狠地抽！

老农夫在地上痛苦地翻滚着、叫喊着：饶命啊，官爷，饶命啊！

陶渊明快步抢上前，夺过衙役手中的皮鞭大声呵斥道：为什么鞭打百姓？难道他来缴纳钱粮还犯王法吗？

吏头并不认识上任不久的陶渊明，他冲到陶渊明跟前，指着陶渊明的鼻子说：呦，你是谁？也想来讨鞭子抽吗？

陶渊明的随从急步上前夺过吏头手中的鞭子，喝道：大胆，见了别驾大人还敢这么张狂！

听说是别驾大人，吏头吓得脖子一缩，连忙堆出一张笑脸，单腿跪下说：小人不知是别驾大人前来视察，小的有失远迎，有失远迎！得罪之处，请别驾大人恕罪！

陶渊明严厉地问：别废话，为什么抽打百姓？

吏头低下头说：大人有所不知，这个刁民说我们的量斗有问题，煽动其他百姓闹事。

老农赶紧爬到陶渊明脚前，边磕头边哭诉道：大人哪，求你为小民做主啊！我在家量了满满五斗稻谷，可在这里怎么量也不满四斗，大人哪，不说一粒粮食一粒汗，我家老少八口也要活命啊！

衙役申辩道：别驾大人千万可别听信刁民胡言，县衙历来都是用此斗收粮，难不成此斗今天就忽然长大了？

陶渊明沉着脸说：把斗拿来我看看。衙役赶紧把量斗拿来，递到陶渊明手上。陶渊明将量斗反复看了看，嘴角露出一丝嘲笑：此斗当然不是今天忽然长大了，而是它早就长大了。又对身边的随从说，去，到附近百姓家借一个量斗来，越快越好。

妙音来到了东林寺，她对站在寺门口的小沙弥合十问道：请问小师父，有位俗名叫良驹的人，听说在此出家，不知确有其人否？

小沙弥摇了摇头。

一个年长的和尚从庙里走出来朝妙音合十道：师父找谁？

妙音说：贫尼想打听一位在此出家，俗名叫良驹的人。

年长的和尚说：哦，我知道，确有其人，他现在法名叫素心。又对小沙弥说，你领这位女师父进去见素心师兄吧。

小沙弥朝妙音合十：请。

随从借来一个粮斗，往陶渊明面前一递：大人，量斗借来了。

陶渊明接过借来的量斗，再把县衙的粮斗拿过来比较一下，嘴角掠过一丝冷笑，将借来的粮斗往鞭打百姓的衙役脚下一丢：睁开你的狗眼，瞧瞧这量斗应该是多大？

衙役低着头说：这个，这个嘛……大人哪，这也不关我们的事啊，县令大人让我用什么量斗收粮，小的就用什么量斗来收，我等小小衙役，都得听县令大人的呀。

陶渊明一听便怒：哼哼，如此说来，你们明明知道这是欺压盘剥百姓，还要置百姓于死地吗？好，用这个大斗收粮的账我可以不算在你们这些衙役们头上。但是，你们鞭打百姓的账就不可不算了！

说完，陶渊明扶起跪在地上的老农，把手中的鞭子递给老农说，刚才谁打你多少鞭，你现在还给他多少鞭。

老农感激涕零地说：大人哪，你能为我等小民们做主，主持公道，不让我们交冤枉粮食，小民们就心满意足了，哪里还敢对衙门里的人造次啊。

一群围观的百姓说：是呀，大人，我们只要不交冤枉粮食就是大人对我们的恩赐了，哪还敢对衙门的人造次啊。

陶渊明对百姓一摆手，用鞭子指着跪在他身边身子发抖的衙役说：不。父老乡亲们，今天，不以其人之道，还治其人之身，此等狗仗人势之徒哪里还知道百姓的苦楚！

请大人息怒，请大人息怒哇！粮库门外，寻阳县令举着手疾步朝陶渊明边跑边喊，跑到陶渊明跟前，朝陶渊明恭身一揖：请别驾大人息怒呀！

陶渊明问：你是？

哦，在下乃寻阳县令，在下见过别驾大人。说罢，寻阳县令又朝陶渊明一揖。

陶渊明神色肃穆地盯着寻阳县令：你就是寻阳县令？

县令笑嘻嘻地说：在下正是。

陶渊明冷笑一声：寻阳令，我问你，你知道贵县的钱粮为何征收的速度如此之慢吗？

县令挠了挠头，说：下官，下官正在思量其中的缘故。不过，不过本县刁民太多，也就，也就耽误了钱粮征收的进度。

哼，刁民太多，我看是刁官太多！陶渊明喝道。

这个，这个……县令见陶渊明怒气冲冲，也就不敢放胆说话了。

陶渊明又说：老百姓不患不平，只患不公。

县令朝陶渊明恭揖道：是是是！

陶渊明拿过县衙的大斗，往县令手中一塞，说：带到你的县衙里去好好思量吧。

县令捧着大斗一脸不安：是是是！

陶渊明又拿起从百姓家借来的量斗对站在一旁收粮的衙役们说：从现在开始，就用此斗收粮，如有违者，重责不饶！

说完，陶渊明带着随从离开了粮库。

身后的百姓纷纷跪下：青天，青天哪！

愿大人公侯万代！

大人好走啊！

县令望着陶渊明远去的身影，擦了一把额头上吓得冒出来的汗，咬了咬牙齿，心里想：我官职虽小，但也是朝廷命官，你陶渊明算什么东西，不过是刺史聘来的佐僚，凭什么在我面前指手画脚，出言不逊，当着百姓的面羞辱于我。何况大斗收粮并非我寻阳一县，而且也经刺史大人默许，收多的粮食还不是刺史大人占大头。陶渊明，你小子！虽说你今天在百姓面前逞了威风，可你却损了王大人的腰包！哼哼，你小子，哪是跟我过不去，你这是公开跟王大人作对呀！

酒馆里，陶渊明一边与庞通之对饮，一边笑谈着。

庞通之问：听说你昨天羞辱了一番寻阳县令？

此等贪官，太不像话。陶渊明饮下一杯，放下酒杯说。用大斗收粮乃是各县通例呀，况且这也是得到王大人默许的。庞通之提醒道。

哦，竟有此等事？陶渊明听得一惊。

你想呀，当官的不盘剥百姓，何以充塞官囊？何来锦衣玉食？何来广厦千间？庞通之不无担心地说，你呀你，看似得罪了寻阳县令，实乃与刺史大人作对啊！

通之兄，你莫不是危言耸听吧。继而，陶渊明又觉得庞通之多虑了，他说，你想想，钱粮为何如此难以征收？不就是官府对百姓无端盘剥，老百姓心中不服吗？如果取消大斗收粮，让百姓觉得公平，这钱粮不就早日收齐了吗？王大人也不用整日如此焦虑啊。

你呀，真乃书生之见！庞通之说，且不说大斗收粮之事，就说今年增加的一项五斗米道祖香火粮，恐怕也只是我们江州才有的一项额外税赋吧，举国怕是绝无仅有吧。

还有此等收粮的名目？这岂不是让天下人都要笑落大牙的笑话。陶渊明猛地站起身来，一脸怒色地说，江州真乃暗无天日呀，而我等却在为虎作伥！

不谈了、不谈了，我们喝酒吧。庞通之赶紧招呼陶渊明坐下。

而此时的江州刺史府的厅堂里，寻阳县令与王凝之低声交谈着。县令说完，王凝之将案头一拍：放肆！

刺史大人这一怒，吓得县令赶紧站起身，低头躬腰道：是是是！

王凝之板着脸说：你回去，不要听他的，该怎么收还怎么收。

是是是！县令躬身而退。

陶渊明回到刺史府衙，弹了弹身上的灰尘，直奔王凝之的书房。王凝之正坐在书房饮茶，一脸的不快。

门下进来通报：大人，陶别驾在府门外求见。

王凝之将茶碗往案上重重一放，厉声道：你去告诉他，就说我不想见他！

是。门下便躬身而退，走到府门口，对陶渊明说：陶大人，你回去吧。王大人说，今天已晚，就不见你了。

可我有重大的事情要禀报王大人。陶渊明说。

陶大人，你还是回去吧，王大人正在生气呢，说不想见你。门下人见陶渊明不见机，只好说了实话。

生气？不行，生气我也要去见他。陶渊明说完不顾门人阻拦，一头闯进王凝之书房。王凝之一抬头，见是陶渊明，怒喝一声：你，放肆！

陶渊明一愣，说：大人，我这是不得已要来见你。你不是一直为钱粮难以征收而烦心吗？我已经找到了症结所在，只要大人下一道指令，整顿收粮纪律，取消五斗米道祖香火粮，不让百姓吃亏受屈，问题就迎刃而解了。

王凝之将书案一拍：解个屁，不就是收粮的斗大了点吗？这也值得你大惊小怪？滚出去，别烦我！

陶渊明不禁长叹一声。他没想到王凝之竟然昏庸到如此不可救药的地步，现在他十分后悔自己的轻率出仕。他自语了一声：官场竟然如此黑暗、腐败，我这是自取其辱啊！

说完，陶渊明甩袖而去。

第九章　再访桃源

　　回到家中的陶渊明把自己关进书房后，整整半个月未离开书房一步。是的，第一次出仕对他而言，与其说是一次人生的历练，不如说是一次沉重的人生打击。他知道，朝廷已到了风雨飘零的时候，官场亦是重病缠身，整个社会更是千疮百孔。这也迫使他不得不静下心来思考自己的人生将何去何从，思考现时的社会究竟需要他以一种什么样的姿态来面对。

　　陶渊明在书房走来走去，不停地叹息。当他转过身来的时候，摆在案桌上的无弦琴突然烙进了他的眼眸。

　　他快步朝无弦琴走去，抚弄起无弦琴来，这一抚脑海里便出现了与五柳高谈阔论的场景，玉如弹奏《凤求凰》以及赠送他无弦琴的场景一幕幕交织在他眼前，交织在他的心头，让他心里产生了一种无法言说的疼痛，继而这种疼痛又升腾成一种想要表诉的冲动。于是，他又放下无弦琴，从书案的笔架上取下毛笔，在砚池中蘸了蘸墨，在纸上写下《五柳先生传》。然后，奋笔疾书起来：

　　　　先生不知何许人也，亦不详其姓字，宅边有五棵柳树，因以为号焉。闲静少言，不慕荣利。好读书，不求甚解；每有会意，便欣然忘食。性嗜酒，家贫不能常得……环堵萧然，不蔽风日；短褐穿结，箪瓢屡空，晏如也！常著文章自娱，颇示己志。忘怀得失，以此自终。

　　陶渊明写完《五柳先生传》，拿起纸稿端详一阵，双眼已含满了泪水，不禁在心里呼喊道：五柳先生，玉如妹妹，你们如今身在何方，过得怎么样？渊明想念你们哪！

　　在心里喊完，他又提起笔，在纸上写下《闲情赋》：

　　　　夫何瑰逸之令姿，独旷世以秀群。表倾世之艳色，期有德于使闻。佩鸣玉以比洁，齐幽兰以争芬。淡柔情于俗内，负雅志于高云。悲晨曦之易夕，感人生之长勤；同一尽于百年，何欢寡而愁殷……

　　写完《闲情赋》，陶渊明已经显得十分疲累，将笔一抛，伏在书案上，昏睡起来。迷迷蒙蒙的梦境中，他又回到了湘西的五溪：玉如在桃林向他回眸招手，他追了过去，天色就晚了，一片绿光围住了他……

陶渊明蓦然惊醒，想起梦境，便长叹一声：唉，寂寞而不见，独悄想以空寻啊！

江州刺史府门口，庞通之正朝府门外走去。

一个丫头赶上前叫道：你是庞书办吗？

庞通之回头道：正是在下。

丫头笑着说：庞书办，我家夫人有请。

哦，请。庞通之跟随着丫头来到江州刺史府后堂，看见夫人谢道韫正在对他笑脸相迎，便急跨几步，走到谢道韫面前，恭身一揖：庞通之见过夫人！

不必多礼，请坐！谢道韫笑容可掬地说。

庞通之坐下，问道：不知夫人召在下前来，有何吩咐？

谢道韫也不遮掩，直接问：我已有数日未见渊明兄弟，不知他在忙些什么？

庞通之：这个……？

谢道韫：我与渊明有姐弟之谊，并非外人，有话不妨直言。

庞通之：是。夫人有所不知，渊明近日、近日偶感风寒，正在家中养病。

谢道韫：养病？可我听说为征收钱粮之事，他与拙夫闹了点不快，不知是否确有其事？

庞通之：这个嘛……

谢道韫：好了，你也不必吞吞吐吐，请你代我传话于渊明，拙夫对他如有冒犯，权当我谢道韫得罪于他，请他切莫挂怀。

庞通之：是，在下这就将夫人的话传给渊明。

书房里，陶渊明端着写满《闲情赋》的纸张，默诵一遍后，长长地哀叹了一声，两行清泪潸然而下。

陶母一手拄着杖，一手端着茶走进书房，看见陶渊明一副丧魂落魄的神情，关切地问：儿啊！什么事让你如此伤怀啊？

哦，哦，娘，没什么，不劳娘为孩儿挂心。陶渊明装出一副笑脸，接过母亲端过来的茶放在桌上，又笑着把陶母扶坐在椅子上。

陶母瞟了一眼案台上的《闲情赋》说：我儿写的什么文章呢？

陶渊明回禀道：母亲，孩儿不过是一时心血来潮，写了点闲情偶记而已。

闲情能让我儿如此伤怀？能让娘看看吗？陶母说。

陶渊明一脸尴尬：娘，孩儿没出息，今日写了点风花雪月的文字，求娘不要生气。

陶母把眼睛凑向案台，看了看《闲情赋》后，深深叹息了一声，说：儿呀，你也休怪为娘当年的不近人情，没能让你娶玉如姑娘为妻。娘知道，这是为娘作的孽呀！为娘要是知道翠芝如此薄命，当初就不会那么固执了！陶母说完，眼里含着泪水，将手中的拐杖在地上重重地戳了两下。

陶渊明赶紧双膝跪下：娘千万不要自责，只怪儿子命运不济，让娘为孩儿伤心！

孟夫人欠身拉起陶渊明：唉，儿呀，娘知道你至今还是丢不下玉如姑娘，可是五柳先生和玉如姑娘自太元十年夏天离开南山后，一直杳无音信啊。

娘啊，这不都过去了吗。陶渊明安慰着孟夫人道。

儿啊，可这事娘知道你心里放不下，娘心里也过不去呀。陶母顿了一下，又说，自你那短命的媳妇走后，娘又四处托人打听过他们父女二人的下落，可谁也不清楚他们搬到哪里去了。

陶渊明抬起头，一脸茫然道：是呀！是呀！他们能搬到哪里去呢！

陶母说：可是，娘又想啊，就算打听到他们的下落，可时过快十年了吧，恐怕玉如姑娘也早为人妻了啊！

陶渊明摇了摇头，苦戚地说：娘呀，你就别多想了，这都是孩儿的命啊。

娘能不想么？陶母继续说，这几天，娘倒是打听到一户好人家的女儿，她父亲也姓翟，饱读诗书，在我们江州也算得上是名士。他女儿翟姑娘人长得端庄漂亮且不说，跟我儿般配的是她知书达理，还弹得一手好琴，刺得一幅好绣。只要我儿点头，娘就托人给你说媒去。

娘啊，翠芝她走了还不到两年，这续弦的事不能太急呀。陶渊明仍苦着脸说。

在江州打听陶渊明消息的妙音已回到荆州，她赶到桓玄府上已到了二更。桓玄刚宽衣准备上床睡觉，听门子传报妙音回到了府里，正在厅堂候见，便连脱下的外衣都不穿上，三步并作两步朝厅堂里急步走来，边走边喊：妙音、妙音，总算把你给盼来了，渊明兄他怎么样？

妙音将头一别：哼，你心里只有你的渊明兄。人家可是为你奔波千里，一路风餐露宿，连声问候都没有。

呵呵，如此说来，我桓某人确实有些不近人情了，我在向你赔罪了。说罢，桓玄笑着朝妙音一揖到地。

谁要你赔罪了，我这是自作自受！妙音仍装着一副气息难平的样子。

好了、好了，我知错了！还是说说渊明兄吧。桓玄知道妙音的生气是装出来，也不纠缠，便直点正题。

妙音也装不下去，一笑道：虽说我未与陶公子谋面，但我已打听清楚，他已被王凝之聘为州里的别驾祭酒。

桓玄：王凝之这庸儿倒也大方，给的官职不小啊！

妙音：王凝之是庸儿，可他夫人不庸。

桓玄：你是说谢道韫？

妙音：正是，我听素心讲的。

桓玄：素心？

妙音：哦，就是曾想刺杀你的良驹。现拜东林寺慧远为师，取法名为素心。我听素心讲，王凝之聘陶渊明为别驾祭酒，都是其夫人谢道韫出的主意。而我在江州还听到街坊传言，谢道韫与陶渊明经常私下相会，以姐弟相称。

桓玄：谢家才女，果然厉害！唉！

妙音：桓公不必叹息，我还听说王凝之不但暗示各县用大斗收粮，还借五斗米道教之名，巧立名目，向百姓强征五斗米道祖香火钱粮，被陶公子查实了，故而引起王凝之不快，对陶公子大发雷霆，为此事陶公子正告假在家养病呢。

桓玄：呵呵，是吗，真乃天助我也！

妙音：可桓公也不可大意，这其中还有谢道韫从中周旋呢。

桓玄：周旋。凭我对渊明兄的了解，谢家才女纵有天大本事，恐怕也无回天之力。想周旋，难哪。

就在妙音向桓玄禀报陶渊明的消息时，陶母又来到正在书房读书的陶渊明面前，劝他续弦。

陶母说：儿呀，你别怪娘心急啊！娘一年老一年，一来不能眼睁睁地看着你打光棍；二来孙儿阿舒年幼，总得有人照看；三来你在州里为官，娘也得有个贴心之人来服侍啊。

陶渊明说：娘，孩儿这官，恐怕是当不下去了。

陶母问：这是怎么说？

刺史王凝之昏庸且不说，更让孩儿担心的是其人极其贪腐，纵容各县用大斗收粮且不说，还巧立名目，鱼肉百姓，我怎么能能昧着良心为虎作伥啊！陶渊明说罢，一脸的不快。

儿呀，你怎么想怎么做，娘也不强求于你。陶母想了想，又说，想我祖上世代忠良，清正为官，深得一方百姓爱戴。娘也想你为官走正道，切不可辱没了门风啊！

陶渊明：娘教导得极是。

陶母：可我听说王刺史有位贤夫人，对你也是另眼相看哪。

陶渊明：此事确让孩儿纠结呀。都说知恩图报，可是百姓大于天，我不能为了一己之恩，成为官府鱼肉百姓的帮凶啊。

江州刺史府内，谢道韫正在对镜梳妆。她一边对镜贴花，一边问身边的丫头：给陶先生的年礼备好了么？

丫头禀道：都好备了，只等夫人用过早膳，我们就陪夫人出发了。

哦，准备了哪些礼品？谢道韫问。

丫头掰着指头说：文房四宝一套，绫罗八匹，鲜活鲤鱼八尾，肥猪一头。这都是遵照夫人你的吩咐办的。

谢道韫点了点头：好！还有一件东西我差点忘了。陶先生善饮，你去对管家说，还要备上四斤上好的茶，四坛上好的酒。

夫人，这礼是不是送得，送得太重了？丫头说。

谢道韫和善地一笑：傻丫头，不重。这大过年的，礼品少了不像样啊。何况你要知道，这陶先生可不是一般的人物呀。

可是，可是……丫头欲言又止。

可是什么，有话便说，不必吞吞吐吐。谢道韫说。

可是，我听说刺史大人并不喜欢他呢。丫头终于把她的担心说了出来。

唉！正因为如此，所以我们不能怠慢了陶先生啊！谢道韫说，去吧，按我的意思去办。

这天上午，陶渊明正在书房与母亲商量过年准备送给一些亲戚的年礼物事，仆人走进来禀道：老夫人，公子，刺史府的谢夫人来了！

这对陶母而言实在是有些意外，她站起来说：谢夫人来了？

仆人说：已到村外了，还抬来了许多礼物呢。

明儿，快，快去迎迎谢夫人！陶母来不及多想，赶紧催促起陶渊明迎客。

陶渊明扶着陶母刚走出书房，谢道韫的轿子也在门前落了下来，她带着一脸的笑意从轿里走出来。陶渊明迎上去朝谢道韫深深一揖：渊明何德何能，劳夫人姐姐芳趾，驾临寒舍，渊明三生有幸啊！

谢道韫笑着说：渊明贤弟，你见外了！

陶渊明又将母亲扶到她面前说：这是家母。

陶母朝谢道韫深深一福：见过夫人！

谢道韫赶上前一把挽住陶母，诚恳地说：孟老夫人年长辈尊，贱妾岂敢受老夫人之礼。贱妾早闻孟夫人贤德之名，今日一见，果然风范可传，还请夫人受贱妾一拜！说完，谢道韫朝陶母道了一个深深的万福。

陶母一把挽住谢道韫，惊慌地说：折杀老身，折杀老身了！老身何德何能，岂受得了夫人一拜！又对陶渊明说，明儿，夫人乃尊贵之躯，岂可登得草堂，还不赶紧去书房设一宴席。

陶渊明说声是。陶母便将谢道韫引进了书房。

自从陶渊明借抱恙之名离开刺史府后，谢道韫身边便少了一位倾心谈文论诗的挚友，心里一直觉得空寂。而陶渊明不同流合污，不屈就权贵，更加深了谢道韫对陶渊明的敬重。自陶渊明离开江州刺史府的这些日子以来，她很想念陶渊明，甚至已将陶渊明看成了自己的亲弟弟。她深知陶渊明是一位胸怀大济于苍生的有志青年，如今待在乡下犹如龙困浅水。一个抱负难展、壮志未酬的人，心里会是一种什么况味呢？她一直想亲自到陶里来，给陶渊明以激励，点燃他演绎精彩人生的激情。但是却苦于没有一个去找陶渊明合适的理由。现在过年了，来给陶渊明送年礼，终于让她实现了暗藏心中多时的夙愿。而现在，自己却被孟夫人重视起来，与陶渊明人在咫尺，竟是难以说上几句话了。

陶渊明的书房里，下人已摆好了一桌酒席。谢道韫与陶母礼让了一番，便先后坐下。

谢道韫笑盈盈地问：孟夫人，身体一向可好？

陶母说：托谢夫人的福，身体一向还好。

谢道韫由衷道：老夫人身体健旺，也是渊明贤弟的福气啊。

陶母：明儿虽自幼失父，但是知书达理，知孝践顺，老身深感慰藉。

谢道韫：是呀，渊明贤弟岂是凡夫俗子，这也是夫人你教诲有方啊。

陶母：夫人谬奖啊！夫人不但文辞冠世，胸襟才智也让天下男儿汗颜哪。只怪明儿年轻气盛，辜负了夫人一番荐拔的美意。

谢道韫：唉！在老夫人面前我也不作女儿态了，纵然我谢道韫有一双慧眼，识得英雄，奈何夫君凝之……唉，只是委屈了渊明贤弟。

陶母：夫人言重了。只怪老身自幼将他看重了，还请夫人海涵。

不不不，老夫人千万不要自责，只怪谢道韫没有照顾好渊明贤弟。谢道韫说完，端起酒对陶母说，就让我借老夫人家的酒，向老夫人赔罪吧！说完，谢道韫饮尽一杯。

陶母大为感动，她颤颤巍巍地端起酒杯，饱含老泪说：夫人如此贤淑，体谅小儿，老身感激涕零，还是让老身代小儿以此酒向夫人致谢吧！陶母说完，也饮尽一杯。

江州刺史府内，王凝之正在五斗米道祖像前上香。门子进来禀报：大人，寻阳县令在府外候见。

哦，他来干什么？王凝之问。

这不到了过年嘛，这是寻阳县令呈送的礼单，请大人过目。门子说罢，双手递上礼单。

王凝之接过礼单，看了一眼说：嗯，这小子，倒是明白事理，请他去前堂用茶，我即刻就来。上罢香，王凝之便满面笑容地走进前堂。

县令赶紧放下茶碗，起步上前朝王凝之躬身一揖：下官见过刺史大人！

王凝之挺着肚子说：免礼，免礼，坐吧。

县令谄笑着说：谢大人赐座！

王凝之一边坐下一边笑道：贵县真是多礼呀，让你破费了！

县令又起身一揖，说：哪里哪里，区区薄礼，不成敬意！

王凝之也不再三与县令客气，只说：请用茶。

下官还有一事，只是不知当讲不当讲？县令小心翼翼地说。

你是我的首县，我也一直视你为心腹，还有什么当讲不当讲的话。王凝之说。

那下官就斗胆了。县令说，我听下属禀报，今天大人让夫人带了一份厚礼，亲自送到陶渊明家里去，可下官觉得不妥啊。

哦！夫人亲自给陶渊明送年礼，还有这等事？王凝之对此事并知情，故而问道。

县令：下官该死，下官失言了！

王凝之：你照实讲来，有何不妥？

县令：这个嘛？依下官看来，若是大人派夫人去给陶渊明送礼，这岂不助长了陶渊明的嚣张气焰，明年征粮纳税，各等刑名案件，他的手便会伸得更长了，这不就架空了大人嘛！若是夫人私下里亲自给他送礼贺年，这就更要另当别论了。

王凝之：哦，怎么讲？

县令起身，走到王凝之前面，对着王凝之耳语起来。

王凝之不停地点头。

县令朝王凝之耳语毕，朝王凝之一揖：还请大人定夺。

王凝之一脸不快：嗯，贵县所言极是，此人不除，必为后患！

陶渊明的书房里，谢道韫与陶母言谈正欢。

谢道韫：老夫人，不知渊明贤弟近来可有诗作？

陶母：这个？

谢道韫便笑着说：老夫人哪，道韫可是把渊明贤弟当作自家兄弟，你可千万不要把我视为外人。

好吧，既然夫人不把我母子视为外人，老身就跟你道实话。陶母说，小儿渊明近来确确实实写了一篇《闲情赋》，只怕这等儿女情长的文字上不了台面，有污夫人的慧眼呐。

老夫人何出此言？谢道韫笑着说，渊明贤弟乃当世奇才，既然出自渊明贤弟之手，一定是篇锦绣奇文，请老夫人快拿出来，让道韫一睹为快吧。

本来，在孟老夫人看来，《闲情赋》就是一篇儿女私情的诗文，她担心谢道韫看了后，就会对儿子产生浅薄不良的印象。现在她便打消了心中的顾虑，爽快地从书架上取下来《闲情赋》，递给了谢道韫。

谢道韫捧着《闲情赋》认真看了起来。看着看着，谢道韫不禁诵读出声音：佩鸣玉以比洁，齐幽兰以争芬；淡柔情于俗内，负雅志于高云……读到此处，谢道韫捧着书稿在桌子上拍击了一下，情不自禁地站起来说，好呀！渊明贤弟，普天之下，谁还能写出如此清丽高雅的妙文啊！

谢道韫完全沉浸在诗文之中，她站起来继续诵读：

愿在衣而为领，承华首之余芳；

悲罗襟之宵离，怨秋夜之未央！

在诵读这篇惊艳千古的妙文时，谢道韫仿佛听到了陶渊明在在她耳边吟哦：我日夜思念的妹妹啊，我愿意做你的衣襟，整天吮吸你秀发上的芳香，可叹的是到了晚上，你就要轻解罗衫，进入梦乡，我只能独自承受漫长秋夜里的分离……

两行泪水纵横在谢道韫的面庞，她已经唏嘘不已，仍在诵读：

愿在竹而为扇，含凄风于柔握；

悲白露之晨零，顾襟袖于缅领；

愿在木而为桐，坐膝上之鸣琴；

悲乐极以哀来，终推我而辍音。

她在诵读时，陶渊明的声音也在她耳边回荡：妹妹啊，我愿化为一段梧桐木，制成那优质的鸣琴，被搁置在妹妹的双膝上成天抚弄。然而，奈何妹妹弹累了抑或弹兴正浓的时候，忽然想起了一件什么伤心的事，弹断了琴弦，终于推我而去，倒在床上伤心地哭泣……

谢道韫再三吟诵着，不禁当着陶母的面失声痛哭起来！

孟夫人没想到儿子陶渊明的一篇《闲情赋》竟让谢道韫如此伤怀。她想，好在书房里没有其他人，不然，不知道会传出去多少闲言碎语。而也正是谢道韫的失态，让孟夫人看到了儿子身处的险境！此时，尽管孟夫人感到一丝隐隐的忧虑，但没有在谢道韫面前表现出来。

陶母只轻轻地唤了两声：夫人，夫人！

谢道韫赶紧抹了一把眼泪，应道：哦，孟老夫人！

夫人，时候已经不早了，夫人回府还有些路程，我就不强留夫人了。陶母脸上带笑说。

谢道韫脸上掠过一丝尴尬，连忙道：道韫一时忘形，在老夫人面前失礼了，还请老夫人将我道韫看成是自己的儿女辈，多多担待吧！

陶母一笑：瞧，夫人说的是哪里话，儿女之情，人皆有之，何况这里也没有外人，请夫人不必介意。

难得老夫人如此体贴，道韫也就释怀了。谢道韫想了想，又说，只是道韫还有一句话不得不说，渊明贤弟乃盖世之奇才，胸怀安民济世之大志，可不能效村夫野老，就这样终老山林啊！

谢道韫的这番话，使陶母想：谢夫人莫非还想明儿去州里做官？如果放在此前，她倒也不反对，从州里到陶里不过二十里路程，自己已年迈体弱，明儿照顾起来也方便。可现在看来，这谢夫人过于儿女情长，她与明儿都是文脉相通之人，如此下去，恐怕会闹出闲话。况且谢夫人的夫君乃是雄霸一方的诸侯，手握生杀大权，他能容得自己的夫人与他人交往过热吗？

想到这些，陶母便说：我家明儿不过一介书生，哪里安得了民，济得了世。何况儿孙自有儿孙福，就算终老山林，又焉知不是福啊！

谢道韫听见孟夫人如此回答她，立即明白了自己今天的失态引起来孟夫人的警觉。她深知，现在她在孟夫人面前恐怕多说一句都是无益的。便说：老夫人说得极是，道韫就此告辞了！

那我就不耽误夫人的行程了，只是夫人如此厚爱明儿，让老身和明儿受之有愧呀。陶母说，要不，我叫明儿来送送夫人？

谢道韫作别陶府，当然想再见渊明一面，但孟夫人却以征求她的意见口吻设问，这使她强烈地感觉到孟夫人已经看穿了她的内心。

谢道韫双颊一红，朝陶母施了一礼，说：谢老夫人的美意，道韫有夫人相送，哪怕多听一句老夫人的教诲，也是道韫三生修来的大福啊！

难得夫人如此体谅我儿，那就只好让老身送夫人回程了。陶母说完，便执手将谢道韫送上了官轿。

很快，就到了大年三十。三五个孩子一边点燃炮竹，一边喊叫着从陶渊明身边跑过：过年喽，过年喽！

陶渊明正在贴着春联，回头对孩子一笑，又贴下联。贴好对联，陶渊明看了看，满意一笑，又念道：三壶老酒煮岁月，一支大笔写春秋。

贴好春联，陶渊明便陪母亲饮起除夕酒来。陶渊明端起酒杯对母亲说：娘，孩儿祝你寿比南山，福如东海！

陶母一边说好、好！一边端起酒杯喝了一口。又说：明儿，过完年，你有何打算？

过完年，我就向州里递交辞呈。陶渊明饮下一杯酒说。

也好。陶母言道，依娘看来，这个官你不当为好。不过，娘跟你说的翟家姑娘的事，你看如何？

陶渊明说：娘的心事孩儿明白，不过孩儿续弦之事也不急在一时。娘，你也知道，为辞这个州祭酒，孩儿心里还乱得很。

陶母先叹一声，才说：娘知道，你壮志未酬啊！

孩儿打算过完年，春暖花开了，到外面走两三个月，等心情平静下来，回来再听娘的安排，不知孩儿的想法娘可答应？陶渊明询问道。

陶母略思片刻，笑言：行，你就到外面散两三个月的心吧。不过，娘年迈体弱，三个月内你可一定要回来，免得娘挂念。

放心吧，娘。陶渊明说，孩儿保证三个月内回到娘的身边。

过完年，转眼就到正月十六了，江州刺史府刚开始理事的第一天，寻阳县令便钻进刺史府的后堂，与王凝之密谋起来。

县令说：大人，治陶渊明容易，本县抓了几个强盗，我们不如……县令正要往下说，丫头端着茶进来了，县令便停住了话语。

丫头摆放好茶，王凝之说：你下去吧。

丫头说声是，便退了出去。

王凝之对县令说：请讲？

县令对王凝之耳语起来。听罢，王凝之笑着说：此计甚好，甚好，你去办吧。

其实退出后堂的丫并没走远，她躲在门外偷听了王凝之与县令的对话。听完，她直奔谢道韫的卧室：夫人，不好了！

谢道韫问：何事惊慌？

丫头对谢道韫耳语一阵。

谢道韫一惊：竟有此等事？说完，谢道韫起身走出卧房，疾步来到前堂门外，看见寻阳县令正从后堂退了出来。

谢道韫喊道：县令且慢走！

县令回过身朝谢道韫躬身一揖：哦，是夫人，不知夫人有何见教？

谢道韫沉着脸说：见教谈不上，请问贵县刚才与大人所谈何事？

呵呵呵，公事，公事。县令笑着说。

既然是公事，请说来我听听？谢道韫语气沉厉。

王凝之从前堂走出来，见状问道：夫人，你这是？

夫君，你知道吗，你听信这等小人教唆，难道不怕自损名声？谢道韫说这话时，面如凝霜。

王凝之装着什么都不知道，问：夫人，此话从何说起？

谢道韫：陶渊明乃满誉天下的大名士，夫君难道就愿意担当滥杀名士的恶名吗？

王凝之：唉，夫人多疑了。哪有此等事？又忙着对寻阳县令说，寻阳令，你回去吧。

是，下官告退。寻阳县令朝王凝之和谢道韫一揖，慌不择路夺门而出。

庞通之神色慌张地朝陶渊明家走来，边走边惊慌地喊道：渊明，渊明在家吗？大事不好了！

陶渊明走了出来：呵呵，是通之兄。瞧你如此慌张，有何大事不好？快，进书房去说。

两个人走进书房。

庞通之说：渊明哪，你做事莽撞了！去年秋天，你为征粮的事得罪了寻阳县令，现如今可好，他让几个强盗栽赃于你，很快就要派衙役抓你了！

哦！有这等事！陶渊明听得心里一惊。

难道我还哄你不成。庞通之急忙道：你快出去躲躲吧！

陶渊明思忖道：躲，人躲得了，家躲得了吗？我躲了，我老娘怎么办啊？

这倒也是，我怎么就没考虑这一层呢？庞通之说。

这样吧，与其让他们到我家来抓人，惊吓了我老娘，还不如我现在就去会会寻阳县令。陶渊明说，你呢，赶紧得代我去见谢夫人，看来，如今能救我的只有她了！

行，那我赶紧去了。言罢，庞通之急忙赶往刺史府。

陶渊明走进了寻阳县衙时，庞通之却被刺史府的门丁挡在门外，他只好焦急地在门外徘徊着。

此时的慧远正在禅室打坐。突然，一声鹊鸟的叫声传来，慧远一惊，睁开眼，自语道：这鹊鸟为何白天惊叫？又喊一声，素心，你进来。

素心走进禅室，朝慧远合十：师父有何吩咐？

你到江州城里走一遭吧，看看城里发生了什么事情？慧远吩咐道。

素心合十，答应一声是，便朝江州城走来。走到刺史府衙门前，一眼便看见庞通之正在府门口焦急地走来走去。素心在他面前站住，双手合十：阿弥陀佛！庞施主，别来无恙？

庞通之一惊，抬头一看，见是素心，急忙道：哦，是素心！大麻烦，大麻烦！渊明遇到大麻烦了！

阿弥陀佛！素心说，陶公子遇到了什么麻烦，还请庞施主详细道来。

庞通之将素心拉到一边，指手画脚地说起来，说到最后又说：现在能救渊明的就只有谢夫人了，可是我又被刺史府的门卫阻拦着，不让我进去见谢夫人，你看，这如何是好啊！真急死人哪！

素心合十道：此等小事，就交予贫僧来办吧。

庞通之：你来办？

素心：请庞施主放心，此事包在小僧身上，请庞施主立即赶到寻阳县衙，告诉县令，就说谢夫人即刻就到，谁敢动陶公子一根汗毛，就让他们吃不了兜着走！

庞通之半信半疑道：这样行吗？

阿弥陀佛！素心说，你快去吧，我说行就行。

好好好。素心哪，你可千万不要误事啊！庞通之叮嘱道。

庞施主快去吧，迟去一刻，恐怕陶公子要受皮肉之苦了！素心说。

好，好！我这就去，这就去。说完，庞通之快步而去。

谢道韫正在卧室看书。"扑"的一声，一个纸团弹在她脚下。

谢道韫捡起纸团展开一看，见纸上写着：陶公子有难，正在寻阳县衙。谢道韫一惊，对丫头说：快，备轿，去寻阳县衙！

寻阳县衙内，县令正对站在案台下的陶渊明阴笑着：陶公子，你已辞去了江州别驾祭酒一职，现在不过是我治下的一介草民，见了本官为何不跪？

陶渊明挺着胸，昂着头说：本公子从来不跪昏官、贪官！

县令一拍惊堂木：放肆！给我打！

衙役正举起板子要打陶渊明，庞通之满头大汗地闯进县衙，喊道：县令大人，且慢啊！

县令一愣，问：庞书办，你来干什么？

庞通之喘了口气，说：我来传刺史夫人的口谕！

放肆！县令喝道，你来传刺史夫人的口谕？夫人的口谕怎么轮到你来传？给我打！

庞通之见县令不听劝阻，便壮着胆说：大人且慢。夫人说，谁要敢动陶公子

147

一根汗毛，她就……

县令见庞通之语气硬朗，便问：夫人说什么？

庞通之也只好硬朗到底了，大声说：夫人说，谁要敢动陶公子一根汗毛，她就灭谁的九族！

县令一惊，问道：夫人真是这么说的？

堂下传来谢道韫的声音：不错，本夫人就是这么说的。语音落下，谢道韫疾步走进大堂。

县令赶紧走下堂来，朝谢道韫一揖：下官不知夫人驾临，有失远迎，下官该死！

谢道韫厉声道：无端对名士动刑，你确实该死！

县令躬身：是是是！

谢道韫：请问寻阳令，陶公子身犯何罪？

县令：这个嘛？哦，哦，他勾结强盗，窝赃、销赃！

谢道韫：赃在何处？销往何人？证据何在？

县令：本县正在，正在审理！

谢道韫：你也不用审了。赃就藏在刺史府，销往本夫人。本夫人乃首犯，你就治本夫人之罪吧。

县令：夫人言笑了。下官不敢，下官不敢！

谢道韫：尔等昏官、贪官，有何不敢！来人，将本夫人押进大牢！

县令一跪，磕头着地：夫人哪，你千万不要为难下官了，下官这也是，也是按刺史大人吩咐……

谢道韫：你不用多言，开堂审案吧！

县令：下官不敢，下官不敢！

谢道韫：那陶公子？

县令：纯属强人构害，无罪，无罪！

谢道韫：那你还不与陶公子赔罪。

县令起身向陶渊明躬身一揖：下官昏庸，让陶公子受惊了，下官给陶公子赔罪，赔罪！

陶渊明朝县令哼了一声，又转身对谢道韫一揖：渊明谢过姐……夫人救命之恩，告辞了！

一场虚惊过后，陶渊明决定暂时离开江州这块是非之地。他来到江边，沿着搭在江岸的跳板，踏上了一艘帆船。

一张无弦琴，一把宝剑，一袋文房四宝，又伴着陶渊明出发了。

帆船升起了白帆，离开了江州码头，逆水而上，向湖南进发，过洞庭湖，下五溪，大约二十天的光景，陶渊明又踏进了那片恍若梦中的山林。

桃花、桃花，出现在陶渊明眼帘里的是满眼桃花。此时的陶渊明却无心留恋眼前梦幻一般的景致，他心中只有小师妹玉如淡雅而忧郁的背影。

山林边，溪水旁出现了三两户人家。

陶渊明逢人便比画着，向这些人打听五柳先生和玉如的踪迹。然而凡是被陶渊明问过的路人都朝他摇头。

山渐深，林渐暗，除了陶渊明已无人迹。

残阳从林梢洒落下来，落在陶渊明的身上，使他的面庞看上去有几分失落。但他修长的身躯和腰间长剑又衬托他坚强的轮廓。陶渊明知道，夜晚将要来临，他已经面临着进退两难的境地了。往前行，荒无人烟，伴随着他的将是豺狼虎豹。往后退，是他对五柳先生和师妹玉如深长而又无尽的思念。

面对山林，陶渊明长长地叹息了一声。

这时，从深山里传来一阵歌吟：

凡尘烟火盛，山中有白云。

白云忘情兮，山中又一日。

山中一日兮，人间越千年。

千年人间兮，无吾家园。

无吾家园兮，吾将不归。

陶渊明神情一震：五柳先生！对，一定是五柳先生！他立即跌跌撞撞地朝传来歌吟的方向奔跑过去，一边跑一边急切地大喊：五柳先生！五柳先生！渊明看你来了！

山谷回响：先生，渊明看你来了，看你来了，来了！

陶渊明沿着溪边的桃林狂奔一阵，转过一个弯，迎面来了一位五十多岁、蓄着飘然长须、担着一担柴的樵夫。陶渊明停下脚步，气喘吁吁地问：请问老伯，你看见刚才歌吟的五柳先生吗？

樵夫卸下担子，一边擦汗一边说：什么先生？

陶渊明说：五柳先生！

樵夫摇头道：五柳先生？没听说过。

哦，就是刚才吟唱"千年人间兮，无吾家园；无吾家园兮，吾将不归"的那位先生。陶渊明解释道。

呵呵。樵夫笑道，那是刚才老夫在唱。

陶渊明朝樵夫深深一揖：哦，哦，没想到刚才歌吟的是先生，晚辈陶渊明有礼了！

哈哈哈哈！樵夫笑罢，说，我哪里是什么先生，不过是一个目不识丁的打樵人而已。

陶渊明疑惑起来：目不识丁？打樵人？那，那适才吟唱……

哦，那是许多年前，隐居在山坡下的一位老先生教我唱的。樵夫说完，担起樵柴便走。

陶渊明赶上前抓住樵夫扁担说：请你留步，你能带我去见见那位老先生吗？

呵呵，见不着了。樵夫说，几年前的春天，也是这个桃花盛开的时候，好像听说随他一起的女儿在这片桃林里遇见了一个什么后生，着了点魔，便得了一场大病。为了救活他的女儿，他只好带着女儿到别的名山大川寻访名医仙道去了，自后他们父女俩再也没有回来了。

樵夫说完，闪了闪肩上的担子，便离开了陶渊明。

陶渊明惊得半天说不出一句话来，只有两行清泪夺眶而出。良久，他转身朝樵夫所指的方向双膝一跪，发出一声撕心裂肺的嘶喊：五柳先生，玉如妹妹，渊明辜负了你们哪！

陶渊明失魂落魄，跌撞着前行，嘴里念念有词：

> 你以淡雅的姿态
> 开放于隔岸的枝头
> 必定是我那日思夜想的妹妹
>
> 你居住在一只远古、圣洁的容器里
> 你临风而立的姿态千年不变
> 你回眸一笑的模样至今未改
> 妹妹啊，妹妹
> 你可知道
> 这月夜流淌的溪水
> 是我对你无穷无尽的思念

回到家中的陶渊明面色憔悴，躺在病床上。

陶母将煎好的药端到陶渊明面前，心疼地说：儿啊，把药喝了吧！

陶渊明挣扎着坐起来，接过娘手中的药碗，将药汤喝了下去，说：娘，孩儿不孝，拖累娘了。

唉，莫说拖累了娘，只是母子连心哪。陶母说着擦了一把泪，又说，我儿要有个三长两短，叫娘怎么办好啊！

娘！你别为孩儿担心，其实孩儿只是着凉了，并没有什么大不了的病，休养几天就好了。陶渊明劝慰着娘。

但愿如此。陶母说，儿啊，你就安心养病吧，等你的病好了，咱们就把翟姑娘娶进门，咱娘儿俩好好过日子，哦！

陶渊明想了想，说：孩儿听娘的。

陶母脸上露出了笑容：儿啊，你既然答应了娘，娘倒有一个想法。翟姑娘你总归是要娶进门的，依娘看来，迟娶还不如早娶，早日娶进门，也好为你冲冲喜，你这病不就好得快些吗？

全凭娘做主就是。言罢，陶渊明往床上一倒，闭上双目，似乎再不愿多说什么了。

陶母敲定了陶渊明的婚事后，很快就到了他迎娶新娘的吉日。

结婚的那一天，他正坐在窗前沉思，仆人手捧着吉服走进来：公子，请换上吉服吧，新娘的花轿马上就要到了。

陶渊明接过吉服。这时传来了布谷鸟的叫声，陶渊明说：时光过得真快呀，转眼就是初夏了。

仆人说：谁说不是呢，布谷鸟在喊阿公阿婆，割麦插禾。

陶渊明去若有所思地说：啼血杜鹃，他叫的是阿哥阿哥，奈何奈何！正所谓多情师妹，难当蓬勃来意；销魂阿哥，奈何去意彷徨啊！

说完，陶渊明又站在窗前发呆。

仆人见陶渊明发呆，就退了出来，摇了摇头，自言自语道：这公子，病还没有好呢。

陶渊明放下手中的吉服，从书架上取出玉如送给他的无弦琴，把它贴在自己的脸上。

陶母朝书房走来，出现在门口。看见母亲，陶渊明赶紧将无弦琴放在桌子上，装出笑脸从书房迎出来，一边把母亲扶进书房，一边说：娘，孩儿的婚事让你操心了！

陶母一脸慈祥地笑道：儿啊，今天是我陶家大喜之日，娘心里高兴啊！

是啊，娘，你很快又可以抱上孙子了。陶渊明说。

难得我儿孝顺，知道顺着娘的心思去想。陶母说完，用手抚摸了一下摆放在桌上的无弦琴，继续说，明儿呀，娘听说翟姑娘也弹得一手好琴，你为何不把琴弦装上去，等翟姑娘娶进了门，也好让她弹几首好曲子给娘听听。

母亲的双关之语，陶渊明一听便懂，无非是暗示他，既然续弦了，就应该将师妹玉如忘却。这一点，陶渊明知道自己无法做到，但他也再不想让母亲看到他与前妻的那种结局。便说：娘，翟姑娘既然熟谙琴道，她的嫁妆里又岂能少琴。到时候，母亲不但能听到她弹奏的美妙琴律，我也可以沾母亲的光，一饱耳福呢！

陶母笑了：我儿真是明白人。既然你已明白娘的心意，那就赶紧带人去迎接翟姑娘吧。

说完，陶母拿起吉服，帮陶渊明穿起来。

东晋太元十八年（393）初夏，丧妻两年的陶渊明再次身穿吉服，迎娶了他的第二任妻子——翟锦娘。

就在陶渊明续弦的大喜之日，荆州的桓玄府内也是贺客盈门：

甲：恭喜大人就任荆州刺史。

桓玄：蒙朝廷信任，诸公抬爱啊。

乙：荆州乃朝廷重镇，朝廷委任大人镇守荆州，足见大人在朝廷的威望啊。

众人：是啊，是啊，桓公有威望啊。

桓玄：威望谈不上，桓某虽驻足荆州，毕竟年轻资浅，往后还要靠诸公鼎力辅助啊。

众人：唯桓公马首是瞻。

贺客散尽时，已快三更了。送走贺客的桓玄毫无睡意，便派人请来了妙音。

妙音进门便问：大人召贫尼前来，不知有何见教？

桓玄也开门见山：我想再辛苦你一趟，代我前往江州走一遭，看看陶公子。

妙音：贫尼明白大人的意思，明日贫尼便动身去江州。

桓玄：如此甚好！

妙音：贫尼此去，若是陶公子不肯前来，又当如何？

桓玄：他不是已辞去了江州别驾祭酒吗？

妙音：可他母亲已经年迈，贫尼担心他……

桓玄：若是陶公子以尽孝之名推托，倒也不可勉强。

妙音：贫尼倒有一计，不知使得使不得？

桓玄：但言无妨。

妙音：贫尼听说，王凝之夫人谢道韫十分爱惜陶公子的才华，两个人过往甚密，已引起王凝之的恼怒，曾暗示寻阳县令构害陶公子。

桓玄：哦，竟有此等事？渊明兄没有吃什么大亏吧！

妙音：多亏素心暗中告知谢夫人，被谢夫人及时制止了。如此一来，王凝之对陶公子更是恨之入骨。而陶公子乃大孝子，贫尼此行到江州后，在坊间放出风声，说王凝之为逼迫陶公子离开江州，远离其夫人，会再次使出毒手，将要加害陶母，如此一来，陶公子不就……

桓玄：嗯，此计甚妙，甚妙啊！

第十章　渊明续弦

　　陶渊明与翟锦娘身穿吉服被人簇拥着走进厅堂，随着一拜天地、二拜高堂、夫妻对拜后，陶渊明与翟锦娘手牵红丝离开厅堂，走进了新房。

　　洞房内，红烛高燃，满室生辉。陶渊明对蒙着红盖头、端坐在一旁的翟锦娘一揖，柔声道：锦娘，一天的劳碌，你也累了，先歇息一下吧，我出去敬亲朋好友几杯酒，再来陪你。

　　夫君请便。锦娘虽然蒙着红盖头，看不出她脸上的表情，但听得出她语言清朗，表达大方。

　　陶渊明回到厅堂，一一为前来道贺的亲朋敬酒，敬到庞通之席前，庞通之一把拉住他，笑着说：渊明哪，你真是有福之人哪。我看翟娘子不但人长得漂亮，而且满身透着贤淑之气，将来你夫妻二人定能夫唱妇随。我真要给你好好道喜了！

　　陶渊明朝庞通之拱了拱手：渊明谢兄吉言，你得多喝几杯啊。

　　我今天是不醉不归。庞通之说，可渊明哪，你今天可不能喝多了，新娘子还等着你……庞通之伸出两个大拇指对勾了一下。

　　陶渊明一笑：那是，那是，那就请通之兄代我为亲朋们多敬几杯。

　　庞通之大声说：义不容辞，义不容辞啊！你去好好照顾新娘子吧。

　　唉，为了我这婚事，我那老娘连日操劳，已累得够呛了，我不能娶了媳妇忘了娘啊！我得先去看看她老人家。陶渊明笑着说完，又举起酒杯，对满堂的贺客高声道，各位至亲好友，无菜的水酒，请多饮几杯啊。说完，便离开了厅堂，跨进了陶母的卧房。

　　娘，你受累了！陶渊明刚说完一句，却看见锦娘正捧着一杯热茶递到母亲手中。便又叫了一声：锦娘！

　　翟锦娘一羞，用手挡了一下红红的脸。

　　陶母抬起头，笑容满面地说：看看你们小两口子，新婚燕尔不待在新房里说说贴己话，都跑到娘这来干什么？

翟锦娘红着脸，低着头，羞涩地说：娘，服侍你老人家，是做儿媳妇的本分。

那也要看是什么时候，今天是你们的大喜之日，你们比皇帝老子都大。说完，陶母又对渊明说，明儿，还不快陪锦娘回房去。

陶渊明见母亲为自己的婚事操劳疲惫，本想服侍母亲安睡后再回新房陪翟锦娘，没想到新婚之夜，翟锦娘并没有待在新房里，而是陪伴在母亲身边。陶渊明知道，此刻没有什么比他对翟锦娘的体贴更让母亲宽心了。便由衷地说：锦娘，时候也不早了，我们就让娘早些休息吧。

锦娘的脸更红了，她羞羞地站在陶母身边，走也不是，不走也不是。陶母拉起锦娘的手，在她手背上拍了拍，慈爱地说：去吧，我的儿，别耽误良辰哦。

陶母说完，朝陶渊明使了个眼色。

陶渊明便走上前，扶住翟锦娘的肩说：为了我们的婚事，娘已经操劳得够累了，我们就不要在这里打扰娘休息了。

锦娘这才朝陶母施了个万福，被陶渊明挽出了陶母的房门。陶渊明把锦娘挽进新房，将她扶坐在床沿上，说：锦娘，闹了一天，你也累了，早点宽衣歇息吧。

锦娘站起来说：夫君你也累了，我为你泡碗从娘家带来的菊花茶，为你消消累吧。

菊花茶？好啊！陶渊明一听就高兴，问道：你怎么知道我喜欢喝菊花茶！

锦娘用那双杏眼斜了陶渊明一眼，羞答答地说：锦娘我早听说夫君喜欢菊花，还听说夫君你亲自采制的陶里菊花茶乃江州一绝，便在出嫁前于南山采摘了这些菊花，亲手制成了菊花茶，作为嫁妆带了过来，不知夫君是否喜欢？

陶渊明一脸的感动：哦，哦，喜欢，喜欢！

锦娘见陶渊明满脸欢喜，人也欢快起来，款步走到梳妆台前，打开用红布包着的陶罐，拿出一捧菊花茶，亲自为陶渊明泡好一碗，端到渊明手上说：夫君，请喝了此碗锦娘亲手采制的菊花茶，从今往后，锦娘就靠夫君抬爱了！

说完，锦娘朝陶渊明深深地施了一礼。

窗外，一弯月亮挂在山村的树梢上，显得格外剔透。

庞通之带着几个小伙子躲在窗下偷听新房，将陶渊明与翟锦娘这对新人的情话都听进了耳里。他们一边躲伏在窗下捧着嘴窃笑，一边捏着鼻子，轻声学着陶渊明与翟锦娘的对话：哦，哦，喜欢，喜欢！没想到陶母拄着拐杖朝他们走来，而他们却全然不知，继续学着：从今往后，锦娘就靠夫君抬爱了！

陶母拿起拐杖朝他们背上高高举起，轻轻打下去，笑着轻声说：一群短寿鬼，有什么好偷听的！

庞通之仰起脸，笑着抓住陶母的拐杖，小声说：老夫人饶了小的们吧，我们

155

这就走，这就走。

看看一群偷听新房的小伙子轻轻地从墙根下溜走了，陶母这才一边摇头，一边微笑。

新房内的陶渊明与翟锦娘对窗外发生的事情浑然不觉，他扶住她的双臂说：锦娘如此贤淑，渊明岂能不用心待你！说完，陶渊明端过菊花茶对锦娘说，来，锦娘，我们共饮此茶，从此夫妻同心，白头偕老！

翟锦娘接过陶渊明手中的茶，低头一笑，小饮一口。突然，她发现一张放在案几上的无弦琴，便急步朝无弦琴走过去，抱起来反复抚摸着。良久，又抬起头，张开嘴想说点什么，却欲言又止。

陶渊明见锦娘神情异样，便问：锦娘，难道你也认识这张琴？

要是锦娘没有猜错的话，这张琴一定是玉如姐姐的了！翟锦娘想了想说。

陶渊明一惊：你认识玉如？

锦娘也激动起来，说：玉如姐姐与她父亲初来江州，便与我家连宗。我，我十岁开始，跟玉如姐姐学琴，玉如姐姐正是用这张琴教我的呀。而今人已去，琴尚在，怎教人不对玉如姐姐倍加念想啊！

陶渊明不由得感慨起来：唉，不承想，我们夫妻二人皆与此琴有缘。奈何人去也，弦已断，音难觅呀！

锦娘靠过来，将脸贴在陶渊明肩上：是呀，夫君，这正是锦娘不解之处啊，姐姐为什么要赠予你这无弦琴呢？

陶渊明抓过锦娘的手，握在自己手中说：锦娘，你我既然已结成夫妻，而你与玉如是知己故交，过去的事我就不隐瞒你了。

锦娘愿闻其详。说完，锦娘把陶渊明挽到床沿边，用一双含情专注的眼神凝望着陶渊明的脸，倾心听着陶渊明的叙述。听着、听着，便被陶渊明的叙述深深打动，眼泪也情不自禁地淌了一脸。

陶渊明搂过泪流满面的锦娘说：唉，缘分乃天定啊！好在皇天总算不负我渊明，现在又赐我锦娘，渊明此生知足了！

锦娘将身子贴在陶渊明怀里，怅叹一声：要是玉如姐姐在，那该多好啊！又仰起脸说，锦娘有一句话不知道当讲不当讲？

夫妻间有何话不当讲？陶渊明坦然道。

如此，锦娘斗胆了。锦娘说，既然你第二次访桃源时，知道姐姐为你身患大病，你可不能丢下她不管啊！

锦娘啊，我陶渊明岂是忍心之人，可天南海北，人海茫茫，你叫我到哪里去寻找到她呢？陶渊明一脸惆怅地说。

世界再大，也大不过人的眼睛，远方再远也远不过人的心灵。锦娘说：只要你用心寻访，我看总会有结果的。

难得锦娘如此通达善良，请受我渊明一拜！说完陶渊明站起身来，朝锦娘深深一揖。

锦娘一把扶住陶渊明。

素心从山边走来。远处，东林寺的宝塔塔峰直指青天。

突然，路边传来一声凄惨的猫叫。素心转头一看，山下路边的一丛乱草里，一只小猫被雨水淋得浑身透湿，不停地发抖。

素心蹲下身，抱起小猫，看了看远处的宝塔，朝东林寺走来。

慧远正在禅室里打坐，素心抱着小猫走进来。

慧远睁开眼问：素心，你怀里抱着何物？

哦，师父，一只小猫。素心说。

猫乃有主之物，为何抱进寺来？慧远又问。

可能是一只野猫，弟子见它独自在山林边的草丛里被雨水淋湿，冷得发抖，哀叫不已，便动了恻隐之心，将它抱回寺里。素心答道。

阿弥陀佛！慧远才念完一声佛，小猫在素心怀里又发出一声叫唤，似乎在回应着慧远。

素心将它放在地上说：它饿了。

阿弥陀佛！素心，你抱回来的乃是一只幼虎也。慧远这才告诉素心真相。

素心一惊：幼虎！那、那我得赶紧将它送回山林。

慧远说：你不要惊慌，此幼虎既然已被虎母抛弃，再将它送回山林也是一死啊。你就将它收养在寺庙里吧。

素心合十：是，弟子听命。

江州城里，一身书生打扮的妙音走进了悦来客栈。她刚点了两个小菜，一壶酒，正在自斟自饮时，庞通之也带着衙役们走进来，在离她不远的一个空桌上坐了下来。

伙计赶紧上前招呼：各位官客，来点什么？

庞通之说：随便上几个小菜吧，再来两壶酒。

伙计一边擦着桌子一边应道：好嘞，客官稍等。

庞通之等一群人刚坐了下来，又进来一位书生模样的人。书生见客栈里坐满了客人，便自言一声：哟，客满了！就在书生正要转身欲离开酒馆时，妙音站起来朝书生一举手：兄弟，若不嫌弃在下，便同桌共饮吧。

书生犹疑了一下，便朝妙音一揖：如此，打扰了。

妙音也回了一揖：兄台别客气，相识便是缘。况且在下一人独饮很是无趣，能陪兄台共饮几杯，乃在下所愿也。

书生：如此甚好。

妙音：请。

书生：请。

妙音：伙计，添副碗筷，再上两个菜，一壶酒。

伙计：好嘞，就来。

书生：兄台面生得很，不是江州人吧？

妙音：上江人。不过在江州倒是有几个朋友，比如陶公子渊明兄便是在下的知交，不知兄台与陶公子是否相识？

书生：陶公子乃江州大名士，读书人谁不知道他。

妙音叹息一声：可惜呀，陶公子有难啊！

庞通之听得一惊，将端起将喝的一杯酒又放下来，静听着妙音与书生的对话。

书生：陶公子有何难？愿闻其详。

妙音：兄台可知陶公子辞去江州别驾祭酒的原因？

书生：官场黑暗，陶公子不愿与官府同流合污呗。

妙音：兄台只知其一，不知其二。陶公子辞官的原因乃其与王凝之大人的夫人过往甚密，王凝之王大人怀恨在心哪，所以陶公子不得不……

书生：陶公子不是把官都辞了吗，王大人还能对陶公子如何？

妙音：唉，兄台有所不知啊，这王大人气量极小，只要陶公子待在江州一天，他就一天心病未除啊！

书生：那王大人又将如何对待陶公子？

妙音伸出身子，朝书生轻言起来。

说完，书生满脸忧色：如此说来，将要危及孟老夫人了！

晋隆安四年（400），由于东晋王朝发生了接二连三的动荡，已经弄得民不聊生，终于引发了一场大规模的农民起义——孙恩起义。

刘牢之、刘裕正带领一群兵马准备迎战孙恩。途中，刘牢之勒住马缰，对刘裕说：前方敌情不明，我让大军在此安营扎寨，你先带人前去侦察，一旦发现敌情，速速报来。

刘裕在马上朝刘牢之一揖：遵命。便领着十数骑人马，离开刘牢之，绝尘而去。当他们来到河边的一片林子边，突然，从林子里冲出几千孙恩的人马。

几千人与十几人混战在一起。刘裕率领的十几名骑兵纷纷战死，只剩下刘裕一人。

刘裕被逼到河岸，从马背上落下来，人滚到河岸之下，几十名敌军围过来。刘裕看了一眼后面开阔的河滩，并没有退缩。他手持长刀，仰着头砍死几人，奋力跃到岸上，对敌人一边发出大声吼叫，一边挥刀便砍，围着他的敌人吓得纷纷后退。

正在刘裕单人匹马奋战孙恩数千兵马之时，刘牢之在大帐里走来走去，显得焦虑不安。站在帐内的一名将领说：都督大人不必忧虑，刘裕将军智勇双全，他不会出事的。

刘牢之还是忧虑地说：可已经过去了三个时辰了，怎么还不见刘裕回营？

另一将领说：再等等吧。

不行，刘裕乃一员虎将，出不得闪失，我得亲自去接应他。说完，刘牢之领着一批兵马浩浩荡荡来到河边，只见远处尘土飞扬，人声鼎沸。

刘牢之一看，心头大惊，对身边的将士们说：不好，刘裕肯定被敌人围住了，快，杀过去。

众人驱驰战马，高呼：杀呀！

刘牢之冲在前面，一批兵马随他猛冲了过去。冲到阵前，刘牢之勒住马，看着一幕震撼的场景：刘裕在战场上，手持长刀，像追赶着羊群一样，一个人正在疯狂地追杀几千敌人。

刘牢之坐在马背上对身边的将士感慨地说：英雄，大英雄啊！

身边的将士却说：孙恩的农民军，不过是一群乌合之众，所以刘裕才像切菜一样，轻松地对付他们。

刘牢之听得很不高兴，沉脸问道：如此说来，你能一人力战数千人否？

身边的将士朝刘牢之一揖：末将不能。

呵呵，然也！刘牢之说，何为英雄？如果尔等亦能手持长刀，将敌军数千人马追杀得无处藏身，尔等也是大英雄也！

是的，刘裕凭此一战，功成名就，被朝廷加封为下邳太守，终成一方诸侯，为其后来篡晋奠定了基础。

庞通之在陶渊明的书房里，对陶渊明耳语一阵。

陶渊明脸色凝重起来：哦，会有此等事？

庞通之说：你是读书人，应知道，唯女子与小人难养也。

唉！谢家姐姐非一般女子，奈何王凝之乃真小人也。陶渊明说，通之兄，此事你切莫让我娘知道，她老人家已是风烛残年，经不起惊吓与折腾啊！

庞通之说：你放心，我不会让老夫人知道此事的。又说，可我还是劝你早作打算，出去避避风头吧。

奈何战火四起，世道混乱，而家中母老子幼，我怎么舍得离开啊！陶渊明脸色凝重地说。

是呀，如今朝局不稳，世道离乱，孙恩造反刚刚遭到镇压，已将他赶到海岛上去了。庞通之说，可听说王恭又在闹事，这朝野上下，真是一波未平一波又起！

这是一个风起云涌的时代。陶渊明心有不服地说，孙恩造反，让刘裕那竖子成名了！

你与桓玄不是自幼交好吗？他现在手握荆州大权，王恭造反，他不可能坐视吧？一旦风动荆楚，他便可浪下三吴，你岂不是也可以跟着他建不世之功，名扬青史嘛。庞通之提醒道。

兄言不错。陶渊明点头道：容我再思量思量。

这天晚上，陶渊明虽说在卧室读书，可他的心事根本不在书上，而是在想着白天与庞通之的一番交谈。

翟锦娘轻手轻脚地来到陶渊明身边，在书桌边的灯盏里添了一根灯草，又去香炉里添了几块香料，房间里忽然亮了许多。默默地做完这一切，翟锦娘回身正准备离去。陶渊明头一抬，放下书喊了一声：锦娘！

锦娘笑着说：夫君，锦娘还是惊扰你了。

陶渊明走上前去握住了锦娘的手，深情地说：锦娘何出此言？渊明夜读，冷落你了，你不但没有半点责备，反而深夜为渊明拨灯添香，让我深感愧疚啊！

锦娘含情一笑：锦娘知道夫君志在高云之上，见夫君以夜当昼，孜孜不倦，探求典中真意，已深感欣慰。锦娘与夫君虽说是新婚燕尔，但我绝非世俗女子，不敢要求夫君与锦娘卿卿我我，效鱼水之欢，而丧夫君高云之志呀。

唉，有妻娇丽如此，又贤淑如此，渊明却深埋典籍，真乃身在福中不知福啊！陶渊明感叹道。

夫君何出此言？锦娘说，夫君仪表聪明俊朗，胸怀磊落光明，心中装的是社稷天下和苍生百姓，文章如隐伏的豹纹一般炫彩。我锦娘倾慕你的青云雅志，喜爱你的淳朴孤高，愿一生一世持箕握帚，奉茶添香，伺候夫君，为夫君来日大济天下苍生尽一份微力啊！

陶渊明将锦娘的双手紧紧握了握：锦娘啊锦娘，渊明我一定不负你的期望。不过现在快三更了，我也该陪你歇息了。说完，陶渊明搂着锦娘，走进卧室，才抱起她朝床边走去。

翟锦娘的双臂紧紧地搂住陶渊明的脖子，陶渊明将她抱上床，她娇嗔地在陶渊明耳边轻轻地说：你还抱抱我！

陶渊明一笑，又把她抱起。两行泪水从锦娘眼里流出来。

陶渊明一惊：锦娘，你这是……

锦娘把一张带泪的脸往陶渊明脸上一贴，轻轻地说：人家高兴嘛！

陶渊明把锦娘放下来，两个人坐在床沿上，陶渊明捧起她的脸，深情地注视着。良久，陶渊明重重地叹息了一声。

锦娘问：夫君为何叹息？

陶渊明又想起了白天与庞通之的交谈，便向锦娘试探着说：我叹息的是，若有一天我远奔异乡，在这样的良辰美景里，锦娘你岂不是要独守寂寥。

锦娘一笑：不，不会的。夫君，我会代你在娘面前行孝，我会采下陶里的菊花，亲手制成菊花茶寄给你，你在外面喝着我从陶里采制的菊花茶，就不会忘记娘和我了。

菊花，菊花茶。陶渊明喃喃着，眼前仿佛开满了菊花。

菊花，菊花茶。良久，陶渊明又说，好啊！锦娘，若是有一天我在异乡迷失了方向，菊花茶的清香，就是我可以借助回乡的翅膀。

锦娘：如此，锦娘甚慰！

陶渊明：可惜，他乡不是故乡。但愿他乡也有菊花呀。

锦娘：夫君乃大诗人，你手指之处，必定开花。

锦娘说完，将身子贴进陶渊明的胸膛。

第二天一早，陶渊明来到了东林寺。慧远将他引到自己的禅室，两个人一边饮茶，一边谈论起来。

慧远：王恭谋反，难成气候。

陶渊明：以大师看，晋室运祚如何？

慧远：目前难以预料。

陶渊明：桓玄现在雄踞荆州，我想去拜访他。

慧远：公子是否有意再次出仕？

陶渊明：出仕不出仕，等见了桓玄再说。

一只幼虎从慧远身后走了出来，朝陶渊明叫了一声。

陶渊明：大师，你怎么养起虎来？

慧远：阿弥陀佛！这小孽障在代我送客呢。

陶渊明站起来：哦，渊明告辞了。

慧远：素心，代我送陶公子。

素心将陶渊明从慧远的禅室送出来，送到放生池边，陶渊明站住了：素心，你回去吧。

素心说：妙音又来江州了。

陶渊明：她来江州了？

素心合十：阿弥陀佛！妙音此行，似乎与公子有关。

陶渊明说：我未曾与她谋面，如何与我有关啊？

素心说：个中玄机，素心也不明白。

陶渊明问：那你如何断言，她来江州与我有关？

素心回道：日前，她与在下见了一面，问了一些公子的情况，说是桓玄对公子甚是想念。

哦，我也正想去拜会桓玄呢？陶渊明说。

我与妙音见面之事，也曾告诉过师父，师父听后只是念佛，说声去去就来。素心说。

去去就来？陶渊明摇了摇头，想起了刚刚与慧远交谈的那一幕，又说，这和尚，时而高深莫测，时而古灵精怪，刚才小虎叫了一声，他便说是虎代他送客。呵呵，真是让人捉摸不透。

素心：阿弥陀佛！

陶渊明从东林寺回家的途中，家丁走进来，将一封聘书和一封信递到陶母手中，禀报道：老夫人，这是刺史府派人送来的。

聘书！陶母接过聘书看了一眼，疑惑地说，刺史大人要聘明儿去任州主簿？这，这唱的又是哪出戏啊？这刺史大人不是不喜欢明儿吗？

站在一边的锦娘听陶母念念叨叨的，提醒道：娘，不是还有一封信嘛，看看信上说些什么？

陶母抽出书信看了看，对锦娘说：哦，是谢夫人写给明儿的，她劝明儿去赴任呢。

锦娘笑着说：娘，这不是好事嘛。

陶母叹了声，说：福兮祸兮，哪里又说得清楚。

陶母正与锦娘说话间，陶渊明踏进了家门，锦娘站起来带笑说：夫君，你回来了。

陶渊明说：去见了一下慧远和尚。

明儿，出去了一天，累了吧？陶母说。

不累。陶渊明回道，母亲是有话说吧，孩儿在听呢。

陶母一笑：我儿真是善解人意，娘还真有话要对你说，不知我儿对将来有何打算？

子云，父母在，不远游。按人伦大道讲，孩儿应该陪伴在娘的身边，与娘共享天伦。陶渊明说，可是，可是眼前，孩儿又有一些大事必须要去办理，可能要离开娘一些日子。

陶母问：儿呀，你是不是还想去州里任职？

陶渊明一时不解：去州里任职？母亲何出此言？

陶母将州里的聘书和谢道韫写给陶渊明的一封书信，交到陶渊明手中。

陶渊明：州府的聘书？

陶母：刺史王凝之大人聘你到州里出任主簿。这封书信，是刺史夫人写给你的。

哦？！陶渊明抽出书信看起来：

> 渊明贤弟雅鉴。男儿立志，其在报国。拙夫凝之，不谙政事，有负帝主；贤弟志高聪睿，政事可托。如得贤弟臂助，乃社稷之幸，江州之幸，黎民之幸也！期贤弟屈就州主簿一职，一展济世胸怀，渐开青云之路。此乃愚姐拳拳之心，贤弟应谙之！

看完书信，陶渊明长叹一声。

儿呀，娘看得出，谢夫人对你可是用心不浅哪。陶母说，但男儿立世，千万不可为儿女私情所困啊。况且她乃刺史夫人，你也是有妇之夫，有些事，娘不得不为你担心呢。

娘，请你老放心，州主簿虽然是个肥差，但孩儿知道，这并非刺史王凝之的本意，乃出于谢家姐姐的一片眷顾之心，但孩儿怎么能吃嗟来之食呢。陶渊明决绝地说。

陶母点点头，欣慰地说：我儿果然是明白人，如此，娘也就放心了。

娘啊，有一件事，我正想跟你商量。陶渊明又说，这几天，我想去荆州会一会好友桓玄，只是担心娘你年迈体弱，不忍心动身哪。

此时，在孟夫人看来，陶渊明要想顺利摆脱谢道韫，只有尽快离开江州，现在陶渊明有了离开江州的想法，正合孟夫人本意。便说：儿呀，要想成就一番大业，你又岂能为这些所谓的伦理俗事所缠困。况且你娘身体还算结实，又有锦娘陪在身边，你不必为娘担心。你要趁年纪尚轻，早立报国大志呀！

陶渊明：是，孩儿谨记母亲教诲。

见母亲如此开明体谅，陶渊明便下定了去见桓玄的决心。但是，权衡再三，在离开江州前，他还是决定去拜会谢道韫

江州刺史府厅堂里，十九岁的颜延之和寻阳三隐中的周续之、刘遗民等人，

正与谢道韫谈笑风生。

　　谢道韫：几位高才，我谢道韫仰慕已久啊！

　　周续之：哪里，哪里。夫人才真正称得上才高八斗，让天下须眉汗颜哪！

　　谢道韫：过誉，过誉。如此谬奖，谢道韫担当不起。

　　刘遗民：夫人不必过谦，就连渊明公子对夫人也是高山仰止啊！

　　颜延之：我就早听说陶公子才华纵横，可惜今日无缘一见。

　　刘遗民：延之贤弟不必失望，改日，我陪你到渊明公子府上一叙，如何？

　　颜延之：如此，延之在此谢过遗民兄了！

　　谢道韫：是呀，陶公子是真性情人，值得延之贤弟去一会。去年年前，我读了陶公子的《五柳先生传》和《闲情赋》两部大作，真乃是前无古人、后无来者的奇文妙品哪！

　　门丁进来，对谢道韫禀道：夫人，陶渊明公子求见。

　　谢道韫一喜：哦，才说到他，他就来了，这岂不是心有灵犀啊。妙，大妙！快请他进来！

　　颜延之站起身，离开座位说：我得去迎迎这位奇人！

　　哈哈哈哈！周续之大笑道，延之老弟，你真是急不可耐啊。

　　我这也是以先睹陶公子的风采为快嘛。颜延之边说边往门外赶。

　　我等同去迎迎他吧。周续之笑着对刘遗民说。说罢，三个男人同时起身走出厅堂门外。

　　谢道韫莞尔一笑，眼含清亮，喃喃道：来了，他终于又来了！

　　陶渊明在三个男人的陪同下，走进厅堂。

　　谢道韫高声道：盛事，盛事啊！今日我谢道韫迎来了各位高贤，真乃今生之大幸啊！

　　颜延之挥着手说：渊明兄，才谈到其文，又见到其人，人生快活莫过如此啊！

　　这是颜延之生平第一次与陶渊明相见，尽管颜延之比陶渊明小十多岁，但并未影响他们之间后来的交往，并成为陶渊明一生的至交挚友。

　　陶渊明对谢道韫一揖：夫人，渊明有事想与你单独谈谈。

　　谢道韫看了陶渊明一眼，见他的神情严肃，便对颜延之几位说：诸位在此小坐片刻，我与渊明公子即刻就过来奉陪。说完，谢道韫与陶渊明走出厅堂，在厅堂外的小树下谈了起来。

　　因为有颜延之等重要客人在座，陶渊明只能简单与谢道韫表明辞行之意。并请谢道韫提醒王凝之，王恭将反，江州已是危险之地，有可能要遭到战火涂炭，让王凝之早作打算。

简短的交谈后，陶渊明与谢道韫又走进了厅堂。陶渊明向颜延之几位深深一揖：各位仁兄，渊明还有一些要紧的俗事缠身，今日就不奉陪了，他日还有机会见面，我们再叙吧！

颜延之一听就不高兴，说道：渊明兄，你这就不对了，我今日好不容易与你相见，还未来得及请教，你就要走了，叫延之之情何以堪啊！

延之老弟，渊明对不住你了，他日有缘相见，我一定奉陪三大杯，向你请罪。说完，陶渊明朝他深深一揖。

颜延之赶忙还他一揖：不敢、不敢。

谢道韫只好帮着陶渊明解围：渊明公子确有事在身，诸位就不要苦留了。

对不住诸位了。陶渊明再次朝大家作揖，请诸位见谅。说完，陶渊明离开了厅堂。

毫无疑问，陶渊明与谢道韫这次交谈，对谢道韫产生了深刻的影响。在谢道韫的劝说之下，王凝之通过在朝廷活动，调离了江州，出任会稽内史。谁知却走上了他人生的末路。

荆州刺史府内，桓玄与一群下属正在大厅里议事。一位当差的走进来，对着桓玄耳边说：大人，陶渊明陶公子的船离荆州码头还有十里。

桓玄：知道了，下去吧。

当差：是。

桓玄：诸位，今日就议到这里吧。说完，桓玄起身离开大厅。

陶渊明刚踏上了荆州码头，只见桓玄老远便朝陶渊明深深一揖：渊明兄，桓玄总算把你盼来了！

陶渊明提了提裙摆，疾走几步，一把挽起桓玄的手说：哎呀，桓玄老弟，你现在贵为刺史，乃一方诸侯，愚兄怎当得你亲自来迎啊！

桓玄一把抓住陶渊明的手：渊明兄乃天下名士，当得，当得。

公元401年，陶渊明出仕桓玄参军。此时，东晋朝廷的军政大权已被司马道子、司马元显父子牢牢掌握。而下等士族反对高等士族，企图打破高门垄断统治权的斗争，此起彼伏，司马道子父子当权跋扈，使桓玄产生了极大的不满，他们之间的矛盾越来越尖锐。

司马道子府邸内，司马道子正坐着喝茶，司马元显站在一边说：父亲，据探马报来的消息，桓玄已兼并了殷仲堪和杨任期的地盘，现在他手下的人马已翻了数番，我们要提前做好应付准备呀！

虽然如此，但他远在荆州，恐怕一时也翻不起大浪。司马道子不屑地说。

司马元显说：依孩儿看来，还是早作防备为好。

见儿子如此慎重其事，司马道子才重视起来：说说你的看法？

司马元显说：桓玄凭借他的祖上和其父亲桓温积下来的声望，一直以英雄和名士自诩。兼并殷、杨以后，便获取了荆州境内的全部地盘。且桓氏长期盘踞在荆州，当地军民一定会为其效命，而我们所能控制的地方，仅有三吴区区之地。孙恩叛乱，又让三吴生灵涂炭，国库空虚，我担心桓玄肯定会趁此机会，起兵谋乱的。

司马道子点了点头，面色凝重地说：吾儿所虑，不无道理呀！依儿看来，下步我们该如何应付？

司马元显说：依孩儿看来，桓玄刚刚得到荆州，人心尚未完全归附，他还在忙于安抚本地军民而无暇他顾，趁他这种状况，我们不妨让刘牢之作为前锋，孩儿我率领大军随后进发，将其诛灭。我想，只要我们先发制人，桓玄的人头肯定会挂于我军帐前。

司马道子沉吟良久，终于表态：行，你去安排吧。

而此时的荆州刺史府内，桓玄与陶渊明也正在讨论当下大势。

陶渊明：目前朝廷正乃多事之秋，振兴社稷，安抚黎庶，桓玄贤弟，你任重道远哪。

桓玄：渊明兄所言极是。我桓玄一直深怀报国之心，奈何身边缺少如兄这等高人相佐，我想安民报国，却是心有余而力不足啊。

陶渊明：贤弟过于抬爱愚兄了。我乃一介书生，于贤弟恐怕难有大的帮助哇。

桓玄：渊明兄，此言不当啊。你满腹经纶，又曾仗剑天下，胸怀四海，还请你费心谋划，鼎力相助啊！

陶渊明：鼎助谈不上。不过依我看来，自淝水之战后，由于北方各小国之间内部纷争加剧，对朝廷的威胁虽然相对较小，但朝廷内部却更加混乱了。自孝武帝当政后，把大权交给其同母之弟司马道子，使之权势不断扩大，已构成了对皇室的威胁呀。

桓玄：是啊，朝廷终有一天要出大事呀！而你我都是忠臣名宦之后，难道就眼睁睁地看着我们老祖宗好不容易打下的江山，毁于这群阴险小人之手而袖手旁观吗？

陶渊明：既然贤弟如此慷慨，真心报国，我陶渊明又岂能做袖手之人。

刘牢之的军中大帐内。

兵丁进来：报，都督大人，司马元显将军派使者在帐外求见。

刘牢之：哦，快请进来！

使者：见过都督大人

刘牢之：免礼。

使者递上一封书信。

刘牢之展开书信，看后一笑说：司马大人想我为前锋，讨伐桓玄？

使者：正是，请都督大人定夺。司马大人正在等着在下去回信。

这个嘛……刘牢之一时拿不定主意，心里思忖：桓玄年轻气盛，素有英雄之名，且其吞并荆州后，兵多将广，一时恐怕难以取胜。再说，假如就此灭掉桓玄，我刘牢之难免有功高震主之嫌，到时候，恐怕难为司马父子所容啊。想到这一层，刘牢之朝使者呵呵一笑：你回去回复司马大人，目前我军尚在训练，等训练完成后，再听司马大人调遣。

使者：哪，在下告辞了。

刘牢之：不送。

使者快马奔回京城，连夜见了司马元显。

使者禀道：大人，据在下观察刘牢之的脸色，此人肯定不会为我所用。

司马元显一听便大怒：刘牢之，小人也！

使者又说：大人，不如将其征召到京师以后，先行诛杀。不然他肯定会坏我大事！

唉，据目前看来，朝廷可资依靠的也只有北府军和豫州的军队了。司马元显说，刘牢之作为北府军的首领，如果将其诛杀，我担心北府兵会从此溃散的，到时朝廷有急，谁来出力？此事，还是暂缓一阵吧。

孙恩的大军已将会稽城团团围住。

会稽刺史府内，一群将领面对着高坐的王凝之，纷纷请战：大人，请你亲自披挂为我等掠阵，以鼓士气，壮我军威！我等定然将孙贼杀得片甲不留！

少安毋躁，孙恩乃一群乌合之众，尔等不必惊慌，本刺史自有退兵之法。王凝之说完，丢下将领，朝后堂而去。

见王凝之对兵临城下惘然不顾，众将领不由得慌乱起来，朝王凝之的背影喊道：大人！大人！再不早作安排，会稽危矣！

王凝之却头也不回，自顾而去。

众将领相互连连摇头叹息，一脸无奈。

王凝之走进一间密室，点燃三支香，插进香炉，朝五斗米道祖行完跪磕礼后，祈求道：请道祖慈悲，大显神威，派天兵天将将孙恩击退。道祖，道祖，请你大显神威，发天兵天将相助啊！

祈求完，王凝之又磕下头去。

就在王凝祈求道祖之时，城门已被孙恩的大军攻破，一群兵将拥进城门。

孙恩在兵将的簇拥下昂首迈进了刺史府，发出一阵得意的大笑后，一屁股坐在了大堂的椅上。

一个兵丁手托装着王凝之的人头木盘走进来，朝孙恩跪禀：大帅，这是王凝之的人头，请大帅过目。

孙恩手一挥：端下去吧。

兵丁刚走下去，又有几个兵丁将反绑着的谢道韫推上大堂。

谢道韫面对孙恩怒目而视。

孙恩问：你就是谢家才女，王凝之的夫人？

谢道韫昂首道：正是！

孙恩再问：王凝之已兵败身亡，你见了本帅，为何不跪？

谢道韫怒视着孙恩道：我夫已死于你的刀下，血尚未冷，我岂能下跪仇人，让我夫蒙羞于地下！

哈哈哈哈！难道，你就不想活命？孙恩站起说。

谢道韫怒道：我夫死于朝廷，我死于夫君，各自死得其所，要杀要剐随便你，无须多言！

孙恩拍案而起，大呼：来人哪！

刀斧手一拥而上，一人捉住谢道韫一只胳膊。

孙恩又大喝一声：放肆！还不为夫人松绑！

被松开绑绳的谢道韫拂了拂衣袖，昂着头，哼哼了两声，扭头走出了被孙恩占领的刺史府。

旁边的将佐问：大帅，此妇对大帅如此不敬，大帅为何不杀，反而将其放纵？

如此刚毅、节烈而又才华盖世的女子，世间实在太少了，我若将其杀害，这世上便绝了才女之种啊。说罢，孙恩又哈哈大笑起来

孙恩此时之所以未杀谢道韫，一来因为谢道韫是谢安的侄女儿，谢家势力尚在，他想在谢氏家族讨一份人情；二是因为谢道韫是天下第一大才女，乃天下文人所向，他不想得罪天下文人。

第十一章　陶母绝食

长江边。桓玄与陶渊明散步，身后跟随几个卫兵。

桓玄回头对卫兵说：你等在远处警戒，我与陶参军有要事商谈。

卫兵朝桓玄躬身一揖，说声是，便散开警戒。

见身边已无他人，桓玄才开口道：渊明兄，你我兄弟应无话不谈。我看帝主昏庸，朝政旁落于司马道子父子之手，想趁朝廷混乱之时，发兵东进。

万万不可！且不说司马道子父子大权在握，谢、王两家势力尚在，要紧的是刘牢之又掌握北府兵符，如贸然发动兵变，定会失败。陶渊明一听大惊，赶忙阻止道，况且，你出师无名啊。

怎么无名？我这不是清君侧嘛。桓玄说。

数月前，孙恩谋反，我曾劝你发兵解京都之危，你却按兵不动。陶渊明说，我想，你莫不是想让孙恩与朝廷双方斗得两败俱伤，你好从中渔利吧。

渊明兄，何必一针见血啊？桓玄说罢，脸上有些尴尬。

唉！陶渊明叹道，你的想法我已经明白了。良久又说，想我陶渊明乃忠良之后，虽然贤弟待我如亲兄，但是我不能跟随你做乱臣贼子呀！

渊明兄，你言重了！桓玄正色道，什么乱臣贼子啊？我如不起兵制止司马道子父子，他们也一定会篡夺皇权的。难道渊明兄就能容忍他父子为害朝廷吗？

这应另当别论。陶渊明说，司马父子之权乃皇帝所授，况且他父子俩尚未作乱，我劝贤弟还是静观时势，一旦司马道子父子起了谋反之心，你再发兵清君侧也不迟。到那时，你就名正言顺了。

桓玄只好说：容我想想。

回到刺史府的桓玄，独坐在后堂。

门人来禀：大人，妙音求见。

哦，来得正好，快快请进！桓玄大声道。

妙音进来便说：大人，你面色不佳啊？

唉！桓玄叹道，何止面色不佳，且心事重重啊！

妙音一笑：有何心事，能否向贫尼道来？

桓玄笑道：一来嘛，想你还俗。

啧啧，贫尼前来，可不是听你调笑的。妙音说。

不过，要说心事嘛。桓玄说，这确实算得上一件。

妙音正色道：大人，贫尼虽游走朱门，但并无一丝尘念，请大人自重。

何谓无尘心？你我相交已久，况且你也曾替我办过不少尘俗中的事务，一身已惹满凡尘啊。桓玄仍聊侃道。

心中无一物，何患惹尘埃。贫尼与大人替办尘俗之事，乃我与大人宿缘未了，我是来还大人前世的孽债啊。见桓玄如此，妙音也不好生气，只好嬉笑以对。

既然是来还我前世孽债的，不如还俗，一次还清，岂不是洒脱。桓玄言罢，放声大笑。

桓玄笑声刚落，只听妙音说：除非大人下令，强命我还俗。否则，再勿言此。

见妙言较起真来，桓玄只好说：唉，我桓玄岂能做强人所难之事。

妙音这才一笑，说：那、那你就说说其他的心事吧。

桓玄：陶参军不同意我发兵东征。

妙音：既然如此，此人不可留在大人身边。

你的意思是？桓玄做了一个杀人的手势。

妙音：然也。

桓玄摇了摇头，说：我与他情同手足，谋害之事，万万行不得！

妙音：手足应同心。心既不同，手足之情又何在？

桓玄：这个？

妙音见桓玄仍在犹豫，便说：大人若为难，此事就交给我来办吧。

桓玄：你？！

妙音：告辞了。

陶渊明独自在一家酒馆喝酒，不知不觉间，夜已深了。

伙计走上前对他说：客官，我们要打烊了。

哦，结账吧。陶渊明看了一眼夜色，掏出一串铜钱放在桌子上，起身离去。刚走进一条街巷，突然从屋檐上纵下一个黑影，头蒙黑巾，面戴纱罩，手持长剑，立在陶渊明面前。

陶渊明一惊，喝道：清平世界，朗朗乾坤，尔欲为何？

黑衣人也不搭言，拔剑便刺。陶渊明侧让过，黑衣人反身又刺，连发数招，将陶渊明逼退到了墙根下。

陶渊明一纵，随手在屋檐下取过一根竹竿，用手一折两断，将一截拿在手上，以竹代剑，与对手交起锋来。

对手吼了一声，舞出一片剑花，铮铮铮，数声剑与竹交锋过后，陶渊明手中的竹竿被削成数截。

正在陶渊明一愣之间，刺客手中的剑锋已直指他的咽喉。陶渊明将头往后一仰，伸出手指，夹住剑尖，用力往前一送，对手连退数步。陶渊明迅速捡起地上的一截竹子，朝对手刺过去，对手将胸一捂。陶渊明挺身而上，掠过黑影，揭开了对手的面纱。

对手一愣。

陶渊明惊呼一声：妙音！

妙音将身一纵，跃上屋顶，消失在夜空中。

第二天一早，桓玄在下人的服侍下，正在吃早餐。见陶渊明手持面纱走了进来，桓玄便站起来笑着说：渊明兄，还没有吃早饭吧？来得正好，我们一起吃吧。

不用客气。陶渊明沉着脸说，我来有两件事。一是昨晚在街巷捡到一张面纱，如果不错的话，这是妙音遗失的，请你代我还给她；二是家中来信，家母病重，我要回家探望母亲。陶渊明说完，把面纱呈给桓玄。

见桓玄捏着面纱，一言未发，陶渊明说声：告辞了。

渊明兄，慢！回过神来的桓玄说，请问渊明兄，为何突然言别？

陶渊明：刚才说了，家母病重。

桓玄：令堂纵然有病，你也不必急于一时啊。

陶渊明：我已归心似箭。

桓玄：渊明兄为何断定这面纱就是妙音的？再说，你为何要我转交与她呢？

陶渊明：你应心知肚明。

桓玄脑子里一闪，出现了昨天与妙音对话的一幕。便恨声道：妙音孟浪！又说，但是，渊明兄，这的确非我授意啊！

陶渊明仍沉着脸说：此事我不想追究，只想回乡探母。

母前尽孝，此乃人伦大道，愚弟我也不好阻拦。桓玄想了想说，只希望渊明兄去去就来。

陶渊明脑子里立却闪过来荆州前素心对他说过的一句话：师父只说去去就来。便说，如果家母康复得快，到时再说吧。

说完，陶渊明转身离开了桓玄。

桓玄无奈望着陶渊明的背影，深深地叹息一声。

元兴元年（402）1月1日，陶渊明离开桓玄两个月后，东晋朝廷即向天下公布桓玄罪状，并加封司马道子为侍中、太傅；任命司马元显为尚书令、侍中、骠骑大将军、征讨大都督，都督十八州军事；刘牢之为先锋，讨伐桓玄。同时，大赦天下，改年号为元兴。

行军大帐内，司马元显的使者对司马元显说：大都督，自举讨伐桓玄大事以来，朝廷没有威断，桓冲之子、桓玄的堂兄桓谦尚为上游耳目，应当将其斩首，以孤立荆州的桓玄。况且，此次讨伐的成败关键在于前锋，而前锋刘牢之乃一反复小人，万一有变，失败即在眼前。

司马元显：这个嘛？

使者：大都督，不妨让刘牢之诛杀桓谦，以显示其无二心。如果刘牢之不从，我们便好提前除掉他。

司马元显：可是，依照当前军中实力而言，也只有刘牢之的北府军能够制服桓玄。况且，兴兵之初，即斩杀大将，必然会引起军心浮动，万万不可。

使者：大都督……

司马元显：你不必多言，我自有主意。

荆州刺史府内，桓玄正与一群下属在厅堂议事。

兵丁进来：报！大人，司马元显的前锋、刘牢之率领的十万北府兵快打到江州了！

众下属交头接耳，一片惊惶。

桓玄：少安毋躁。尔等有何妙策？

下属说：大人，你的雄才大略威震天下。司马元显乃乳臭未干的小儿，不足为虑。刘牢之又不得人心，如果我军兵临京师，一边向敌人展示威力，一边拉拢犒赏朝中大臣，敌人将很快就会土崩瓦解，哪有将敌人迎到我方境内，自取其辱，自陷险镜之理呢？

桓玄脑海一闪，想起陶渊明对他所说：我不能跟随你做乱臣贼子。便说：如此一来，便是以下犯上了，只恐人心不服，众将士不肯奋力一战啊。

又一下属说：大人多虑了。朝廷方面，北府兵、西府兵与朝廷的军队并非铁板一块。况且其后方草粮难以供给，而于我方而言，虽然存在人心不稳的问题，如此，我方更应以积极进攻代替消极防守，将战火引向敌区。

好！一旁的妙音也说，将被动变主动，必可提振我方士气！

见大家的意见一致，桓玄才站起身说：好，我们主动出击！又说，只可惜渊明兄不在此，不然，请他写一道讨伐司马元显的檄文来，可顶十万雄兵呢！

妙音听得嘴一撇，说：大人文才盖世，何不一挥而就。哈哈哈哈！桓玄说，也只好本人勉为其难了。

长江上，桓玄的船队向江州进发。

桓玄站在船头问：离江州还有多远？

下属回道：还有五十华里。

桓玄说：传令，停止前进。

一小船靠近船头，哨兵仰头抱揖而禀：报！大人，现已探明，刘牢之听说大人将要兵临江州城下，已将其部下退到下游三十里的湖口了。

站在桓玄身边的下属说：大人，我们何不趁此良机，一鼓而下，拿下江州。

命令前队，火速拿下江州！桓玄下完令，呵呵两声，说，拿下了江州，扬州便在眼前了。

刘牢之的军帐内。

兵丁：大人，帐外有人求见。

刘牢之：来者何人？

兵丁：来者说，他是大人的族舅，姓何名穆。

刘牢之沉吟道：他来做甚？

好像、好像是为桓玄来做说客，劝降大人的。兵丁说。

说客？劝降？刘牢之想了想说，让他进来。

见何穆进来大帐，刘牢之赶紧起身抱拳说：哦，是舅舅，别来无恙啊？

何穆说：还好，还好。

舅舅在两军交锋之际，来到我军中，定有教诲吧？刘牢之说。

教诲不敢当。何穆说，不过你乃当朝所倚重的名将，我听说，自古以来，在乱世之中，君臣相互信任的只有燕昭王与乐毅，刘玄德与诸葛孔明。然而，他们都是功业未就，历二主就去世了，假设乐毅与诸葛孔明的功业成就以后，想来也难保他们不会受到猜忌而面临大祸啊！

刘牢之说：舅舅有话不妨明言，不必绕来绕去，明说罢。

何穆说：飞鸟尽，良弓藏；狡兔死，走狗烹。英明之主对待英雄豪杰尚且如此，又何况昏庸残暴之主呢？纵观历史，管仲在齐国做宰相，雍齿被汉高祖封侯，这都是有的。而你与桓玄之间，并无管仲射中齐桓公的衣钩，雍齿屡屡威逼高祖之仇。如今，你战败则被灭族，战胜也会被杀，将何处存身？倒不如改弦更张，保全富贵，岂不比身首异处，为天下人耻笑的要好！

舅舅的意思，是要我投靠桓玄？刘牢之问。

请你三思！何穆说。

站在帐外听了许久的刘裕终于忍不住，他一头闯进大帐，怒视着何穆说：此人一派胡言，当斩！

刘将军不可妄言，此乃我舅。刘牢之赶忙制止。

在我眼里，此刻只有国事，没有亲戚。刘裕大声说，凡坏我国事者，无论是谁，都应当斩！

舅舅，你先回去吧，容我三思。见刘裕怒气正盛，刘牢之赶紧对何穆说。

刘裕对经过自己身边的何穆哼了一声，又对刘牢之说：大人，你未经一战，便主动退出江州，已经失策。而桓玄早蓄异谋，你不但不奋力讨伐，反而要投降于他，岂不让天下人耻笑！

识时务者，方为俊杰嘛。刘牢之笑着说。

时务与社稷，眼前富贵与身后英名，孰轻孰重？大人要细思呀！刘裕规劝道。

刘牢之见刘裕话多，忍住气说：你暂且退下吧。

末将告退。刘裕一脸不快退出了刘牢之的大帐。

桓玄坐在江州刺史府内，听何穆向他禀报见刘牢之的情况。

何穆满脸喜色地说：大人，我看刘牢之已经动心了。

桓玄也听得一脸欢喜，但还是说：只怕他优柔寡断，反复无常啊。

大人所虑极是。何穆说，要不，我再去见他一面，讨个实信回来？

如此甚好，只是辛苦先生了。桓玄笑容满面地说。

此时，刘裕正与刘牢之之子刘敬宣在军营中边走边说：敬宣老弟，你得劝劝你父亲。当初，你父亲反王恭是势在必行，不得已而为之；现在反司马元显就是反朝廷，恐怕在三军将士面前不好交代呀。

刘敬宣说：兄言极是，我得极力去劝说我父亲。

你此去一定要与你父亲陈明厉害，否则三军将士不听调度，到时局面恐怕难以收拾。刘裕一再叮嘱道。

请兄长放心。敬宣我一定力谏。

告辞了刘裕，刘敬宣走进刘牢之的军帐内，叫了一声：父亲！

刘牢之抬头看了他一眼，说：有事？

刘敬宣说：是，父亲。

刘牢之：说吧。

刘敬宣：父亲，如今国家纷乱，四海鼎沸。天下重任，系于父亲你和桓玄二人。桓玄有其父打下的基础，占据了荆州之地，他虽然没有周文王那样的德行，但有天下三分之一的地盘，一旦放纵了他，使之凌驾于朝廷之上，等到其威望养成，就难以再制服他了。到时，董卓之变，将在今日重演啊！

你所言讲我岂不知。刘牢之说，今日，我平桓玄易于反掌。但你想过没有，桓玄被平以后，你让我如何对付司马元显父子？

父亲多虑了。眼前都顾不了，何虑将来！刘敬宣说。

黄口小儿，鼠目寸光！刘牢之一脸不快地说！

刘敬宣叫了一声：父亲！还未来得及开言，就被刘牢之打断：你不必多言，出去吧。

刘敬宣并未出去，他眼里含泪，继续说道：父亲，你今日不听孩儿忠言，恐令三军将士寒心哪！到时，只怕我父子二人死无葬身之地啊，父亲！说完，刘敬宣双膝跪地，朝刘牢之使劲地磕起头来。

刘牢之大怒，喊道：来人，将竖子拉出去！

军士不由分说将刘敬宣拉出了帐外。帐外仍传来刘敬宣的哭喊声：父亲，你要听从孩儿的忠告啊！父亲！

元兴元年（402）3月1日，刘牢之降于桓玄。刘牢之投降以后，充当桓玄的先头部队，于3月3日率军攻陷了京城。

回到家中的陶渊明被母亲叫到堂前。陶母说：儿呀，听说桓玄已经攻下了江州，你为何不去见一见他啊？

娘，我已经借你患病回家奉养之名，脱离于他，再去见他，恐怕是自投罗网啊。陶渊明说。

娘也知道，桓玄图谋不轨，况且他反心已露。陶母说，可他、人已在江州，于你近在咫尺，作为你的故旧，你不主动去见他，他又岂能放过于你？

若是他强行留下孩儿，那又如何是好？陶渊明问母亲。

若他要留你，你就说娘的病日益沉重，一时离开不得。陶母说，他也是熟读诗书之人，想来也不好违背人伦大道，让天下人耻笑他。

娘说得是。陶渊明思忖道，我不主动去见他，正给他寻找借口；可我主动去见他嘛？娘，容孩儿三思。

经过一番思虑，陶渊明还是主动去拜见了桓玄。

见到陶渊明，桓玄大喜，一把抓陶渊明的手说：哎呀，渊明兄！你来了就好哇！想来令堂贵体已经康复了？

劳你挂念了。陶渊明摇了摇头，又故意重叹了一声，唉！

怎么？桓玄问。

家母的病是日益沉重啊。陶渊明愁容满面地说。

我正是用人之际，渊明兄你可是我离不开的臂膀。自荆州一别，你让我六神无主啊！桓玄言道。

奈何老母病重，作为人子，我岂能不尽孝床前。陶渊明说。

是呀，谁无父母，个个儿孙。桓玄点着头说，况且母子连心，作为人子，你在令堂床前尽孝道也是应该的，愚弟只盼令堂身体早日康健，你早日归来呀。

陶渊明赶紧说：那是那是。

桓玄又说：你也知道，军机大事，我只信得过你。

桓玄这句话的用意在于点睛。也就是说你陶渊明已经掌握了我大量的军事机密，你必须得对我桓玄负责。而陶渊明一听，也就明白桓玄在威胁他。便说：家母年迈，况天有不测风云，三长两短，谁能预料。这归期实在不可预定。

呵呵，理解、理解！桓玄说，渊明兄啊，你跟我在荆州，劳苦功高，我也无以为报，只为你准备了两万钱，你可用来延请名医，为令堂治病。想了想，又说，我再派二十名兵丁送你回去，供你派用，你看如何？

陶渊明朝桓玄一揖：谢了、告辞。

走出江州刺史府的陶渊明不禁长叹一声。

二十名兵丁抬起着两万钱跟在陶渊明身后。

陶渊明没想到桓玄对他竟然使出如此卑劣的手段，表面上看似手足好意，又送钱为他母亲治病，又派人手供他差遣。而实际上是派人在监视他的一举一动。

陶渊明来到慧远的禅室。见到陶渊明，慧远先宣一声佛：阿弥陀佛！又说，请坐。再对素心说：上茶。

禅室门外，站着几个兵丁，还有几个兵丁跟进了禅室，直挺挺地在陶渊明身后站了一排。

陶渊明皱了皱眉头，

慧远又宣一声佛：阿弥陀佛！

陶渊明愤怒了，对身后一排士兵喝道：出去！

兵丁们目视前方，面无表情，身子一动也不动。

哪里来，哪里去；来即是去，去即是来；因是果，果是因；因因果果，循环不爽。阿弥陀佛！慧远说完，闭目无语。

陶渊明朝坐在蒲团上闭目合十的慧远点了点头，便起身离开。

素心端茶进来了，被转身离开的陶渊明一撞，茶碗掉在地上，摔碎了。

素心后退一步，双手合十。陶渊明头也不回地离去。

见陶渊明走远了，慧远才睁眼问道：素心，碎了吗？

碎了，师父！素心说。

劫数！劫数！慧远说罢，念了一声：阿弥陀佛！

师父，你是说陶渊明公子在劫难逃吗？素心问。

天机不可泄露。慧远说。

很快两个月就过去了，桓玄也移师夏口，并派其兄桓伟驻守江州，任江州刺史。

这一天，陶渊明在书房看书，兵丁守在门口。陶渊明一抬头，见妻子翟锦娘带着笑容进来了。

锦娘说：夫君，听说桓玄已回夏口了。

陶渊明竖起食指朝她摇了摇，嘘了一声，又指了指门外的兵丁。

翟锦娘仍笑着说：夫君，我为你弹奏一曲吧。

陶渊明：如此甚好！

翟锦娘坐下来调好琴弦，弹奏起来。

陶渊明闭目沉浸在美妙的旋律中。

门外一名士兵毫无顾忌地闯进来，交给陶渊明一封书信。

士兵说：陶参军，这是桓玄大人写给你的亲笔信。

陶渊明展开书信，只见信中写道：

渊明兄台鉴。闻悉令堂贵体已然康复，愚弟深感慰藉。与兄一别二月有余，甚是悬望。况军机旷废已久，盼兄速来参赞。玄已嘱家兄江州刺史伟备舟，择吉日护兄登程。愚弟玄不胜企盼之至。

放下书信，陶渊明对停下弹奏望着他的妻子锦娘说：唉！这哪里是书信？分明是命令啊！分明就是一纸威逼我陶渊明的命令啊！

是的，面对这张薄纸，陶渊明深感自己竟是如此渺小。桓玄一张薄薄的纸片，让他不得不再次告别老母和妻儿。

正在此时，陶母拄着拐杖走进了书房。

陶渊明、锦娘站起来叫声：娘！

陶渊明将陶母扶坐在椅子上。陶母说：听说桓玄来信了？他在信上说了些什么？

娘，没说什么，你别为孩儿操心。陶渊明说。

明儿呀，你不说，娘也能猜出个十有八九，他是不是还在威逼我儿出山？陶母问。

是，娘。陶渊明见瞒不住娘，只好老实回答。

一旁的锦娘愁烦地说：娘，你看这如何是好？

陶母将拐杖往地上一顿，说：是福不是祸，是祸躲不过。明儿，你去吧，去去就来！

陶渊明心里动：去去就来！？但来不及多想，又说，娘，孩儿这一去，一时哪里就回得来哟！

陶母说：儿呀，你会回来的！你这一去只要学不为曹操设一计的徐庶，娘就会为你高兴。

孩儿一定牢记娘的教诲。陶渊明说，这一去，孩儿除了饮酒读书，绝不为这乱臣贼子献上一言。

如此，娘心甚慰。陶母说，不过，娘还有一件事放心不下呀。

娘，你说吧，只要孩儿能办到的，一定不负娘的嘱托。陶渊明说。

陶母说：你妹妹云娘，自从出嫁以后，我再也没有见过她，也不知她现在怎么样？这一次你正好要去夏口，就代娘去看看她吧。唉，这妮子，娘想她呀！

陶渊明说：娘，就是你不说，孩儿到了夏口能不去看望她吗？

好，好！你准备准备，明天就动身吧。陶母说。

不几天，陶渊明的座船来到了夏口。陶渊明从船舱里走了出来，看着船停稳在江夏码头。

兵丁说：陶参军，已到夏口了，请下船吧，桓大人在府上等着见你呢。

陶渊明边下船边说：让他等吧，我要先去看一个人。

兵丁：这？

陶渊明用眼瞪着兵丁说：这什么，我人都到夏口了，难道还跑了不成！

兵丁无奈，朝后一朝手，一群兵丁跟了上来。在一群兵丁的簇拥下，陶渊明朝夏口街头走去。

这时的云娘正在对镜戴着首饰。一个丫头跑进来说：夫人，你哥哥陶参军来看你了。

云娘站起来，一脸欢喜地问：我哥哥来了！他在哪里？

丫头说：正带着一群兵丁朝我们家来呢。

哥哥！哥哥！云娘轻声呼喊着，十分激动地跑出了家门。跑到巷口，一眼就看见了远处的陶渊明在一群兵丁的簇拥下朝她而来。

云娘大喊一声：哥哥！喊完，朝陶渊明奔跑过来。

哦，小妹！陶渊明也迎着小妹云娘快步奔跑过来。一边奔跑陶渊明一边回想起了当年去建康读书的情景和小妹嫩声嫩气的呼唤：哥哥，你可要早些回来呀！

云娘朝陶渊明奔跑着，奔跑着。陶渊明的双眼已被自己的泪水完全模糊了。模糊中，眼前已是少妇的云娘变成那个扎着小辫子在他身后奔跑、笑闹的黄毛小丫头。陶渊明不禁伸开双臂，内心呼唤道：小妹，我的小妹，哥哥回来了！可小妹云娘跑到他跟前，又变成了一个少妇。

云娘紧紧地抓住陶渊明的一双胳膊，一边摇晃着，一边泪流不止地说：哥呀，妹妹想死你了！

陶渊明帮云娘抹了一把挂在脸上的泪水，说：哥哥也想你呀！娘更想你！

云娘含着泪说：娘好吗？听说前头的嫂子过世了，后头的嫂子她还好吧？

陶渊明满眼含笑道：好，都好。又问，妹夫他也好吧！

云娘说：他也还好，只是，只是，他……

陶渊明问：他怎么了？

云娘说：他已辞去了官职，到黄安做生意去了。

陶渊明这才放下心来说：这不是很好嘛。

他也是这么说的。云娘欢喜道，他倒不是嫌官职小，只是不愿意跟着桓玄大人杀杀伐伐的。

陶渊明点头道：甚好，甚好啊！

见兄妹二人说得没完没了，兵丁催促道：陶参军，时候不早了。你也该回去见桓大人了。

陶渊明叹息一声，无奈地说：好吧，妹妹，我已见到你了，也代娘了却了一件心事。你回去吧，哥哥公务在身，不宜久留啊。

哥哥，你连我家的门都未进，茶都未喝，就说要走啊？你叫小妹我情何以堪？云娘十分不舍地说。

唉！来日吧，来日再来看你，我兄妹再好好叙谈叙谈！陶渊明一脸惆怅地说。

哥，那我再送送你。云娘只好说。

云娘将陶渊明送出巷口，仍然紧紧地抓着他的胳膊恋恋不舍。

陶渊明说：小妹，巷口风大，你还是回去吧。有机会，哥一定回来看你。

小妹含泪道：哥哥，你让我在你跟前多待一会儿吧。今日一别，小妹……

陶渊明含泪将云娘的双手捏在自己手心里，紧紧地握了握说：小妹，别难过，千里相送，终有一别。下次、下次吧，哥哥一定还来看你！

云娘一头扎进陶渊明怀里，泪雨纷飞地叫一声：哥！你可真要来看我哦！

陶渊明在云娘的背心上轻轻地拍了拍，然后松开云娘，一扭头，洒着热泪离开了云娘。

云娘独立在街头，头顶斜阳朝往前走的陶渊明不停地挥手，直到陶渊明的身影渐渐远淡。

陶渊明根本没有想到，这是他见到小妹云娘的最后一面。自从这一别，他还未来得及兑现再来看望小妹云娘的承诺。云娘却一病不起，离开了人世，以致后来陶渊明辞去彭泽县令，多多少少与自己这位十分疼爱的小妹去世有些关联。

陶渊明家里，陶母躺在床上。锦娘端着一碗鸡汤来到床前，流着泪说：娘，求你把这碗鸡汤喝了吧，你已是三天米粒未进了。你要是有个三长两短，渊明回来，我怎么向他交代啊！

陶母十分虚弱地叹了一口气说：我陶家世代忠良，奈何明儿被桓玄贼子逼上了贼船，娘、娘不死，明儿、明儿如何回来？为了、为了我家明儿的名节，娘、娘岂能惜死啊！

锦娘放下鸡汤，伏在陶母身上，喊一声：娘！便嘤嘤地抽泣起来！

陶母伸出手，抚摸着锦娘的头发，上气不接下气地说：锦、锦娘，我、我的、儿呀！难、难得你、如此、贤淑，把明儿、托付给你，娘、娘、放心，放心哪！

锦娘仰起泪脸说：娘啊！你何必要绝食呢？渊明要是知道你如此待他，你又让他一生如何安心啊！

陶母仍断断续续地说：人、总有一死，何况、娘也是、风、风烛、残年、之、之人，多、多活一天，不多！少活一天，也不少！娘、娘这一死、成全、成全了、明儿的名节，值、值啊！

桓玄府邸。妙音对桓玄说：妙音实在想不明白，陶渊明不为主公设一计，你还将其留在府上，白养着他。强扭的瓜不甜，依妙音看来，还不如设法将他除了！

妙音，不可莽撞啊。桓玄说，上年你刺杀渊明，结果又如何？

明的来不了，那么来暗的。妙音恨声道。

我等正在干大事之时，可不能担待谋杀天下名士的罪名呀。桓玄劝道。

妙音：主公呵，他心不在你，若是有一天，他在外泄漏了军情，岂不是坏了主公你的大事！

桓玄：从今往后，不让他接触军务便是。

妙音：那你又何必白养他？

桓玄：这个嘛，你有所不知，如陶渊明这等才华横溢的大名士，我不养他，别人便会养他。与其让他为别人出谋划策，还不如我将其禁养于此，别人失一谋士，而我又得一敬养名士之美名。这其中得失难道你还不明朗吗？

妙音这才会心一笑：哦，主公高见！

唉，只可惜，陶渊明不像你对我如此贴心哪！桓玄感叹道。

妙音一嗔：主公！

哈哈哈哈！总有一天，我会让你还俗的！桓玄又老话重提。

只怕那一天，我已人老珠黄，主公也就没有兴趣让我还俗了。妙音说。

妙音此言差矣！桓玄说，我要的并非你的美貌，而是一可遇不可求的红颜知己呀。

既如此，主公要的不是妙音的身体，只要妙音的一颗心。而在妙音看来，这颗心早属主公了。主公，请再也不说让妙音还俗之事了。妙音正色道。

桓玄：哦、哦哦！

夜已很深了，躺在床上的陶渊明却无半点睡意。

窗外，风吹树响，雨打窗棂。陶渊明起身，端起桌上灯盏正要去关窗门，突然，一阵劲风吹进来，将他手中的灯盏吹灭。

他又点亮灯，走到窗前，却看见窗台飘着一层厚厚的枯叶。又一片枯叶飘落下来，悄无声息地落在窗台上。陶渊明心一动，眼皮猛地跳了几下，不禁在心里呼唤了一声：娘！便呆呆地立在窗前，凝望着夜空，心里说：娘啊，在这季节更替之际，不知道你老人家身体可安康？

而此时的桓玄也睡意全无，仍在与妙音说个没完。他说：妙音哪，上次在江州，我曾派人去请慧远到府一叙，可他说佛门不敬王者，令人可恼。

妙音说：我听说主公你后来曾亲自去拜会于他。

桓玄说：是呀，去拜会慧远之前，我心中对他尚有不满；可是一见到慧远，不由得心生敬意。慧远，真乃高僧也！

妙音说：我虽然去过几次东林寺，却未曾拜见过他。

桓玄说：我正想请你去一趟江州，代我送一件如意与慧远，不知你可愿意？

妙音说：主公差遣，妙音哪敢不从。

桓玄说：那就有劳你了。

很快，妙音再次来到了东林寺，并向慧远呈上了如意。

慧远接过如意，交在站立一旁的素心手中，双手合十：阿弥陀佛！请妙音师父代我致谢桓公。

妙音也合十道：桓公十分向往大师，特意拜托贫尼前来向大师致敬！

慧远说：不敢，不敢。贫僧乃出家之人，六根清净，哪当得起桓公致敬。

大师虽超然世外，可对世情却是洞若观火呀。妙音说。

天有天劫，地有地劫，人有人劫，群魔丛生，贫僧唯有远避深山，助我佛超度群魔，祈求天下太平啊！慧远垂目合十道。

天下太平，靠的是王者统治。可贫尼听说，大师曾有沙门不敬王者论。贫尼不解，请教大师，难道出家人就可以对抗朝廷，对王者不敬吗？还请大师指点迷津！妙音话锋一转，直奔主题。

阿弥陀佛！慧远见妙音言语锋厉，似乎是代表桓玄在责问他，便软中带硬地说，贫僧本意并非削发为僧者便可以对抗朝廷，可以不敬王者。而是出家之人不应参与到朝廷的政治纷争中去，应远离是非。依贫僧看来，一心修行之人，有两种：一乃削发为僧者，六根清净，便要一心向佛，虔心修行；二乃居士，带发修行者，除一心向善外，也要关心国事，为王者分忧。此两种，皆为修行。

妙音：何为修行？

慧远：修身、修心、修德、修行、修佛。

妙音：何为修佛？

慧远：放下屠刀，便是佛。

妙音：如此说来，众生皆可成佛。

慧远：阿弥陀佛！皆在善恶一念之间。

妙音：请问大师，善恶如何分辨？如战火一旦燃起，则生灵涂炭，血流成河；若不发动战争，则难驱人间黑暗，千万生灵更是身在水深火热之中，万劫不复啊！

慧远：阿弥陀佛！善恶自在人心。这时，一只猛虎一纵，跳上神案，朝妙音吼了一声。

妙音一惊：啊！猛虎又一纵，消失了。

妙音并不知此虎乃慧远所饲养，以为是自己得罪了佛祖，佛祖显灵示警，便赶忙朝慧远合十道：大师乃得道之人，贫尼冒犯了，贫尼告辞了。

慧远：阿弥陀佛！恕不远送。

军营前，一条小河潺潺流淌。河滩上，刘裕与刘敬宣席地而坐。

刘裕说：敬宣贤弟，我担心兔死狗烹啊。你要劝你父亲早作打算。

刘敬宣说：唉！别提我父亲，他已听不进忠言了。

刘裕说：我听说桓玄虽然暂时移师夏口，他不过去稳定后方，一旦其后方稳定后，一定会挥师东进的。

刘敬宣说：这也正是我所担心的。

刘裕说：我还听说刘毅等人在背后对你父亲颇有微词呀。

刘敬宣说：我也知道，只怪我父亲当初不听我等相劝。

刘裕说：你父亲投靠桓玄，部下有些微词，这也难免。现在我所担心的是，一旦桓玄东进犯京，恐怕又要掀起轩然大波了。你要叫你父亲早作防备呀。

刘敬宣说：兄言极是，我当尽力劝说我父亲。

两个人交谈完，刘敬宣决定再次向父亲刘牢之进言。便来到父亲面前，开门

182

见山地说：父亲，桓玄可能不日就要东进犯京了。

他不是移师夏口了么？刘牢之不以为然地说。

他暂时去夏口，不过是先去安定后方。刘敬宣道，孩儿听说，现在他已将后方的人事都安排好了，粮草也已备足，其兄桓伟又在江州打造战船，已为他犯京做好了准备。

这又有什么好忧虑的。刘牢之笑道，桓玄进京，不过是迟早之事，为父对他而言乃是有功之人，他进京，自然会敬重为父三分的。

恐不尽然。刘敬宣说，孩儿担心父亲对桓玄而言，是功高震主。到时候，他对父亲明升暗降，剥夺了父亲的军权，然后……

孩儿多虑了。刘牢之将手一挥说，桓玄若敢如此对待为父，到时候，谁还能为他卖命呢？

不是孩儿多虑，如果桓玄进京后，与他父亲一样，起了篡位之心，登上了龙位，他又岂在乎父亲区区一将呢？刘敬宣仍苦心相劝。

危言耸听！刘牢之说，即便如此，我手下不是还有刘裕、刘毅和你这等勇将吗？

不是孩儿危言耸听，父亲投桓，已然引起了诸多将士对父亲的不满，只怕到那时，墙倒众人推呀。刘敬宣继续苦劝道。

你不必多言，我已经累了，你下去吧。刘牢之不耐烦地对刘敬宣说。

刘敬宣仍不死心：父亲三思啊！

刘牢之对刘敬宣挥挥手：知道了，你下去吧。

桓玄府邸。桓玄对妙音说：一切准备就绪，明日晨时挥师东进，直达京城。

主公，你大事将成，为何还如此迁就陶渊明？妙音问。

你有所不知，陶渊明族叔陶夔目前在朝身居显职。我入朝以后，还得陶夔为我说话呀。桓玄说。

若是陶夔唱反调呢？妙音再问。

放心吧，陶渊明不是还在我们手中吗？桓玄笑着说。

陶渊明并非陶夔亲子啊，他未必就……妙音把话说一半留一半。

桓玄完全体会妙音的话意，说：这个嘛、你就有所不知了。当年陶渊明之父陶逸在其八岁时殁于安城太守任上，将其托孤于陶夔。陶夔代陶逸教养了陶渊明数年，虽非亲生父子，但他们之间的感情却远胜亲生父子呀。

慧远在禅寺打坐，素心在一旁往香炉里添香料。

老虎走进禅室，在素心的身上嗅了嗅，素心摸了摸老虎头。老虎尾巴一甩，将香炉扫到了地上。响声中，慧远睁开眼。

慧远：碎了吗？

素心：碎了。

慧远：为何不用铁香炉？

素心：此乃陶公子母亲孟老夫人前日派人送来的！说是她已用不着了，献于我佛。

慧远：碎了！

素心：碎了！

慧远：你速去陶家一趟，渊明不在家，有事你就留下来照看几日。

素心合十：是。

就在素心刚走到陶家大门口的那一刻，躺在病床上的陶母头一歪，咽下了最后一口气。

锦娘往陶母身上一伏，号啕一声：娘啊！你怎么就这样去了啊！

走到门口的素心，听见锦娘从屋内发出来的号啕大哭声，人一震，便立住身，双手合十：阿弥陀佛！

第十二章　桓玄登基

陶渊明正在房间收捡行礼。兵丁走进来说：陶参军，快些吧，桓大人已经上船了，就等你呢。

知道了。陶渊明刚说完，突然一阵风将一扇窗门猛然吹开。陶渊明一惊，正要走上前去关窗门，又刮起一阵狂风，吹起他的衣衫，只听见咔的一声，窗前一棵樟树的枝丫被风吹断。

陶渊明呆立在窗前，风也戛然而止。

兵丁又催道：请陶参军起程。

陶渊明转过身，对兵丁说：走吧。

船队顺江而下。桓玄站在船头望着前方，陶渊明站在桓玄的身边。

桓玄指着前方说：那就是江州，过了江州，建康便不远了。

到了江州，我想回家看一趟老母，想必主公会答应我这一点小小的请求吧！陶渊明说。

哦。桓玄笑着说，按道理渊明兄这点要求并不过分，奈何行程紧急，恐难如兄所愿呀。

陶渊明只张了张嘴，但他什么都没说。

见陶渊明阴沉着脸，桓玄又说：渊明兄何故如此。等我们到了建康以后，待诸事稳定，我一定会派人到江州，将令堂及你妻儿接到建康，与你共享天伦。

唉！陶渊明在心里叹一声，想道：你这是强盗行为，绑架我啊！

远处，一条小船快速向桓玄的大船驶来，船头上立着素心。素心一身白衣，头上缠着一块白布。小船快要靠近桓玄的大船时，素心大喊：我要见陶公子！

陶渊明惊道：素心！又喊道，素心，你为何这身穿着，你为谁戴孝啊？

阿弥陀佛！素心大声说，公子，你母亲、孟老夫人她、她去世了！

陶渊明啊了一声，身躯一晃，整个人便往后仰倒下去，幸好站在他身后的兵丁出手快，一把将他扶住。

妙音走到桓玄的身边，对他小声说：恐怕有诈！

桓玄说：你速去陶渊明家探明虚实。

妙音又说：只怕他母亲真的亡故，我们便不好阻止他回家奔丧守孝了。

他母亲为什么偏偏在这个时候去世啊！桓玄念叨一声，又说，你去吧，快去快回。

公元402年秋冬交替之季，陶渊明的母亲孟老夫人去世。按照古礼，父母亡故，做官的应自动去职，回家守孝三年。在桓玄发动政变的前夕，孟老夫人绝食而死，将身陷乱臣贼党中的儿子陶渊明挽救了出来。因为桓玄找不到任何理由，能阻止或控制陶渊明回家奔丧守孝。

小山坡上耸立着一座新坟，坟头上插着招魂幡，坟前的碑石上写着：故先妣陶氏孟夫人之墓。碑石旁边还立了一行小字：孝男：渊明。孝孙：俨。

陶渊明、翟锦娘和幼小的陶俨身穿孝服在陶母的坟头跪拜。

陶渊明跪拜完，扶起翟锦娘。锦娘艰难地站起来，挺着肚子，一只手在高挺的肚子上抚着。

陶渊明疼爱地说：锦娘，你怀有身孕，还是先带着俨儿回家吧，这孝棚有我一个人来搭就行。

陶俨稚声道：爹，让娘回去吧，我来帮你。

陶渊明摸了摸陶俨的头说：好儿子，你还是陪你娘回去吧。你娘有身孕，一个人回去，爹爹不放心呢！

锦娘说：让我在娘坟前坐一会儿吧，看着你爷儿俩搭孝棚。说完，锦娘扶着肚子在陶母坟前坐了下来。

陶渊明在陶母坟墓旁已搭好的棚架上添树枝，陶俨在一旁一边拿着枝条递到陶渊明手中，一边问：爹，你晚上真的一个人在这里睡呀？

瞧你这孩子说的。不在这里睡，搭这个棚子做什么呢？陶渊明笑道。

陶俨又递过一根树枝说：爹呀，你晚上一个人在这里睡，就不怕吗？

陶渊明一边往孝棚上添树枝，一边说：不怕，有你奶奶陪着我呢。

要是奶奶睡着了呢？陶俨问。

还有天上的星星、月亮陪着我呀。陶渊明说。

爹，晚上我也来陪你吧！陶俨仰着小脸对陶渊明说。

乖儿子，爹不用你来陪。陶渊明朝儿子报以一笑，说，你就乖乖地在家陪着你娘吧。

陶俨听话地哦了一声。

锦娘忽然说：夫君，我觉得娘的坟前还少了些什么。

是吗？陶渊明说，少了什么呢？

我想起来了。锦娘说，把家里的那几盘金丝菊移栽到娘坟前来吧，娘她老人家一生爱菊呢。

极是，极是。陶渊明拍着脑袋说。

锦娘又说：夫君你也爱菊呀。

陶渊明感激地说：锦娘此心犹晚菊之芳啊！此生有锦娘，夫复何求！

京都建康。桓玄高坐在新府内堂上。

门子进来禀报：大人，刘牢之将军在门外求见。

桓玄笑着说：快快有请！

刘牢之在门子的导引下走进桓玄的府堂，朝桓玄一揖：末将刘牢之见过桓公。

不必多礼，快快请坐。桓玄起身回揖。

末将谢座。刘牢之在一旁坐下。

桓玄：此次讨伐司马道子父子，刘将军可是为朝廷立了首功啊！

刘牢之：哪里哪里。在桓公面前末将怎敢言功，这全仗桓公之虎威啊。

桓玄：刘将军就不必谦虚了。刘将军不但英勇非凡，手下也是人才济济，虎将如云哪。且不说刘裕、刘毅等，听说将军家的敬宣公子，更是文武双全，人中龙凤啊！

刘牢之：大人谬赞了。小儿年幼无知，还望桓公多多栽培！

桓玄：好说、好说。正好我初入京城，凡事初创，政务繁多，手下还缺一位得力的主簿。不知你家公子可愿意屈就此职？

桓玄话音刚落，刘牢之便大吃一惊，心里说：桓玄果然厉害。这不是让我儿来当人质吗？可表面上看他又是重用我儿，叫人还推辞不得呢。便只好说，牢之在此代小儿谢过桓公了！

好！难得刘将军如此爱助于我，那就请公子即刻上任吧。桓玄快意一笑。

刘裕与刘毅在军营中边走边说。

刘裕：听说桓玄任命刘敬宣为主簿，已经上任了。

刘毅：嘿嘿，恐怕不是什么好事。

刘裕：毕竟是重用嘛，怎么说不是好事？

刘毅：你也是明眼人，难道看不出其中的玄机？

刘裕：依你看来，桓玄贼子不过是明里重用敬宣，暗中将其作为人质，好来控制刘将军？

刘毅：这也怪不得谁，完全是刘牢之咎由自取呀！

刘裕：你我都是刘将军手下，可不能幸灾乐祸，隔岸观火啊！

刘毅：刘牢之乃不忠不义、翻来覆去之小人，依我看，这样的主子是跟不长久的，我劝你还得早作打算。

刘裕：你，莫非想投到桓玄门下去？

刘毅：哼哼！桓玄，乱臣耳。我岂能投靠于他！又说，唉，乱臣当政，朝野混乱，我等报国无门，前途昏暗哪！

刘裕：唉！慢慢看吧。

此时的刘牢之也坐在堂上闭目沉思。

突然，门外传来一声：圣旨下！

声音刚落，走进一个内监，展开圣旨宣读起来：刘牢之听旨！镇北将军刘牢之平叛有功，现由镇北将军改任为征东将军、会稽内史，授正三品。钦此！

刘牢之：臣，臣……

内监：请征东将军接旨！

刘牢之站起来，一脸怒色从内监手中夺过圣旨，说：知道了，去吧。

内监刚走出大门，刘牢之便发泄起来：哼！如今时移势迁，会稽早已今非昔比，不再是富庶之地，休想让我去当什么会稽内史。

旁边一位参吏说：是呀，将军，如今的会稽不但不是富庶之地，还是对付孙恩义军的前线阵地，桓玄对你是过桥抽板呢。

刘牢之仰头叹息一声，言道：桓玄小儿，才一当政，就想夺去我的兵权，我的大祸将要临头了。唉！只怪我当初不听孩儿敬宣的劝告，如今已是后悔莫及呀！

参吏说：桓玄如此待将军，将军何不反了他！

反了他？谈何容易！刘牢之说，一来桓玄已经手握朝中大权，一呼百应；二来敬宣还在他的手中。我这一反，胜败难说且不论，可敬宣就有性命之忧啊！

参吏说：何不将公子召回？

召回？总要有理由让他桓玄放人哪。刘牢之说。

将军何不……参吏对着刘牢之的耳朵一阵耳语。

刘牢之点了点头，笑着说：此计甚好，甚好！那就请你去办吧，但要记住，一定要慎密。又说，事成之后，必定重赏。

在下一定竭力。参吏退出，刘牢之长舒了一口气。

桓玄府邸。桓玄对刘敬宣说：敬宣哪，听说你父亲不接受朝廷诏命，这不可好啊！

是，家父迂腐。刘敬宣说，会稽向来是富庶之邦，眼下虽遭战火涂炭，可要不了一两年，元气恢复，会稽乃是一派繁华之地。

可是你父亲并不这么想啊，好像朝廷是在为难于他。桓玄看着刘敬宣的眼睛说。

我想家父还没有来得及深想，一时转不过弯来。刘敬宣说，得有人点拨于他便好。

点拨？嗯，敬宣哪，你看谁去点拨你父亲为好呢？桓玄仍看着刘敬宣的眼睛问。

刘敬宣朝桓玄一揖，说，敬宣蒙大人栽培，一直想报答大人，但苦于一时没有合适的机缘。要不，请求大人准许我回去，劝说父亲接受诏命，以报大人知遇之恩。

呵呵，敬宣哪，难得你能这么想。桓玄略作思忖，道，如此甚好，那就请你回去一趟，开导开导你父亲，我就等你的好消息了。是，敬宣一定竭力为大人分忧。刘敬宣说，那、敬宣就告辞了。

桓玄一笑：去吧，盼你佳音。

刘牢之与刘敬宣二人在灯下私语着。

刘牢之：事已至此，我儿有何良策？

刘敬宣：桓玄住在司马道子的相府，孩儿在他身边多日，已对相府的地形了然于心，明日晨时，正是相府开门之时，父亲你带人提前埋伏在相府周围，看见大门一开，便迅速带人冲进相府，孩儿在门口接应，带人直奔桓玄卧室，只要砍下桓玄的头颅，相府的兵丁谁还敢反抗！

刘牢之：嗯，此计甚好！

刘敬宣：请父亲连夜火速安排人手，提前部署妥当。我得尽快赶回相府，免得桓玄生疑。

刘牢之：好，你去吧。

看着刘敬宣离开的背影，刘牢之阴笑一声：哼哼！桓玄小儿，明日便是你的忌日了！

山坡上，陶母坟前，一座孝棚孤立在满天星斗下。棚内，陶渊明披衣坐在地铺上，就着一盏油灯微弱的光看书。

而此时，桓玄也是一个人坐在相府的书房内批阅公文。

突然，窗户被人轻轻地敲了两下。桓玄一惊，搁下笔，抬起头问：谁？

妙音轻声道：是我，妙音。

桓玄打开门问：你可探明情况？

妙音回想了一下刚才在刘牢之窗下偷听到的刘牢之与刘敬宣的对话，便说：

已探明，正如桓公所料。

正在妙音向桓玄密报的时候，窗外一团黑影一闪，躲伏在窗下偷听起桓玄与妙音的对话。

桓玄：刘敬宣回来没有？

妙音：我跟在他后面，亲眼看见他回来了。

桓玄点头道：果然不出我所料！刘敬宣这小子，胆子不小，竟敢回来，你派人将他看住，千万别让他跑了。

窗前黑影一闪。

妙音一惊，喝一声：谁！便夺门追了过去。

黑影奔跑，跃过围墙。妙音也纵过围墙，跟在黑影后面紧追不舍。追过一片树林，黑影不见了。

这个黑影人正是刘敬宣。他摆脱妙音的追赶后，一头大汗闯进了刘裕的军帐。

正在睡觉的刘裕，迷糊中见人闯进了他的军帐，人一惊，翻身坐起，剑已出鞘，用剑指着黑影喝道：谁？

刘敬宣取下面纱说：刘裕兄，是我，敬宣。

刘裕将剑收回剑鞘内，披衣下床说：你这身打扮，神色慌乱，夜闯军营，又是为何？

刘敬宣神色慌乱地说：刘裕兄，大事不好！

刘裕说：你不要惊慌，慢慢道来。

刘敬宣将自己回家与父亲密谋，被妙音发现，他被妙音追杀的经过向刘裕一一道来。说完刘敬宣又说：现在，我得连夜赶回家中，将这一变故告诉家父。不然，家父命在旦夕呀！

事情既然败露，恐怕桓玄早就布下了天罗地网，你回去，不是白白去送死吗？刘裕说。

刘敬宣一脸惶急道：事情如此紧急，如果我不去送死，家父即亡啊！

刘裕朝刘敬宣摆了摆手：少安毋躁，容我想想。

刘敬宣咬牙恨道：可恨妙音！

稍作思考后，刘裕说：这样吧，你就待在我这里，我去给你父亲报信。

刘敬宣：刘裕兄，此等危险之事，我怎么能让你去做！

刘裕：放心吧，相府里没有人认识我。何况就算发现我是替你来报信的，既便百十千人，又岂能奈何得了我。

刘敬宣：事关家父性命，刘裕兄啊，你可千万小心哪！

放心吧，误不了事。刘裕说完拿起长剑，疾步走出军帐，消失在夜幕中。

刘裕赶到京城时，一群兵丁在街头上快速奔跑，朝刘牢之家而来。刘裕纵身跃过刘牢之家的围墙，看见刘牢之正对一群人说：只要相府大门一开，你们就冲进去，公子会在门口接应你们。

刘裕朝刘牢之跑过来：将军，事情已败露了！相府的兵马已杀过来了，你快走吧！

刘牢之一惊：败露了？

刘裕急道：将军，你先赶紧逃出去再说。

刘牢之脚一跺：唉，天灭我也！

刘裕一把抓住刘牢之的手说：将军，快随我走！来不及了！

这时，前门传来喊声：快，围住！一个也不许跑掉！

刘裕一脸惊慌对刘裕说：快，走后门！

刘裕拉着刘牢之仓皇而走，穿过后花园，一脚踢倒后门。

一群兵丁朝后门拥来，喊着：刘牢之在此，快，堵住后门！

刘裕护着刘牢之挥剑砍死一片，拉起刘牢之就跑。

在刘裕的搀扶下，刘牢之终于气喘吁吁地跑进刘裕的军营。气还没喘清，刘牢之叫道：快，召集众将，升帐！

不一会儿，众将拥进了大帐，站立在两旁。

刘牢之见人已到齐，心绪也平稳了下来，命令道：众将听令！今桓玄反贼，挟天子而令诸侯，弄得朝野上下，怨声载道。我等乃晋室臣子，理当奋起诛贼，拨乱反正！

帐下将领交头接耳。一个说：又要反桓玄？另一个接着说：桓玄刚刚得胜，士气正旺，反他，恐怕不易呢！又有人跟着附和道：何止不易，一旦失败，我等便要人头落地了！

这些话刘牢之都听进了耳里，便大声说：我军兵精将广，杀进京城，取桓玄小儿性命，易于反掌，尔等还犹豫什么？

刘毅出班道：将军，在下以为，将士不应惜命，理应战死沙场。但是绝不可做的事，那就是背叛。将军往年背叛王恭，前日又背叛司马父子，现在又要我等背叛桓公。将军一生中已三次背叛他人，将如何自立于天地间？恕在下难以从命！

说完，刘毅转身快步走出军帐。

其他将领互看一眼，也纷纷走出军帐。

刘牢之站起来，急道：这、这、这，你们？唉！又重重地坐了下来。

刘牢之身边只剩下刘裕和刘敬宣。

刘裕说：将军，接下来你将作何打算？

刘牢之摇头道：没想到，我刘牢之已落得个众叛亲离的下场啊！

刘敬宣说：只怪当初父亲不听孩儿等的劝告。唉！叹罢，刘牢之看了刘敬宣一眼说：还提当初干什么？

刘裕说：事已至此，还请将军早作打算。

刘牢之想了想，无奈地说：如今，我只能北渡长江，去广陵依靠女婿广陵相卞雅之了。

刘裕：依靠广陵相？

刘牢之：暂且只有此路可走了。刘裕呀，你还愿不愿意追随于我？

刘裕：这个？

刘牢之：你给个痛快话吧。

刘裕：将军，你曾以数万精锐之师，不战而降桓玄。如今桓玄刚刚得志，威震天下，朝廷内外一呼百应。广陵虽近，桓玄又岂能容你逃到那里？

刘牢之：逃一步，算一步吧。

刘裕摇了摇了：恐怕不能如将军所愿哪！

刘牢之：好吧，你既然不愿追随于我，我也不勉强于你，你去吧。

刘裕朝刘牢之躬身一揖，退出了军帐。站在军帐外，他不禁仰头长叹一声。

刘敬宣走出来，在刘裕身边站住。良久才说：刘裕兄，你将作何打算？

刘裕：我将脱下战铠，以布衣身份回到京都。

刘敬宣：我该怎么办？

刘裕：你父亲此去江北，我预料难以幸免，你好自为之吧！

刘敬宣：刘裕兄，你也要保重啊！

刘裕：我到京都后，如果桓玄能守臣节，我就臣服于他。不然的话，再寻找机会除掉他。但我想，如今正是桓玄矫揉造作之时，肯定会重用我们这些北府旧将。

刘敬宣：但愿如此，但我与桓贼誓不两立！当然，如果愚弟此去，能留得小命，而兄又有志诛玄，愚弟招之则来，甘当前锋！

刘裕握住刘敬宣的手：保重吧！保重！但愿来日能够再见！

刘敬宣：保重！

刘裕走出了军营，在刘敬宣的注视下渐行渐远。

果然，刘裕主动拜见桓玄后，桓玄大喜，立即封刘裕为建武大将军，下邳太守如故。而刘牢之率领私人卫队向北逃窜，抵达江北时，精神崩溃，不再留恋这个变幻莫测的尘世，选择了自缢身亡。

桓玄府邸。

桓玄对同席喝酒的王谧说：昨天见到刘裕，此人风骨不俗，真算得上是一位人中豪杰。

王谧谦逊地说：桓公慧眼，我等望尘莫及。

下坐的妙音一脸不屑地说：我看不然，刘裕此人龙行虎步，双眼炯炯有神，不同寻常之人，恐怕他不甘久居他人之下，桓公应早作决断，将其除掉，以免后患。

王谧一惊，张了张口，还未出音，桓玄笑却着说：妙音此言差矣！我正要平定中原，除刘裕之外，无人能够让我放心托付如此大任，等平定了关中、陇上之后，再说罢。

王谧舒了一口气，站起来朝桓玄一揖说：桓公高瞻远瞩，智慧过人啊！

哈哈哈哈！桓玄说，王大人谬奖了。来人哪！

内吏进来：请相国大人示下。

桓玄说：刘裕以少击众，多次击溃妖贼。又渡海穷追，消灭孙恩部十之八九，诸将努力奋战，身受创伤，自元帅以下到普通士兵，均应论功行赏，以彰战功。

王谧说：相国大人英明，如此爱惜将士。刘裕等领此厚赏，岂能不舍身效命？

桓玄笑了笑，说：如今国事纷乱，为克时艰，我也是寝食难安呀。

相国大人一心为国，费尽周折，倾力操劳，臣下尽知。王谧说，为表彰相国大人的功绩，举朝大臣上书帝主，要为相国大人加封九锡呢！

哦，有此等事？桓玄装着吃惊地问。

王谧诡笑着说：正是，帝主不日将颁发封锡诏书。

桓玄一笑，摆手道：切切不可。桓玄何德何能，岂能受九锡之封？

王谧劝道：相国大人不必谦让。

座下众臣也附和：相国大人理应受之。

桓玄站起来说：诸位的美意，桓玄心领了。这封九锡之事，切不可再言。请诸位尽兴饮酒，饮酒！

众臣散席后，只有妙音留在相府未走，她跟着桓玄来到书房里，问道：主公，既然举朝众臣都拥护于你，加封九锡之事，你为何还苦苦推辞？

桓玄说：妙音啊，你想想，封九锡之后我将面临什么呢？

妙音说：接受帝王的禅让啊！

桓玄说：如果此等人对我皆是口服心不服，接受这封锡又有何用呢？

想必桓公还在作壁上观吧？妙音笑问。

哈哈哈哈，知我者，妙音也！桓玄笑答。

主公，小点声吧，这话传到尊夫人耳里去了，我还怎么在你面前走动啊？妙音说。

夫人乃大度之人，这么多年，她岂能不知你我交往甚密。桓玄说，劝你还俗，正是出自夫人之意呢！

妙音白了桓玄一眼，头一低，带笑说：瞧你，又来了。

好好好，不说，不说。桓玄笑看着妙音说。

主公啊，你对妙音的心意，妙音岂能不知。妙音仍低着头说，人非草木，孰能无情。况我漂泊江湖已久，也想有一安定的归宿，奈何主公大业尚未完成，我若还俗，被你藏之金屋，谁又来为你奔走，把控江湖。妙音对主公的此番情意，想必主公能体谅得到。

桓玄脸上出现了感动的神色，他十分动情地叫了一声：妙音。便起身走到妙音面前，一把将她拥进怀里。就在桓玄的嘴唇将要吻到妙音的嘴唇时，妙音一把从桓玄怀里挣出来，嗔道：主公，妙音尚且还是尼身，你就不怕得罪佛祖吗？

呵呵呵。桓玄说，那就请佛祖休怪了。

陶渊明坐在陶母坟头的石碑前，一边举起葫芦喝酒，一边说：娘啊，春回大地了，儿来陪你晒晒太阳了！说完伸出手，在母亲的坟头的碑石上深情地抚摸起来，抚摸着、抚摸着，泪水就涌了出来。

他边流着泪边说：娘啊，你为了保全孩儿的名节，绝食舍身，孩儿名节虽然得以保全，可你却长眠于地下了，让孩儿痛失贤母啊！

庞通之急冲冲地朝陶渊明走来，喊道：渊明哪，听州里的官员们传言，朝廷可能要发生大变故了！

陶渊明抹了一把泪水，站起来，迎着庞通之说：桓玄此去京城，能不兴风作浪？他可是蓄谋已久啊！

庞通之：听说朝廷要给他加封九锡了。

陶渊明：没想到，他的动作竟然来得这么快。

庞通之：听州里的官员们讲，朝廷重臣大部分都支持他，只有你叔父陶夔上书反对。

陶渊明：恐我叔父是独木难撑呀。

庞通之：我也正因此事为你叔父担忧呢。你没有追随桓玄，他已怀恨在心。如今，你叔父又公然反对他加封九锡。桓玄他一旦得势，会放过你叔父与你吗？

陶渊明：我回家守孝，归隐山林，暂时倒也无妨。就担心叔父大人立于风口浪尖，恐难逃一劫呀！

庞通之：晋室大势已去，群臣都见风使舵，倒向了桓玄，你叔父这又是何苦呢？

陶渊明：清者自清，浊者自浊。朝廷重臣虽然无耻，我家叔父岂能随波逐流！说完，陶渊明朝东面的京城方向跪了下来了：叔父大人，愿苍天保佑你！

此时，京城建康陶夔的府邸里，陶夔正抚着长须仰脸叹息：奸贼当朝，群臣附庸，晋室亡矣！亡矣！苍天、苍天，奈何、奈何！

门人来报：大人，桓相国来了。

快、快去拦住他，就说我卧病在床。陶夔说。

哈哈哈哈！桓玄却大步跨进来说，陶大人这是何意？不想见桓某明说就是，何必托病呢？

不敢。陶夔沉着脸说，陶某确实有病在身，怕是不能陪相国大人久坐。

早闻陶大人有病，本应早来探望，奈何公务冗杂，才拖到今天，请陶大人见谅。桓玄一语双关地说。

不必客气，相国大人有话请明说，老朽在听呢。陶夔仍沉着脸说。

听说令侄，哦，就是我那渊明兄长，在家守孝，悲伤过度，身体十分虚弱。我得到了一味补血益气、强身健体的良药，想请陶大人你过目，如果陶大人觉得此药可用，我便立即派人送给渊明兄服用。说完，桓玄转头对跟随在身后的人说，来，将药呈给陶大人过目！

随从将药瓶呈送给陶夔。

陶夔一看，脸色一惊。心里说：鹤顶红！好狠毒的贼子啊！

谢谢相国大人。没想到相国大人对小侄竟是如此挂心。无奈之下，陶夔只好换下一张笑脸，说：不过，我已听说小侄身体已经康复，也听说相国大人近日患有心疾，我这里也有一味良药。明日，我即为相国大人奉上，保证药到病除。

桓玄朝陶夔深深一揖：桓玄深谢陶大人了！陶大人有病在身，请你好生养息，桓玄就不打扰，告辞了。

陶夔说：恕不远送。

爹，爹！陶俨朝山坡上跑来，边跑边喊：

俨儿，为何如此慌张？陶渊明从孝棚里钻出来问。

陶俨喘着气说：爹呀，娘生了，你快回去吧！

你娘生了？！陶渊明一脸的喜色。

嗯。陶俨边笑边点头：

生的是弟弟还是妹妹？陶渊明问。

生了一个弟弟。陶俨说。

哦，是吗？太好了！陶渊明一把抱起陶俨说：走，我们回家看你娘去。

抱着陶俨朝山下小跑几步，陶渊明又停住脚步说：哦，爹忘了，这么大的喜事，差一点忘记告诉你奶奶呢！

放下陶俨，陶渊明转身来到陶母的坟前，双膝跪下，说：娘啊，锦娘生了，又为你添了一个孙子，陶家香火旺着呢！你老人家高兴吧，请你老人家在天之灵，保全你的孙儿们顺风顺水、健健旺旺，长大成人啊！

爹，奶奶是不是睡着了吗？站在一旁的陶俨问。

奶奶哪里是睡着了。陶渊明回头看着陶俨笑着说，奶奶听说你娘为她又生了一个孙子，早就笑醒了呢！快，快跪下来给你奶奶磕个头，请奶奶保佑你和弟弟健健康康地长大。

陶俨跪下来，一个劲地朝陶母的坟头磕拜。

桓玄正在府邸中与几个门客聊天。

门客甲说：大人，给你加封九锡诏命的各类文件都已准备完毕，就等大人早日下定决心。

桓玄笑着说：好，好，你们辛苦了！

门客乙说：大人言过了，说什么辛苦，能为大人效命，是我等天大的荣耀。

门客丙却说：不过，依在下看来嘛，桓公在加封九锡前，应体现水涨船高，得提前晋升群臣的官职，为接受九锡之封做些铺垫。

桓玄笑看着门客们说：此言正合我意。又问，陶夔有动静么？

门客甲回道：他前日已向皇帝上书，说为桓公加封九锡，乃天意人心所归。

好！桓玄站起来，在门客云集的厅堂内踱了几步，终于下定了决心。他说，既然朝中再无反对之声，那就择吉日接受封礼！

恭喜桓公！众门客齐声道贺！

哈哈哈哈！哈哈哈哈！在一片道贺声中，桓玄放声大笑起来，笑罢，说：没想到哇，先父未竟之业，我桓玄代他完成了，先父应含笑九泉了！

陶渊明三十八岁的元兴二年（403）八月初八，桓玄受封九锡之礼。封锡后的桓玄，开始穿戴帝王专有的服饰，使用帝王专有的礼乐，称楚王。十二月初一，司马德文下诏，禅让帝位于桓玄。在群臣再三劝进之下，十二月初三，三十五岁的桓玄举行祭天礼仪，正式登基。

这一天，庞通之走到江州刺史府门口，见刺史府门前挂着一张皇榜，皇榜下围着一群人。人群中一个书生模样的人指着皇榜念道：新皇登基，大赦天下。赐天下国民爵二级。赐孝顺父母、努力耕田者爵三级。赐独身老人每人粮五斗。改元建始。

有人说：建始，这不是赵王司马伦曾用过的年号吗？不吉利。

又有人说：太元年间以后，世风日下，到隆安年间，兵火四起，新皇当时身处下僚，被重臣弃之不用。没想到，人哪，发达起来真快呀，眨个眼，他就当皇帝了。

庞通之摇了摇头，离开了人群。他得赶紧将这一消息告诉陶渊明。

很快，他来到了陶渊明的孝棚内。

庞通之：桓玄已登基称帝了，渊明哪，你要早做打算啊！

陶渊明：他称他的皇帝，我当我的草民，他能奈我何？

庞通之：这人哪，是斗不过命的，我劝你还是见风使舵，趁早上一份贺表于他，还愁他不封你个一官半职？

陶渊明：通之兄此言差矣！桓玄乃篡晋之贼子，你让我上贺表于他，岂不是让我助纣为虐、为虎作伥、混淆天下人的视听吗！

庞通之：他现在当上了皇帝，乃一国之君。你不臣服于他，他一道圣旨，便会要了你命啊！

陶渊明：恐怕他一时还要不了我的命，自己便命丧黄泉了。

庞通之：此言怎讲？

陶渊明：我泱泱大晋，岂无正直之士？要不了数日，定会有揭竿而起者，到时，桓玄贼子手慌脚乱，穷于应付，又岂能顾及于我？

庞通之：只怕是战端一开，天下百姓又要遭殃了。

是啊，生灵又要遭涂炭了！陶渊明叹道：难怪当年诸葛武侯有言，但求苟且于乱世，不求闻达于诸侯啊！

庞通之说：可是后来，诸葛武侯还不是出山了吗？

刘玄德乃仁义之士，举的又是匡扶汉室的正义大旗。诸葛武侯出山乃是出于正义，帮助刘玄德建立匡扶汉室之大业呀。陶渊明说。

我明白了。庞通之说。

你明白什么啊？陶渊明问。

庞通之笑道：渊明老弟乃人中龙凤，只是暂时屈居深山，韬光养晦，一旦有正义之师，举旗反桓，你一定会……

哈哈哈哈！陶渊明说，知我者，通之兄也！

慧远正在东林寺的禅室里闭目打坐。

素心进来，朝慧远合十道：弟子见过师父。

慧远问：徒儿，此次去建康，你打听到了什么？

素心说：桓玄登基，出现了许多不祥之兆。

慧远说：你且道来。

是。素心回道，桓玄抵达建康皇宫，由于身体肥胖，坐上御座后，御座下陷。当时群臣均大惊失色，桓玄正要发雷霆之怒，侍中殷仲文从容说道，这应当是陛下德行博大沉重，大地也无法承载。桓玄才转怒为喜。

阿弥陀佛！慧远道，殷仲文纵然好口才，恐怕也难转天意呀。

素心又说：除此之外，还有一些不祥的征兆。京城坊间传说，桓玄刚刚进入皇宫，就刮起一阵突如其来的大风，将大旗伞盖吹倒在地。还有，桓玄在西堂举办小型聚会，殿上设置绛色帐幔，四角有金龙，龙头口内含有五彩流苏。

阿弥陀佛。慧远说，此种装饰不正是棺材的宣轴车嘛，而龙角正应了亢龙有悔之义，此乃大不祥之兆，桓玄之命怕是已经不久了。

素心：京城议论最多的乃是桓玄立祖庙之事。

慧远：桓玄立祖乃是家事，京城百姓为何议论？

素心：京城百姓议论的是，桓玄设立祖庙，追尊供奉的只有其父桓温一人。在举行郊祭仪式前，桓玄也只不过斋戒两天。京城百姓说，桓玄连自己的爷爷都不祭祀，恐怕桓玄不会长久了。

慧远：由此可见，民心尚未归复桓玄哪，阿弥陀佛！

就在慧远与素心师徒二人议论之际，刘裕也在府邸与刘毅低声密谈。

刘毅：近日，朝廷人事变动频繁。桓玄任命侄儿桓石康担任荆州刺史，桓石生任江州刺史。徐兖二州刺史，由其堂兄桓修担任，青州刺史由桓修的弟弟桓弘担任。

刘裕：任人唯亲虽说是世道使然，但桓玄也不能对我等漠然视之。

刘毅：看来，我等的愿望又要落空了。当初我可是追随你来投奔桓玄的，没想到，他登基以后，却只任用亲信，将我等抛之脑后了。

刘裕：这倒是其次。当初，我等投奔于他，只想跟随他拨乱反正，匡扶晋室。不承想，桓玄贼子不守臣道，公然篡晋，这就完全违背了我等投奔他的初衷。此乃是可忍，孰不可忍也！

门人进来禀道：将军，何无忌在门外求见！

刘裕疑惑道：何无忌？他来作甚？

是呀，他乃刘牢之外甥，竟敢来到京城，难道就不怕桓玄的人发现了他，将他诛杀？刘毅说

既然来了，见见他又何妨。刘裕说，有请！

一身道士打扮的何无忌在门人导引下走进刘裕的府邸，朝刘裕、刘毅一揖：见过二位将军！

刘裕说：何无忌，你好大的胆子！你舅舅乃朝廷乱臣，已被新皇诛杀，你也被新皇列在被诛三族之内，为何还要冒此之大不韪，来到京城？难道就不怕我将你献于新皇，邀功请赏吗？！

何无忌笑道：无忌一命又值几何？将军若将我绑献于新皇，也是命运使然，无忌无悔！但有一言，容我讲完，将军再将我绑献新皇也不迟。

刘裕说：你且说来。若无道理，便休怪我刘裕不念旧情！

第十三章　刘裕反玄

何无忌：在下正为念旧情而来。

刘裕：请讲。

何无忌：二位将军命不久矣！

刘裕、刘毅互看一眼，同声问：此话怎讲？

何无忌：请问二位将军是谁的旧将？

刘裕：你这不是明知故问吗？我等乃你姐夫、北府军都督刘牢之大人的旧将。

何无忌：北府军今又何在？

刘裕：已被桓玄分化瓦解。

何无忌：那么，当今天下，还有谁能于千军万马中取敌人首级如探囊取物？

刘裕：这……？

何无忌：在下所看到的人中，能于千军万马中取敌人首级如探囊取物者唯刘将军耳。将军请想，既然将军如此英雄了得，桓玄登基后，又为何不受其重用？

刘毅：刘裕兄及我等都是刘牢之大人的旧将，桓玄信任不过。

何无忌：此其一也。关键之处，乃刘将军乃当世英雄，桓玄既然已登基，又岂能容得下双雄并立。既不能容，后果便可想而知。

刘裕朝何无忌一揖：无忌兄，你真是一语点醒梦中人哪。

刘毅：奈何桓氏当下正是强盛之时啊！

何无忌：刘毅将军此言差矣。天下民心自然会决定强弱，如果失去民心，强盛者也会轻易变成弱小。眼下，北府旧将虽然表面上都归附于桓氏，可大都是口服心不服，只要二位将军摇旗一呼，北府旧将便会望旗而归，恢复晋室，便在顷刻耳。

刘裕：这……

刘毅：刘裕兄，无忌兄言之有理呀，你还犹豫什么呢？

刘裕：我早有扶晋灭玄的想法，只愁一时人心不齐呀。

何无忌：请将军不必疑虑。周道民、范清等一百多名北府旧将，他们都愿意拥戴刘将军为领袖，只等刘将军登高一呼啊！

刘裕：果真如此？

何无忌：此等大事，岂同儿戏！还请将军以社稷为重，早做决断。

刘毅：是呀，刘裕兄，时机已经成熟，到了该你做决断的时候。

刘裕：事已至此，人心我倒不愁。只愁大兵发动，粮草军饷又在哪里啊？

刘毅：此乃千古流芳之义举，我就是倾家荡产，也要力助我兄，共举大义。

何无忌：是啊，众将都已表态，只要刘将军愿意为领袖，他们都愿意变卖家产，共举大义。

刘裕：如此甚好！无忌兄，你再去联络诸将，让他们做好准备。

何无忌：是！

刘裕：另外，还要请你提前草拟一篇讨伐桓玄的檄文，数清桓玄的罪状，激励将士，争得民心。

区区小事，包在无忌身上。无忌告辞了！何无忌朝刘裕、刘毅深深一揖，便走出了大门。

何无忌走后，刘裕对刘毅说：刘毅兄，军中的旌旗、服装，就有劳你去准备了。

刘毅：是，遵命！

刘毅走后，刘裕一人在室内来回走了几步，便俯下身来，提笔写了一封书信。写完信，刘裕看了看，点了点头，将信封好，交给一位亲信说：你速速过江，到北江去设法找到刘敬宣公子，将此信面呈于他，千万不可误事！

回到家中的何无忌，连夜躲在在屏风内撰写檄文。

何无忌母亲端着灯盏走过来，看见儿子在屏风内书写的身影，心里想：夜已三更，我儿还未歇息，他在写些什么呢？自从我弟牢之被桓贼诛杀以后，我一直嘱咐我儿，此仇不可忘，也不知我儿近来所为与复仇之事有关否？想到这里，何母便悄悄来到屏风后面，搬过一个凳子，登上凳子伸头朝屏风内偷看起来。正看见何无忌将笔一搁，端起檄文自我欣赏。

何母瞧见檄文，激动得不禁发出了声：讨玄檄！

何无忌转头一看，叫了一声母亲！便迅速走到屏风后，将母亲扶下凳子，扶到屏风前，说：母亲，夜已深了，你还没有歇息啊！

何母边笑边流着泪说：儿啊，你娘与东海吕母比相差甚远，心中的愿望没有实现，心中的仇恨一刻也未消停。奈何光阴荏苒，娘常常担心自己的寿命短促。今天终于看到你能行此大事，娘看在眼里高兴啊，娘终于等到心中仇恨洗雪的这一天了！

桓贼杀舅之仇，灭国之恨，儿一刻也不敢忘。何无忌切齿道，娘，现在该到了一洗国仇家恨的时候了！

不知是谁与我儿共举大义？何母问。

北府军旧将，威武将军、下邳太守刘裕等人。何无忌说。

何母欢愉道：刘裕不但英勇过人，而且胸怀韬略，北府旧将要不就是他的下属，要不就是他的故旧好友。儿与此人共举大义，大事必成，桓贼必败！

是，儿也这么认为。何无忌说。

儿呀，娘知道，凡举大事者，必是近观远瞻，气定神闲，在兵马未发动之前，你可要慎之又慎之哪。何母叮嘱道。

何无忌恭顺地说：孩儿谨记母亲教诲。

兵马未动，粮草先行。何母继续说，刘将军与你等共举大事，必定缺少粮饷，娘身边还有些珠宝细软，都是你娘舅家为娘陪嫁过来的，你都拿去补充军饷吧。

何无忌：母亲！

何母：儿啊，钱财乃身外之物，况且用于诛贼灭仇，物有所值啊。

何无忌朝母亲双膝一跪，将头重重地磕了下去，流淌着泪水说：孩儿代三军将士谢过母亲！

此时，刘毅却在家中唉声叹息。他妻子周氏抱着小女儿坐在一边问：夫君自进门以来，满脸愁容，一直在叹息，不知所为何事啊？

唉！刘毅未言先叹，叹罢才说：我将与刘裕兄共举大义，揭竿反玄，奈何军饷短缺，怕是大事难成哪！到那时倘若失败，将会诛灭九族，连累你与孩儿。我写封休书与你，你还是回娘家吧。如果事成，将来取得了富贵，到时，我再将你迎娶回来，不知夫人意下如何？

举不举大事，都是你们男人的事。周氏道，况且你父母都还健在，劝诫你的事情，非我一个妇人所能，如果事情失败，我将会籍没入公为奴，即便如此，我也不能回娘家的。

唉，你叫我如何劝你是好！刘毅说完，起身准备离开。

周氏却说：夫君且慢！以妾看来，你的举动并非是与妾来谋划大事的。你与我说这些，不过是想向我索要钱财吧？

唉！刘毅又重叹一声。

周氏抱着女儿站来起来，走到刘毅身边，说：夫君你举大事，钱财必不可少，如果必须要卖掉女儿，妾也不会吝惜，何况是家财。

夫人，你！？刘毅没往下说，只苦恼地摇了摇头。

周氏抱着女儿走到床边的梳妆台前，抱过来一个木箱递给刘毅，说：我的嫁妆都在此，你拿去吧。如果不够，那就要向你的父母索要了。

刘毅朝周氏深鞠一躬：谢过夫人！

刘敬宣在临时的家中与门客说话。

门客：公子，我们在此已住了些时日，久待下去，恐不安全哪。

刘敬宣：是啊，总是这样东躲西藏的，也不是个终了之局。

门客：我们还是往北走吧，到了后秦就安全了。

刘敬宣：唉，如此一来，杀父之仇何日得报啊！

门客：君子报仇，十年不晚。公子，眼下最重要的是留得青山在啊。

这时，刘裕的亲信被人领进来了。

刘敬宣问：你是何人？

在下乃刘裕将军派来的。来人说。

刘裕！刘敬宣问，刘裕兄派你前来所为何事？

刘将军派我来送一封书信给公子。来人说完，向刘敬宣呈上书信。

刘敬宣迅速拆开书信看了起来。看完，刘敬宣哈哈大笑起来。

门客问：公子，为何大笑？

痛快，痛快啊！刘敬宣扬起手中的书信说：刘裕兄将在京口起事，亲自写下书信，召我回去共举义旗！

门客想了想，说：公子，恐怕其中有诈呀。

刘敬宣问：诈从何来？

门客说：在下所担心的，是否桓玄已买通了刘裕，骗公子回京，桓玄好斩草除根啊！

刘敬宣一笑，说：刘裕岂会是此等小人！

门客还是劝道：公子，如今情势未明，你不得不防啊。

你不必多言，我早料到会有今天。况且刘裕兄乃荡荡君子，岂会欺骗于我！走，我们打马回京！说完，刘敬宣毫不迟疑地走出茅屋，翻身上马，领着手下朝京口飞奔而来。

桓玄正在批阅奏章。内监来禀：陛下，据探子来报，明日辰时刘裕等人要出城打猎。

桓玄头也不抬地说：哦，是吗？

内监又说：可眼下乃是初春，并非打猎之时呀。

刘裕乃马上将军，想必是在京城待久了，想出去活动活动筋骨。桓玄仍盯着奏章说。

只怕他、会有什么阴谋。内监说。

见内监还在一旁喋喋不休，桓玄不耐烦地说：他手下已无兵卒，能有什么阴谋，由他去吧。

这是桓玄犯下的一个致命错误。元兴三年（404）二月二十七日，桓玄登基第八十七天，刘裕对外宣扬出城打猎，顺利通过了城门，与城外一万多名北府兵旧将会合，揭起了反桓玄的大旗。

一队兵马整齐列队，众将领铠甲鲜明，骑在马上。刘裕的马驰至军前。众将领在马上躬身相迎：见过刘将军！

刘裕大声说：众位兄弟，今日我等共举大义，同讨桓贼，匡扶晋室。我刘裕在此与诸位盟誓，事成之后，我刘裕将与诸位兄弟同享富贵！

众将与兵丁呼喊道：共讨桓贼，匡扶晋室，同享富贵！

刘裕见士气旺盛，兴奋得满脸通红，意气风发地对众将与兵丁说：好，出发！

刘裕话音未落，何无忌喊道：刘将军，且慢！

刘裕回眼看着何无忌问：三军士气正旺，为何不乘势发兵？

何无忌说：兵法有云，出奇方能制胜。我愿先入城去，造成京城混乱。趁京城混乱、人心惶惶之时，将军再率大军一鼓作气，杀进城去，擒杀桓贼，岂不更加省事。

刘裕点头道：如此甚好，请无忌兄先行一步。

何无忌身穿朝廷使者传达诏书的衣服，骑在马上，手中高高举起诏书，冲进京口城门，高喊起来：紧急诏命！紧急诏命！挡路者死！

京口城门口的兵丁与众人纷纷避让。紧接着，何无忌身后一片嘈杂混乱，刘裕带领人马杀进了城门。

见突然之间，兵临城下，桓玄的守城领将桓修不由大慌起来，他挥剑冲到街前，喊道：何人胆敢作乱！话音未落，就被刘裕挥刀斩落首级。见主将被斩，兵丁一哄而散，纷纷逃命。

刘裕直奔城楼，朝站在城门下慌乱拥挤在一堆人喊道：江州刺史郭昶之已在寻阳奉安帝复位，我等均接到安帝密旨，命令我等诛杀奸党，今日一同举事，桓玄的人头已高悬于朱雀桥上，你等难道不是大晋的臣民吗？为何不共同诛灭奸党！

城下众人欢呼起来：安帝复位了！桓玄被诛了！

却有一人站出来说：此乃假话，楚帝尚在皇宫，众将士不要被谣言所惑！

此言一出、尚未散尽的守城兵将又持着刀枪与城楼上的刘裕等人对峙起来。

刘裕指着城楼下说话的人问身边的人：此乃何人？

有人告诉刘裕，此人乃桓玄的右卫将军刁畅。

刘裕一笑，指着城楼下的刁畅说：哦，你就是刁逵的二弟！又对身边的将领问，谁与我去取刁畅的首级？

看我的！说完，刘毅持着长枪挺胸走下城楼。

不到一盏茶的工夫，刘毅提着刁畅的人头朝刘裕脚下一丢，笑着说：幸不辱命。

刘裕欣慰道：我兄神勇也！

刁氏乃京口之蟊，人人皆欲除之而后快。刘毅快意地说，今日我阵前斩杀刁畅，总算是为京口百姓出了一口恶气！

刘裕说：既然如此，你现在立即带人去查抄刁家，刁家的财物、粮食任凭京口百姓搬取。

是。刘毅遵命而去。

桓玄正在皇宫里批阅奏章，太监跌跌撞撞地跑进宫殿，惶急地喊道：陛下、陛下，大事不好！

桓玄一惊，但瞬即又恢复了镇静，喝道：如此慌乱，成何体统！

太监说：陛下，刘、刘裕反了，已攻下了京口！

哦！桓玄一听是刘裕谋反，并已攻陷了京口，便无法镇定了：快、快，宣桓谦、卞范之速来议事！

桓谦和卞范之一路小跑、神色慌张地来到皇宫。桓谦来不及喘息，就开口说道：陛下，应趁刘裕气候未成，火速派兵前去镇压。

桓玄想了想说：不然，刘裕之兵，锐不可当，进展迅速，况且他们已是命悬一线，势必拼死一战。如果大军前去，一旦出现闪失，将使其士气倍增，而我将大事去矣！

卞范之却说：不然。刘裕等已攻陷京口，离皇宫近在咫尺，如果不控制态势，他们攻下皇城便在顷刻之间，请陛下三思啊！

桓玄摇了摇头，说：不，我们应立即撤出皇宫，将大军集结在覆舟山，以逸待劳，让他来回奔跑二百多里地，锐气必然受挫。等他们到来之后，突然看到我大军严阵以待，势必会惊慌失措，乱成一团。届时，我们按兵不动，不与其交战。刘裕交战不得，其军必然会军心涣散，慌乱不堪。那时，我再各个击破，此乃上策也。

桓谦并不赞成桓玄的意见，他说：刘裕乃区区二千之众，怎可与我大军抗衡？

我们又何必以逸待劳，以损陛下军威！

是啊，刘裕等人不过是一群乌合之众，力量十分薄弱，岂能成得了大事，陛下多虑了。卞范之也觉得桓谦言之有理。

你们有所不知呀。桓玄言道，刘裕此人足以成为一代英雄；刘毅家中穷得连一石余粮都没有，可是他赌起博来一掷就是百万钱；何无忌乃刘牢之的外甥，其人性格酷似其舅。这三人聚在一起，谋此大事，谁说不会成功！

我军尚未与刘裕的叛军交战，胜负未明，陛下何必说出如此泄气之言啊！桓谦仍反对道。

唉。桓玄说，我夜观天象，将相之星屡屡发生变化。我登基之后，月亮运行到太白星附近，后又进入羽林星域，这也让我内心深感不安哪！

唉！天意乎！人力乎！卞范之见桓玄如此优柔寡断，不努力人事，便大失所望，说：陛下既然心意已定，我等还有何言，范之告辞了，陛下你保重吧！

你！桓玄被卞范之气得说不出话来。

我言已尽，奈何陛下固执己见，夫复何言哪，夫复何言！卞范之对桓玄的神情全然不顾，仰头长叹一声，摇着头退出了皇宫。

看着卞范之就这样离去，桓玄也叹息一声，问仍站在他身边的桓谦：朕会失败吗？

桓谦惶恐不安地说：民怨神怒，臣确实十分担忧。

百姓也许有所抱怨，神灵为何要恼怒？桓玄问。

陛下将晋室宗庙迁往他处，先迁琅邪国，后又迁寻阳，流浪在长江之滨；我大楚皇室的祭祀，却上不及祖父、太祖辈，这就是神灵恼怒的原因啊。桓谦只好壮着胆说。

当初你为何不谏？桓玄厉声问。

朝廷重臣对陛下都是一片颂扬之声，都说如今陛下是尧舜再世，臣怎敢妄言。事已至此，桓谦不好再瞒桓玄了。

桓玄低着头，发出了一阵哼哼声，又仰起头发出了一阵哈哈哈哈的狂笑。

覆舟山下，两军阵前。刘裕奋力冲杀在阵前，在一片惊天动地的喊杀之声中，桓军败退。经过覆舟山之战，刘裕的义军摧毁了桓玄在京师的几乎全部兵力，桓玄顷刻间便成了孤家寡人，从而使刘裕奠定了光复建康的基础。

在覆舟山之战败退下来的桓玄，率领着残兵奔向长江边。一名哨兵骑着马跑到桓玄马前，下马跪报：陛下，刘裕正率大军从后面追来，离此地不到二十里。

唉，大事去矣！桓玄仰天长叹。

陛下，何必叹息。守在桓玄身边的妙音说：胜败乃兵家常事，况且事在人为，请陛下快快上船，待我们回到荆州，重整旗鼓，再杀回来便是。

杀回来，谈何容易啊！桓玄萎靡道。

即便不能杀回来，我们还有荆楚与江州之地呢，手中还有大半壁江山哪！妙音仍劝道。

唉，也只有如此了。桓玄看了一眼身边的残兵，失意地说，上船！

桓玄正要策动坐骑奔向江边的战船时，桓谦上前一把抓住了他的马勒口，含着泪喊道：陛下，不可妄动啊！如今我们尚有羽林军射手八百名，都是陛下从荆州带出来的旧部，荆州之众受我桓家数代恩惠，何不让他们替陛下决一死战！

何必让他们战死在此地，将来谁为朕来守荆州啊！说完，桓玄朝马背挥起一鞭，朝江边跑去。

陛下，离开此地，将去哪里啊？桓谦仍站在原地呼喊。

桓玄用马鞭指了指天，顺势以鞭打马，奔向江边，率领着一群残兵败将乱纷纷地登上了战船。

看着船队出发了，将刘裕的追兵抛在岸上，桓玄才钻进船舱，躺下身来。

妙音端着一碗饭菜进入船舱，说：陛下，你都一天未用膳了，就将就用点吧。

桓玄：放在一边吧。没想到我桓玄一败至此呀！

妙音：陛下，胜败乃兵家常事，何必耿耿于怀。眼下，正是陛下力挽狂澜之时，你可不能乱了方寸。

桓玄：话虽如此，可我早已离开了京城，已丢悼了根基呀！

妙音：我倒认为，陛下的根基不在建康而在荆江二州。

桓玄：怎么说？

妙音：陛下发脉于荆江二州，况安帝尚被陛下囚于寻阳。只要安帝尚在陛下手中，刘裕他们定会有所顾忌。只要陛下守住江州，以荆州为大后方，再苦心经营数年，何愁没有东山再起之日！

妙音说完，桓玄又兴奋起来，说：呵呵，如此说来，我桓玄离败亡还远呢！

就是呀，陛下何不开心用膳。妙音说完，将饭菜端起来，递给桓玄。桓玄接住碗，一看，又叹道：唉，饭食如此粗糙，叫我如何下咽？

桓玄年仅十岁的儿子桓升走了进来，叫一声：父皇。

桓玄搂过桓升说：儿呀，你跟着父皇受苦了！

桓升将脸贴在桓玄脸上说：父皇，母后说，胜败乃兵家常事，让孩儿来劝劝父皇，不必为此而忧心。

桓玄说：父皇明白。

桓升又说：母后还说，孩儿来劝父皇用膳，父皇一定会吃得很香。

桓玄笑了起来：好，好，父皇用膳。

妙音退了出去。

桓玄端起饭吃了起来。才吃了一口，桓玄便噎住了。桓升用小手在桓玄胸脯上抚摸着：父皇，慢点吃哦！

桓玄见儿子如此懂事，便心疼地问：儿呀，你也吃了吗？

桓升说：这饭菜实在难吃，我好不容易吃下去了，被江上的风一吹，都吐了。

桓玄一把搂过而儿子，泪水也淌了一脸。

陶渊明坐在孝棚里看书，不知什么时候庞通之来了。他站在孝棚外喊道：渊明，这三年的孝期该满了吧。

陶渊明：哦，是通之兄，进来坐吧。

庞通之：你这孝棚内太潮湿了，我们还是到外面来坐坐吧。

陶渊明一笑：好吧，就在外面坐坐。说着，便从孝棚内钻了出来，与庞通之并排席地而坐。

庞通之说：山里雨水多，你这孝棚漏水漏风的，怎么让人待啊？不要只顾着看书了，找个时间修补修补吧，不要再弄出个风湿病来。

陶渊明在膝盖上揉了揉，说：三年快满了，有什么好修补的。

看你这模样，莫不是已染上了风湿？庞通之担忧地问。

是呀，一旦天气发生变化，这双膝就变得红肿起来，又酸又痛的，真不是滋味啊。陶渊明皱着眉说。

瞧，大孝子呀，这三年的孝还没守完，就守出个风湿病来，今后，你还怎么出去干大事呢！庞通之说，改天吧，等我抽出个空，去山上挖点鸡血藤来，让弟媳炖点汤你喝，保准喝上三回，你这病就好了。

没用了，我已经喝了八回了，不见效。陶渊明笑着说。

庞通之：你呀，你！

陶渊明：不说这些了。听说桓玄兵败，刘裕已领兵朝江州打过来了，你可听说现在情况如何？

庞通之：我正为此事烦心呢。

陶渊明：桓玄兵败，这是好事呀，你为何心烦啊？

庞通之：你成天守在山上，哪里知道山外的世情。我告诉你，刘裕带兵攻打彭泽县城，已攻打了数日还未攻破。刘裕扬言，破彭泽之日，便是屠城之时。刘裕一旦攻破了彭泽，我那城中的岳父一家数口岂不成了刘裕的刀下之鬼吗？！

陶渊明：那如何是好？这个刘裕呀，生来就是流氓本性，他攻城不下，怎能迁怒于百姓啊？！

庞通之：就是嘛，听说刘裕对你一向敬服，你能否坐快船赶到彭泽城下，劝说刘裕饶过彭泽县城百姓一命？

陶渊明：我向来瞧不起刘裕。通之兄啊，再说，一来我还在守孝期内，不好走动；二来嘛，我曾在桓玄手下任过参军，只怕我的话刘裕不但听不进耳，反而会适得其反哪！

唉，可怜我岳父一家数口啊！庞通之说着，眼泪就快要掉下来了。

陶渊明在庞通之肩上拍了拍，说：通之兄不要忧虑，我想还有一人，一定能说动刘裕？

庞通之问：谁会有如此大的面子？

陶渊明笑道：慧远。

对呀！我怎么没想到慧远和尚呢？庞通之说，不过，我人小言微，怎么请得动他去劝说刘裕。

何须你去请他，你只要设法让他知道此事便可。陶渊明说。

可他乃是出家之人，向来不问尘世俗事，即便他知道了，也未必就去呀。说这话时，庞通之还是忧心忡忡。

通之兄可大放宽心。陶渊明说：佛说，救人一命，胜造七级浮屠。况且出家人以慈悲为怀，他不知道此事便罢，他若知道，不去救民于水火，将来还如何在江州传佛布道？又有谁愿意为他的东林道场供奉香火？

言之有理，我这就去让他知道此事。听陶渊明这么一说，庞通之高兴起来。

慢，通之兄，你进不了他的禅室。陶渊明说，你只须让人将素心叫出来，告诉素心此事便可。

庞通之站起来朝陶渊明一揖：受教受教，谢了，谢了！

刘裕的军帐内。

兵丁来报：刘将军，彭泽县城门已攻破，该城守军将领已被我军斩首。

听兵丁报罢，刘裕呼地站了起来，大声说：好！传我将令，城内之人，无论男女老幼，统统杀光！

将军，万万不可！见刘裕要屠城，何无忌大声制止。

有何不可，一个小小县城，便阻我大军七日，如此一来，我之军威何以得立？刘裕恨声道。

将军，你千万不可学西楚霸王项羽呀！何无忌劝道，民者，国之根本也，民心国本不可伤啊！

区区一城，又能伤及民心国本几何？况且不屠彭泽，何以威慑江州？刘裕仍恨声道，传我将令，再有阻我屠城者，斩！

说罢，刘裕率领一群将领来到彭泽县城门。他抬头看了一眼城门，咧嘴一笑，便纵马入城。可他刚到城门口，便看见慧远和素心一前一后立于他的马前。

刘裕一愣。

慧远稽首道：阿弥陀佛！将军，贫僧这厢有礼了！

刘裕挥鞭朝慧远一指：大胆和尚，为何阻拦本将军入城之路，你这不是自寻死路吗？！

与刘裕并立的何无忌侧身朝刘裕说：将军不可莽撞，此乃东林寺慧远大和尚！

哦，慧远？刘裕一边点头一边说，我倒是听说过，此人名头甚大。可他不在东林寺修行，跑到两军阵前来干什么？

何无忌说：将军，且听他说些什么吧。

好。刘裕又抬起马鞭朝慧远一指，问，来者可是慧远大和尚？

慧远合十答道：正是贫僧。

你不在东林寺念佛，跑在两军阵前来做甚？刘裕大声问。

阿弥陀佛！听说将军要屠城，贫僧前来超度亡灵啊！慧远答道。

哦！刘裕说，可我听说，出家人不问俗事，你又如何知道我要屠城？

慧远：将军威名，早已远播五湖四海，呼吸之间，山河震动，何况将军将令一出，江山为之变色。贫僧虽然锁居深山，专心念佛，可血腥之气早已弥漫山林，贫僧又岂能坐得住？

刘裕：如此说来，你是想阻我屠城了？

慧远：将军屠不屠城，全在善恶一念之间。然，将军抱负远大，讨伐桓玄，万民爱戴，丰功伟业，乾坤无涯。杀贼伐邪，乃天道人心，而诛杀无辜百姓，却有伤王道啊！

刘裕：大和尚之言虽说有理，奈何军令如山。我的军令既已发出，又如何收得回来！

慧远：阿弥陀佛！收得回收不回全在将军一念之间。草民无辜，何故受将军一刀！况因果循环，将军就不怕报应？

刘裕：哈哈哈哈！报应，谁叫此等刁民，助贼守城，阻我伐贼。我曾下令，破城之日，便是屠城之时，这就是报应！

慧远：将军此言差矣！凡举大事者，必胸怀大志，海纳百川。草民无知，况受官府所迫，将军不能容纳，将来何以容天下？

刘裕：天下？

趁刘裕沉吟间，一旁的何无忌赶紧进言：将军，慧远和尚句句在理呀。

刘裕举手止住何无忌，对慧远说：慧远大和尚，我早听说你是得道高僧，想必你也知道，军有军规，佛有佛戒。你今日阻我屠城，乃是破我军规也。当然，这也好说，但凡事物都讲究有来有往，你既要破我军规，我便要破你佛戒，你能答应否？

阿弥陀佛！慧远应道，只要将军答应不屠城，贫僧的佛戒亦可破得。

好！刘裕说完，对身边的兵丁说，去我帐中取碗肉来！

慧远：阿弥陀佛！

素心：师傅，此戒如何破得？！

慧远：徒儿休要多言。

素心：让徒儿代师傅破了此戒吧。

慧远：你如何代得？

素心：师傅破得此戒，徒儿为何破不得？

慧远：你修行未到啊！

素心：不就是代师傅吃一碗肉吗？

慧远：代师吃肉？不是这么简单的事。说完，慧远转身从城门上拔出一根铁钉，问素心，你能将此铁钉吃下去吗？

素心：徒儿不能。

慧远将铁钉放进口中，嚼了嚼，吞了进去。

刘裕瞪着眼，听着慧远师徒的对话，又亲眼看着慧远吞下了一颗铁钉，一边频频点头，一边由衷地说：慧远，真高僧也！

兵丁端着一碗肉过来说：将军，肉已经取来了。

拿回去吧。刘裕说，众将听令，取消屠城。说罢，刘裕朝慧远一揖：大师，后会有期！

慧远合十：阿弥陀佛。将军保重！

刘裕率领众将打马回营。

一群百姓拥出城门，朝慧远师徒倒身磕拜。当百姓们抬起头时，慧远师徒已消失了，只有一片祥云在城楼上空飘荡。

江州城里桓玄的临时宫殿内，卞范之、桓谦、妙音正在议事。

兵丁急步跑进来：报，陛下。刘裕已攻破彭泽县城，正准备挥兵西进，攻打江州。

听报桓玄急了，问道：众位爱卿，刘裕的大军离江州已不到一百五十里，看如何是好？

卞范之说：陛下不用担心，刘裕想攻下江州，必须经过湖口，湖口素有江湖锁钥之称，向来易守难攻，即便刘裕攻下了湖口，离江州尚有六十华里，我军在江州布防还来得及。

桓谦说：卞大人言之有理，但我担心的是湖口兵力不足，请陛下派得力大将前去增援，以确保无虞。

桓玄说：传旨，命何澹之率领两千精兵增援湖口。

桓玄下罢令，一旁的妙音说：陛下，贫尼听说刘裕攻下彭泽后，便立彭泽公司马遵为王，代新皇帝行使政权，安帝虽在我们手中，已无大用了，不如……妙音话未说完，内侍进来禀道：陛下，慧远和尚在门外求见。

都什么时候了，他来做甚，不见！桓玄一脸不快地说。

慢！陛下。卞范之说：慧远和尚此来定有要事，不妨宣他觐见。

他乃一方外之人，见他于军事又有何益？桓玄说。

陛下，我听说慧远和尚前日曾去彭泽劝阻刘裕屠城，深得地方民心，此人不可小视啊！妙音劝道。

哦，有这等事！？桓玄沉吟起来。

卞范之：他既然来自刘裕军中，对刘裕的军情必定有所了解，陛下对他以礼待之，也许……

桓玄：那就宣慧远觐见吧。

随着门口的内侍一声高喊宣慧远觐见！慧远缓步走了进来，立于桓玄前，合十道：贫僧见过陛下。

桓玄：大师别来无恙？

慧远：谢陛下垂问，贫僧一向安好。

桓玄：大师前来，一定有教于我。

慧远：不敢言教。

桓玄：大师不必客气。

慧远：阿弥陀佛。刘裕欲立司马遵为王，代新帝行使政权，不知陛下对安帝作何处置？

这个嘛？良久，桓玄反问道：依大师之见呢？

刘裕虽推举司马遵为王，毕竟是代行帝权，究其缘由，乃因安帝尚在，而刘裕名位素轻，暂时还不足以震慑朝中百僚，如此，建康政权之影响将大打折扣。见桓玄不停地点头，慧远又说，如果安帝被陛下所杀，司马遵就有可能被刘裕等人推举为帝，到那时晋室恢复，就非刘裕等人与陛下抗衡了，而是整个朝廷对陛下的讨伐了。

慧远言罢，桓玄朝他深深一揖：大师此言甚善，朕受教了。

阿弥陀佛。贫僧告辞了。说完，慧远欲去。

大师且慢。桓玄说，刘裕已破彭泽，不日将兵临江州，大师难道岂无一言相授？

杀伐之事，非我出家人能言及，请陛下见谅。告辞！说完，慧远退了出来，携同素心朝东林寺走去。

路上，素心问：师傅，你为何要保安帝？

慧远：天命使然。

素心：师父之意，天命尚在晋，而不在桓？

慧远：阿弥陀佛！天机岂是凡人所能预料的。

素心：是，师父。不过，徒儿还是想问师父，依师父你看来，渊明公子将来是何结局？

慧远：来来去去，去去来来，人生不过如此。

素心：万物皆空吗？

慧远：空即不空。不空即空。阿弥陀佛！

何无忌率水军从彭泽逆流而上，直奔湖口。

何无忌身边的将领说：大人，前面便是湖口。

何无忌：加速前进！

正说着，一艘快船来到何无忌船边，站立在船头上的兵丁朝他禀道：大人，前头五里，发现敌方何澹之的战船。

何无忌说：迎上去。

不一会儿，一艘插满旗帜的战船出现何无忌的船前。何无忌凝神屏息盯着敌船看了一阵，摇了摇头说：如此招摇，敌将何澹之一定不在此战船上，如今不过是欺骗我们罢了。众将听令，对此船发动全力攻击，缴获此船！

何无忌身边的将领问：大人，既然敌人的主将何澹之不在此船上，缴获此船又有何用？

何无忌笑着说：何澹之不在此船，自不待言。我怕寡不敌众，湖口城池一时难以攻下。何澹之既然不在此船上，船上的兵力自然薄弱，容易取胜。我军一旦缴获此船，则敌人必然会误以为主将被擒，士气必落，我方士气必盛，趁此良机，一鼓作气，便可拿下湖口县城。

言罢，何无忌率船队朝敌人的船队攻去，几乎没费什么周折，插满旗帜的敌船便被占领。何无忌带头喊一声：何澹之已被斩杀！

众兵丁跟着欢呼起来：何澹之已被斩杀！何澹之已被斩杀！

楚军一片惊慌，纷纷退向湖口。

何无忌的船队快速驶向湖口县城。楚军败退，涌进湖口县城。何无忌指挥大军趁机登岸，轻松地杀进了城门。

桓谦急步走进桓玄的临时宫殿，禀道：陛下，湖口县城已被刘裕攻破，何澹之被斩杀！

桓玄慌道：这、这、这如何是好？

桓谦道：情势如此，请陛下赶紧离开江州，退回江夏，再整旗鼓。

桓玄已是六神无主，说：快，叫上皇后和太子，上船、上船！

请陛下放心，皇后和太子臣已派人送上了船。桓谦说。

妙音呢？桓玄问。

臣这就派人去找她。桓谦说完，桓玄在一群内侍的簇拥下，一脸惶急来到江边，登上桓谦早已备好的战船。刚坐定，一名内侍进来禀报：陛下，刘裕的大军快到江州了，请陛下赶快起程。

桓玄掠了一下额上汗说：别急、别急，再等等妙音。

内侍急道：陛下，再不起程，怕是来不及了。

再等等，再等等。桓玄说，妙音不会抛下朕的。

内侍哀叹了一声，只好退出来站在船头上朝城门口翘望。

东林寺内的五百罗汉堂前，妙音跪拜下去。

慧远与素心立于妙音身后，双手合十。

妙音跪拜完，起身问慧远：请问大师，五百罗汉中，为何就没有一尊女罗汉？

阿弥陀佛！慧远道，功德无量者，方能修成罗汉金身。

那么再请问大师，观音大士为何就修成了菩萨身？妙音再说。

佛之所以为佛，慈悲为怀；神之所神，道德为本。依贫僧看来，修道先立德，德修则道生，佛道宗旨同辙，人佛本为一体。慧远合十道。

妙音：那依大师看来，贫尼能得道否？

慧远：阿弥陀佛。放下屠刀者，皆可立地成佛。

妙音：屠刀可放下，奈何心魔难去。请大师度我！

慧远：凡人皆有三报，即前世报、今世报、来世报。女菩萨孽报未了，贫僧如何度得了你。

妙音脸色一寂，朝慧远合十道：谢大师指点，贫尼明白了。贫尼告辞。

慧远合十：阿弥陀佛！

妙音转身离去。

素心：师父，桓玄已败，妙音此去凶多吉少啊！师父何不度妙音出此苦厄呢？

慧远：阿弥陀佛！

素心：师父，救人一命，胜造七级浮屠啊！

慧远：浮屠乃人所造，岂不能由人所毁？与其造毕即毁，又造来作甚？

素心点了点头：哦，徒儿明白了。

站在船头张望的内侍终于看见妙音朝江边急步走来。他自语了一句：总算来了。便转身进舱禀道：陛下，妙音师父来了。

快，准备开船！见妙音跃上了船头，桓玄这才长舒了一口气。

妙音：陛下，妙音有罪，让你久等了！

桓玄：唉，都到了这个时候，还言什么有罪无罪。你能追随于我，便是有功！

妙音叫了一声陛下，眼里的泪水也跟着流了下来。

桓玄的座船终于升起了帆，载着妙音离开了江边。

内侍进来又禀：陛下，后方五里发现了追兵！

桓玄：来得真快啊，看来，我桓玄是难逃此劫了！

妙音：陛下，你何故苦苦等我啊！陛下若不等我，也不至于此时深陷险境哪！

桓玄：多言无益，我们听天由命罢。

何无忌的军船离桓玄的座船不到三箭之遥。

兵丁对站在船头的何无忌说：大人，前方好像是桓玄的座船。

何无忌将手遮在眼前，朝前方桓玄的座船看了一眼，疑道：桓玄的座船？他的座船怎么会落在后面呢？莫非是桓玄使的疑兵之计？

何无忌身边的将领说：桓玄已经是强弩之末了，既便使的是疑兵之计，又岂能阻挡得住我大军的追杀？

别急，先派几艘快船围上去，探明情况再发动攻击。何无忌说。

桓玄的座船内，内侍又进舱禀报：陛下，敌人的几艘快船追上来了！

桓玄道：慌什么？

妙音急了，劝道：陛下，你赶紧乘小船上岸，我在此为你阻挡一阵。

桓玄朝船舱外看了一眼，长叹一声：唉，来不及了！

妙音：陛下，请你速速换上兵丁的服装，离开此船，赶紧上岸吧！

桓玄：如今大势已去，我又能逃到哪里去？

妙音：只要陛下留得一命，将来一定能重整旗鼓，光复我大楚国！

桓玄：谈何容易！

妙音：陛下！

妙音朝桓玄跪了下来。

桓玄喝道：起来！

妙音磕下头来：陛下，你就听妙音一言，上岸逃命吧！

我命你起来！桓玄又吼一声：妙音听旨！着你即刻还俗，朕封你为毅妃，将太子桓升托付于你。

妙音含泪：毅妃遵旨！

桓玄：请毅妃保护太子上岸。

妙音：是！

妙音一手持长剑，一手拉着太子桓升从船舱里出来，刚走到船头，从不远处何无忌的快船上朝她射出数十支箭来。妙音用手中的长剑拨开乱箭，一支乱箭从太子耳边飞过，射在桅杆上。太子吓得往妙音怀里一边直躲，一边惊慌喊叫：我怕、我怕！

太子休慌！就在妙音将太子抱起时，一支箭射在她的肩上。

内侍将头伸出船舱喊道：毅妃，船头危险，你还是带着太子回船舱避一避吧！

妙音大声说：躲回船舱也是一死，此时我若不带太子逃出去，就没有机会了！

此时，桓玄也提着剑从船舱里走出来，数支箭朝桓玄射来，桓玄用剑挡开，喊道：妙音，我来助你！

妙音急道：陛下，船头危险，你回去！

桓玄说：保护太子要紧！

太子从妙音的怀里挣出来，扑向桓玄：父皇！

桓玄说：儿呀，你不要管父皇，与毅妃快快逃命吧！

何无忌的快船已将桓玄的座船围住。船上的将领朝兵丁大喊道：桓玄恶贼在此，快，射箭，杀贼立功！

众兵丁手持弓箭，拥向船头，万箭齐发。

妙音朝桓升一扑，数十支箭射在妙音背上。妙音的身子朝前一晃，被桓玄扶住。

妙音：陛下，我，我……

桓玄抱住妙音，悲喊道：毅妃，毅妃！

妙音一笑，涌出一口血水：陛下，陛下，我，我，我为你还俗了！

桓玄哀哀地说：妙音呀妙音，你为什么不早答应还俗啊？！

我、我、还俗之日，便，便是孽、孽报、孽报，清、清了，之时！说完妙音头一歪，圆睁着双眼。

桓玄将妙音的双眼一合，放下怀里的妙音，提起箭来，发出一阵悲怆的大笑：哈哈哈哈！哈哈哈哈！

笑毕，又喃喃道：清了，清了，到了该清了之时！

第十四章　初仕刘裕

正在桓玄悲怆时，嗖的一声，一支箭射中了桓玄的左胸。桓玄脚步一跄，人就要扑倒下来，可他拄着剑又摇摇晃晃站了起来。这时，数十支箭又朝桓玄射来，他的上身已被利箭射满。

桓玄喷出一口鲜血，大叫一声：天亡我也！整个身躯便扑倒在船头。

太子桓升爬了过来，边摇着桓玄的躯体边喊：父皇！父皇！

桓玄艰难地睁开眼，断断续续地说：儿啊，你有何罪啊，可怜、小小的年纪，便要、便要陪同父皇，做、做、做刀下之鬼啊！

桓升一边用力将箭从桓玄身上拔出来，一边哭着说：孩儿愿陪父皇同死！

刘裕部下的一位将领率领着兵丁登上桓玄的坐船，朝桓玄举起明亮的刀，正要朝桓玄砍下去。

桓玄怒目：你是何人？竟然，敢诛杀天子！

天子姓司马，我乃代天子诛杀贼人！将领说罢，挥刀斩下了桓玄的头颅。

元兴三年（604）五月二十六日，桓玄被刘裕部将、益州都督冯谦诛杀。时年五岁的楚太子桓升被遣送到江陵，斩于江陵街市。不日，晋安帝复位，皇室大权被刘裕掌握。

江州刺史府内。刘裕上坐，众将领坐在下面。

刘裕满面春风地说：楚国国祚已终，安帝复位，我等资望尚浅，朝中大事还需大臣主持，我意推荐王谧为相，诸位意下为何？

众人听得不做声，只有刘毅反对说：王谧虽有恩于将军，但桓玄篡位，他是佐命元勋。他曾亲自从安帝身上取下玉玺绶带交予桓玄。我以为，应将王谧诛九族，以彰首恶，将军为何置公愤与私恩而不分呢？

刘裕笑着说：主上当初效法尧舜禅让之法，将皇位传给大楚，王谧也是受情势所迫。如今大楚国祚终结，民心又归复于晋室，主上复位，并下旨言明非众臣之罪，全部恢复原职。王谧乃王导之后，素有声望，有他辅佐主上，岂不更能显示主上宽怀大度吗？

可我听说王谧已畏罪潜逃了。何无忌说。

为保朝中稳定，早安人心，你速速派人将王谧追回，仍旧官复原职，再加班剑二十人，以示尊崇。刘裕专横地说。

何无忌只好说：在下明白。

刘毅张了张嘴，还想说点什么，可还没等他开言，刘裕对刘敬宣说：敬宣哪，我已奏明主上，任你为健威大将军、江州刺史，江州乃军事重地，我就交给你了！

刘敬宣脸上并无喜色，他淡然道：大将军，现国恨家仇已报，四海晏清，敬宣只愿做一平头百姓，以终天年。

敬宣何出此言？刘裕得意地说，我等刚刚荡平反贼，朝廷正值用人之际，况你讨贼有功，应该受到厚封，以彰显功绩，振奋人心！

一旁的刘毅重重地哼了一声。刘敬宣偷看了刘毅一眼，见刘裕并不在意刘毅的态度，又说：我受到大将军的恩遇，大将军起事后，我也只好一直为你努力效命，目前的职务已经十分优厚了。况且论功，刘毅、何无忌远高于我，还都没有委任一州主管，一旦将我越级提拔，大将军肯定会受到朝野的谴责。

敬宣此言虽不无道理，但朝廷岂会忘记刘毅与无忌的功绩。刘裕只好说，我这就奏明主上，加封刘毅为左将军，何无忌为右将军，分别都督豫州、扬州军事，至于你出任江州刺史一职，就不必推辞了。

刘敬宣又偷看了刘毅一眼，刘毅已将头高高昂起。只听得何无忌说：大将军，在下想向你举荐一人。

好啊！眼下正是用人之际，不知你举荐的是何人？刘裕问。

何无忌说：我听说陶渊明乃江州人氏，此人有经天纬地之才，大将军何不将其收罗至帐下，为大将军你效命呢？

刘裕脑子闪过在青州与陶渊明相遇的一幕，便说：我倒是与他在青州有过一面一缘。可此人曾任过桓玄的参军。桓玄刚灭，如果他心怀故主，又岂愿意为我效命？

刘毅不屑地说：大将军，他既然当过反贼的参军，把他抓来杀了便是，天下之大，有才者比比皆是，又岂在乎一个陶渊明？

刘裕看着刘毅说：杀？

何无忌赶紧说：陶渊明乃长沙公之后，陶夔之侄，又是誉满天下的大名士，此人恐怕不好杀呀！

刘毅昂着头说：不管是何人，从贼者必杀！

不可呀！何无忌说，大将军，我听说陶渊明得知桓玄必反，便多次向桓玄提出辞去参军一职。桓玄不允，他便以母病为由，回家探母，桓玄又将其逼回军中。临出家门前，其母嘱其不为桓玄设一计。为保儿子名节，陶母又绝食而亡，桓玄不得不放归陶渊明回家守孝。桓玄谋反，实乃陶渊明回家之后发生的事情，由此可见，桓玄谋反陶渊明实未参与。

刘裕点头道：如此说来，陶渊明乃晋室的忠臣？

何无忌说：正是。

那就请你代我去请陶渊明吧。刘裕说。

无忌愿往。何无忌高兴地答道。

何无忌稍一打听，便找到陶渊明的家。

来到陶渊明家中，何无忌开门见山说明来意，没想到却遭到陶渊明一口回绝。

何无忌劝道：刘裕大将军对渊明兄向来是仰慕之至，眼下晋室恢复，正是用人之际，大将军又求贤若渴，你又何必推辞？

陶渊明说：请何大人回复刘将军，渊明乃一介书生，又性爱山野，纵使出山，对大将军并无益助。

渊明先生何故如此谦逊，先生才高八斗，天下人无不高山仰止呀！何无忌诚恳地说。

呵呵，所谓才高八斗，都乃纸上虚言，于军政无补，大人就别为难在下了。陶渊明仍在推辞。

何无忌见陶渊明仍在固执，只好说：渊明先生，我有一句不得不讲的话，说来请先生莫怪。

陶渊明客气道：请讲。

何无忌：桓玄篡晋，先生虽未参与其中，但先生曾任过桓玄参军，追究起来，亦是从贼。现大将军既往不咎，推崇于先生，先生却毫不领情，这恐怕是说不过去呀。

陶渊明：刘裕少年放荡不羁，没想到如今倒成了气候，时也，命也，运也！何大人，你的话，我听得懂。

何无忌：大将军不但不诛杀你，还诚心请你出山相佐。请先生深思，如你不领大将军之情，不正是为大将军落下了诛杀你的口舌吗？

陶渊明：何大人既然向渊明我吐出了肺腑之言，我也有句话在何大人面前不吐不快呀。

何无忌：请先生讲来。

陶渊明：桓玄固然是逆贼，何大人就敢保证刘裕一旦得势，就不行篡逆之事？

何无忌：先生何故断定大将军将来必反？

陶渊明：桓玄出身士族，好歹还知道一些廉耻。而刘裕出身草莽，少不读书，赌博斗驱，飞鹰走马，无恶不作。现虽身居高位，不过一乱世草莽耳。此等之人，一旦了无拘束，一定会行出格之事。到那时，乱象频生，生灵遭殃，渊明岂不又成了残害天下百姓的帮凶！我陶渊明既然无力拨乱反正，又岂能助纣为虐啊！

何无忌：渊明先生多虑了。大将军乃为匡扶晋室、应运而生的一位大英雄，他毫无家族背景，能创下如今伟业，定会终身珍惜的。

陶渊明：但愿如此。

何无忌：如此，渊明先生答应出山了？

陶渊明：走一步看一步吧。

送走何无忌，陶渊明刚回到厅堂，妻子锦娘迎了上来问：夫君，何大人与你谈了许久，莫非你答应出山了？

陶渊明怒道：胁迫，胁迫啊！

锦娘说：夫君，是福不是祸，是祸躲不过。现如今，晋室恢复，或许正是夫君大展鸿图之时呀！

陶渊明愤然道：刘裕竖子，何许人也，乃一流氓耳。在他手下为官，哪有鸿图可展。只怕我这一去，是助纣为虐，为虎作伥啊！

锦娘说：夫君断定刘裕将会重蹈桓玄覆辙？

陶渊明忧虑地说：这正是为夫所虑呀。

夫君，锦娘听说，睿智者透彻，故不争；豁达者开朗，故不斗；厚德者谦和，故不躁；自信者努力，故不误；宁静者深远，故不折。锦娘侃侃道：夫君既然推辞不了，那就择日赴任吧。愿夫君此去，记住锦娘之嘱，不争，不斗，不躁，不误，不折，你一定会平安无事的。

见锦娘见识不凡，句句透彻，陶渊明便握紧锦娘的手，感激地说：贤妻之嘱，我定会谨记于心。

陶母墓前摆满了祭品，陶渊明牵着陶俨，翟锦娘怀里抱着次子，在陶母墓前跪拜下来。

跪拜完，陶渊明从怀里拿出一卷纸来，展开读了起来：

呜呼，黄鹤西归，永不返回。人间少一贤母，仙乡多一良民。三年黄泉路孤独，逝者远矣；一道黄表怎通灵，哄鬼慰人。年年致哀悼，不过前传后渡；岁岁化纸钱，只能略寄哀思。

一阵小风吹来，坟前的野花轻轻摇曳，吹动着陶渊明手中的祭文。

追往昔，孟家有碧玉，百里播芳名……

陶渊明已泪流满面，他继续诵念道：

含辛茹苦抚儿大，八岁送进京都门。寒窗七载心连子，谆谆教诲子连心……

这时的陶渊明已是泣不成声：

痛哉，贤母！惜哉，娘亲！都说七十古来少，唯愿老母活百龄……

云在边天涌动，花草随风摇曳。陶渊明的诵念声在山间回荡：

想九泉路远，音容难觅。然逝者逝矣，生者常存。贤哉老母，永佑儿孙。长享万福，世代安平。大海作墨，垂念无尽。茫茫天际，风清月明。老母有灵，享此薄祭。尚飨。

陶渊明念完祭文，将祭文放在蜡烛上点燃，化为灰烬。然后跪拜下去，将头磕在坟前，唏嘘不已。

公元 604 年八月，陶渊明在何无忌、胡藩等人的举荐下，出任刘裕的录事参军。

在何无忌的导引下，陶渊明走进刘裕府邸。

何无忌禀道：大将军，陶渊明先生来了。

何无忌禀完，陶渊明也走上前一步，朝刘裕揖拜道：陶渊明拜见大将军！

哎呀，渊明先生，青州一别，十有余载了。我是无日不想念先生哪！刘裕也迎上来，握住陶渊明的手说。

陶渊明：渊明何德何能，哪里敢劳大将军对渊明如此厚待。

刘裕：先生乃海内高人，今日能得到先生相佐，刘裕我三生有幸哪！

陶渊明：渊明才疏学浅，只怕让大将军失望。

这时，刘敬宣走了进来。看见刘敬宣，刘裕大声说：哦，敬宣哪，你来得正好，这位就是来自江州的渊明先生。

刘敬宣朝陶渊明一揖：久闻大名，久仰之至。请先生受敬宣一拜！

不敢，不敢。陶渊明赶忙揖拜道，刘大人乃渊明州邦父母，还请先生受渊明一拜。

哈哈，你们都不要客气了。何无忌说，从今往后，渊明先生与我等同在大将军帐下共事，大家同心同德，相互帮衬便是。

无忌说得好，诸位请坐吧。言毕，刘裕先坐了下来。

大将军，敬宣就不坐了。刘敬宣仍站着说，敬宣是来向大将军辞行的。

你任江州刺史的诏命虽说已经下达，但你不要急于去赴任，我这里还有一些事情需要你的协助。刘裕说，等一个月吧，待我这边的事情理顺了，你再去赴任吧。

刘敬宣看了何无忌一眼，见何无忌在有意回避他的眼神，只好说：谨遵大将军之命。

刘敬宣刚落座，何无忌又站起来对刘裕说：大将军，你交代的宴请家乡父老的事情，我已经落实下去了。你看哪天宴请？

择日不如撞日，就明天吧。刘裕笑着说。

大厅里，摆满桌席，刘裕身穿华丽的衣裳高高上坐，他的左右分别坐着刘敬宣、何无忌。下面坐着二十多位六十多岁以上的老者，正在接受刘裕的宴请。

陶渊明坐在一旁。桌上摆着纸张、笔墨。

刘裕端着酒杯站起来，一脸欢愉地说：各位父老，刘裕能有今日，全拜各位父老所赐。今日略备薄酒，以表寸心，请满饮此杯。

谢大将军赐宴！全场父老都站起来，将杯中美酒一饮而尽。全场饮尽，刘裕吩咐道：请坐！斟酒！

众父老纷纷落座，一父老仍站着说：大将军今日荣归故里，赐宴于老朽等，老朽等不胜荣幸啊！

又一父老站起来说：大将军的风范，一点也不亚于当年的汉高祖啊。老朽等仰光，仰光！

哈哈哈哈！比之汉高祖的功业，我还差之甚远哪。刘裕口头虽然谦逊，脸上却甚是得意。

另一父老又说：不远、不远。当年汉高祖斩蛇起义，建成大业。老朽等听说大将军年轻时也曾射杀一条大蟒，况大将军一人之勇武力冠千军，比之汉高祖来，大将军唯有过之而无不及呀！

说得好！刘裕听得十分受用，喊道，陶参军！

陶渊明起身答道：在。

刘裕得意地问：刚才父老说的话，你听清楚了吗？！

陶渊明说：已听清楚。

刘裕笑着问：你为何不记下来呀？

这……陶渊明这了一声，心里想：父老无知，不过想讨你欢心，才说出此等大逆不道的言论，我一旦记录在案，岂不为你留下了谋反的证据吗？便说：大将军，此话不能记录。

刘裕问：难道父老们说错了？

陶渊明朗声说：汉高祖是君，大将军是臣。臣子自然要讲究为臣之道，这样的言论我不能记录。

刘裕脸一沉，瞪着眼望着天说：桓玄之勇不亚于项羽，我率兵打败了他，这份功绩说起来也不亚于汉高祖吧？

陶渊明仍不见机，说：将军为国杀敌，乃分内之事。大将军乃晋室之臣……

刘裕脸一沉，命令道：你不用多说了。你身为参军，详细录事乃你分内之职，我说录得你就录吧。

何无忌和刘敬宣都纷纷朝陶渊明使着眼色。

陶渊明坐了下来，摇了摇头，提笔伏案，书写起来。

宴席散后，回到住地的陶渊明心情久久无法平静。独自默坐良久，便伏案挥笔书写起来：弱龄寄事外，委怀在琴书。被褐欣自得，屡空常晏如。时来苟冥会，宛辔憩通衢。投策命晨装，暂与园田疏。渺渺孤舟逝，绵绵归思纡。我行岂不遥，登降千里余。目倦于途异，心念在山居。

正在陶渊明握笔凝思之时，刘敬宣掀开帘子走进来。

刘敬宣笑问：陶先生写什么呢？

陶渊明说：哦，是刘大人。在下闲来无事，胡诌几句。

能否让我先睹为快？刘敬宣说。

大人想看就看罢，只怕入不了大人的法眼。说着，陶渊明将刚完成的诗作递给刘敬宣。

刘敬宣一边接过诗稿一边由衷言道：先生说哪里话，先生诗名誉满海内，能先睹为快，乃敬宣之幸也。

请大人指教。陶渊明客气道。

刘敬宣边看边念出声：始作镇军参军委曲啊。看完，刘敬宣心里说，从此诗流露出的情绪看，渊明先生似乎已经厌倦了。哦，一定是今日大将军的作为让先生大为不快了。便说，先生此诗真乃千古绝唱，但是……

陶渊明说：大人有话不妨直言。

刘敬宣说：我为先生担忧啊！

我也知道，大将军对我已十分不满了。但我不录大逆之言，不也是为大将军好吗？陶渊明说。

只怕大将军不如此想。刘敬宣说，大将军自击败桓玄以来，居功自傲，自彰功德。今日宴请父老，听了父老们的一番颂扬之辞，更是飘飘欲仙了。先生却给大将军泼了一盘冷水，让大将军心中极为不快呀。

唉，我担心如此下去，大将军会成为第二个桓玄了。陶渊明说，刘大人哪，我劝你还是早些脱身，回到江州去，离开这个是非之地吧。

我何尝不是这样想的。刘敬宣说，但大将军是什么人？现已被人称为小阿瞒了，性情之奸诈，恐怕不是你我所能料到的。我想脱身，容易吗？

大人是在担心没有得到大将军的允许，贸然前去上任，引起他的怀疑吧？陶渊明问。

这正是我所虑呀！刘敬宣说，大将军自从得势后，许多作为让人心惊肉跳哇！

陶渊明说：大人能否说来在下听听？

论起大将军行事过头之处，那就太多了。刘敬宣说，一是灭刁逵之族。大将军诛灭桓玄后，刁逵已死，可他还是将刁逵的子侄全部抓来杀死，报了欠刁逵三万赌债而受辱之仇。

此事我也听人议论过，京都不少人对大将军为泄私愤、灭刁氏之族大为不满哪！陶渊明感叹道。

更为人所不齿的是大将军公报私仇、诛杀王瑜父子。刘敬宣继续说，大将军起兵讨伐桓玄，封王瑜为前导将军，王瑜并立下了赫赫战功。由于王瑜父子以大将军出身贫贱而轻薄于他，结果大将军不但杀了其父子，还将其子孙十余人全部杀害。

陶渊明问：朝中就没有人劝谏于他吗？

刘敬宣说：我表兄何无忌等人都为此事劝谏过大将军，可他非要一意孤行，谁又能奈何得了他。大将军不但滥杀无辜，更让朝野上下所不服的是枉徇私情、滥用王谧。

陶渊明摇头道：论起王谧的罪状，本应该斩。可大将军不但没有斩他，反而予以重用。大将军不就是为报王谧当年帮他还刁逵三万钱赌债的私恩而不顾公愤吗？看来，我大晋已是暗无天日了。

可是，我们人在屋檐下，难免不低头啊！刘敬宣一脸凝重地说。

陶渊明叹息一声：大人，大将军真是让人失望啊！我陶渊明又岂能为虎作伥呢？我想请大人到大将军面前帮我说几句话，让我陶渊明解职归田吧。

你糊涂哇！刘敬宣说，你想过没有，在这个节骨眼儿上你提出辞职，不是明摆着与大将军唱对台戏吗？大将军又岂能会给先生好果子吃？

也是啊！陶渊明想了想，满面愁容地说，可这样下去，我是度日如年哪！

就在陶渊明长吁短叹之际，何无忌也被刘裕招到他的大将军府邸。深夜见招，何无忌也猜不透刘裕要干嘛。一见面，才知道刘裕要向他发泄对陶渊明的不满。

刘裕说：无忌呀，看来陶渊明与我们不是一条心哪。

何无忌心里一惊，因陶渊明是他向刘裕极力举荐之人，现在刘裕对陶渊明产生了不满，他就得担举人不当的责任。便说：从本质上看，陶渊明乃一介书生，还请大人慢慢调教吧。

依我看来，此人十分固执，恐不好调教。刘裕摇着头说。

那，大将军的意思？何无忌试探着问。

他既不为我所用，我也不想白养着他，找个机会把他……刘裕做了一个杀人的手势。

不可啊，大将军。何无忌赶紧劝道，此人出身特殊，又是大名士，你不可落下个滥杀名士的名声。这样，天下人会小看大将军的。

可刘裕却切齿道：我现在看见他都心烦。况且我不杀他，只怕他将来会坏我大事啊！

何无忌心里想，看来陶渊明有性命之忧了。如渊明先生有性命之忧，我便是始作俑者，将来，我还有何面目见天下人。我得想个办法，救他一命。便说：大将军，你可知道三国狂士祢衡吗？

刘裕瞪着眼，看了何无忌大半天，才说：以你的意思，是借刀杀人？

然也！何无忌说：大将军既然担心陶渊明将来会坏大事，何不让他离开你。

让他离开我？刘裕想了想，又问，那，依你看来，让他去哪里？

何无忌说：可让他去给敬宣当参军。

不行。刘裕说，敬宣太过仁慈，他如何比得了黄祖，对陶渊明下得了手？

大将军请想，敬宣表弟虽仁慈，但我舅舅曾三次反叛。按陶渊明的性格一定不会臣服于我表弟，我表弟再仁慈，也是贵为一方之诸侯，又岂能容得一手下再三挑衅，出言不逊，到时，我再给表弟一封书信，表明大将军你的态度，不就……何无忌笑了笑，看着刘裕没再往下说。

甚好，甚好！刘裕大喜道，无忌呀，你就是我的诸葛孔明啊！

告别陶渊明回到家中的刘敬宣问家丁：去江州任上的行李收捡好了吗？

家丁禀道：回大人的话，都已收捡好，不知大人何日起程赴任？

刘敬宣说：再等等吧。

又一名家丁进来禀道：大人，你的表兄何大人来了。

哦，快快有请！刘敬宣话音甫落，何无忌已一脸笑容走了进来，高声道，不用请了。

表兄，你今天怎么有空闲，来看望表弟？刘敬宣问。

你不日将要赴任，我这不是提前来为你送行嘛！何无忌笑道。

表兄，你是知道的，就怕大将军一时不放我去赴任哪！刘敬宣说。

表弟你多虑了。何无忌言道，大将军这不是派我来问你何日起程吗？他要亲自前来为你饯行啊。

他不是让我过一个月后再去赴任吗？刘敬宣不解地问。

此一时，彼一时也。何无忌说，现在大将军希望你即刻起程赴任。

刘敬宣：变化为何来得这么快？

何无忌：表弟有所不知，一来皇帝任命你为江州刺史的诏书早已下达，可你还留在大将军身边办事，朝野颇有微词，大将军不得不顾忌。

刘敬宣：那二来呢？

何无忌把头伸过来，对着刘敬宣的耳朵说了一阵。

要我做黄祖！刘敬宣一脸惊色，摆手道，这万万行不得！

这是愚兄向大将军建言的。何无忌神秘地笑道。

表兄，你为何在大将军面前出这样的馊主意？刘敬宣不快地说，这岂不是陷表弟我于不仁不义吗？

何无忌：我这不也是出于无奈，才出此下策吗？

刘敬宣：你！

何无忌：表弟休要如此，听我慢慢道来。请问表弟，你做得了黄祖吗？

刘敬宣：做不了。

何无忌：大将军既已对渊明先生动了杀机，你阻止得了他吗？

刘敬宣：恐怕，阻止不了。

何无忌：非也。恐怕只有表弟才能阻止得了大将军不杀渊明先生。

刘敬宣：你既然给大将军出主意，让我做黄祖，我又如何阻止得了他？

哈哈哈哈！何无忌说，那么请问表弟，如果大将军派陶先生到刘毅或其他人手下去任参军，让其他人做黄祖，陶先生的命保得住吗？

表兄的意思是让表弟当一个保陶先生的黄祖，而非杀陶先生的黄祖？刘敬宣问。

何无忌说：正是！

可是这样一来，我在大将军面前如何交代？刘敬宣担心地说，恐怕到时候，大将军恼恨于我，也会迁怒于表兄啊！

这也只是缓兵之计，先走一步算一步。何无忌说，到时候，为兄再想一个保住陶先生性命的十全之策吧。

唉，眼下也只能这样了。刘敬宣说。

第二天一早，刘敬宣来到刘裕府邸向其辞行。刘敬宣知道，今非昔比，刘裕再也不是当年父亲手下的战将，而是整个王朝一人之下万人之上的大将军了。因之见到刘裕，他只能老老实实以下属的身份向刘裕行参见之礼。

敬宣参见大将军。刘敬宣正要跪下去，刘裕一把托住他的双臂说，嗬嗬，你我乃同生共死的兄弟，何故这么多的礼数，坐吧。又说，敬宣哪，江州乃军政重地，你这一去要好好尽心经营，为朝廷分忧啊。

敬宣此去，一定不辜负大将军的重托。刘敬宣装出一副惶恐的神情说。

哎，你又错了，乃朝廷之重托也。刘裕笑道，其实看见刘敬宣这副惶恐神情，他心里很受用。就在刘裕心里正很得意的时候，刘敬宣又说，大将军乃朝廷擎天之柱，朝廷之重托便是大将军之重托！

哈哈哈哈，敬宣老弟不愧我一向所倚重之人哪！刘裕已经有点飘飘然了。

刘裕的表情刘敬宣都看在眼里，心里虽然觉得老大不快，但又正是他要达到的目的，便说：追随大将军，乃敬宣毕生所愿。敬宣此去，大将军还有何吩咐？

对你，我没有什么不放心的。刘裕说，哦，我想让陶渊明随你去江州任参军。当然，我没有别的意思，陶渊明乃江州人士，对江州的风土人情都很熟悉，派他去给你当参军，我这也是割爱呀。

派他给我当参军，这……刘敬宣故意迟疑道。

陶渊明又不在这里，你有什么话就明讲吧。刘裕说。

刘敬宣心里想，要想顺利带走渊明先生，我得先推辞一番才是。便说：此人过于傲气，又酸腐冥顽，我实在是不喜欢他。

刘裕一听，便高兴起来，心里说：看来无忌的判断不错。便笑着说：他是名士嘛，总会有些做派的。

他是名士不假，可他也是大将军的下属，应讲究上下有别啊。刘敬宣故意说，他对大将军不敬，又岂能敬我刘敬宣？

那你就去慢慢调教他吧。刘裕笑呵呵地说。

大将军，我可将丑话说在前头，陶渊明若敬我三分，我便容他；如若他像此前一样，不知天高地厚，可就别怪我刘敬宣容不下他这个大名士了。刘敬宣说这话的时候，尽量让自己的语气显得硬朗。

呵呵，你将如何？刘裕笑着。问。

哼哼，那只有除之而后快了。刘敬宣沉着脸说。

刘裕对刘敬宣的态度不置可否，只说：敬宣老弟，时候不早了，你赴任去吧。

是，敬宣就此辞过大将军了。刘敬宣见目的已达到，便向刘裕迅速辞行。

刘敬宣终于顺利踏上了赴任江州刺史的行程。官船自京口出发，逆江而上。船头上，站立着他与陶渊明两个人，他们一边欣赏江景，一边言谈。

刘敬宣：渊明先生，你总算如愿以偿了。

陶渊明：如不是大人成全，渊明哪有今日！

刘敬宣：只怕大将军不会这么轻易放过你呀。

陶渊明：在下明白。大将军想让你做杀弥衡的黄祖啊！

刘敬宣：你这是听谁说的？

陶渊明：大人的表兄，何无忌大人。

刘敬宣：如若我愿做黄祖，你将若何？

陶渊明：我能若何，听天由命罢。

刘敬宣玩笑道：那先生你得好自为之啊。

这一点在下自然明白，不会让大人你为难的。陶渊明说，但是，我也要奉劝大人你好自为之呀。

你是不是听到了于我不利的什么言论？刘敬宣问。

陶渊明如实道：我听说刘毅对大人成见颇深，大人出任江州刺史，他可是一直心怀不满呀。

依先生看，刘毅又是一个什么样的人呢？刘敬宣继续问。

陶渊明想了想说：应该算得上是豪杰之士吧。

不然，豪杰之士，当有不同寻常的胸襟。刘敬宣说。

我也听说此人表面宽厚，而内心狭隘猜忌，自以为是，又瞧不起别人。陶渊明停了停，又说，依在下看来，他即便一时取得富贵，将来也会因了犯上而遭到杀身之祸。

呵呵，那先生为何还称他为豪杰之士呢？刘敬宣笑问。

凡举义灭桓玄者，都可称得上一时之豪杰。陶渊明正色道，如大将军刘裕，可称得上是当世大豪杰。但从长远看，如不守臣道，今时之豪杰便会沦落为他日之反贼了。

成者为王败者寇。刘敬宣说，以先生之见，刘裕、刘毅等必败吗？

陶渊明：然也。大人应早作打算！

刘敬宣：早作打算？依先生看来，我刘敬宣接受这江州刺史的诏命算是失策了？

陶渊明：所谓朝廷诏命，实则是刘裕之命。况树大招风啊。

刘敬宣点了点头。

陶渊明：愿大人能急流勇退。

刘敬宣：看机会吧。

何无忌急匆匆地赶到刘裕府邸，朝坐着的刘裕一揖：大将军，你急着招无忌来，不知有何要事？

呵呵，也没有什么大不了的事。刘裕说，这个刘毅呀，很是可笑，也不知道他跟敬宣结下了什么怨恨，就是不服敬宣去当江州刺史。你看，这是他给我寄来的书信。说完，刘裕将刘毅寄来的书信递给何无忌。

何无忌接过书信看了起来，只见信上写道：刘敬宣父子对国家并不忠心，且敬宣在起义中建功甚微。猛将功臣，正需犒赏，如刘敬宣此等人应当稍后再说。若大将军念及旧情，想提拔重用于他，委任其一员外常侍之职便足矣，现任其为江州刺史，让诸将惊骇失望。

看完刘毅的书信，何无忌问：大将军，你的意思呢？

刘裕说：刘毅与敬宣于我而言，一个是手心，一个是手背，真是让人头痛啊。

何无忌想了想说：敬宣一向忠厚，大将军这板子还是打向敬宣吧。

无忌呀，你真乃大义之人哪！刘裕不禁感慨起来。

刘敬宣带着陶渊明来到江州，上任还未满一月，便接到了何无忌派人送来的书信。看完信中内容，陶渊明一刻也不敢耽搁，拿着书信急忙找到刘敬宣。

陶渊明禀道：大人，这是何无忌大人派快船送来的一封书信。

刘敬宣哦了一声，接过书信一看，重叹一声，说，刘毅果然小人，又在背后中伤于我。

陶渊明说：这不正好让大人有了一个辞去江州刺史的良机吗？

刘敬宣说：只是被刘毅中伤而离去，我心有不甘哪！

如果大人顾及脸面，那么何不趁刘裕尚未作出决断前，主动向朝廷递交辞呈。岂不……陶渊明说。

对，我怎么就没想到这一层呢。刘敬宣吩咐道，你赶紧去代我向朝廷拟一道辞呈吧。

大人且慢，总得想好辞去江州刺史的理由吧。陶渊明又说。

理由嘛？刘敬宣想了想说，就说我上任之后，水土不服，身患疾病。而江州乃朝廷重镇，军政大事不可一日荒废，请求朝廷速派大员，前来接任理政。

好，我这就去草拟辞呈。陶渊明觉得这理由不错，正要动身去草拟辞呈。刘敬宣又说，慢。先生，我辞去江州刺史后，你将何去何从？

陶渊明坦然一笑，说：我乃江州人氏，大人你离任后，我回家便是。

刘敬宣沉吟道：我看不会有这么简单。

陶渊明却笑着说：我看也没那么复杂。说不定刘裕早已将我忘了。

唉，但愿如此吧！刘敬宣说。

刚接到刘敬宣的辞呈，刘裕就把何无忌叫到了自己的府邸。

刘裕说：无忌呀，敬宣已向朝廷递交了辞呈，说是水土不服，身患疟疾，请朝廷遣派大员接任其职。

何无忌笑道：既然敬宣递交了辞呈，还望大将军成全于他。

那，你认为派谁去接任江州刺史一职合适呢？刘裕问。

刘毅不是想吗？大将军就派他去，免得他再说许多牢骚怪话。何无忌回言。

刘毅虽然不服刘敬宣去当江州刺史，可我也没听说他想去江州呀。刘裕说。

何无忌说：大将军，你想啊，刘毅他为什么不服别人去任江州刺史，就因为江州上可控荆州，下可控建康。我看刘毅早就想去此地。

何以见得！？刘裕问。

刘毅曾说过，大将军你能成此大事，顺利诛杀桓玄，完全应归功他刘毅身先士卒，运筹帷幄。他还说……何无忌故意不往下说。

刘裕耐不住地问：他还说了些什么？

他还说，大将军出身寒微，毫无根基可言。能成此大事，也是一时之气数使然。何无忌装出一副本不想说，但又不得不说的难堪模样。

他果真这么说？刘裕一脸怒气地问。

何无忌又装出一副诚惶诚恐的样子说：大将军，刘毅此言，路人皆知啊。

刘毅匹夫！匹夫！刘裕大怒起来。

请大将军息怒。何无忌故意将刘裕一军，你就满足刘毅的愿望吧，我看他也成不了什么大气候！

无忌呀，你不必多言了。在北府旧将中，能让我信任的只有你了。刘裕舒出一口气，让自己稍作平静后，才说，这样吧，江州刺史还是由你去接任，另外再都督荆江二州八郡之军事。又说，敬宣嘛，就改任宣城内史吧。

何无忌一听心中大喜，但他表面上却说，大将军，无忌只想在你身边效命啊！

无忌啊，我身边暂且还不缺人。刘裕说，你要知道，荆江二州可是朝廷的命根子呀，不得有半点闪失，你就代我去镇守荆江二州吧。也只有你去，我才放得下心哪！

何无忌眼里含着泪跪拜下去：谢大将军信任。何无忌愿为大将军肝脑涂地！

不日，刘敬宣改任宣城内史的诏书下到江州，陶渊明指使着一群人抬着刘敬宣的行李往船上搬放。

看看行李都安放好了，刘敬宣握住陶渊明的手，动情地说：渊明先生，就此别过吧。

陶渊明：大人保重。

刘敬宣：保重！

刘敬宣朝江边走去。快要上船，又转身走了回来，对陶渊明说：渊明先生，敬宣还有一言相赠。

陶渊明：请大人赐教！

刘敬宣：你还是带着家眷离开江州吧，走得越远越好。

陶渊明：大人是说，刘裕不会放过我？

刘敬宣点了点头。

陶渊明说：来接任江州刺史的不是何无忌大人吗？难道他……

表兄虽然一向推崇先生，但只怕刘裕一旦动了杀机。他也回天乏力，所以先生你还是要做到有备无患啊！刘敬宣一脸忧色地说。

还是等无忌大人上任后，我见过他再作决定吧。陶渊明笑着说。

刘敬宣：好吧，请先生保重，敬宣告辞了。

陶渊明：后会有期。

很快过去了半年，而何无忌也已走马江州，上任理政了。这一天，何无忌正在处理事务，刘裕特意为他遣派的参军走了进来，说：大人，大将军派人寄来了一封信函。

哦，呈上来。何无忌接过信函念道：荷花已开，桃花谢否？

何无忌放下信函，摇了摇头，心里说：唉，看来大将军心中始终容不下陶渊明哪！

站在一旁的参军见何无忌看完书信并无话说，便道：大人，既然大将军有旨意，你还是早作安排吧。

何无忌朝参军挥了挥手：知道了，你下去吧。

看着退了出去的参军，何无忌脑中一闪，出现了一幕：刘裕指着参军对何无忌说：他的才学不亚于陶渊明，你就带他去江州做个参军吧。

参军朝何无忌一揖：往后还请大人多多提携。

何无忌：你既然是大将军亲自遣派的人，一切都好说。

刘裕：你得好好辅佐何大人。

参军：请大将军放心，我一定尽心尽职，报效大将军，辅佐何大人。

想到这里，何无忌不禁哼了两声。

东林寺里，慧远正手持经卷，坐在佛前观经，他的身边卧着一只老虎。

素心走进来禀道：师父，江州刺史何无忌的马轿已到寺门虎溪桥，你要不要去迎一迎？

慧远说：你代我去迎他进来吧。

这时何无忌已来到东林寺门口，素心迎上来，双手合十道：小僧素心，恭迎何大人！

何无忌尚未开言，只见得参军喝道：大胆！你是何人？慧远为何不亲自来迎接何大人？！

参军，不得无理。何无忌朝参军摆了摆手说，远公乃高人，我何某哪有资格当得远公亲自来迎，你退下吧。

素心看了参军一眼，见参军低头说是。才说：请何大人到禅室用茶。说罢，引领着何无忌朝禅室走去。见参军跟了上来，素心便挡住参军：阿弥陀佛。请参军留步，我师父只见何大人一人。

参军一愣，正要发怒。何无忌朝他冷冷地说：你就在门外等候吧。

这时，陶渊明穿着一件长袍正要出门。锦娘挺着大肚子问：夫君，你要去哪里？

陶渊明说：我想到五柳先生的故居去看看。

锦娘说：夫君，南村已是物是人非，你不看也罢，免得徒劳伤怀。

也不知他父女二人现在何处？陶渊明望了一眼远处，说，我还是去看看吧，说不定他们又回来了呢！

你就别一厢情愿了，玉如姐姐要是回来了，岂能不来看我？锦娘劝道，夫君，如今俨儿、阿宣已到了读书的年龄，你不在家课子，也得为他们请个先生哪。

唉，如今这世道，我哪有心情在家课子。陶渊明摇了摇头说，课子之事就请锦娘费心了！

我一女流之辈，能有什么见识，况且现有孕在身，自顾不暇，哪里又顾得上课子哟？锦娘说。

这乱世也不知何时是个头，我看孩子们不读书也罢。说完，陶渊明长叹一声。

夫君何出此言？锦娘不高兴地说，想我陶家乃世代书香门第，怎能让孩子们断了书香。

你不懂啊。陶渊明仰望着苍天言道，想我陶渊明，读得满腹诗书，到头来还不是报国无门吗？我想，孩子们只要能识得数目，记个账簿也就行了，读书读多了，反而自遭其辱啊！

锦娘怨道：夫君，你怎么能如此自丧心志？

陶渊明叹道：非我丧志，乃为保节也！

东林寺的禅室内，慧远看着何无忌递交给他刘裕寄来的公函：荷花已开，桃花谢否？

慧远：如此说来，刘裕大将军已对渊明动杀机了？

何无忌：是啊，还请远公教我。

慧远：人之生死皆有命，贫僧乃山野之人，见识短浅，怎教得了大人。

何无忌：以远公之见，渊明先生此劫难逃了？

慧远：阿弥陀佛！万事皆有其源。渊明此劫能解否，还在大人哪。

何无忌：远公是说，成亦萧何，败亦萧何？

慧远：当初，是大人向刘裕举荐渊明的，刘裕对先生可是言听计从啊。

何无忌：我正悔恨当初呢！若当初不向大将军极力举荐渊明先生，渊明先生也就不会有其今日之厄了。

慧远：这不能怪大人。人生于世，孽魔丛生。消孽除魔，便是功德。以大人之智慧，帮助渊明除魔消孽，应不是难事。

何无忌：渊明先生之个性，远公应比我更了解。他只要答应出来做官，我便可保他无忧，可他……！

慧远：渊明个性倔强，但极为纯孝。

何无忌：可他已父母双亡。

慧远：阿弥陀佛！

慧远身边的卧虎突然站起来，低吼了一声！

慧远：孽障！

何无忌站起来：无忌颇知远公寺规，既然已闻虎鸣，无忌就告辞了。

慧远：阿弥陀佛。孝乃百善之首，请大人思之。

何无忌：谨遵远公大教，无忌告辞了。

慧远：恕不远送。

素心将何无忌送出寺门。参军掀开轿帘，何无忌钻进了官轿。

参军跟着官轿边走边对何无忌说：大人，听说陶渊明家离此不远，大人何不顺道去看看他？

何无忌沉着脸故意说：我乃一堂堂刺史，他不来拜我，我凭什么去拜他？

参军只好说：是，请大人原谅在下失言！

何无忌又故意问：参军为何对陶渊明如此上心哪？

同为文人，不过惺惺相惜罢了。参军想了想说。

你应知道，大将军一直对他耿耿于怀，你如此惜他，岂不是自取其祸！何无忌厉声道。

见何无忌如此，参军便笑道：大人既然知道大将军痛恶陶渊明，为何不早些下手？见坐在轿内的何无忌不做声，又说，大人，只怕时机拖久了，大将军会问，桂子已开，荷花谢否？

何无忌大喝一声：你……！

见何无忌动了怒，参军吓得赶忙说：在下失言，该死，该死！

何无忌冷冰冰地说：既然你知道自己该死，那就请你自行了断吧。

第十五章　劫后重生

何无忌从轿子里丢出来的一句冷冰冰的既然你知道自己该死，那就请你自行了断吧的话，就像是一把闪着寒光直取参军性命的利剑。他知道，他在何无忌面前犯下了让自己顷刻就要丧命的参军挟政大忌。望着何无忌远去的官轿，他顿时有了五雷轰顶之感。就在他十分恐惧几乎挪不开脚步之时，突然他想到了一根能救他性命的稻草。

他分明还记得离开刘裕时，刘裕对他说的话：你此去给我盯紧了何无忌，他不见得有杀陶之心。

参军：是。

刘裕：你要经常提醒他，必要时，你就想办法自己动手！

参军：若是何大人与小人为难，怎么办？

刘裕：他敢！

参军：大将军，将在外君命有所不受啊。况且我不过是何大人手下的一名参军，要是万一激怒了他，他想杀了我，那还是一件极其容易的事。只怕到时候，葬送了我的性命是小事，大将军你的使命就难以完成了。

刘裕：这样吧，我写一封密函给你，事情紧急时，你可拿出来给何无忌，可保你性命无忧。

参军：谢大将军厚爱。

刘裕在纸上写下几个字，装在信封里封好，递给参军：你放心去吧。

参军接过密函：是，小的辞别大将军！

回到江州刺史府的何无忌在案桌上重重一拍：哼，小小参军，竟敢狗仗人势，要挟于我！

话音未落，参军已躬身进来。

何无忌沉着脸问：你不去自行了断，还进来做甚？

参军战栗着说：回禀大人，在下在京城离开大将军前，大将军交与在下一封密函，让我来江州后转呈大人。在下一时忘了此事，现将此函呈交与你。

何无忌从参军手中夺过密函，见密函上写着：此吾家之犬也！

何无忌心里说：这不是明告诉我，不要打狗欺主吗？

何无忌将密函放过一边，恨声道：你下去吧，今后再敢犯本大人的手里，我就剥了你的狗皮，吃了你的狗肉！

是是是，谢大人不杀之恩！参军见无性命之忧，赶紧躬身告退。

几天以后，刘裕收到了参军发来的密函。看完密函，刘裕在案桌上重重一拍：哼，大胆何无忌，竟敢剥我家的狗皮，吃我家的狗肉！来人哪！

下属进来：大人有何吩咐？

刘裕：你速去传巫克、罗岩两位剑客来见我。

下属：是，小人这就去。

下属走后，刘裕仍咬牙切齿地自语道：何无忌呀何无忌，你想保陶渊明的小命不妨与我明言嘛，何故阳奉阴违。你真是让我失望啊！

不一会儿，巫克、罗岩进来：在下见过大将军！

刘裕笑呵呵地迎上来说：两位侠士，免礼，免礼呀。看座。

巫克、罗岩：谢座。

巫克：不知大将军召唤我等，有何逐使？

刘裕：不急，不急。两位请喝茶。

而此时的何无忌也早已猜测到，参军一定向刘裕密报了这里的一切，心里思忖着：渊明先生，我何无忌应该如何救你出此危厄啊！

何无忌在厅堂里焦躁地走来走去，突然，脑中一闪，想起了前不久与慧远的交谈。

慧远：渊明个性虽强，但极为纯孝。

何无忌：可他父母双亡。

慧远：阿弥陀佛！

何无忌：无忌告辞了。

慧远：阿弥陀佛，孝乃百善之首，请大人三思啊！

此时何无忌终于悟出了慧远的话中之意。他想：极为纯孝。哦，对了，渊明先生虽然父母双亡，但他自幼时，生父已将他托孤于堂叔陶夔陶大人，这陶夔大人不正是陶渊明先生的再生父母吗？如果请陶夔大人劝说渊明先生，在大将军面前周旋，渊明先生岂不有救了！

何无忌脸上露出了笑容，又走了几步，自言自语地说：我何不写封书信给陶大人，告诉他渊明先生目前的险况，让他……对，就这么办！

何无忌快步走到案前，提笔挥写。写完，将书信装进信封：来人！

门人进来：大人，有何吩咐？

何无忌：你现在就派人火速赶到建康，将此书信呈交给太常寺陶夔陶大人。

门人：是。

何无忌：火速火速，一刻也不能耽搁！

门人：小的明白。

江边，一条小船迫靠近码头。巫克和罗岩腰挎长剑站立在船头上。

巫克：江州快到了。

罗岩：巫克兄，你似乎有些紧张。

巫克：难道罗岩兄你认为此次有必胜的把握取陶渊明的性命吗？

罗岩：我也曾听说，陶渊明剑术高强，但我与巫克兄在江湖上的虚名也非浪得。你我联手，还怕斗不过他？

巫克：可陶渊明也非浪得虚名之辈，我们还是小心为好。

罗岩：他在明处，我们在暗处，难道还怕他不成？

船靠上了码头，巫克与罗岩边朝码头上走去边说：行暗杀之事，我巫克是断断不为的，一旦传扬出去，你我还如何在江湖上立足！

罗岩：大将军不是说江州有人接应我们吗？

巫克：我们先进城，找一家客栈住下来，与那人接上头，把情况摸清楚再拿主意吧。

罗岩：如此也好。

江州城内的悦来客栈内，巫克与罗岩正在对饮。参军在大街上走着，抬头看见客栈门口画了两个白色的〇〇，又警觉地朝四周看了看，走进客栈。

巫克见参军在客栈里东张西望，便朝罗岩说：来了。

巫克蘸酒在桌上画了一个圆圈，罗岩也蘸酒在圆圈上套画了一个连环圆圈。参军看见两个圆圈，便走过来，蘸着酒画了一支箭，穿过两个圆圈。

见暗号对上了，巫克与罗岩便站起来朝参军一揖：见过参军大人。

参军：两位侠士请坐。

见过巫克与罗岩后，回到刺史府的参军急忙叫人传来庞通之。见庞通之来了，参军赶忙笑脸相迎：庞书办近来辛苦了！

庞通之说：参军大人辛苦。不知大人叫在下前来，有何要事？

参军笑道：要事谈不上，只是前任陶参军经手办理的一些公文，我实在是看不明白。我听说庞书办与他是发小，想请你到陶家一趟，请陶先生哪天来一趟州府，我也好当面向他请教请教呀！

是，在下这就去陶家一趟，把大人的话传给他。庞通之说

那就有劳庞书办了。言罢，参军又说，庞书办哪，此事可拖延不得，你今天一定要见到陶渊明先生，讨个实信回来，切不可有误。

请参军大人放心，酉时以前，我一定给大人一个实信。庞通之说。

庞通之刚走出刺史府，巫克和罗岩就从后面走了出来。

参军指着庞通知的背影对巫克和罗岩低声说：两位跟定此人，便可见到陶渊明。

巫克、罗岩：知道了。

参军阴险一笑：等两位的好消息。事成之后，我一定在大将军面前为两位请功！

巫克、罗岩：谢参军大人，我们去了。

庞通之走在山道上。远处，巫克、罗岩在树林里躲躲闪闪，一路跟随。

这时的东林寺禅室里，慧远和陶渊明对坐着，素心站立在一旁。

慧远说：渊明哪，以贫僧之见，你还是退一步为好。

陶渊明问：如何退？还请大师指点。

慧远：你乃智者，何用贫僧指点。以贫僧看来，退便是进，进则生。

陶渊明：我本来就已是退归田园了，还要我怎么退？

慧远：你已无路可退，退便是崖。贫僧是让你以进为退呀。

陶渊明：以进为退？可当下官场，一片混乱，我又如何能将自己置于污浊之地？

慧远：清者自清，浊者自浊嘛。

陶渊明：当年在汨罗江上，渔夫也曾如此劝说三闾大夫屈夫子。

慧远：贫僧不是有意贬损三闾大夫。三闾大夫那是置楚国苍生于不顾啊！

陶渊明：以当时的情势，屈夫子也是回天无力呀。

慧远：虽然如此，总不能一死了之。以其之力，总能为国为民做点事情吧。人活于世，怎能以善小而不为？

就在慧远与陶渊明说话时，庞通之正朝陶渊明家走来。

巫克、罗岩已抽剑出鞘，躲在一旁。

庞通之站在陶家门口喊道：渊明在家吗？

陶俨从家里走出来，朝庞通之一揖，说：庞伯伯，你找我爹呀？

庞通之摸了摸陶俨的头：呵，长成大小伙子了，不错不错，有礼有道，有点大人的样子了。

陶俨被庞通知夸得有点不好意思，低下头笑着说：谢庞伯伯夸奖，庞伯伯找我爹有事吧？可我爹去东林寺了。

哦，是吗？庞通之说，等你爹回来了，你就告诉你爹，说庞伯伯找他有事，请他到我家里来一趟。说完庞通之便走了。

躲在不远处的罗岩与巫克对看了一眼，小声说：东林寺？

巫克：东林寺我倒是听说过，乃道安和尚的高足慧远所创。

罗岩：慧远！听说这个和尚来头可不一般哪，桓玄和刘大将军都敬他三分。

巫克：是呀，在慧远的地盘上，我们可不能胡来呀。

罗岩：那大将军的使命我们如何去完成？

巫克：我们就守在寺门口，等他从东林寺出来了，我们再找机会下手。

罗岩：对，我们去东林寺。

素心将陶渊明送出寺门。

躲伏在虎溪桥下的罗岩对巫克说：出来了，我们上！

巫克拦住罗岩：不急，现在动手会惊动慧远，不妨让他走远点。

罗岩点点头。

陶渊明走远了。

巫克对罗岩说一声：跟上去。两个人便从桥底下钻出来，远远地跟在陶渊明身后。

正准备闭目打坐的慧远见素心走进来，便问：我让你去送送渊明，你怎么就回来了？

素心说：师父，徒儿已将陶公子送出了寺门。

慧远说：我是让你将他送回家里。

师父，你是不是见天色已晚了，怕公子在路上遇到不测？素心问。

慧远：天有不测风云，况且对渊明而言，此乃非常时期！

素心：师父担心陶公子遭人暗害？

慧远：正是。

素心：那我去追上他吧，将他送回家就是。

慧远：去吧。

素心：是，徒儿这就去追他。

慧远：阿弥陀佛。带上虎儿吧。

素心：虎儿，跟我走！

老虎从慧远身边一纵，跟着素心离开了慧远的禅室。

这时，天色已暗了下来。行走在山道上的陶渊明抬头望了望天空，发现晴朗的天空上几颗稀疏的星星正在一闪一闪的。但就在他凝神仰望天空之时，也发现了远远跟在他身后的巫克和罗岩的身影。陶渊明心里想：这两个人从东林寺一直跟着我到这里，不对头啊！莫非……？

陶渊明猛一转身，两个人迅速躲闪。

陶渊明大声言道：二位不用躲躲闪闪了，出来吧。

巫克和罗岩对视一眼，跃到路中间。

见跳出二人，陶渊明问：二位一直跟随着在下，不知有何意图？

巫克对罗岩使了个眼色，两个人同时抽剑出鞘，跃到陶渊明跟前。

巫克说：明人不说暗话，我俩乃刘大将军派来取你性命之人！

呵呵，请问二位尊姓大名，也好让我陶渊明死个明白。陶渊明并未惊慌！

罗岩：少废话，拿命来！

巫克用剑鞘挡住罗岩的剑说：慢！又对陶渊明说，渊明先生，我巫克也素闻先生大名，知道先生乃人品高洁之士，今日取你性命，不过是得人钱财，与人消灾罢了。冤有头，债有主，请先生休怪！

如此说来，我也不怪罪于你。陶渊明大度地说，况生死有命，你俩就上吧。

巫克见陶渊明在生死关头仍如此镇静，心里十分敬佩，说：那就得罪先生了！

你啰唆什么，杀了他便是！一旁的罗岩耐不住了。

呵呵，你也太过于狂妄了吧！陶渊明指着罗岩说，本来我陶渊明敬佩巫克兄弟尚有侠士之风，不想与你们计较，既然你如此张狂，那就休怪我不讲情面了。说完，陶渊明随手在路边劈断一根竹枝，握在手中，转身便朝罗岩刺去。

罗岩的剑与陶渊明的竹枝缠在一起。

渊明先生好身手，巫克也来领教几招，看剑！说罢，巫克也持剑朝陶渊明刺来，两个人与陶渊明缠斗在一起。随着呼喝声与剑影搅动，巫克一剑将陶渊明手中的竹枝削断了一截。

巫克愣了一下，心里说：我以剑对竹，胜之不武啊。

罗岩一边与陶渊明对打，一边喊：你愣个毬啊，还不快上！

巫克又持剑而上。就在陶渊明渐落下风、性命堪忧之时，一条粉红色的长巾不知从何而来，缠住了罗岩的长剑。长巾一抖，罗岩的长剑掉在陶渊明脚下。陶渊明用脚一勾，长剑在手，斜身一进，剑锋直指罗岩的前胸。

巫克正要上前搭救罗岩，一声吼叫，一只老虎拦在巫克面前，怒目而视。

巫克对陶渊明喊道：先生莫非有神灵相助？

巫克兄，念你刚才剑下留情，你去吧！陶渊明用剑顶着罗岩说，但此狂徒，我实在饶他不得！

巫克单膝跪地，恳求道：请先生念及我二人同来无疏伴，高抬贵手！

说话间，素心出现在现场，对陶渊明说：公子何必与小人计较，何况他亦未伤及公子毫发，就饶他不死吧。阿弥陀佛！

陶渊明这才哼了一声，将长剑抛在地上，对罗岩喝道：还不快滚！

罗岩爬着捡起长剑，与巫克跌跌撞撞逃下山去。

陶渊明捡起粉红色的长巾，对素心说：素心哪，多谢你及时相救啊！

素心对不起公子，还是来迟一步啊，险些让公子遭遇不测。素心内疚道。

你来得正是时候。陶渊明说完向素心递过粉红色长巾：不知素心为何用女人之物做兵器？

素心接过长巾说：公子休要笑我，贫僧何曾用过此物。

刚才不是你用此物夺取狂徒手中之剑？陶渊明问。

公子，你是遇上高人相助了！素心说罢，诵了一声阿弥陀佛。

高人在哪里？陶渊明问。

素心将粉红色长巾递给陶渊明说：高人在此！

陶渊明摇了摇头，满脸困惑道：奇怪、奇怪！

公子不必奇怪，种因得果，因果相联。素心言道，公子今日得此奇遇，定是曾施恩于人的结果。

此事我总会弄个明白的，暂且不提。言罢，陶渊明又问，素心，你怎么会知道有人在半路上暗算于我，赶来相助呢？

我哪会有此神机妙算的本领，还不是师父早已料到，派我前来的。素心说。

哦！陶渊明由衷道，远公真乃神人也，请你回去代我深深致谢！

阿弥陀佛！素心说，公子，山下便是你家了，你快回吧，免得夫人孩子在家悬望。

陶渊明：那行，我们就此别过吧。

陶渊明刚转身要走，老虎朝他低吼了一声。

陶渊明赶忙回头笑着朝老虎作了一揖：哦，忘了跟虎儿告辞了，虎儿莫怪，告辞告辞！说完，陶渊明朝山下走去。

回到家中的陶渊明，将刚才路遇的一切都告诉了妻子锦娘。锦娘问：夫君知道是谁派来的杀手吗？

陶渊明淡然一笑：除了刘裕这流氓，还会有谁如此歹毒啊！

刘裕在朝中乃一人之下、万人之上的大将军，就是杀几个大臣也是随心所欲之事，为什么要对你一个曾经官职卑微现又归田之人做出如此龌龊下作之事呢？锦娘问。

　　他现在从过去的流氓摇身一变，成了威慑朝野的大将军，杀人对他虽是易事，但总得要给被杀之人一个说得过去的罪名啊。陶渊明说。

　　他要给你安上一个罪名也不是很容易的事吗？锦娘道，你曾经当过桓玄的参军，就凭这一条附逆的罪名，杀你也名正言顺呀。

　　陶渊明说：刘敬宣等人也曾当过桓玄的参军，况且桓玄谋反，我在家丁母忧，并未参与其中，罪名都是莫须有，他岂敢妄为。

　　锦娘：就算此事他可以放你一马，但你无故辞去刘敬宣参军一职，这便是对抗朝廷之罪！

　　陶渊明：如此说来，如果我不臣服于他，终究是要遭他暗算？

　　锦娘：现在不就是暗算吗？又说，恐怕他这次暗算你不成，便会找机会给你论一个名正言顺的罪名，到时候，不但夫君性命不保，怕是还要殃及全家了！

　　陶渊明：可我怎能臣服于刘裕这个贼子。

　　锦娘：夫君此言差矣！现在皇帝姓什么？

　　陶渊明：皇帝姓司马。

　　锦娘：那你出仕便是司马家的臣子，怎么说是臣服于刘裕贼子呢？

　　陶渊明：刘裕篡晋那是迟早的事，他一旦篡晋成功，我上贼船易，下贼船难了！

　　锦娘：请问夫君，你身为山野草民，能否阻止得了刘裕叛逆篡晋？

　　陶渊明：不能。

　　锦娘：如朝中一旦生乱，遭殃的又是什么人？

　　陶渊明：平民百姓。

　　锦娘：若想保护百姓少受苦难，又要靠谁？

　　陶渊明：靠官府。

　　锦娘：夫君到底是明白人嘛。

　　陶渊明：你！？

　　夫君，夜已深，你还是早些歇息吧。锦娘说完，便上来给陶渊明宽衣。

　　刘裕在府邸看完了一封书信，便将书信往案上一拍，怒声道：两个饭桶，竟然误了我的大事！来人！

　　一属下进来：大将军。

　　刘裕说：速速查明巫克、罗岩的去向，将他二人抓来见我。

属下回道：此二人武艺高强，恐怕不好抓捕。

刘裕说：多派些人手，无论如何要将此二人抓来见我，活要见人，死要见尸！

下属退下，又一下属进来禀道：大将军，太常寺陶夔大人门外求见。

刘裕：哦，他不是在家养病吗？

下属：我看见陶大人满脸病态，被家人搀扶着在门外候见。

刘裕：你去告诉他，就说我面见皇上去了，不在府上，让他择日再来。

说罢，刘裕想：这老儿，不在家养病，急着跑来见我，必是有求于我。哼哼，早知今日，何必当初。

刘裕正在得意之时，下属又走进来说：大将军，陶大人在门口不走，说是就在门口等着大人回府。

刘裕说：那就让他等吧。

下属说声是，刚转身走了几步，刘裕便喊道：慢，你回来。

你去跟他说，门外风大，让他在我的书房等待，就说我回来了，便立即去见他。另外，你套套他的口气，看他见我所为何事？

这时，陶夔头上缠着头巾，拄着拐杖，在家人的搀扶下，站在刘裕府邸门口身子不停地颤抖。

刘裕的下属走出来，客气地说：陶大人，让你受委屈了。门外风大，还是请你去大将军的书房等候吧。大将军一回府，在下便立即禀报，让大将军前来见你。

陶夔颤抖抖地朝刘裕下属作揖：那就多谢了！

在刘裕下属的搀扶下，陶夔走进刘裕的府邸。下属笑着问：陶大人，你贵体有恙，不在家好好地养息，急着来见大将军，必定是有要事吧？

陶夔说：也谈不上什么要事。

下属又问：那陶大人何必急着来见大将军呢？

陶夔说：老夫已病入膏肓，这病身一天比一天沉重。恐怕来日无多了。若不趁还起得了身，见大将军一面，恐怕是……咳咳。

下属一手搀扶着陶夔，一手在他背上拍了拍说：陶大人，你慢慢说，慢慢说。嘿，你这还不是有要事急着面呈大将军嘛。

陶夔心里说，你这是想套我的话呀。便伸手摆了摆说：没什么要事，真的没什么要事。只是我陶某想啊，大将军乃盖世大英雄，为我大晋诛灭逆贼，拨乱反正，立下了不朽之功勋。老夫乃临终之人，只想临终之前，见上大将军一面，以表对大将军的仰慕之情啊！咳咳咳！

说着说着，下属便将陶夔搀进书房，扶坐在椅子上，说：陶大人，你就在此候着吧，在下告退了。

陶夔说：有劳，有劳啊！

离开书房的下属走进大厅，对刘裕说：大将军，小的已将陶大人安排在书房等候。

刘裕问：他讲了见我有何事吗？

下属说：据陶大人所言，他已是将死之人，只想在临终前见上大将军一面。

哦，就这么简单？刘裕表示怀疑。

陶大人还说，大将军乃盖世大英雄，为我大晋立下了不朽功勋。下属又补一句。

呵呵，人之将死，其言也善哪。只可惜其侄儿陶渊明不和他一条心哪。刘裕惋惜之情溢于言表。

下属笑着说：大将军，何不让陶大人去劝说陶渊明。

可惜呀，可惜！刘裕仍惋惜地说，陶夔已病入膏肓，陶渊明又远在江州，怕是已来不及了。

下属说：那陶渊明也就怨不得大将军了。

你说得不错，派人给我盯住陶渊明。刘裕咬着牙说，我还不相信就要不了他的小命！又说，看来，我也不能让陶夔这老儿等久了。我得去见见他了！刘裕说完，起身走出了厅堂，朝书房走去。

走进书房的刘裕，朝陶夔深深地一揖，寒暄道：哎呀，陶大人哪，让你久等了，刘裕在这里给你老赔罪了！

陶夔颤颤抖抖地站起来，回了刘裕一揖，说：大将军，你可折杀老朽了。大将军为国事操劳，军务缠身，只是老朽打扰了大将军，该赔罪的是老朽啊，咳咳咳！

刘裕将陶夔扶坐在椅子上，装出一副十分诚恳的样子说：陶大人何出此言，你乃我朝重臣，德高望重，今日又抱恙登门赐教，是我怠慢了大人哪。来人，给陶大人上茶！又说：你看，下人不懂事，让大人在此干坐着，真让刘某过意不去呀。

大将军言重了，言重了。陶夔说：大将军不但英雄盖世，还如此虚怀若谷，厚待我等朝中老臣，真乃我、我大晋之幸，众臣之幸，万民之幸啊！

刘裕笑着说：陶大人谬赞了！我刘裕资望尚浅，往后还靠陶大人这般资深德厚的重臣不吝赐教。如今，刘裕只盼陶大人贵体早日康健，为朝廷分忧啊！

唉，老朽乃江河日下之人，离黄泉在即，朝中之事，已是无力顾及了。陶夔说，好在有大将军中流砥柱，老朽死亦无憾了。只是临死前，还有一事有求于大将军哪！

大人在我面前切莫说求字。你有何吩咐，刘裕我照办就是。刘裕装出一副十分诚恳的样子说。

见火候已到了，陶夔便说：老夫尚有一事放心不下，乃是小侄渊明身居山野，还求大将军看在老朽的薄面上，给他个一官半职吧！

这时慧远与何无忌在东林寺的莲花池边边走边聊。

何无忌：我派去建康见陶大人的下人刚刚回来，说是陶大人已身患沉疴，怕是将不久于人世了。

慧远：阿弥陀佛！如此说来，渊明危险了。

何无忌：就是呀。远公，你看如何是好。刚才我听素心说，刘大将军派来的杀手已向渊明先生动手了。再拖延下去，恐怕是防不胜防啊！

慧远：陶公还清醒否？

何无忌：清醒倒是清醒，只是身体十分虚弱，走动靠人搀扶。

慧远：你派人送去的书信他是否看过？

何无忌：也曾看了。只是没有片纸回音。

慧远：阿弥陀佛！陶公只要看过你送去的书信我就放心了。他未给何大人回信，这正是他的警慎细密之处，他只是不想给大人你留下麻烦。

何无忌：以远公见，渊明先生有救了？

慧远：贫僧相信，只要陶公尚有一丝气息在，便会有良策对付刘裕。

何无忌：但愿如此。远公，无忌告辞了！

慧远：恕不远送。

刘裕与陶夔仍在刘裕的书房内交谈。

刘裕说：陶大人此来，是为令侄渊明求官的？

陶夔又朝刘裕：还请大将军开恩。

可我安排了参军一职与他，是他自己辞的官，并不是我没有顾忌大人的脸面。刘裕说，况且，他辞去参军一职，乃是扫我刘裕的脸面，我暂未追究于他，也正是看在大人你的面子上啊！

小侄不懂事，求大人网开一面。陶夔道，不过大人有所不知呀，小侄乃自幼习文之人，于军旅之事，素无兴趣。他并非不愿为大人效力啊！

既然如此，他为何不向我说明情况？难道我刘裕家的大门不向他张开吗？刘裕责问道。

大将军哪，小侄这不是没有脸面来见你嘛，便请老朽来面见大将军哪！陶夔赶忙解释。

他既然不愿在军队为官，依大人之见，给他安排一个什么官职呢？刘裕只好问。

陶夔以退为进，说：大将军你看呢？

刘裕想了想说：这样吧，就让他到朝廷来任个秘书郎吧。

大将军如此看重老朽之面，老朽当深铭五腑。陶夔说，但老朽有个不情之请。

刘裕：请陶大人明言。

陶夔：小侄妻少子幼，家底又寒薄。老朽恳求大将军就近给小侄安排一个县郡小官，一来谋口饭吃，二来又可照顾家小，三来嘛，也不耽误他报效大将军啊！

刘裕想了想说：行吧。日前江州刺史何无忌奏报，彭泽县令回家丁忧，正好缺个县令，就委任他吧。

陶夔：那老朽代小侄谢过大将军了。

陶渊明并不知道叔父陶夔为了他在京城所做的一切，心里还在想那一天被巫克和罗岩追杀的事，好在当时远公派素心及时出手相救，否则现在他的人头有可能就摆在刘裕的案头了。他决定去东林寺一趟，一来表示对远公的谢意，二来对自己往后何去何从向远公讨讨主意。

走到东林寺慧远的禅室门口，却被素心挡住了。素心说：师父并未相邀，公子前来做甚？

陶渊明笑着说：远公不邀，我就不能来吗？

素心一脸认真地说：师父正在参禅，公子就别去打扰了。

俩人正说着，室内传来慧远的声音：素心，与何人喧哗？

哦，是陶公子来了。素心紧忙回禀。

那就请进来吧。听见从禅室里传出慧远的声音，陶渊明在素心头顶上拍打了一下，走进了禅室。

见陶渊明进来，正在打坐的慧远站起来说：渊明哪，你来得正好，我有话要对你说。

愿听远公赐教。陶渊明朝慧远一揖，说，不过，渊明还是要先谢过远公！

谢我？所为何事？慧远问。

谢远公派素心出手相助。陶渊明说。

可我听素心说，先出手相助你并不是他。慧远说。

是呀，这也正是渊明百思不得其解之处。陶渊明说完，从胸口的衣襟里掏出一块红巾，递给慧远问，远公，你是否曾见过此巾？

慧远看了看，沉吟了一阵，说：不曾见过。

这就蹊跷了。陶渊明自语道。

慧远再展开红巾看了看，似乎发现了点什么。半天才问：这红巾的一角绣着一个小字，你是否看见？

哦，让我看看。陶渊明赶紧从慧远手中接过红巾一看，喃道：玉！莫非……？

慧远问：你发现什么了？

不！不可能是她！陶渊明只顾自语道。又将红巾收进衣襟，对慧远说，远公，你不是说有话要对我说吗？

慧远说：已经说过了。

陶渊明：哦。那渊明是不是该告辞了？

慧远说：渊明哪，时已近午，到了吃斋饭的时候，你用过斋饭再回去吧。

陶渊明将鼻子扇了扇：远公，你还是让我回去吃饭吧。

慧远一笑：你是想喝酒吧？我给你准备了。

陶渊明一笑：知渊明者，远公也！不过，独饮无趣，就算远公豁达，准我在你寺中饮酒，到底无人作陪呀，奈何、奈何！

慧远：好说、好说。贫僧我就以茶代酒，陪你饮谈如何？

也罢，只是为难远公了。陶渊明说罢，与慧远相视一笑。

陶渊明与慧远对饮时，何无忌正在刺史府处理公文，一下属进来禀道：大人，这是朝廷刚到的一封公文。

何无忌：呈上来。

下属：是。

哦！任陶渊明为彭泽县令！好！好！远公高见，陶夔大人高明！何无忌抽出公文一看，不由不喜赞道。

下属问：大人，要不要我将此封任命送达给陶县令？

何无忌摆了摆手说：不，我要亲自给他送去！

陶渊明饮尽一杯，对慧远笑着说：远公虔心修行，一心向佛，为何却准许我破你寺规，在佛前饮酒？这不是与佛旨背道而驰吗？难道远公就不怕伤了佛的尊严？

慧远看了陶渊明身后一尊高大的弥勒佛像，双手合十道：阿弥陀佛。酒肉不过穿肠之物，尊佛敬佛又何需拘泥于表象。在贫僧看来，佛是心中之佛，它有万丈光芒，不是凡尘俗念所能遮蔽的。

陶渊明又饮过一杯，问：请问远公，何为表象？

我佛圣严宽宏，无所不包无所不容。慧远说，只要心中有佛，可以不礼佛，不念佛，不吃苦，不修行。况且一杯酒乎！

远公此言有理，有理啊！陶渊明听得高兴，又饮下一杯。

素心俯下身，在陶渊明耳边说：公子，你饮多了。

陶渊明手一挥说：不、不多。今日难得、难得、听到远公、高论。就算多饮、多饮几杯，又、又何妨。

慧远笑着说：素心，给渊明斟上吧。

素心说声是，又给陶渊明斟酒。

陶渊明继续说：佛、佛能、拯国家，于危、危亡吗？能、能救民、救民于、水火吗？

慧远说：这一切皆缘于种瓜得瓜，种豆得豆，种因得果啊。

陶渊明将酒一口饮尽，说：既然，因果由人、由人修种、而来，又何必、何必建庙、立佛呢？

慧远说：指望。给芸芸众生一个指望啊！所谓塑我佛宝相，弘我佛道德，无非是树一方精神，净一方秩序，建庙立佛，给众生创一块修正因果的佛田。阿弥陀佛！

陶渊明将手一挥，说：生、生时苦，死亦、亦苦！活着、更、更苦。谁又能、能超脱得了、一个苦、苦字？还是顺其、顺其自然吧。何况，世道沉浮，道、道德已丧，人、人心不古啊！

慧远说：天道昭彰，因果循环，报应不爽。庙堂虽形而上之表象，佛光却永驻众生心田；世上无不朽之物，心中有不灭之灯，故道永存，德永承，佛永在。

慧远话音刚落，陶渊明却一头倒伏在桌上。

素心说：师父，陶公子喝醉了。

陶渊明猛一抬头，将桌子一拍，说：谁、谁说我、我喝醉了！说完，又端起酒杯一饮而尽，接着说，若然，尊佛必立庙，而我佛、居庙堂之高，又、又忧了、多少众、众生之、之难？水旱、连年，战争不断，桓、桓玄，刘、刘裕为非、作歹，篡位害民，我、我佛神、神威何在？！

阿弥陀佛！佛之所以为佛，慈悲为怀，道德为本。敬佛先立德，德修则道生，道德合一，人佛一体。我慧远在庐山修建道场，开辟净土，无非以期芸芸众生皆沐我佛荫泽，修道立德，弘扬善心，光大公心啊！慧远说着，人便显得有些激动，他站了起来，走到佛像前继续说：敬佛则佛显。纵观吾等在匡庐开立我佛道场以来，百姓安分守己，一邑民风淳厚，刁民乱众根净，狗盗鸡鸣绝迹，三界和睦，四邻相融。此得益于神佑也！持佛无恐，敬佛自安。盖吾等一应众生，心怀坦荡，不贪不吝，不嫉不妒。三病四痛，沉疑积惑，佛台一祈，冰消瓦解；求婚求子，祈运祈安，佛前一祷，所求必应。此乃人佛之心相通啊！

说完，慧远回望了陶渊明一眼，只见陶渊明倒伏在桌上，鼾声大作。

慧远合十：阿弥陀佛。素心，你带几个师弟送渊明回家吧。

素心：是。

早晨。陶渊明卧在床上，翻了个身，从窗口射进来的阳光正照在他脸上。在阳光的刺激下醒来的陶渊明伸了个懒腰，随口一吟：大梦谁初觉，平生我自知。

锦娘端着一盘水进来，笑着说：夫君醒了？快起来洗漱吧。

陶渊明说一声好嘞，便穿衣下床。

锦娘又问：夫君，你昨天在哪里喝酒来？醉得人事两不知的，我可从未见过你喝那么多的酒啊！

陶渊明说：是啊，我在哪里喝酒来？他拍了拍自己的脑门说，我一时还真记不起来了。

昨天下午，是素心带几个小和尚将你扶送回家的。锦娘提醒道。

哦，哦！对了，昨天在东林寺喝酒来。陶渊明不好意思地笑着说。

夫君，你还在说酒话呢。锦娘不信，说，东林寺乃佛门净地，怎么会让你在寺庙里饮酒呢？

锦娘，你也是读过诗书、见识不凡之人，怎么也跟凡家俗子一般见识？陶渊明说，远公，高人也。以远公看来，酒肉不过是穿肠之物。

是，我知道，酒肉穿肠过，佛祖心中留。锦娘笑着问，可你又什么时候敬过佛呢？

远公便是活佛。陶渊明一脸肃穆地说，我敬那些泥木头干啥？敬远公便是。

陶渊明夫妻俩正你一言，我一句时，陶俨一头闯进来说：爹，庞伯伯来了。

哦，你庞伯伯来了！陶渊明听说庞通之来，高兴地说，快把他请到书房里去，我随后便来。

陶俨说：我已让他在书房等你了。

陶渊明走进书房，看见庞通之坐在那里，便笑言道：通之兄不在州府办差，一大早就跑到我家里来，一定是有事吧？

好事！是好事！庞通之满脸笑容地说。

陶渊明坐下来，才说：既然是好事，便说来听听。

庞通之朝陶渊明抱拳道：恭喜渊明老弟！

呵呵，想我渊明，有饭吃，有书读，有酒喝，天天便是喜。陶渊明笑呵呵地说，除此之外，便别无所求，还有什么值得通之兄恭喜的。

庞通之把头伸过来说：我昨天听说，朝廷已任命你当彭泽县令。任命文书已下到了州府，昨天下午我便赶回来了要告诉你，可你喝得烂醉如泥，只好一早就来给你道喜了！

陶渊明站起来，紧盯着庞通之的双眼问：朝廷让我去当彭泽县令？

千真万确。渊明老弟啊，你准备准备，择日赴任吧。庞通之仍一脸兴奋地说。

可陶渊明没有半点兴奋的神情，他缓缓坐下来，说：可朝廷乃刘裕之朝廷，日前他曾派杀手前来谋害于我，现如今又任我为县令。这其中，怕是有阴谋啊。

朝廷给你官当，总归是好事，你何必想这想那呢？庞通之劝道。

陶渊明说：不行，我惹不起他刘裕，总躲得起。我得赶紧收拾收拾，到外面去避一年半载的。说完，陶渊明便起身欲走。

正在这时，门外传来一声：刺史大人到！

第十六章　归去来兮

当陶渊明听见门外传来一声刺史大人到时，便叹息一声：唉，通之兄，我的通之兄啊，你为何不早来告诉我，现如今，我是躲都躲不掉了！

庞通之说：还说这些干什么，快，去迎接刺史大人吧。

陶渊明与庞通之从书房走出来，何无忌已站在书房门前。陶渊明朝何无忌深深一揖：恭迎何大人！

庞通之也赶紧朝何无忌跪下，将头磕在地上：庞通之磕拜何大人！

何无忌说：庞书办你起来吧，我与渊明先生谈点事，你在一旁伺候。

庞通之应了声：是。

请何大人到书房用茶。说罢，陶渊明将何无忌引进书房。庞通之躬着身跟了进来，恭立一旁。家人献上茶来。

何无忌掀开茶碗盖，闻了闻，赞道：菊花茶，好！听说陶里菊花茶乃江州一绝呀！

陶渊明说：此乃贱内亲手采摘的南山之菊，在下亲自制作的，请大人品尝。

何无忌小饮了一口。

陶渊明问：大人，其味如何？

何无忌说：凛冽，甘苦。嗯，嗯，但满口生香，回味无穷啊！

陶渊明说：此菊乃几经霜染雪侵后，才采摘下来，制成此茶，它集庐山松涛之气，凤竹之韵，严霜之烈，寒雪之冷，清泉之甘于一体，大人慧睿不凡，当谙知。

哈哈，当知，当知。然此菊生在深山，不经采摘，泡制，制成茶，终归是一朵野花，终会凋谢于山林，谁又识得其中之味呢？何无忌一语双关地说。

这个嘛……陶渊明正不知如何对答，何无忌已拿出一封书信递到陶渊明手中说，渊明先生无须多言。这是令尊叔陶夔大人给你的一封书信，你看过以后再说罢。

叔父大人寄来的书信？陶渊明赶紧从何无忌手中接过书信看了起来，他边看手边抖，眼里已含满了泪水。

何无忌说：这是令尊叔临终前写给你的。

陶渊明朝东双膝一跪，将头重重地磕了下去：叔父大人，渊明未能亲自给你送终，渊明不孝啊！

何无忌将陶渊明扶起来，说：请陶令节哀顺变！

陶渊明：陶令？

尊叔的信上不是说得很明白吗？何无忌又拿过一封文书递给陶渊明说：这是朝廷给你的任命。

陶渊明站起来，朝何无忌一揖：大人在上，彭泽县令陶渊明见过大人！

何无忌将陶渊明的手托住说：不必多礼，你现在虽然名分上是我的下属，但论起才识、学问、道德、气节，你乃是我的先生哪！

渊明不敢当。陶渊明说，大人，渊明有话在先，我虽暂时答应去任彭泽县令，乃先叔临终之命难违。当然，也要感谢大人与先叔对渊明德一番保全之心。但是……

你的心思我还不明白？何无忌说，但是二字，你暂且就不要说了，等熬过了这个风头，我自然让你放归南山，采菊东篱。你稍作准备，择日上任去吧！

谢大人知遇之恩！陶渊明朝何无忌深深一揖。

送走何无忌，陶渊明对翟锦娘说：我去任彭泽县令，不过是权宜之计，就不准备带你与孩儿们去任上了。

按理说，彭泽离陶里也只隔了一个鄱阳湖，来回不过百十里路程，我不随你去任上也说得过去。锦娘说，可我担心的是，你平日好酒，身边又没有一个清醒的人照顾你，怕你误身又误事啊！

锦娘说得是。陶渊明的心里想，我虽然是被迫无奈，去当这个县令，既然已是一县父母，养牧万民，就不能误了百姓之事。如果锦娘在我身边，也有一个事事可商量谋划的贴心之人。想到这里，陶渊明便说：锦娘啊，你说得有道理。要不这样吧，俨儿已长大成人了，就将他留在陶里照管田地和家仆，你与其他的孩儿随我去任上，你看如何？

俨儿虽说已长大成人了，可一直都未离开过我，我怎么舍得将他一个人留在家中？锦娘说。

陶渊明：锦娘不必多虑，我会让通之兄帮着他照顾家事的。

锦娘：通之在州里当书办，一向是个忙人，他哪里抽得出身来帮俨儿？

陶渊明：这你就放心了，他不是已将其小女许配给我家五儿阿通么？我们已是儿女亲家了，他现在帮俨儿，也就是帮他将来的女婿，他能不尽心？再说，何大人一向待我不薄，我去跟何大人打声招呼，让何大人少安排他点事，何大人一定会答应的。

锦娘：如此我便放心了！

那就这么说吧，你去准备准备，我们明天就去上任。陶渊明说完，便起身朝家门外走去。

锦娘：夫君，又去哪里？

陶渊明：我带俨儿到田头地角去走走。

锦娘：你都要去当县令了，还惦记着这几顷薄田。

陶渊明：你有所不知呀，这几顷薄田可是我们的根本哪，说不定哪一天，我就辞官归田了。

锦娘看着陶渊明离开的背影，摇头一笑道：这夫子，真拿他没办法！

陶渊明走到门外，喊道：俨儿，俨儿！

陶俨从屋里走出来问：爹，你叫孩儿有事？

陶渊明说：你扛上锄头，跟爹到田垄里去看看。

爹，你不是要去当县令吗？怎么还去种田呢？陶俨不解地问。

陶渊明拍了一下陶俨的头：你这小子，爹当了县令，这田地就可以丢开了？

陶俨笑着摸了摸头说：爹，我知道了，民以食为天嘛。又说，爹，你是怕这官当不到头，又要回来种地吧？

陶渊明也笑道：知道了还笑，还不快拿锄头去。

哦。陶俨应了一声，便在墙边拿了一把锄头，往肩上一扛，说：爹，走吧。

陶渊明与陶俨一前一后，走出了村口，走进田野。田野里，三三两两的农夫正在劳作，陶渊明从儿子手中接过锄头锄起田来。

相邻的田里，老农拄着锄头望着陶渊明大声说：相公，听说你就要去当县令了，怎么还亲自下田呢？

叔啊，你就别笑话我了。陶渊明大声道，我本一农人，岂能忘根本哪？

从另一块田里又走过来两位农人，一个说：相公，像你这么有才华和德行的人，又曾做过官，现如今又要去当县令了，竟然还带着儿子下田劳作，跟我们这些山野村夫没有什么两样，真是难得啊！

老兄，当官不自在呀，哪有在家种田种地让人心情舒畅呢。陶渊明笑接过话茬儿。

另一个农夫说：相公是身在福中不知福啊。种田种地有什么好呢，不是风吹雨淋，就是面朝黄土背朝天，哪一粒粮食不是靠汗水浸出来的？

头一个老农跟着说：是啊，陶相公现在好了，马上要去当官了。当官多好，不但可以免除劳作之苦，还有一定的俸禄和公田，除了可以养活一家老小，还可以为老来积蓄一笔养资啊！

哈哈哈哈！听几个农夫这么一说，陶渊明不禁大笑起来。此刻的陶渊明正为无法摆脱刘裕的控制苦恼不堪，而这些善良的乡邻又哪里明白他心中的苦楚，了解他的志向呢！陶渊明之所以甘愿躬耕田亩，面朝黄土背朝天，不正是想远离黑暗的朝廷、污浊的官场吗？可现在，他想过一个普通百姓清净无为的日子都无法做到啊！

陶渊明已笑得满眼是泪。笑罢又自嘲道，是啊，是啊，当官去吧。看来，我真得去好好当这个官了！

傍晚时分，劳作了一天的陶渊明回到家中。锦娘接下他与俨儿扛在肩上的农具说：夫君，你已累了一天，就早点休息吧，明天一早就要去赴任呢！

唉，我担心哪。陶渊明叹息道。

锦娘问：夫君是担心这一上任，从此就离开不了官场吗？

这也是我担心之处。陶渊明说，可更担心的是，我这一去便误了几个孩儿学习耕作，将来他们如何衣食自给啊？

夫君哪，孩儿们学习耕作的事情我看不急。锦娘回道，一来他们年纪尚幼，二来嘛，孩儿们也是名门之后，不可不延续我陶家的书香啊！

耕读要兼得嘛。陶渊明说，耕是读之本啊，如果连一口饭都吃不上，还读什么书呢！

夫君，你乃一代名儒，应忧道而不忧贫呀。锦娘劝道，既然你要固守气节，打算将来终老田园，锦娘甘愿与你同甘共苦。可我们不能让孩儿他们成为目不识丁的山野村夫啊。

人之贵贱，在于秉性真纯。我可不想让孩儿们与我一样，读了满腹诗书而郁郁困顿。陶渊明说，人活于世，还是少读书，无欲无求，养其本真为好。

唉，我说不过你。锦娘望着门外说，但愿儿孙自有儿孙福，莫叫儿孙做马牛啊！

陶渊明一笑，道：锦娘啊，这就是你不明事理了。你何尝知道牛马就不快乐呢？它们或奔驰于原野，或悠游于山林湖场，或耕作于沃野，呼吸着新鲜的空气，与人有助，与世无争，远离是非，不计得失，不知愁苦，它们是多么悠哉快乐！

夫君，这只是你一厢情愿的想法呀。锦娘觉得陶渊明迂腐可爱，她想笑又笑不出来，只好正色道，马被人骑，牛负重轭，长鞭加身，受人牵制，它们快乐何在啊？

陶渊明见锦娘一时还难以理解他，只好说：哦，哦，睡吧。

晋安帝义熙元年（405）八月，陶渊明出任彭泽县令。

刚上任的那一天，锦娘正在打扫一间彭泽县衙的房子，陶渊明走进来：锦娘，辛苦你了！

锦娘说：夫君，这间像样点的房子就给你做书房，你看如何？

全凭你安排。陶渊明说。

我再叫人去对面的程山上挖一些野菊花，栽种在这书房的门窗前，你看可好？锦娘笑着问。

还是锦娘想得周到。陶渊明说，你忙吧，我到前衙去看看，去处理一些公务。

锦娘却说：夫君，锦娘还有一些事情想跟你说说。

何事啊？要这么急着说。陶渊明问。

怎么不急呢。锦娘说，秋收刚过，这不就到了冬种的时候吗？你每个月除了五斗米的薪俸外，不是还补贴了三顷的公田嘛，这可是我们全家的主要收入来源哪。你看，我们种些什么作物呢？

哦，这件事吗？陶渊明想了想说，要不暂时将半顷五十亩的腊水田翻耕一遍，明年种上稻谷，可保一家人的粮食。

那还有两顷半田呢？锦娘问。

我再派人将腊水排干，晾在那里。陶渊明说。

夫君，那两顷半田也不能放在那里不闻不问哪，若是错过了农时，明年我们拿什么作收成？锦娘提醒道。

锦娘，你这就有所不知了。陶渊明笑道，我想呀，明年种半顷水稻，已经是足够保我们全家的口粮了，其他二顷半呢，待来年开春后，全部种上杂粮。

种杂粮干啥？锦娘问

用来酿酒啊！陶渊明说。

酿酒？锦娘摇了摇头。

锦娘呀，你要知道，我乃一县之令，可不能带头用主粮稻谷来酿酒啊。见锦娘摇头，陶渊明解释道，所以我就想了一个变通之法，除保全家吃的口粮外，其他田地全部种上杂粮，到时候用杂粮酿酒，不就名正言顺了。

锦娘轻叹一声，说：夫君，你想过没有，这样做不是在糟蹋田地么？

陶渊明：怎么就糟蹋了田地？

锦娘：别人种杂粮都是用山坡荒地，而你为了酿酒，却用良田来种杂粮，你这不是糟蹋田地又是什么？

嘿嘿嘿，嘿嘿。陶渊明一边拍着脑袋，一边笑着说：我怎么没想到呢？可是，锦娘啊，这官田都是良田，哪来的山坡荒地啊？

锦娘：夫君，不妨再想想，你是一县百姓之父母，千万双眼睛在看着你，如果一县的百姓都学着你，此风一涨，将来大大不妙啊！

陶渊明：哦，如何不妙？还请夫人说明白。

锦娘：你也知道，民以食为天。如今奸臣当道，朝局不稳，什么时候打仗都不可预料，若是动荡一起，而百姓手中又无粮食，难道喝酒能保命？

陶渊明：锦娘说得极是。

锦娘继续道：粮食可是百姓的命根子。我知道夫君爱民如子，那么你要为子民们作出一个好表率，让百姓知道，在这战乱频繁的时代，粮食与酒孰轻孰重啊！

陶渊明一把握住锦娘的手，动情地说：锦娘啊锦娘，我陶渊明有贤妻如此，乃终身之福哇！

锦娘将手从锦娘手中抽出来，娇羞地看了陶渊明一眼，说：这哪是锦娘贤明，分明是夫君虚怀若谷，接纳良言，这才是真正的贤明呢。

好，我就将两顷半种上稻谷，只用五十亩来种杂粮，你看如何？陶渊明愉快地说！

夫君，以锦娘之见，夫君不妨将五十亩良田从百姓手中换取五十亩荒坡旱地，种上杂粮，这对夫君与百姓都有益处。锦娘又说。

锦娘高见，高见哪！陶渊明对锦娘之言大加赞赏。

这时，一个衙役走进后衙，站在书房门外：禀报大人，有人击鼓鸣冤！

有人鸣冤？陶渊明说：那就赶快升堂吧。

县衙大堂，两旁站立着手持水火棍的衙役。陶渊明走进大堂，在明镜高悬匾额下的案桌前坐下，将惊堂木一拍：升堂！

两旁的衙役齐喊：升堂——！威——！武——！

陶渊明将惊堂木又一拍：你们喊什么威武，别惊吓了百姓！

衙役班头走上前来，对陶渊明一揖：大人，你没做过县郡长官吧，凡是升堂，都要喊威武，这是历来的规矩。

陶渊明大声说：百姓本来是前来申冤的，你等都大喊威武，百姓有冤还敢申吗？回班！

班头：是，大人。

陶渊明：将申冤者带上来！

班头喊：带原告上堂！

一中年男人走上大堂，朝陶渊明跪下说：小民叩见青天大老爷！

陶渊明：你起来吧。

原告：小民不敢。

257

陶渊明：为何不敢？

原告：小民是来求大人申冤的。

陶渊明：帮你申冤，乃是本县分内之事，何用你求。起来说话吧。

那小民就斗胆了。说完，原告站了起来。

陶渊明温和地说：说说你的冤屈吧。

原告说：大人哪，我家紧邻本县大户刘财主家。我家院子里长有一棵大树，此树是刘财主还未建房子时，我爷爷栽种的，现如今树已长大。刘财主说我家的树挡了他院子里的光，小民家底寒薄，知道斗不过他，便将此树砍倒，免得刘财主再找麻烦。可刘财主却说我家院子里的树是吸了他家院子里的肥才长大的，硬是叫家丁将此树强行抬回他家。小民心想，一棵树也值不了什么，便忍气吞声，可刘财主还不依不饶，说树枝也是他家的，要小人拿出来给他。可小人已将树枝当柴火烧了，拿什么给他？他就，他就……原告说着说着，便放声大哭起来。

你先莫哭。陶渊明说，你接着说，他便如何待你？

他便逼着小民，要小民将女儿送给他睡两天，否则，他便点火烧了我家！原告哭着回道。

陶渊明将惊堂木一拍：可恶刁民，来人哪！

大人！班头走出班朝陶渊明使了个眼色。

你有话便讲，不必装神做鬼。陶渊明喝道。

班头走上去对着陶渊明的耳朵说：大人，刘财主乃是州里督邮的岳父，请大人三思啊！

陶渊明：哼，狗仗人势！

班头：大人！

陶渊明瞪了班头一眼：回班！

班头：是。

陶渊明将惊堂木一拍：来人，去将刘财主带来见我！

衙役：是！

不一会儿，铁链锁着的刘财主，被衙役押上了大堂。

陶渊明将惊堂木一拍：你就是刘财主？

刘财主：是，大人。

陶渊明：见了本县，为何不跪？

刘财主看了原告一眼：他能站着，我为何要跪？

陶渊明：真乃刁民也！你身犯王法，为何不跪？

刘财主：大人你审都未审，就断定我身犯王法，还让我铁链加身，这岂不是草菅人命么？

陶渊明：你以财势欺人，倚强凌弱，夺人宅木，还欲强奸人女，怎不是犯我王法？

刘财主：他家宅木本来就是吸了我家的地肥长大的，我岂无分？若说强奸他家女儿，他女儿如今完好无损。大人，可不要妄断哪！

陶渊明：狂徒狡辩！就算我不断你奸淫之罪，你以强凌弱、夺人宅木之罪也难逃！来人哪，给我重责二十大板！

刘财主这才朝陶渊明双膝一跪，喊道：大人，请看在小婿的面上，饶了小人这一回吧，我回去就还他宅木。

陶渊明哼了一声说：宅木当然要还，二十大板亦不可少！

刘财主说：难道小婿的面子就不值这二十大板吗？

王法如天，况王子犯法与庶民同罪，督邮之面就能大过王法，拖下去，给我打！陶渊明喝道。

衙役将刘财主拖下堂去。不一会儿，便传来板子责打声和刘财主的哭号声：好哇！你一小小县令，竟敢责打督邮岳丈，我看你是不想当这个官了！我就拼了这二十板，也要叫你难堪一回。啊！啊！啊！陶渊明——！你等着——！啊！

回到后衙书房的陶渊明仍恨声不绝：可恶，可恶至极！

锦娘端过一碗茶，放在陶渊明面前的书桌上说：夫君，既然恶人得到了惩处，你还生什么气呢，你应该高兴啊！

唉，如今这世道，恶人当道，我怎么高兴得起来啊！陶渊明说。

锦娘明白夫君的心思。锦娘说，夫君今日惩戒的乃是民间小恶，朝中尚有大恶未除，让夫君日夜忧虑。可你只是一个小小县令，把一个县治理好了，夫君也便对得起自己的良心了。

你说得极是。陶渊明说，既在其位，便谋其政，能对得起这五斗米的俸禄，我也便心安理得了。

可锦娘又说：夫君，可我听说你今天惩处的是州督邮的岳丈，只怕……

只怕什么？陶渊明不屑道，慢说是督邮的岳丈犯了王法，就是何无忌大人的岳丈犯下了这不法之事，我也不会饶过的！

我也素知夫君疾恶如仇，况且你为民作主申冤，锦娘我还有什么可说的。锦娘说，只怕你今天惩处了刘财主，明日还有李财主、张财主祸害百姓呢。

是呀，我不能坐在县衙里一边喝酒一边等着百姓来喊冤哪。陶渊明边说边思考起来。

第二天，在彭泽县城的街巷里，出现一位行装简朴的中年人的身影，他走到一个卖酒的铺子前，取下身上的酒葫芦，喊一声：店家，给我打壶酒。

好嘞！店家接过中年人递来的酒葫芦一边往里装酒，一边问：客官不是县城人吧，看起来面生啊。

哦、哦，我是寻阳人，来下江做点小生意！中年人说。

如今这年头，生意难做啊！店家边打酒边说。

中年人：无非是混口饭吃，难做也得做啊。

店家：那是，那是。

中年人：请问店家，一天能赚几何？

店家：莫谈，莫谈。这兵荒才过去，来买酒喝的人本来就不多，也赚不了几个钱，可还不够交保护费呢！

中年人：交保护费？我可没听说官府向百姓征收此项费用啊？

店家：倒不是官家向我们征收的。

中年人：那何人敢如此大胆，巧立名目，盘剥百姓呢？

店家小声说：客官有所不知，本县有一恶霸，姓时名伯仁。哦，前面那座高门宅院就是他家，前些时日刘裕大将军带兵攻打彭泽，久攻不下，将要屠城泄愤，是东林寺慧远大师救了全城百姓一命，可他硬说慧远大师是他请来的。现如今，他要全城各户逐月向他缴纳保护费五百钱，否则，便逐出县城。

哦，竟有此等事？中年人说，你们为什么不去县衙上告呢？

上告？免谈免谈。店家摇着头说，前任县令与他一起坐地分赃，几个带头告状的人被县令打了板子不说，还被时伯仁拆了他们的房子，赶出了县城哪！

不是来了新县令吗？你们再去告啊！中年人说。

唉，谁又知道新来的县令得没得他的好处？店家叹道，我们也是一朝被蛇咬，十年怕井绳啊。

店家多虑了，新县令一向清正为民，昨日督邮的岳丈被人告到县衙，被新县令治了他一个以强凌弱之罪。中年人说，在下与新县令交情深厚，愿为你写一纸诉状，将其告到县衙去，保准除了此恶霸！

店家朝中年人一揖：如此，客官便是彭泽全城百姓的再生父母，老朽在这里代全城的百姓谢过客官了！

店家不用客气。中年人说，请拿纸笔来，待我为你书写一状。

店家递过纸笔。中年人挥笔便写：时伯仁，实不仁也。肆意欺凌百姓，豪夺小民钱财，为害一方，酷于兵灾。民生之悲，乃牧宰之痛。此恶必诛，以彰天日！

中年人将写好的诉状刚递给店家，突然，不远处传来鼎沸的人声。

唉，定是那是恶霸又在兴风作浪！店家摇着头，一脸无奈地说。

哦，我倒要去见识见识。中年人说，店家，告辞了。

离开店家的中年人疾步走到街心，挤进人群。只见一中年男子跪在街头，头系孝布，朝一只死狗磕头。男子背上贴着一块写着字的白布。

中年人念道：不孝狗男齐二苟，罪孽深重，不自殒灭，祸延狗父，于今晨寿终，即日成服治丧，谨此讣告。

念完贴在男子背上白布上的讣告，中年人问旁边的老者：老伯伯，此人为何称狗为父，为狗戴孝？

老者摇了摇头叹道：唉，莫问莫问，看看热闹便走吧，免得自找麻烦。

中年人见老者忌言，便说：老伯，能否借一步说话？说罢，便把老者来到一旁问，老伯，让此人为狗戴孝，是否是时伯仁所为？

作孽呀！老者愤懑道，为狗戴孝，千古奇闻！此事除了时伯仁这个恶霸，还有谁能做得出如此荒唐之事啊！

这又是为何？中年人问。

为狗戴孝之人乃乡下进城掏粪的，早晨拉着粪车经过时伯仁门口，时伯仁嫌粪臭，便使狗咬人。这人受了惊吓，手忙脚乱，粪车便翻倒在地，将狗压死。这不，赔钱给他不算数，还要让这人跪在街头为狗戴孝三天。老者说完，仰天而叹：唉，天道何在，天道何在呀！

中年人听完老者的叙说，愤怒地说：看来，这事我得管管！

老者一把拉住中年人，担心地说：你休要莽撞，全城的百姓都怕他，你何必出此风头，自找麻烦！

中年人一脸凝重地说：老伯，你就放心吧，在下手中若是没有四两黄沙，哪敢下海捉恶龙啊！说完，他转身挤进人群，将那人背上的一块白布撕下，高喊：谁是时伯仁，站出来！

时伯仁走了过来，用手撩了两下嘴角边的胡须，狞笑一声：呵呵！在彭泽县城还有人敢出面向我时大爷打抱不平，我倒要领教领教了！

中年人冷笑一声，说：想领教嘛，不难，不过要趁现在。恐怕过了此时，你就没有领教的机会了！

呵，好大的口气！时伯仁蔑视道，说说你是这狗崽子的何人？敢在本大爷面前如此放肆！

放肆！哈哈哈哈！中年人笑罢，正色道：我乃他的父母，现在儿子受人欺凌，我这做父母的如何放肆不得？

父母？时伯仁先是一愣，又觉得被中年人戏弄了，便声色俱厉地说，你与他一般年纪，怎敢妄称人之父母？！

人群有人说：父母？奇怪呀，他们俩年纪一般大，怎么是他的父母呢？

又有人说：是呀，自称是人之父母，还敢与这恶人叫板，看来，有好戏可看！

中年人从身旁的老者手中接过拐杖，用拐杖指着时伯仁怒声说：我不但是他的父母，亦是你的父母。你这逆子，父母管教于你，你竟敢说父母放肆，招打！说完，中年人举起拐杖朝时不仁打去。

挨了一下的时伯仁大叫起来：快，拿刀来，砍死他！

中年人舞起的拐杖如迅风来袭，时伯仁的头上、腰上、脚下又各挨了一阵拐杖，倒在地上。中年人抬起脚，踩在时伯仁胸前，朝围住时伯仁养的一群打手说：想领教的，上来！

打手中的一人对另一人说：他，他，他好像是昨天在县衙审案责打刘财主的陶县令！

另一人说：对对，就是，就是陶县令！

闻言，一群打手立即散开。

顿时，围观的人群喧闹起来：县令，是县令大人！

老者带头跪下：小民叩见县令大人！

一群人纷纷跪下，随着老者呼喊道：小民叩见县令大人！

为狗戴孝者朝陶渊明连连磕头。

老者又喊道：小民有幸啊，我彭泽终于见到青天了！

一群人又一边磕头一边呼喊：青天！青天哪！

父老兄弟们，请起，请起呀！陶渊明对围着他跪拜的人群抬抬手，朗声道，请父老兄弟们帮我将此恶棍绑到县衙去，我要当父老兄弟们的面杖毙此恶棍！

店家拿着绳索过来，一群人将时伯仁捆绑着送进了县衙。

彭泽县后衙，陶渊明看着书房窗前的菊花发呆。

锦娘走了过来轻声问道：夫君在想什么呢？

哦，没想什么。陶渊明见是锦娘，便笑迎上去。

你来彭泽任上不到两个月，便为百姓连除两大祸害，一县百姓无不大快人心，称你为青天大老爷呢。锦娘愉快地说。

青什么呀。陶渊明望着窗外说：一县之青又算得了什么啊。况且刘财主只是责了他二十大板，暂时灭了他的气焰，我担心有一天，他会死灰复燃哪。

我知道夫君的心思。锦娘说，铁打的营盘流水的官，夫君是担心你离任后，他又要祸害百姓了？

是呀，关键是他背后有个督邮啊。陶渊明忧心地说。

夫君何不参他督邮一本？锦娘道。

参他，谈何容易？陶渊明说，他可是刘裕的亲信，放在何大人面前监视何大人的呀！

锦娘：看来他刘裕也并不高明，连用人不疑的道理都不懂。

陶渊明：你有所不知呀，越是朝廷，钩心斗角之事越是屡见不鲜。

锦娘：看来，还是无官一身轻啊。

陶渊明：谁说不是呢，还是陶里好啊！

锦娘：夫君想家了？

陶渊明：是呀。也不知道俨儿一个人在家里过得怎么样？

锦娘：要不，我回家去看看吧？

陶渊明：你这一去，四个儿子谁来照管呢？

锦娘想了想说：要不，我们派个佣工回去，一来对俨儿有个照应，二来让他也好有个帮手。

陶渊明：嗯，暂时也只能这样了。

遭受陶渊明责打的刘财主在家养息了几天，棒伤尚未痊愈，便急不可耐地租了一艘快船，赶往江州督邮家。

见到督邮，刘财主便哭着说：贤婿呀，你可要为我出这口气呀！

督邮一脸怒容，恨声道：大胆陶渊明，看我怎么去收拾你！

财主的女儿推着督邮的肩膀说：夫君哪，陶渊明他打我爹的屁股事小，他可是在打你脸哪！

好了好了，我不知道他是在打我的脸吗？督邮切齿道，岳父大人，请你放心，年关将近，小婿将要到各县郡去纠举，我就不信纠不出他点事来，到时有他好看的！

财主女儿一脸媚笑道：对对对，夫君，找个由头，将他那顶县太爷的帽子摘了去，看他还神气什么？

你放心吧，我自有主张。说完，督邮急忙来到刺史府。何无忌听说督邮来了，只好陪他到书房饮茶。

何无忌笑问：不知贵督何时下县纠举？

下官正是来跟大人辞行，准备明日便启程。督邮说。

如此甚好。说罢，何无忌又问，不知贵督先到哪个县？

督邮说：下官想先到彭泽。

彭泽的陶令上任才两个月，没有什么好纠举的，不如先去别的县吧。何无忌一边饮茶，一边漫不经心地说。

大人，我可听说陶令在彭泽不理政事，整日饮酒，还……督邮看了一眼何无忌的脸，见何无忌面无表情，只好继续说，还以打官司为名，收受贿赂。

我素知陶令品性，收受贿赂乃子虚乌有之事。何无忌仍不露声色地说。

督邮并不管何无忌的态度，正色道：哪，我更应前去纠举，帮陶令洗清白。

如此也好。何无忌点点头说：那你就先去彭泽吧。

见达到了目的，督邮正要告辞，何无忌却说：听说贵督岳丈来了，他是彭泽人吧？你可顺道送他回家哟。

督邮眼珠转了转，有恃无恐地说：是。大人，这样下官便可做到纠举官吏与送岳丈回家两不误了。

督邮刚离去，何无忌便喊：来人。

下属进来：大人有何吩咐？

何无忌：去，将庞通之给我叫来。

下属：是，大人。

这一天，陶渊明正在书房查看案卷，衙役进来禀报：大人，衙门外有一位叫庞通之的求见。

哦！快快请进来。说罢，陶渊明站起身来一边准备迎接老友，一边自语：通之兄来彭泽干什么？哦，是不是快过年了，他来看看他的岳丈。或者，是不是俨儿在家出什么事了？

他边自语着，边走到书房门口，一眼就看见庞通之朝他走来。远远地，庞通之喊道：哎呀，渊明呀，一别就是两个多月呀！

陶渊明赶上前握住庞通之的手：通之兄，别来无恙啊？

庞通之说：你别文绉绉的，什么有恙无恙的，我这不好好的吗？快快进去，我有话要对你说。

俩人挽手走进书房里，庞通之还未坐稳，就急忙说：你可知道，督邮就要下来纠举了。

他来纠他的举，你如此慌张干什么？陶渊明淡然地说。

你呀，还在做梦啊！庞通之说：你来彭泽上任才两个月，他有什么好来纠举的，他这是来挟私报复于你呀。

你是说，他为他岳丈而来？陶渊明这才有所恍悟。

庞通之：你看，你都知道了。

陶渊明：那你是为何知道的？

庞通之：嘿，我这不是受何大人的差遣，前来提醒与你，让你早做防范嘛。

何大人，真厚道君子也。陶渊明感慨道，请你回去禀报何大人，我在彭泽任上的件件事事都经得起纠举，请他放心。

庞通之这才笑道：让人放心就好。

陶渊明也笑道：既然通之兄放心，现在就请陪我小饮几杯吧。

不了不了，我不能久留，何大人急着等我回去回话呢。庞通之说，再说我来一趟彭泽也不容易，还得去见见我的岳父大人，不然回去在你嫂子面前不好交差呀。

既如此，请你就稍等片刻，待我给俨儿写封书信，你为我捎带给他。陶渊明说罢，便伏案书写起来：

> 俨儿，见信如晤。为父在彭泽为你挑选了一位忠实的后生，让庞叔带回去帮衬于你。此子亦是别人之子，其父母养儿不易，望吾儿不要将他当牛马使唤，定要好好待他。
>
> 余言不赘，父至嘱。

黄昏时，一场不大不小的雪纷纷扬扬地飘洒在彭泽县城的上空，屋脊上一片素白。

陶渊明推开书房的窗户，将手伸出窗外，让雪花飘落在他手中。然后，又用舌头舔了舔掌上的雪花，自语道：好哇，瑞雪兆丰年哪！

锦娘将一盆火红的炭火端进书房。

陶渊明接过锦娘手中的火盆放在书桌前，把锦娘的手握在自己手心里，深情地看着锦娘说：看你的手冰冷的，我帮你暖和暖和吧。

锦娘看了一眼敞开的窗户，有些不好意思地说：看，雪都进来了，我给你把窗户关上。说着，锦娘把手从陶渊明手中抽出来，关好窗户又说，夫君，难得今日清闲，老天又知趣，飘下片片雪花助兴，我就为你弹奏一曲，助你酒兴，如何！

陶渊明欢愉道：妙极，妙极！

锦娘笑道：那就请夫君稍待片刻，待我去炒两个小菜，为夫君佐酒助兴。

也正在此时，一艘官船停靠在彭泽县城码头上。钻出船舱，走上码头的督邮问身边随从：怎么不见陶县令来迎接啊？

随从说：大人来得突然，陶令或许还不知道你已到了彭泽。

督邮满脸不快地：什么屁话，公文不是早已传到了吗？去，告诉陶渊明，叫他到船上来见我。说完，督邮又钻回了船舱。

锦娘将菜端上来，一边给陶渊明斟酒一边问：夫君，你不是说督邮今天到彭泽吗，怎么不见你去迎迎他？

陶渊明把脑门一拍：瞧，我怎么把这事给忘了。又说，算了，天也黑了，我也不知道他到底到没到彭泽，明天再说吧。锦娘，你不是说要为我弹奏一曲吗？

夫君难得有雅兴，我当为夫君弹奏一曲。说完，锦娘坐在琴桌前，调了调琴弦，弹奏起来。

陶渊明饮下一杯酒，闭目静听起来。听着听着，陶渊明似乎突然感觉到锦娘今日弹出的琴声里散发出一种彻骨的寒气来。他睁开眼说：锦娘，怎么你今天弹出的琴声寒气袭人哪！

锦娘停下弹奏，仰着脸看着陶渊明说：夫君，是不是因为下雪了，你感到寒冷？

陶渊明说：也许是吧。又说，或者是我的心还是没有静下来吧，心里似乎总有一丝不祥的预感！

莫非是为忘了迎接督邮之事闹心的？锦娘说。

怎么会呢，我陶渊明又不是热衷于官场之人，就算是不去迎他，他又能奈我何？陶渊明说。

两个人说着，衙役一头闯进来，神情慌乱地说：大人，江夏来人了。

陶渊明一惊，问：江夏来人了？来人说什么？

衙役吞吞吐吐地说：来人说，说是来报丧的。

陶渊明一震：莫不是小妹出事了！

衙役说：正是。来人说，大人的妹妹于十月二十八日亡故！

陶渊明叫一声天，便两眼呆直。

锦娘连忙扶住陶渊明，用手在陶渊明胸前抚了抚，哭泣着说：夫君，夫君，你可要节哀啊！

良久，陶渊明的泪水才涌流出来，喃喃着：生是苦，死是苦，活着更苦啊！小妹！小妹呀！一路好走，你一路好走喔！

衙役摇了摇头，退了出去。刚走出书房门外不远，便迎面碰上另一个衙役问他：大人在书房吗？

衙役说：在是在，可大人正在哀伤呢！又问，你找大人做甚？

另一衙役说：哦，督邮来了，在官船上等着传见大人呢！

衙役说：我看，你还是别去禀报了，大人家里正遭丧事呢！

另一衙役说：我若不去禀报，就怕督邮大人等得不耐烦，到时候迁怒大人，我就要遭罪了。

衙役说：你放心，此乃非常之时发生非常之事，陶大人不会责怪你的。

另一衙役说：可我听说督邮大人正在船上发脾气呢，他这是来为他的岳丈出气的，怕是不好对付啊！

衙役说：好不好对付都是陶大人的事，你担心又有何用？

另一衙役说：也是，也是。

第二天清早，陶渊明卧在床上，锦娘坐在床边。

陶渊明忧伤地说：无论如何，我要为小妹去奔丧！

锦娘劝道：夫君哪，人死不能复生，况且逝者逝矣，生者要紧呐。你可不能如此伤怀，万一伤坏身体，你叫我娘儿几个靠谁去啊！

陶渊明惨然道：我知道，我知道。但我在小妹生前曾答应过她，一定去看她。没想到苍天无情，这么早就让我与小妹阴阳两隔了。既然在小妹生前我没来得及去看她，如今她死了，我岂能不好好送送她上路？我若不去送她，她一定会在黄泉路上久久徘徊啊！

锦娘咬着嘴唇，忍着泪水，使劲地点头。

陶渊明又说：锦娘，你扶我起来吧，我要向州里写一道请假奔丧的表文。

锦娘将陶渊明扶下床，将一件衣服披在他身上，将他扶到案前。正在陶渊明起草请假表文时，门外传来嘈杂的吵闹声。

陶渊明搁下笔，皱了皱眉头说：扶我到门外去看看。

锦娘扶着陶渊明走出门。门外拥着一群人，地上的雪被踩得泥泞不堪。只见督邮手持马鞭指着县衙大声说：你陶渊明算什么东西，还不快出来迎接本督邮！

陶渊明正要走出大门，衙役追上来提醒道：大人，见都督要穿上官服才合礼节呀。况且督邮正在气头上，免得让他抓住把柄。

哼，由他去吧！陶渊明对衙役的好意提醒全然不顾。

在锦娘的搀扶下陶渊明走去县衙大门，大声道：哪里来的狂徒，为何在本县衙前喧哗？

大胆陶渊明，你一个小小的县令，见了本都督不但不跪迎，还敢不着官服，蔑视朝廷命官不说，还口出狂言。看来，你这个县令是不想当了！督邮怒道。

陶渊明仰起头说：你一个小小的督邮，官不过七品，竟敢借纠举之名，在我堂堂五品县令面前抖威风！

你见官不着官服，便是重罪一条！督邮见陶渊明在他面前如此狂妄，恨声道，陶渊明，我现在就可以参你！

哈哈哈哈！陶渊明仰头发出一阵蔑视的狂笑后，又指着督邮的脸厉声道：参我！难道你还想我陶渊明为了五斗米的官俸向你这乡里小儿折腰吗？来人，给我关上县衙大门！

说完，陶渊明转身回衙，衙役将大门关上。

哼，你既然不想当这个县令，我还有什么跟你可说的。来人哪，打进县衙，夺了他的官印！督邮声嘶力竭地喊道。

督邮的随从正要砸门，大门又打开了，陶渊明又走了出来，手中举着官印：此印乃朝廷重器，你敢来取吗？

督邮愣住了。

陶渊明喊：来人！

衙役应声：在！

陶渊明说：此印我已封好，速与我送与江州刺史何无忌大人！

衙役接过印：是！

烟波浩渺的鄱阳湖上，一艘民船张帆行驶在鞋山湖面，船前的庐山巍峨耸立。

陶渊明站立在船头。

锦娘坐在船舱里弹琴。

陶渊明望了庐山五老峰一眼，吟哦起来：

归去来兮，田园将芜胡不归？既自以心为形役，奚惆怅而自悲？悟已往之不谏，知来者之可追。实迷途其未远，觉今是而昨非。舟遥遥以轻飏，风飘飘而吹衣……

琴声激悦，浪花追逐，三五只水鸟掠过船头，风吹动陶渊明的头发和衣襟。

陶渊明继续吟哦：

或命巾车，或棹孤舟。既窈窕以寻壑，亦崎岖而经丘。木欣欣以向荣，泉涓涓而始流。善万物之得时，感吾生之行休……

晋安帝义熙元年（405）11月，在彭泽县担任了八十七天县令的陶渊明再一次辞官，携妻子翟锦娘和四个儿子回到陶里，时年四十二岁。从此，陶渊明再未踏上过仕途。

第十七章　进京悼谢

陶渊明携妻儿下了船，走到岸上的分岔路口，哽咽地对锦娘说：咱们就此分别吧，你回去好生收拾田园房屋，待我去江北祭完小妹便回。

锦娘也泪流不止，劝说道：夫君哪，生死无常，寿命天定，还望夫君节哀，切勿伤坏了身子啊。

与锦娘作别后的几日，陶渊明一身素服，趔趔趄趄地闯进了江北小妹家中。只见一口红木棺材摆放在屋内中央，四周挂满白幡白布。棺材一旁坐着一位披麻戴孝、神情木然的小女孩。

刚跨进门的陶渊明，见此情此景，顾不上拍打身上的雪花，禁不住大放悲声，扑倒在棺材上。

凄凉的悲哭声，惊来了前来帮忙办理丧事的邻居，也惊来了他的妹夫。妹夫从屋外跑进来，见妻兄如此伤心，眼泪也止不住直流，并上前安慰道：他舅，节哀啊。

陶渊明因过度悲伤，根本没有听到妹夫的劝说，继续哭诉道：……我一直盼着你带着孩子到我家小住上十天半月的……他的哭诉，提醒了妹夫，便将坐在棺材边早已哭成泪人儿的女孩拉到了陶渊明的面前说：快，快喊舅舅，叫舅舅不要太难过了。

女孩边哭边喊：舅舅……别哭，别哭……

望着可怜兮兮的外甥女，陶渊明悲情更甚，一把将女孩揽入怀中：我可怜的外甥女啊……

女孩也紧搂着舅舅的脖子，哇哇大哭起来。

旁人亦纷纷掉泪。

微弱的灯光下，锦娘正在缝补，门外便传来陶渊明沙哑的叫门声：夫人，开门哪。

锦娘闻声便放下手中的活儿，对着孩子们说道：你们的爹回来了。边说边快步去开门，将陶渊明迎进了屋内，锦娘说：夫君，你可回来啦，饿坏了吧，我这就给你做饭去。

锦娘，我不饿，只是困顿得很。陶渊明一脸疲惫说。

锦娘对站在一旁的长子说：俨儿，你快去帮你爹烧些洗脚水，让他泡泡脚，驱驱寒气，我去给你爹铺床，让你爹早些歇息！

俨儿应声而去。

陶渊明刚坐下，又起身随锦娘走到正在床上嬉闹的儿子们跟前，望了望床上的被褥一眼，关切地问：睡得还暖和吗？

儿子们都嗯了一声。他随手摸了一下小儿子的头，露出了一丝苦涩的微笑。

俨儿从锅里往木脸盘里舀满热气腾腾的水，端到陶渊明跟前说：爹，热水来了，你泡泡脚吧。

陶渊明朝俨儿慈爱地一笑，一边把双脚放进木盘里泡，一边问：俨儿，今年的收成怎么样？粮食够我们一家过冬吗？

陶俨说：今年雨水多，收成不是很好，要是掺着些杂粮吃，挨过冬天应该问题不大。

站在一旁的锦娘说：夫君，俨儿还为你酿了几坛糯米酒，留待你过年时喝。

陶渊明望了陶俨一眼，感叹道：知父莫若子，只是辛苦了俨儿啊。

锦娘也感叹道：是啊，俨儿这么懂事，知晓世故。让我们做父母的大慰心怀，只是想起俨儿小小年纪，便替父分忧，年操家事，承受劳累，叫人于心难忍啊！

娘，你快别这样说。陶俨赶紧说，弟弟们还小，长子替父，这些都是我应该做的。

陶渊明：俨儿，爹突然辞官，没了俸禄，没能让你们过上轻松的日子，你不怨爹吧？

陶俨：我听娘说了，爹辞官自有爹的道理。

见长子陶俨如此体谅自己，陶渊感到非常欣慰，想起自己在彭泽任上，一接印便惩治了欺压百姓的州府督邮的岳丈，由此也与督邮结下了仇恨。接着，通过微服私访，为民铲除当地恶霸，百姓无不称快，都称他青天大老爷。而督邮却借纠举之名，与他为难，欲为其岳丈报仇，逼得他只好借为小妹奔丧之名，弃官而去。现在回想起这些，就好比做了一场大梦。梦终归是要醒的，好在他这场梦醒得早，不至于让他在梦中越陷越深。

陶渊明挂印归田不久，长子陶俨与张野之女爱莲一见钟情，俩人定下了终身后，虽然经历了一些挫折，但好事多磨，有情人终成眷属。

为长子完婚后，陶渊明受到慧远加入白莲社的邀请，他以好酒为由，拒绝了慧远的邀请。而对陶耿耿于怀的督邮见陶归隐田园，便与手下密谋，暗中放火，将陶家房屋化为灰烬。陶家一家老小被迫暂居于湖边破船之中，督邮的黑手又伸到船上，但被及时发现，使督邮欲置陶渊明于死地的毒计落空。在慧远的召号下，张野、颜延之、周续之、刘遗民、雷次宗、宗炳、庞通之等众贤士不仅为陶渊明新建了草屋，而且还设下计策让督邮身败名裂，葬身战场。

而在十年间，对陶渊明整个人生而言，最大的收获一是与颜延之成了生死之交的朋友，二是他与庞通之结成了儿女亲家，他最小的儿子阿通娶了庞通之的独女秀儿为妻。

这一天，陶渊明与颜延之、庞通之坐在家门前的怡心亭内品茶。陶渊明对颜延之说：前日，我又写了几句歪诗，你帮我看看，论道论道。说完，他拿出一叠文稿递给颜延之。

颜延之念出声来：夸父诞宏志，乃与日竞走。俱至虞渊下，似若无胜负。神力既殊妙，倾河焉足有！余迹寄邓林，功竟在身后。念毕，颜延之思忖片刻说：此诗是借夸父的故事来鼓动人们起来反刘啊。切勿流传，弄不好会招来杀身之祸！

陶渊明说：我叔父生前也多次为此写信反复叮嘱我，叫我切勿胡言乱语。说我曾为桓玄参军，属刘裕宿敌，只要稍许不慎，更会招来刘裕的迁怒。虽说叔父的话我不得不听，可刘裕弑君篡晋之举，实在令人愤慨，我也是忍无可忍，不吐不快呀。

三人正说着，一官府信使匆匆朝他们走来，走近颜延之，递上一封书信道：颜大人，恭喜了，朝延急招你回京出任著作郎，请你即刻起程赴任。

颜延之阅罢诏书，便与陶渊明、庞通之匆匆作别。

望着颜延之远去的背影，陶渊明不禁暗叹一声。

颜延之和庞通之刚走，张野手中提着一壶酒来到怡心亭。

正在看着远方的陶渊明，对张野的到来浑然不觉。

张野忍不住了：呵呵，亲家真是悠闲自得啊。

陶渊明这才回过头来：哦，亲家来了，到屋里去坐吧。

亲家，莫要客气，我又不是外人，就在这醉石上坐坐吧。张野笑着说。

见张野话里带了个醉字，陶渊明说：呵呵，原来亲家是来讨酒喝的？

你这话说得就难听了，什么来讨酒喝，我分明是来送酒的。张野边说边将藏在背后的酒拎到陶渊明面前，瞧，这是什么？

陶渊明一把从张野手中夺过酒，放在鼻子底下闻了闻，笑着说：嗯，好酒，好酒哇！来来来，我俩就在这醉石上对饮几杯。

这酒你还是留着自己慢慢饮吧，我就不陪你饮了。张野说。

陶渊明盯着张野看了一眼：看来，今天你不只是来给我送酒的，有什么事你

271

就说吧！

瞧你，总把人看得透穿的。张野说，其实，也没什么大不了的事。昨日与周续之、刘遗民他们去东林寺会了会远公。远公说你许久不曾踏过寺门，想让我陪请你去寺里坐坐。

陶渊明沉吟一阵，说：远公虽说是位高人，可我看他近来的做派越来越有些离谱，所谓道不同不相为谋哇。

张野说：亲家，我看你还是有些偏激呀。现如今，刘裕已诛灭了司马休之，而朝中谢王家族的势力渐已没落，谁又能与其抗衡，改天换日已是铁板钉钉，远公又能如何？

话虽如此，可他也不能一天到晚只顾与你等大做法事，空谈报应，这岂不是完全在麻痹民众，忍辱负重吗？陶渊明不快地说。

张野劝道：既然晋室大势已去，刘裕篡位在即，再谈国事，呼吁拯救社稷，不过是与天命对抗。如今，天下百姓苦于战乱已久，民生经不起折腾啊！

陶渊明想了想说：此言虽不无道理，但是远公不可为刘裕篡晋推波助澜哪。

亲家，你这话就武断了。张野说，依我看来，远公派我来请你去东林寺一会，或许就是想与你交流这方面的想法呢。

好吧，你去告诉远公，让他备两壶好酒，我明日便去找他讨酒喝。陶渊明只好说。

哈哈哈哈！张野笑道，亲家呀，难怪远公说你是酒中之仙哪！

慧远的禅室内，雷次宗对慧远说：师父，我近来夜观天象，发现奇异非常啊！

慧远：说来听听。

雷次宗：彗星从天津星域出现，进入太微星域，再经过北斗星，扫过紫薇，在天上持续了八十多天才消失。看来，晋亡不远了。

慧远：古人云，灾难发生，皆因人祸。人不作孽，妖异何来。人在下界作孽，都会反映于上天，此乃古往今来均未改变之事。《汉书》记载，王莽篡位前，彗星出入，与今日相同。因此，桓玄篡位，刘裕当权。彗星乃恶气所生，乃晋室将亡，刘裕将兴的预兆啊！

两个人正言谈时，小和尚进来禀道：师父，渊明先生来了。

慧远说：快请！

师父，那我就告辞了。说完，雷次宗躬身而退。

陶渊明走到门口，碰上雷次宗，便问：次宗，怎么我一来你便走啊？

雷次宗笑着说：哦，渊明兄，在下还有点事要办，改日再来奉陪。说完，雷次宗便走了。

陶渊明摇了摇头，心里说：唉，也不知道你雷次宗是怎么想的，好好的儒士不做，非要做什么俗家弟子。

雷次宗走了不远又遇见了素心。

素心问：你为何不同师父陪陪渊明公子？

雷次宗不好意思地说：你又不是不了解渊明，他一向对我拜在师父门下为俗家弟子颇有微词，加之他这人一向说话直率，不顾人情面，弄得不好，他在师父面前对我冷言嘲讽起来，不但伤我情面，师父也无趣呀。

素心：阿弥陀佛！

此时的禅室内，慧远已与陶渊明交谈起来。

慧远：以贫僧之见，晋室将亡，此乃必然。但司马楚之、司马道恭及谢王两家尚有余势，若是刘裕行事急切，贸然登基，怕是要再燃战火，生民又要遭受涂炭了。

陶渊明：以远公之见，国将不可救，唯有退而求其次，行救民之举了？

慧远：阿弥陀佛！渊明哪，你总算是理解贫僧了。

陶渊明：可是，以我等微薄之力，又如何救民于水火？

慧远：想办法推迟刘裕登基。

陶渊明：他刘裕迟登基、早登基又有何不同啊？

慧远：大有不同。

陶渊明想了想，说：我明白远公之意了。刘裕早登基，朝中反对其登基的势办尚未肃清，必然会再起战端，如果在他完全控制好局面后，再……．

慧远一笑：渊明哪，你果然有一颗七窍玲珑之心哪！

可是，刘裕乃利益熏心之辈，恨不得早日登基，谁有能阻止得了他的野心呢？陶渊明说。

慧远望着陶渊明，一脸肃穆地说：恐怕只有你了。

我！嘿！远公切莫笑话于我。陶渊明苦笑一声说，刘裕这个大流氓，早就想除我而后快，我去阻止他登基，他不但不会听信于我，反而是送肉上俎啊！

你小看刘裕了。慧远说：他要杀你，恐怕你早于十多年前就死于非命了，还能等你活到今天。

那他当年为何又要派杀手到江州来行刺于我呢？陶渊明不解。

当年，他派人追杀于你，也是情非得已。慧远说，你乃誉满天下的大名士，收罗你不成，他便要杀鸡儆猴了；后来又放过你，乃督邮帮了你一把，你辞官后，安分守己，没有坏他什么大事，他又何必杀你这个大名士而在那天下人面前自损名声呢？

可现在又不一样了，他将要君临天下，对挡他路者，即便是长在他门槛上的灵芝，恐怕他也要锄而去之啊！陶渊明仍担心地说。

刘裕，人称小阿瞒，虽说生性多疑，可其心志亦非泛泛之辈可比。慧远分析道，如果你硬挡住他登基之路，他必定锄而去之。如果你是去为助他顺利登基，他不但不会杀你，反而会对你敬若神明。

哈哈哈哈！远公啊远公，你怎么能蛊惑我去助这个大流氓登基啊？言毕陶渊明脸色一怒，站起身来说，告辞！

阿弥陀佛。贫僧还有一言，你听完再走也不迟啊。慧远说。

陶渊明：请讲。

慧远：请问，民大乎，国大乎？

陶渊明：民乃国之本。民为上，社稷次之。

慧远：你既不助刘裕登基，又能阻止否？

陶渊明：不能。

慧远：既不能，民生若何？

陶渊明：佛不能救，渊明又若何？

慧远：救民于水火者，大佛也！因此，你得去趟京城。

陶渊明：无缘无故，我跑到京城去，恐怕没有理由。

慧远：理由倒有，只是贫僧一说出来，怕你伤怀啊！

陶渊明：我的叔父早已亡故，在京城还有什么让我牵挂伤怀之事？

慧远：我夜观天象，见文曲星陨落在东方。

陶渊明：文曲星陨落、东方？远公，莫不是应在谢……

慧远：然也，谢夫人恐怕已作古数日了！

陶渊明：啊！

慧远：渊明啊，你与谢夫人相知一场，她待你情如姐弟，你难道不应该去京城祭悼她一番？！

陶渊明：唉，没想到她这么快就走了，我不去祭悼她，于情于理都说不过去啊！

慧远：那你准备何日动身？

陶渊明：就明日吧。

慧远：也好，你速去速回。到了京城，你得设法去见刘裕一面，帮我带句话给他，就说安帝之后，尚有二帝。

陶渊明：如果刘裕一意孤行怎么办？

慧远：他是聪明人，如果他一意孤行，我们也只能尽人事，听天命了。

也恰在此时，刘裕府邸大厅内摆满了酒席。见宴请的大臣都来齐了，刘裕才从后堂走出来，与大臣们见过礼后，刘裕满面含春地说：诸位，今日略备薄酒，酬谢诸位对我刘某的厚爱，不成敬意，不成敬意呀，都请坐下来饮酒吧！

群臣就座毕，刘裕又说：诸位，桓玄篡逆之时，晋室的政权就已经转移了。我刘某率先号召起义，南征北战，复兴晋室，平定四海，建立了大功，被授予九锡之命。

一大臣端起酒：相国大人，你功勋盖日，没有相国大人，哪有我晋室？我敬相国大人一杯！

大臣饮毕，刘裕说：虽说我首倡起义，诸位功劳也不小啊。我刘裕能有今日，岂能忘却诸位的爱戴之功。如今，我年纪已经大了，地位又如此之高，大凡天下事物都忌盛满，物盛则衰，这样下去，难以永保平安。因此，我打算辞去爵位，情愿退隐在京师安度晚年，诸位以为如何呀？

一大臣站起来说：相国大人何出此言啊，我大晋怎么能少得了相国大人呢？

又一大臣站起来说：是啊，相国大人乃我大晋的中流砥柱，你怎么能够退隐呢？

酒宴结束后，一群大臣从刘裕相国府出来，纷纷登上马、轿而去。

坐在轿子上的谢晦，回想刚刚在刘裕府上饮酒时刘裕所说：如今，我年纪已经大了，地位又如此之高，大凡天下事物都忌盛满，物盛则衰，这样下去，难以永保平安。因此，我打算辞去爵位，情愿退隐在京师安度晚年，诸位以为如何呀？

他说这话不无用意啊！对，对对，他正是在试探我等呢？好在在场的重臣们没有一个反应过来。谢晦心里想到这里，便喊一声：停轿。

轿夫问：大人有何吩咐？

谢晦说：速回相国府。

相国府的大门被谢晦拍开了。

见到刘裕，谢晦行起参拜大礼来，刘裕一把拉住，说：谢大人，免礼。是不是刚才招待不周，又来找我讨酒喝啊，哈哈哈哈！

谢晦说毕恭毕敬地说：臣不敢。

你说什么？刘裕故作惊讶地说，臣不敢？你说这话可是杀头之罪啊。

谢晦说：如今除了相国大人，谁还敢取我的首级。

那好啊，来人哪，给我取下谢大人的首级！刘裕喝道。

不急、不急呀，相国大人！谢晦说：臣的使命尚未完成，臣的这颗首级还请相国大人暂且留着啊。

你有何使命尚未完成？刘裕问。

臣要去一趟皇宫。谢晦说。

呵呵，如此重大的使命，那就请谢大人去完成吧。刘裕心照不宣地说。

谢晦：臣遵命。

司马德文坐在皇帝御座上。

太监上前禀报：陛下，谢晦在宫门外候见。

司马德文：宣。

谢晦进来，跪下说：臣谢晦叩见吾皇，吾皇万岁万岁万万岁！

司马德文：谢卿家，请平身吧，赐座。

谢晦：谢吾皇！

司马德文：谢卿家见我，不知有何见教？

谢晦：臣不敢，臣有罪！

司马德文：爱卿忠心为国，何罪之有？

谢晦双膝朝司马德文一跪，一边磕头一边号啕大哭起来。

司马德文：爱卿有话便说，何必做儿女态？

谢晦：臣不敢说，臣说了便有罪。

司马德文：哦，我知道了，是相国派你来的吧？

谢晦：是。

司马德文：你不说也罢，想我晋室，早就失去了民心。桓玄的时候，晋室就已倾覆，正是刘公让晋室天下延续了二十年，你今日之举，亦是我心所愿，还有什么遗憾。

谢晦：吾皇明鉴！

司马德文：什么明鉴。我只是想，你的祖上谢安谢相国没有想到，来劝我退位的是他孙子啊！

谢晦：臣惭愧，臣让祖上蒙羞！

司马德文：什么羞不羞的。一朝天子一朝臣，你虽是我晋朝贼子，却是刘宋功臣。你下去吧。

谢晦：是，臣告退。

刘裕府上。

门人进来禀道：相国大人，据江州传来的消息，陶渊明正在进京的路上。

陶渊明进京，他进京干什么？刘裕问。

听说，他一来进京悼念谢夫人，二来……门人看了刘裕一眼，不敢往下说。

刘裕沉声问：二来做甚？

二来，据说他想借进京悼念谢夫人的机会，联络谢王两家，阻止相国接受禅让。门人终于壮着胆把话说完。

哦，有这等事？刘裕沉吟道，我倒要看看，他能在京城掀起什么大风浪来？

门人见刘裕对陶渊明的即将到来似乎并不上心，便说：相国大人，切切不可让陶渊明进京。

为何？难道我现在还怕了他不成？刘裕露出凶相说，只要他陶渊明在京城兴出一点点风浪来，我便让他人头落地！

门人却说：相国大人，在而今这个节骨眼儿上，正是你收买人心之时，切不可公然杀戮名士呀！

在路上杀他也是杀，到京城杀他也是杀，我只不过是十余年未见他，想亲眼看他是怎么死的。刘裕狞笑着说。

不然。门人说，你若在京城公开下令杀他，必然会引起天下人的非议；如果不杀他，他又必然会挑起事端，阻止你登基。

哈哈，他陶渊明乃一介书生，怎能阻挡得了我登基，这不是笑话吗？刘裕不屑地说。

相国大人何不深想，他陶渊明是阻止不了你登基，可他可以给你制造麻烦，并且会引起一些不必要的议论。有时，人言比刀子还厉害呀。门人继续劝道。

此言有理，有理！刘裕点头道。

所以，相国大人何不派人在路上将他……门人还未说完，刘裕便急不可耐地说，好主意，你去安排吧。又说，切不可留下痕迹。

请相国大人放心，我这就去办。说完，门人告退。

载乘陶渊明的客船顺江而下，在江上行驶了五天，离建康城还剩下不到一天的路程了。看看天色已渐向晚，江岸已亮起了点点渔火，陶渊明便命舟子夜宿江边。

夜半时分，几个蒙面人趁着夜色轻手轻脚登上了客船，他们手持钢刀，朝正在船舱里读书的陶渊明靠拢。其中一位蒙面人不小心，踩上了船帮上的竹篙，脚下一滑，发出了响声。

陶渊明一惊，丢开书卷，厉声道：何方君子，半夜上船，意欲何为？

几个蒙面人对视一眼，说：上！

陶渊明机警地将灯吹灭，随手抽出放在旁边剑鞘中的宝剑，往船舱外一跃，大声道：请报上名来，我陶渊明剑下不死无名之鬼！

一个蒙面人说：我等乃牛津江上的强人，一向替天行道，听说你曾当过一任县令，必定搜刮了不少百姓的钱财，今日不过是顺手取来，还予百姓。

哈哈哈哈，好一个替天行道！陶渊明说，想我陶渊明只做了八十余天县令，两袖清风不说，就算搜刮了百姓钱财，都过去十余年了，你们为何不早来取还百姓？

一个蒙面人说：别跟他啰唆，上！

话声一落，几个人同时挥刀向陶渊明砍来。

陶渊明一跃，抱在桅杆上，一个蒙面人挥刀向桅杆砍去，桅杆被砍断，陶渊明纵身跃上江岸，用剑砍断缆绳，朝船头一脚蹬去，船便离开了江岸，被江水冲向了下游。

陶渊明望着被江水卷到江心的船，摇了摇头：唉，可惜了我几卷书！

几个时辰后，天终于亮了。行走在江边的陶渊明看见不远处停着一艘船，一位艄公正坐在船头钓鱼。

陶渊明走过去问：老人家，请问此处离京城还有多远？

老艄公将鱼竿收起来，回道：离京城还有百余里，怎么，客官要去京城？

陶渊明说：是啊，你能否将我送到京城？

老艄公笑道：不知客官能付多少船钱？

不瞒老人家，在下昨夜遭强人打劫，已身无分文，不过我在京城倒是有几门亲戚，只要你将我送到京城，自然少不了你的船钱。陶渊明也笑着说。

既然如此，那就请客官上船吧。老艄公爽快地答应。

陶渊明道了一声谢，脚下用力一蹬，便跃身上船，船晃了几晃。陶渊明人还未停稳，却从船舱里钻出几个持刀的人来，将陶渊明围住。

老者也撕下贴在脸上的假须发出一阵哈哈大笑，说，陶渊明，昨晚已让你逃过一劫，没想到吧，今日你又自投罗网。说毕又发出了得意的大笑！

中了圈套的陶渊明，此时虽然吃惊，但他并没有显出慌乱，他厉声问道：你们究竟是谁派来的？

休要废话，拿命来便是。撕下脸上假须的杀手说罢，带头向陶渊明挥来一刀。

陶渊明用剑鞘挡住对方兵器说：我陶渊明与你等无冤无仇，何故要屡次伤我性命！

休要多问，我等拿人钱财与人消灾，谁叫你不老老实实地待在江州山里读书，跑到京城来做甚！对手说。

哦，我明白了。你们是刘裕派来的！陶渊明说。

你既然已明白，便更留你不得。对手说罢喊道，兄弟们，取他性命！

一群人挥动兵器朝陶渊明一顿乱砍。

陶渊明纵身往岸上一跃，一群人又追杀到岸上。就在陶渊明身疲力竭，只顾招架、无力还手之时，一条红绸一闪，一个杀手手中的刀被接了过去。

众杀手一愣，又围住陶渊明砍杀。这时，只见红光闪过，人群里多了一位女道士，她手中的红绸上下翻飞，众杀手手中的刀纷纷落地。

一群杀手惊慌逃上船，船向江心开去。

陶渊明一抬头，只见女道士背朝着他，站在他不远处，一只手捂着前胸。

陶渊明朝女道士一拜，感激地说：陶渊明谢过道姑救命之恩！

道姑哀叹了一声，动身便走。

陶渊明又喊道：且慢！请问恩人高姓大名？

道姑说：一道姑耳，没有姓名。

陶渊明说：如果在下说得不错，十余年前恩人在江州也曾救过我的性命。

道姑这才回过身来，眼里含着泪水，注视着陶渊明。

陶渊明大吃一惊：你，你，你是玉如妹妹！

道姑苍凉一笑，说：世事沧桑，哪里还有玉如，贫道玉清是也！

陶渊明问：你怎么会知道我有此难？

道姑说：玉清自家父去世后，将他葬于湖南玉溪，便来到庐山的秀峰修道。

陶渊明：那你为何不来见我？

道姑：我一直都未曾离开过你！

陶渊明叫了一声：玉如妹妹！便张开双臂，要去拥抱玉如。

玉如一闪，朝陶渊明一稽首：渊明哥哥，休要如此。

陶渊明眼里饱含着泪水，深情地喊了一声：玉如！

玉如身子一颤，说：哥哥灾祸已过，此去京城一路珍重便是，玉清去也！说罢，玉清一手捂着胸口，快速离去。

谢道韫的灵柩里供着一块灵牌，灵牌上写着：故先妣王谢氏夫人之位。

陶渊明从供桌上拿起三炷香，在白色的蜡烛上点燃，插进香炉，然后行起跪拜之礼。

一旁的孝子一把挽住陶渊明说：先生请起，家母实在难当先生如此大礼！

死者为大呀。况且你的母亲乃前无古人之旷世女诗人，怎么就当不得我一拜！陶渊明眼眶湿润地说，孩子，我千里迢迢来到京都，哀悼你的母亲、我的义姐，就是为了这一拜啊！

孝子便只好跪在一旁陪着陶渊明祭拜。

陶渊明跪了下去，含泪吟道：人生无根蒂，飘如陌上尘。分散逐风转，此已非常深。思子漂母惠，愧我非韩才。衔戢知何谢，冥极以相怡。欲言无予和，挥杯劝孤影……

相府内，刘裕正在与谢晦协商如何对付已来到京城的陶渊明。

刘裕问：谢大人，陶渊明有何动静？

谢晦禀道：回相国大人，陶渊明除了在我姑母大人灵前跪拜了一番外，暂时并未发现他与其他人往来。

哦，是吗？刘裕沉吟半晌，说，我倒想见见他。

要不，我去安排一下，让他来拜见相国大人？谢晦说。

不不不！他不是喜欢喝酒吗？你安排一个酒坊，我去会他便是。刘裕笑着说。

是，我这就去安排。说罢，谢晦退出相国府。

退出相国府的谢晦，以答谢陶渊明祭拜其姑母为名，在玄武湖边一家临湖酒馆内宴请陶渊明。谢晦陪着陶渊明饮过数杯酒后，问：不知先生在京城还有什么安排？

此次来京，主要是来哀悼义姐，暂无其他安排。陶渊明回答道。

谢晦一笑，说：先生出身名门望族，才高八斗，又心智不凡，何不找个机会见见相国大人，在朝中任职呢？

任职之事再也别谈。陶渊明摆手笑道，我已过知天命之年，就算想为朝廷做点事，也是心有余而力不足啊。若是有机会能见见相国大人，在下倒是愿意。

陶渊明的话刚说完，门帘便被人掀开了，刘裕一身平民装束走进来：哈哈哈哈，渊明先生别来无恙啊？

你是……陶渊明先是一愣，继而又反应过来，站起身朝刘裕一揖，说，哦，是相国大人！

谢晦拉了拉陶渊明的衣袖，小声说：见了相国大人，为何不跪拜呀！

谢大人此言谬矣！刘裕笑言道，刘某我今日以布衣身份与渊明先生相见，便是故人。老友相见，哪有行跪拜礼之说呀？

见刘裕如此做作，陶渊明便顺坡下驴，趁机说：那相国大人何不坐下来饮两杯。

刘某正有此意。说完，刘裕便坐了下来。

此时的慧远与素心在东林寺禅室外夜观天象。

慧远：今夜刘裕与渊明相会。

素心：师父，何以见得？

慧远：天象已明，文曲星已近紫微星。

素心：渊明公子有危难吗？

慧远：文曲星与紫微星若即若离，但双星闪烁，明澈夜空，渊明不会有危险。

素心：阿弥陀佛！

酒馆内，陶渊明与刘裕、谢晦也谈上了正题。

陶渊明：虽说天命已归相国，然而不可操之过急。

谢晦：渊明先生，既然天命已归相国，那你……

刘裕一摆手，制止了谢晦往下说：请先生详细道来。

陶渊明：远公有言，安帝之后，尚有二帝。二帝以后，天命才归于刘公。

刘裕：哈哈哈哈！我刘某绝无此心哪，先生言笑了。

谢晦：相国大人，既然远公有言，天命将归于相国，我看相国大人就别再推让了。

陶渊明：不然，相国大人，如操之过急必适得其反。

谢晦：陶渊明，你如此阻挠，是何居心？！

陶渊明：哼哼，你谢晦等不过一群急功近利、趋炎附势之小人，你又懂得什么？不知相国大人是否愿意听我说下去？

刘裕：陶渊明，你可知道，我早就想杀了你？

陶渊明：在下早已心知肚明。

刘裕：那你为何还要自投罗网？

陶渊明：为天下苍生计，为相国大人计，不得不为耳！

陶渊明刚说完，便听见了一阵杂沓的脚步声。他心里清楚，刘裕手下的士兵已围住了他们喝酒的包厢。此时的陶渊明知道他已命在旦夕，但并不慌乱，大祸临头，也只好听天由命。于是，他昂起头，直视着刘裕。

刘裕：你且说来，何为天下苍生计，何为我刘某计？

陶渊明：你兵围酒楼，无礼至极，我现在无话可说。

谢晦：你！大胆！来人哪！

兵丁冲进包厢。

刘裕站起来说：慢，退下去！

兵丁躬身退出！

刘裕：渊明先生，多有得罪，刘某愿闻先生教诲！

陶渊明端起酒杯，欲饮未饮。

刘裕也端起酒杯，笑着说：来，我敬先生一杯。

陶渊明看了谢晦一眼：有小人和兵丁在眼前，有再好的美酒，我也难以下咽。陶渊明说完，又将酒杯放下。

刘裕对谢晦说：你带他们下去吧。

谢晦：相国大人，这些军士都是来保护你的。

刘裕脸一沉：下去候着！

谢晦：是。

哈哈哈哈！陶渊明放声大笑起来。笑毕，端起酒杯一饮而尽，看着刘裕的双眼说：相国大人，果然愿意听我说？

刘裕：先生必有高见，愿闻其详。

陶渊明：好。请问相国大人，你是想一劳永逸，还是想通过再打几仗，才得到天命所归？

刘裕：不打仗当然好。兵戈一动，生灵涂炭，伤及国本呀！

陶渊明：然也。相国大人请想，目前虽说司马休之已被诛灭，然司马氏余势尚在，加之谢王两大家族还有一些势力，如果相国现在就接受禅让，必定还会有人不服，一旦兵戎相见，大人若何，民生若何？

刘裕：以先生之见，必先安内？

陶渊明：请相国大人记住远公之言，安帝之后尚有二帝。

刘裕：尚有二帝？

陶渊明：相国借二帝之手，行安内之事，岂不更让天下人心服！况且安帝之后尚有二帝，天下人皆知。二帝以后，相国再接受天命，对天下人也有个名正言顺的交代呀。

先生之言，让我茅塞顿开。远公，高人也，先生，大侠也，智士也！说完刘裕端起酒杯对陶渊明恭敬地说，刘裕敬先生一杯！

两个人饮毕。刘裕说：我还有一事相求于先生。

陶渊明一笑：对不起啊，相国大人，今日我饮多了，以后再说吧。

刘裕说：先生乃清雅高智之士，可朝中缺的就是……

陶渊明说：相国大人，我陶渊明此生除了喝酒之外，别无兴趣。来来来，喝酒，喝酒！

刘裕笑道：先生不是饮多了吗？

陶渊明这才放下酒杯笑道：是啊，多了，多了，实在是多了！物极必反呀。告辞了，告辞！说完，陶渊明站起来，脚步踉跄地迈出包厢，喃喃道：多了，多了，实在是喝多了！

第十八章　慧远西归

阿通赶着牛，扛着犁走出村口。迎面走来庞通之。

阿通放下犁问：岳父，你这么早来有事吗？

我来看看，你爹回来否。庞通之说

还没呢。也不知他在京城遇没遇到什么麻烦？阿通一脸愁容地说

唉，我早就劝过他，叫他别去京城，他就是不听。庞通之望着远处说，也不知道，他这一去，能否平安回来呀？

阿通心里又沉重了几分，担忧地问：岳父是说，我爹此行会有危险？

庞通之：十有八九。

阿通：那如何是好！

庞通之说：现如今，也只好听天由命了。又问：你娘近来身体可好？

娘的身体倒没什么大碍。阿通说，岳父，我先陪你到家里去坐坐吧，让秀儿给你煮点吃的。

你先别管我。庞通之叮嘱道，你爹不在家，田地里的事可别荒废了。又说，唉，你这爹啊，越老越固执，就是不听人劝，到现在还没有回来。

阿通看着远方说：是呀！他要是有个三长两短，那如何是好啊！

这时，素心朝他们走来。

见素心来了，阿通指着素心说：岳父，那不是素心师父吗？

庞通之看了一眼正朝他们走来的素心说：他十有八九也是来打听你爹回来没有？

素心朝他们走近了，先诵了一声阿弥陀佛，才开口说：庞施主，贫僧要是猜得不错的话，你是来打听渊明公子消息的吧？

庞通之笑着说：素心，难道你不也是一样吗？

呵呵，不一样，不一样。素心笑道。

那你一大早的，跑来做甚？庞通之问。

师父派我来告诉夫人，叫她不要担心，她先生很平安，就在这两天，他会回

来的。素心说。

庞通之：你师父怎么就知道了？

素心：阿弥陀佛。此乃天机也！

庞通之这才放心地对阿通说：阿通，既然远公这么说了，你爹就一定会平安的，你快带素心师父去见你娘吧，免得你娘心里悬挂不安。

阿通将牛系在路边的树上，将犁靠在树干上，对素心说：师父，请！

搭乘陶渊明的客船在长江上逆行了八天，终于驶过了小孤山，站在船上的陶渊明问正在使劲摇橹的稍公：船家，前面就是湖口吧？

稍公：正是。

陶渊明：那就请你从湖口进鄱阳湖，将我送到星子吧。

艄公：可谢晦大人的家人说，让我将你送到江州啊。

陶渊明：我要去秀峰拜访一位故人。

艄公：那，又远了许多路程啊。

陶渊明：好说，我补你船钱就是。

艄公：那就多谢客官了。

第二天上午，客船抵达星子码头。下得船来，陶渊明直奔秀峰，一路上几经打听，终于找到了闲云观。

陶渊明正要抬手敲门，却听见吱呀一声，门已打开，一小道姑朝陶渊明稽首问道：无量天尊，施主可是姓陶名渊明？

陶渊明说：正是。

小道姑说：请施主随我来吧。

小道姑将陶渊明引进一室，对陶渊明说：陶施主，此乃玉清师父的禅室。

陶渊明问：你师父呢？

无量天尊，玉清师父已升天了！小道姑稽首道。

升天了？陶渊明心头大惊，如闻五雷轰顶。

小道姑见陶渊明形如丧魄，诵了一声：无量天尊！

不！不可能！一个月前，我还见过她呢！陶渊明对小道姑吼道。

请施主节哀！小道姑垂目滴泪说：师父半月前回观，沐浴后，召我等弟子前来听她说法。师父说：肉身于世，不过牵挂所系。牵挂既了，肉身如何！然后将弟子叫到跟前，对弟子说半月之后，有一姓陶名渊明的施主要来还她无弦琴。师父让弟子告诉施主：但知曲中意，何劳弦上音。师父说完，便升天了！

陶渊明再也止不住奔涌而出的眼泪，哭着说：玉如，玉如，你好狠心！你为何不见我一面便走啊！你好狠心哪！

施主千万别怪师父狠心，即便她想见你一面再走，恐怕也等不了半月之久。小道姑说，弟子们为师父验殓焚化时，发现师父胸前刀伤已入脏腑。

陶渊明听罢，泪如雨下，喃喃道：玉如啊，你是为我而死啊！

陶渊明迈着踉跄的脚步来到家门前，抬起无力的手在门上敲了几下。

阿通将门打开，陶渊明的身子往门内一倒。阿通一把将陶渊明扶住，惊道：爹、爹！你这是怎么了？又朝屋内喊，娘，娘，爹回来了！

锦娘从内室疾步而出，扶住陶渊明，心疼地说：夫君，你总算是回来了。又见陶渊明一副难以言状的神情，又说，你怎么像丢了魂一样啊？通儿，快，快跟娘一起将你爹扶到房里去！

锦娘与阿通将陶渊明扶到房里，放他坐下，锦娘倒过一杯茶递到陶渊明手中，说：你喝口茶吧。

陶渊明饮了一口茶，将茶碗放下，有气无力地对阿通挥挥手说：通儿，你回房去歇息吧，让我和你娘说说话。

阿通担心地问：爹，你没事吧！

陶渊明喘过一口气说：没事。

锦娘说：通儿，你去吧，有我照顾你爹呢。

阿通退出房间后，锦娘走上前，一手扶在陶渊明肩上，一手在陶渊明胸口抚摸着问：夫君，莫不是在京城遇上了什么不顺心之事？

陶渊明重重地呼出一口气，痛苦地摇了摇头，摇出了满眼的泪水。

锦娘着急地说：夫君，有什么话你可千万别憋在心里呀。

陶渊明握住锦娘抚在他胸前的一只手，贴在自己心胸前，叫一声锦娘啊，便抽泣地哭出声来：嗬，嗬嗬嗬嗬！

锦娘还是第一次听见陶渊明失声痛哭，陶渊明这一哭让她六神无主，老半天她才劝道：夫君，这深更半夜的，你切莫如此，让孩儿们听见了，多不雅啊！

陶渊明便闭住嘴，喉咙里发出咕咕咕的哭声。

唉，早知道是这样，真不该让你去这一趟京城。锦娘叹道，也怪你啊，太重情了，非要去悼谢家姐姐，这下可好了，自己也快去掉半条命了！

唉，与谢家姐姐有何关联哪！陶渊明闭着双眼，流着泪痛苦地摇着头说，锦娘啊，我见到玉如了！

你见到玉如姐姐了？那你该高兴才是啊？锦娘说。

陶渊明的泪水又涌了出来，哽咽道：可她，她已经死了！

死了？锦娘一惊，问，死了你怎么还见到她了？！

她是为救我而死呀！陶渊明又愧又痛地说。

锦娘喃喃道：她，她为救你而死？

陶渊明又重叹一声，抓住锦娘的手说：我在去京城的路上，遇到刘裕派来的杀手追杀，要不是她出手相救，恐怕我也见不到你呀，锦娘！

锦娘被陶渊明说糊涂了，问：可她一个弱女子，如何救得了你？

锦娘啊，你有所不知呀，她早就出家修道了。说到这里，陶渊明又恨声道，可恨的是慧远和尚，他应该早就知道玉如在秀峰修道，那一年，我拿出玉如妹妹的红练给他看，他分明也看见了红练角上的玉字，早就心知肚明。当时，我心存疑惑，猜想是玉如妹妹对我出手相救，而他却佯装不知，就是不对我讲实话。这次，他劝我进京，明知有险，便通知玉如暗中保护我，这都是他装神弄鬼做出来的结果！

夫君，我看这事你也怪不得远公。锦娘劝道，他也是出于一番对你的好意，要怪也只怪刘裕与夫君你过不去呀！

哼哼，刘裕！陶渊明恨声道，若玉如不死，我倒迁就于他。如今，哼哼哼！

夫君哪，如今他大势已成，迟早是要当皇帝的，你就别跟他做对头了。锦娘继续劝道。

我不跟他对头，恐怕他就会让我入朝为官哪，我怎么能臣服这个大仇人呢？陶渊明切齿地说。

锦娘说：你不愿意当他的官也容易做到。

陶渊明说：你有所不知呀，现在慧远和他门下的所谓十八高贤们内心都在拥戴他刘裕呢。

慧远正在禅室打坐。素心进来，看见慧远打坐，便站着不敢出声。

慧远虽在闭目打坐，可心知是素心，便问：是素心回来了吗？

素心说：是，师父，徒儿回来了。

慧远这才睁开眼问：渊明回家了吗？

虽已回家，但伤心欲绝。素心说。

阿弥陀佛。慧远自责道，都怪我思量不周啊！

素心问：师父何出此言？

慧远说：我不应该让玉清单独暗中护送他进京，应该让你跟玉清一起暗中护送他才对呀。这样，也就不至于让玉清为他丧命啊！

阿弥陀佛。素心说，生死有命，师父，你不必自责。

唉，我应该早告诉渊明，玉清在闲云观修道，让他们早些见面，也不至于让渊明此生留下如此巨大的遗憾啊！慧远仍在自责。

素心劝道：师父乃方外之人，不问红尘之事，并无过错。

话虽如此说，可渊明乃一情痴，于人情而言，为师有罪啊！慧远叹道。

阿弥陀佛！玉清既然毕生钟情于渊明公子，现为他而死，玉清应无憾哪。素心说，况且此次渊明公子说服刘裕，延缓刘裕登基，熄灭战火，民生免遭涂炭，玉清也是功德无量啊！

慧远惋惜道：只怕渊明从此心灰意冷，朝中少一好官，百姓少一好父母啊！

那该是刘裕所思量之事，师父乃一出家人，就不必深想了。素心说。

慧远脸一沉，喝道：嘟！你跟随为师多年，为何还如此冥顽不化？

素心赶紧垂首，双手合十道：请师父教诲！

佛之根本为何，乃一善字！慧远开化道，为国谋一良臣，为天下百姓谋一好父母，乃为天下之大善！不然，师父会鼓动渊明冒险去见刘裕吗？

素心：阿弥陀佛！徒儿明白了。

慧远：下去吧。

素心合十：是。

此时的陶渊明虽然心身俱疲，却毫无睡意，锦娘见夫君仍无宽衣之意，只顾长吁短叹，便说：夫君，我给你温壶酒来吧。

陶渊明说：锦娘呀，此时我实无心境饮酒，况夜已深，你早点歇息吧。

锦娘一笑，说：我只知道夫君不愿为官，可从未听说夫君不愿饮酒啊？

陶渊明也苦笑道：你这是想让我借酒解忧吗？

大忧大患，岂是酒所能解！锦娘道，夫君既不愿当官，那何不做一醉生梦死的糊涂之人！

陶渊明经锦娘一说，便恍悟道：明白了，明白了！锦娘啊，有你这样与我情趣和志向相投的贤妻，真值得我敬你三大杯啊！

锦娘一笑：那我就温酒去了？

去吧，去吧。陶渊明说，人言，大隐隐于市，我渊明从此就潜隐于酒了！又说，对对对，从今往后，我就更名为陶潜了！

好一个陶潜！锦娘说，好，我去温酒。

刘裕思虑再三，决定委派王弘去任江州刺史。接到任命诏书的王弘，不敢耽待片时，急忙整理好行装，便匆匆赶往刘裕府邸辞行。

见到刘裕，王弘一边行参拜大礼，一边恭敬地说：下官王弘参见相国大人！

不必多礼。刘裕笑呵呵地将王弘扶起。

王弘在刘裕的搀扶下爬起身，但他仍不敢抬头，躬着身道：下官明日便去江州赴任，不知相国大人有何要嘱咐下官？

刘裕说：别的倒没有，江州乃高贤聚集之地，除东林寺远公门下有十八高贤，还有长沙公陶侃之后陶渊明，此等都是匡时济世之人才，你此去，要用心侍之！

下官明白。王弘诚惶诚恐地说：凡能为相国大人所用者，我将极力收罗。

你明白就好。刘裕说，坐吧。

下官不敢。王弘仍躬身说，只是，下官听说陶渊明此人性情孤傲，一直不愿出仕为官，怕是不好对付。

王刺史乃厚德之人，慢慢去感化他嘛。刘裕又呵呵笑道。

是，下官将竭力而为。王弘说。那下官辞过相国大人了。

刘裕笑道：好！恕不远送。

转眼就到了深秋。陶渊明家竹篱边开满了菊花。

陶渊明躺在茅屋前过道的靠背胡床上，手里捧着诗卷不禁诵读起来：良辰在何许，凝霜沾衣襟。阮嗣宗的《咏怀诗》写得真是不错啊！陶渊明一边自语着，一边把灰布单袍往身上裹了裹，继续读诗：感物怀殷忧，悄悄令人悲。多言焉所告，繁辞将诉谁。如此好诗，恐怕只有阮嗣宗才写得出来呀，我的诗可以不用再写了。

正在陶渊明对阮嗣宗的诗作大发感慨时，张野朝陶渊明走来：亲家，好兴致呀！

陶渊明坐起身，见是张野，便放下诗卷，边下胡床边说：哎呀，亲家呀，年纪大了，下不了田，便读读诗文，打发时光啊。

是呀，年纪大了，田地里的事情就让儿子们去操劳吧。张野说。

是呀，顾不了许多了。陶渊明说：亲家来看我，还有别的事吧？

呵呵。张野笑道，一来看看亲家；二来告诉你一声，东林寺明天要做一场大法会。

他东林寺做他的大法会，与我何干？陶渊明不屑地说。

还不是想请你去捧捧场嘛。张野笑道。

我就不去了。说着，陶渊明伸出一只左腿，在腿上拍了拍，这人老了，腿脚也不方便哪。

去东林寺不就十来里地，我请顶竹轿来抬你去，如何？张野劝道。

不用麻烦亲家了。陶渊明朝东林寺方向望了一眼，说，我发现远公与从前似乎大不一样，我与他如今也谈不到一起啊。

亲家何必如此固执呢？张野说，远公这样做自然有他的道理。

他有何道理？陶渊明大声问道，他做一场法会，就能劝人行善积德？

法会乃劝善弘德之道场，没有道场，善何以劝，德何以弘？张野辩道。

陶渊明想了想，说：如此说来，那好吧，我明天倒要去看看，远公是如何劝善弘德的？

张野：哈哈哈哈。这不就对了嘛，明天我来邀你同去。

陶渊明：那倒不用，免得你多走弯路，我自己去便是。

张野朝陶渊明一揖：那就这么说定了。亲家，告辞了。

陶渊明：好走，不送。

东林寺内，人头攒动，十分杂闹。

一顶竹轿将陶渊明抬到东林寺门口，陶渊明从轿上下来，对两个后生说：你们回去吧。

一个轿夫说：你五儿媳秀儿说了，你腿脚不便，将你抬来，还要将你抬回去。

陶渊明说：不用了，不用了。你们已经抬了我十多里山路，已够辛苦你们的了，又没有一个辛苦钱给你们，我心里已十分过意不去，回去我就自己走罢。

轿夫说：那，我们就恭敬不如从命了。

陶渊明朝两个轿夫作揖：谢了，谢了！待我回去，请你们喝酒啊。

两个轿夫说：客气，客气。

陶渊明挤进人群，来到大雄宝殿门前。抬头一看，慧远盘腿打坐在大雄宝殿正中，双手合十，双眼闭着，面无表情。他头戴毗卢帽，身披绯色罗袈裟，左右和后面围着一群年轻俊美的小和尚，有的手中捧着铜盂，有的手中持着白玉柄麈尾，有的手持紫丝布巾之类的法器。

陶渊明摇了摇头，心里说：远公啊远公，你好好的一个和尚，为何要弄成一副达官贵人的做派啊。

一个香客从陶渊明身边挤过去，走到慧远座前，行四礼八拜。

慧远两手合十，半闭双目，脸上纹丝不动。

陶渊明心里说：远公啊远公，香客在拜你呢。你这是在闭目养神，还是在睡觉啊？香客们可是你东林寺的衣食父母，你怎能如此傲慢无礼呢？

陶渊明挤出人群，在远处一棵树下的石头上坐了下来。

这时，听见雷次宗高喊：法会开始！

众僧高声齐念：一日行三善，行善，语善，视善，行三年善，福必随之；一日行三恶，行恶，语恶，视恶，行三年恶，祸必报之。君子胡不勉而行之！

众香客高声齐诵佛号：南天阿弥陀佛！观世音菩萨！大势至菩萨！

接着，钟鼓齐鸣。

钟鼓停歇后，慧远才微微动了一下眼皮，喃喃念道：揭谛揭谛，波罗揭谛，波罗僧揭谛，菩提萨婆呵！

慧远念毕，在两个年轻和尚的搀扶下，起身下座，转身入内。

陶渊明叹息一声：远公啊，你不是时常对我说，不可慢我吗？你今日之举，不正是慢我之象吗？这有违佛理呀。

陶渊明站起身来，朝前走去。

东林寺法会台下，宗炳问张野：张公，你不是说陶公今天也来参加法会吗，怎么不见他的人影呢？

张野：是呀，他答应来的，应该不会爽约吧？

宗炳：今天来的人多，也许他就在人群中，我们去找找看。

雷次宗：对，去找找看。

宗炳等一群人找到荷花池边，看见陶渊明正朝门外走去，便朝他的背影喊道：陶公，你这是要去哪里？

陶渊明回过头：哦，诸位都在呢。又说，法事不是做完了吗？趁天色尚早，我要赶回家去。

宗炳：如此盛会，陶公怎么能急着回家呢。

雷次宗：是啊，陶公不必急着回家。陶公，你看今天的法会办得如何啊？

陶渊明尚未开口，雷次宗便说：真乃名山盛会，世间少有啊！我看，陶公还是加入我们的白莲社好。

宗炳说：对对，还是加入的好。远公不是说了，你加入后，可以在东林寺饮酒吗？

唉，法会热闹啊！陶渊明边说边自顾自地点头：连社也热闹。不过，在我陶潜看来，人生本来就很短促，活在世上多不容易啊，又何必用敲钟撞鼓来增加它的麻烦呢？当然，诸位尽兴就好，尽兴就好啊！我还是喜欢清净，失陪了，失陪。说罢，陶渊明对众人一揖。

众人齐声说：陶公，还是吃过午斋再回去吧。

陶渊明说：不用了，今天人多，远公也忙，改日再来，改日再来。

这时，从大雄宝殿门前传来素心一声大呼：慧远大师圆寂了！

雷次宗率先大惊：什么，师父圆寂了！师父！师父！

雷次宗朝大殿奔去。

众人朝大雄宝殿合十，齐诵佛号：阿弥陀佛！

大殿前，跪倒一片香客，他们一边朝大殿磕头，一边齐宣佛号：南无阿弥陀佛！南无阿弥陀佛！

陶渊明也朝大雄宝殿合十：远公，今日我错怪你了！说完，他快步走进大雄宝殿，穿过后堂，走进慧远禅室。只见慧远盘坐着，双手合十，闭着双眼，面无表情。

素心与慧远相对盘坐着，双手合十，闭着双眼，面无表情。

雷次宗等一群人站立在慧远、素心身旁，双手合十。

陶渊明走到素心身边，俯下身将手扶在素心肩上：素心哪，节哀吧！

素心一动不动。

雷次宗悲寂地说：阿弥陀佛！陶公啊，素心师兄也圆寂了！

陶渊明大惊道：他刚才不是还好好的吗？

雷次宗说：是呀，他在大雄宝殿上告诉我等慧远师父圆寂的消息后，便来到师父的禅室，朝师父盘腿坐下，双手合十，微闭双目。见我来了，便说师弟来得正好，师兄去也。我问：师兄，你要去哪里？素心师兄说：从哪里来，到哪里去。这时，卧在慧远师父身边的虎站起来，哀吼了一声。素心师兄在虎头上拍了拍，说：虎儿，去吧。从哪里来，到哪里去。老虎又低吼一声，绕着素心师兄与慧远师父走了一圈，便朝门外一跃，消失了。素心师兄念了一声阿弥陀佛，头一垂，便圆寂了。

听次宗如此这般一讲，众人都抑不住唏嘘起来。良久，陶渊明说：素心生死都追随远公，他师徒二人，都乃旷世高僧也！远公啊，素心哪，一山葱茏谁是主，三世轮回尔再来啊！

众人合十：阿弥陀佛！

宗炳说：远公成佛了，莲社可不能散哪。陶公，就请你来主持莲社吧！

陶渊明说：我已更名陶潜，只想潜于山野，了此余生。次宗乃远公俗家弟子，莲社之事，就请次宗主持吧。

不妥，不妥。雷次宗说，我与诸公比，才疏学浅，难当此任哪。

张野说：既然我亲家说了，莲社该你来主持，你就别推辞了。

相比之下，你乃远公高足，莲社乃远公所创，如今远公成佛，由你来主持莲社，乃名正言顺。刘遗民附和道。

是呀，由次宗兄主持莲社，远公在天之灵一定会为之欢欣，你就别再推让了。周续之也表示赞成。

雷次宗朝慧远双膝跪下，双手合十，满眼含泪叫一声师父，便将头重重地磕了下去。

陶渊明手拄竹杖，一瘸一拐地走到家门口。五儿媳秀儿迎上来挽扶住陶渊明说：爹，你回来了。

唉，回来了。陶渊明叹一声，说，你就扶我在门前坐坐吧。

爹，十月无霜地也寒哪，我还是扶你进屋去坐吧。秀儿心疼地说，爹啊，不是秀儿说你，我都帮你叫好了轿子，说好了送你去，接你回来的，你怎么老早就把他们给打发回来了呢？瞧，把爹你给累的。

秀儿，我的好贤媳啊，爹累的不是身子，爹今天是心累呀！陶渊明沉重地说。

见陶渊明脸色不好，秀儿一边把他扶进门，一边问：爹，莫不是慧远和尚又惹你不快了？

唉，他再也没有机会惹你爹不快了。陶渊明说，秀儿呀，就扶你爹在门槛上坐坐吧。

陶渊明在秀儿的搀扶下，一屁股坐在门槛上，双眼含泪望着门外的远山。

秀儿看了陶渊明一眼，摇了摇头，朝里间正在偏房织布的锦娘走去，说：娘，你先别织了，出去看看爹吧。

锦娘停下手中的机杼问：你爹爹怎么了？

爹坐在门槛上流泪呢！秀儿说。

流泪？锦娘也觉得奇怪，说，是不是又喝多了酒，想起了什么伤心的事来？

不像是喝多了酒。秀儿说，爹身上不带半点酒气呢。

锦娘：走，快去看看！

门外，一抹斜阳照在陶渊明的泪脸上。陶渊明喃喃道：唉，人生实苦，死之如何，死之如何啊！

锦娘走过来，一手扶住陶渊明的肩，一手揩着他脸上泪水说：夫君，你这是怎么了，别吓着了孩儿们。

陶渊明别过头，看了一眼锦娘，抹了一把眼泪：唉，锦娘啊，人生苦短，人生苦短啊！

夫君为何发此感叹，是不是远公又惹你不高兴了？锦娘问。

远公他，今天上午圆寂了！陶渊明摇了摇头，又摇出了一脸的浊泪。

锦娘惊道：怎么？远公圆寂了！

是呀，素心他也跟着远公去了。陶渊明哀叹了一声，说，从此天下怕是再无高僧哪！

锦娘想了想，问：夫君，你这是为远公与素心圆寂而伤怀呢，还是为从此天下再无高僧而伤怀啊？

陶渊明：两者皆有。

夫君哪，你听锦娘一句劝吧。锦娘说，生死本无常，凡人皆有死。远公年过八旬，早晚都要作古，况他已修成一代高僧，死亦无憾；素心追随恩师，死得其所，他将随远公之名流芳千古，你又有什么好伤怀的呢？人活于世，并非看他活了多久，要看他为苍生百姓带来了什么啊！

陶渊明听锦娘如此一番劝解，甚觉有理，便说，锦娘，你有此等见识，非一般女流之辈所及呀。顿了顿又叹道，只是人间从此无高僧哪！

夫君又多虑了。锦娘继续劝道，长江后浪推前浪，一代新人取旧人。世道循环，乾坤朗朗，有史以来，哪朝哪代又缺高人啊！老子之后有庄子，孔子之后有孟子，道安之后才有远公，远公之后又何愁没有高僧辈出？就如屈子之后有夫君你呀！

陶渊明这才喜道：锦娘一席话，真让我茅塞顿开呀。秀儿，弄两个菜，温壶酒来，我要好好喝两杯！

秀儿一笑：好，爹，我这就去。

陶渊明坐在门槛上拄了一下拐杖，想站起来，却显得有些艰难，便道：唉，众鸟已归林。锦娘，你扶我起来吧，我也该进屋了。

庞通之在衙内翻看文簿。

一衙役进来：庞书办，刺史王大人请你过去一趟。

庞通之问：刺史大人请我？我一个小书办，大人请我干啥？

衙役说：我也不知，书办去了不就知道了。

庞通之说：好好好，我这就来。

此时的新任江州刺史王弘正坐在厅堂饮茶，见庞通之进来，便问：你就是庞书办？

庞通之说：是小人。不知大人召我来有何吩咐？

王弘说：听说你与陶公渊明是儿女亲家？

庞通之说：是。

王弘问：你可知道，陶公近来身体可好？

庞通之禀道：前些时候，他还能带着孩子下地种种禾稼；近日腿脚不便，便在家饮饮酒，读读诗文，倒也悠闲自得。

我王弘对他可是慕名已久啊，想于近日抽空去见见他。王弘说，既然你们是儿女亲家，想请你先去通融通融，看看陶公什么时候有时间，不知可否？

庞通之笑道：大人吩咐，小的走一趟便是。

那就有劳庞书办了。王弘客气地说：还请庞书办速去速回，我等你的回信。

陶渊明家。秀儿端出一盘凤鸡和一盘糟鱼边往桌上摆，边喊道：爹，娘，吃饭啦！

陶渊明和锦娘从房里走出来，看见桌上摆放的酒菜，陶渊明便高兴起来，赞道：嘿，了不得，哪来这么多的好东西？

秀儿笑着说：昨天我爹派人来，叫我回了娘家一趟，这不，我爹让我带来给你尝尝鲜。

陶渊明哦了一声，又说，听说州里来了个新刺史，你爹难道不忙吗？他哪有时间回家呢？

秀儿说：是呀，我爹说，新刺史王弘大人想来拜访你，不知你何时有闲？

秀儿呀，你是怎么回你爹的？陶渊明问。

爹，这事我可不敢乱说，我叫我爹亲自来问你。秀儿笑道。

嗯，好，回得好。陶渊明点了点头。又说，有了好菜，大家都喝几杯，秀儿，去把阿通也喊来陪我喝两杯吧。

爹，这是我爹让我拿来孝敬你的。秀儿不高兴。

唉，一家人嘛，有福要同享，爹和娘岂能吃独食。陶渊明说，况且通儿田地里的事多，身体消耗大，不吃点好的，补补身子，哪吃得消！

锦娘也笑着说：秀儿，听你爹的，快去把阿通喊来吧。

好吧，我这就去喊他。秀儿只好答应。

看着秀儿走出门，锦娘说：秀儿这孩子就是懂事。

陶渊明含笑点头道：她毕竟读过诗书，知书便明礼呀。

锦娘一笑：我知道你喜欢她，不然五个儿子，你为什么偏偏要跟老五夫妻一起过？

夫妻俩正说着，阿通与秀儿一起朝家中走来。阿通将锄头往门边一靠：爹，娘，不就是吃个饭吗，急着喊我回来做什么？我田里的事还没有做完呢。

陶渊明说：种田种田，为的是什么？不就是为了填饱肚子。种田吃饭，吃饭种田，都是连在一起的大事。来，你娘和秀儿就喝新酿的菊花酒，你就陪我喝糯米酒。

阿通坐下来说：爹，我就用大碗喝吧，一小杯一小杯地喝，没劲。

你呀，就是一个粗人。陶渊明笑道，行，随你。

嘿嘿、嘿嘿嘿。阿通傻笑起来。

庞通之朝陶渊明家走来。走到门外，一条狗朝他跑过来，摇了摇尾巴。庞通之小声说：去去去，小冤家，千万别乱叫啊。赶开了狗，他又轻手轻脚走到窗边，伸头朝窗里望去，看见陶渊明正在饮酒。

庞通之想：再等等，等他喝得差不多了再进去。便在窗下等起来，只听见陶渊明对阿通说：爹老了，下不了田，你几个哥哥孩子又多，想来生活也过得艰难，这都怪你爹。爹没本事，脾气又怪，升官发财之事这一生是再也别谈了。

阿通说：爹，当什么鸟官！你看我岳父当了一生的小官，不就图个吃穿，在州里受大官的气，回来老百姓也没人说他个好。

秀儿不高兴地说：不许你这样说我爹。

是呀，通儿，你可别这样说你岳父，你岳父是个好人，心地很善良。陶渊明说，他也说不上是什么官，不过是为官府走脚跑腿而已，为稻粱谋嘛，可以理解。

窗外庞通之听陶渊明这么评价他，心里很受用，便忍不住将头从窗户里伸出来，秀儿看见了，正要喊，庞通之对她摆了摆手。

阿通说：爹，不说这些了，我陪你喝酒。来，爹，我敬你一碗！

陶渊明饮过一杯，秀儿又给他斟上。陶渊明用欣慰的目光看了秀儿一眼说：唉，你兄弟几个书都读得少，尤其是阿通你，识字不多。这也是我这个当爹的过失。好在有秀儿，知书达理，对你阿通是大有益处啊。

读书多顶个屁用！依我看，还是地不哄人，你锄了多少锄，就有多少锄的收成。我就不喜欢读书，也不喜欢读书人。你看大哥读了几年书，地都不会种了，成天就知道之乎者也，酸溜溜的，乡亲们谁都不愿听他讲话哩。阿通说罢，将一碗酒倒进嘴里，咂了咂嘴，又用粗大的手掌抹了一下嘴唇。

瞧你，喝不上两碗酒，就满口胡言了。秀儿不满地说。

谁说我胡言了？阿通不服气，你瞧我爹，读的书比谁少？跟乡亲们说话从来不酸，谁都觉得我爹实在，亲切。

所以呀，爹就不是当官的料。陶渊明自饮一杯说：好了，好了，爹已酒足饭饱了，你们吃吧，爹到外头走走去。

秀儿赶忙起身说：爹，我扶你去。

陶渊明说：不用，不用，爹还走得动，把我的竹杖拿来。

锦娘递过竹杖说：又喝多了吧？

陶渊明边朝门外走去边应道：嗯，这酒嘛，就是要喝到人飘飘然，晕晕乎，才是境界呀！

锦娘笑着摇摇头说：秀儿，你去招呼着你爹吧。

秀儿嗯了一声，便跟了出来。

陶渊明来到门外竹篱边，竹篱边开满了菊花，陶渊明将鼻子伸到菊花前嗅了嗅：好，好，幽香扑鼻呀！

庞通之趁机来到陶渊明身后，说：亲家，酒后赏花呢，好雅兴啊。

陶渊明转过身，身子便晃了一下。秀儿一把将他扶住。

陶渊明一笑：哦，是亲家呀，为何不早来陪我饮两杯呢？哦哦，还得谢谢你送来下酒的凤鸡和糟鱼呀。

亲家莫客气。庞通之笑着说，这凤鸡和糟鱼可是刺史王弘大人派我送给你的呀。

刺史？王弘？我与他素不相识，他为何要馈赠于我？陶渊明不高兴地问。

这个嘛，我就不知了。庞通之仍一脸堆笑地说，不过，我想亲家乃是誉满天下的大名士，谁对你不敬仰呢？

哈哈哈哈！笑罢，陶渊明说，通之兄啊，你我可是儿女亲家呀，你对我拍什么马屁，这就是你的不对了。

哪里是拍你的马屁。庞通之说，要是天下人对你不敬仰，人家一个堂堂的刺史大人为何想到你家来拜访呢？

现在我眼里只有菊花，没有什么王弘大人。见庞通之越说越露骨，陶渊明完全明白庞通之前来的目的是想当王弘的说客，便不再与庞通之搭腔，对秀儿说：秀儿呀，扶我到菊花前。

秀儿扶着陶渊明走了几步，陶渊明抓过一捧菊放到鼻子底下嗅了嗅：好花，好香，沁人心脾呀。说罢又仰起头，伸张着双手，大声喊道：菊花，菊花，瞧啊，到处都是菊花，菊花开满天哪！菊花开满天！

秀儿笑着说：爹，娘说过，你是诗人，你手指之处，必定开花！

陶渊明看了看自己的手，然后朝四周一指：哈哈哈哈！我，陶潜，诗人！我手指之处，必定开花！好哇！又转头对庞通之说，通之兄，你瞧瞧你生的好女儿，她才是参透诗书、读懂了我的好儿媳呀。你去告诉王弘吧，我陶潜，只想做东篱赏菊翁，别让他来打扰我。

庞通之摇了摇头说：唉，你慢慢赏菊吧，我走了。

江州刺史府内。王弘听毕庞通之的禀报，不禁赞叹起来：陶渊明，真高人也！

庞通之仍是惶恐不安：小的办事不力，请大人降罪责罚。

王弘笑道：这也怪不得你。又说，不过，总得想个办法见见他才好。

庞通之：既然大人如此礼贤下士，办法小的倒是有一个。

王弘：说来听听。

庞通之：大人也知道，我亲家这人不可一日无酒，如果大人能……

王弘：不必吞吞吐吐，有话便说。

庞通之：是，那小人就斗胆了。

庞通之如此这般讲完了自己的主意，王弘一个劲地说：甚好，甚好。

庞通之说：我这就去安排了。又说，只是怕委屈了大人。

王弘：怎么会呢？数月前，陶渊明在京城时，相国大人不也曾以布衣身份陪他喝过酒吗？你不用多虑，用心去安排就是。

陶渊明家一家人坐在饭桌上，正准备吃饭。

陶渊明：秀儿，给爹拿壶酒来。

阿通：爹，你昨天中午已喝多了，今天就别喝了，年纪大了，喝多了伤身子。

秀儿：你懂啥呀，昨天中午爹那是装醉。

陶渊明：呵呵呵，通儿呀，你瞧瞧秀儿，多灵通哪！

锦娘：夫君，你昨日中午真是装醉？

陶渊明：嘿，昨日中午还没有饮几杯，我就看见通之兄伸着头在窗户前张望，秀儿要喊他，他直朝秀儿摆手呢。

锦娘：你为何要在亲家面前装醉呢？

陶渊明：你有所不知呀，秀儿昨天不是回了一趟娘家吗？回来说是新来的刺史王弘派她爹来看看我，什么时候有空闲，王弘好上门来见我。

锦娘：人家刺史大人既有诚意，让他来见见你有何妨？

陶渊明：我与他素不相识，他来见我做甚？怕是受刘裕所派啊。我现在既然更名为陶潜，便一潜到底，何必再与官府往来。

锦娘：依我看来，如果真是刘裕让他来见你，你躲是躲不开的。

陶渊明：那又将如何？

锦娘一笑：夫君不是说过，别人隐于闹市，你隐于酒中吗？

陶渊明：哈哈哈哈，锦娘高明，高明啊！

阿通也咧嘴一笑：我知道了，娘让爹做一个酒鬼，成天醉醺醺的，看王弘还敢来见爹不？

秀儿：你别乱说，什么酒鬼，娘是让爹做一酒仙！

陶渊明开怀大笑，笑过说：好一个酒仙，秀儿呀秀儿，爹真的要好好敬你一杯！

秀儿含着羞笑道：爹，瞧你说的，哪有公爹倒过来敬儿媳的道理，还是我敬爹你这个大酒仙吧！

陶渊明正色道：你值得爹一敬，爹这个酒仙的封号可是你给封的，了不得哇，值得一敬，值得一敬！

秀儿只好说：那秀儿就陪爹饮过此杯。

秀儿饮毕，接着说：爹呀，我可听说你了不得呢，连东林寺的慧远大师都准你在他的寺庙中饮酒。你敢在佛前饮酒，不是酒仙又是什么？

锦娘一笑：瞧你这个秀儿，就会哄你爹开心！难怪这么多儿媳中爹就只疼你一个。又叹道，可惜呀，远公已作古了，你爹再也不会在东林寺饮酒了！

阿通却撇着嘴说：那老和尚死了好，一天到晚不劳不作的，净哄人去供奉香火，我就看不惯。

休得胡言。陶渊明瞪了阿通一眼说：远公其他都好，我就不喜欢他净拿些什么三界不安、犹如宅火、生啦死啦、前世报、后世报的大道理来糊弄人。

秀儿说：未知生，焉知死，还是孔老夫子说得对。

对个屁！阿通粗着嗓子说，我看东林寺的那群和尚，都是把眼睛盯在几个钱上的主。

话可不能这么说。陶渊明道，远公戒律森严，不爱钱财，我看重他的就在于三件事。

秀儿问：爹，哪三件？你快说来我听听。

陶渊明说：第一件事，就是他写过五篇《沙门不敬王者论》，而且又博通经史，更懂得老庄的道理，讲起话来，既富禅理，又有妙趣。说着，陶渊明自饮了一杯。

秀儿赶紧给他斟上说：爹，你慢慢喝，那第二件呢？

陶渊明接着说：第二件事，他不许可那个架子很大、拿富贵骄人的谢灵运加入莲社；第三件事嘛，他竟敢去同那杀人不眨眼的刘裕叫板，阻止他屠城，说服了刘裕，救了一城百姓的性命，这是要有胆量、修养、学识的人才能办得到的呀！

秀儿说：我还听说他敢同那个视杀人如儿戏的贼头儿卢循欢然道旧，一点也不怕刘裕加他一个附逆的罪名，这样的人，世上真是少有。

不过，我同他究竟不是一路人哪。陶渊明说，关于生死的看法，我就不苟同他的观点，说来道去的，还是我在《归去来兮辞》里说过的那句话，聊乘化以归尽，乐夫天命复奚疑呀！

爹呀，我还听说慧远大师写过一篇《形影神不灭论》，你也写过三首《形影神》的诗来回答他。我喜欢爹诗中"纵浪大化中，不喜亦不惧。应尽便须尽，无复独我虑"这四句。秀儿笑着说。

是呀，尽就是完结。陶渊明说，凡事有头就有尾，有开头就有个完结，这不是很自然的吗？秀儿呀，你说说看，如果世人都像你爹我那个亲家通之兄，养得肥肥胖胖的，终日不是忙着见官府，就是忙着买田置地，没个完结，恐怕也活得无趣，这未必就是人生享受啊！

爹说的都是醒世之语，爹的诗文也都是传世之宝。秀儿说，爹呀，我看得想个办法，让您的诗文流传下来，也好让后人从中受益呀。

陶渊明笑了笑，说：爹已是一贫如洗，吃饭喝酒都难顾及，哪还有余钱来刻书，还是聊以自娱，聊以自娱吧。

秀儿却认真地说：爹，我来想想办法吧。

锦娘听得暗暗点头，心里赞道：这儿媳，真乃我陶家一宝啊！

陶渊明端起酒杯说：嘿，不谈不谈，喝酒喝酒。

第十九章　王弘送酒

陶渊明正躺在胡床上看书，庞通之急步朝他走来，呵呵笑道：亲家，看书呢！

陶渊明将书放下，笑着说：亲家呀，瞧你忙忙碌碌的，莫不又是来帮王弘做说客的吧？

哪里，哪里。庞通之说，今日州里无事，我听说东山老吴家新酿的糯米酒出锅了，我这不是来邀你去饮两杯热酒吗。

哦？有这等好事，走走走！陶渊明听说去喝新酒，二话不说就下了胡床，随手拿过竹杖，拉起庞通之便走。

你急什么嘛，出门总得跟亲家母打声招呼啊。庞通之说。

也是啊。陶渊明便笑着对屋里喊道：锦娘，我跟通之兄去东山老吴家饮酒去了！

锦娘从屋里走出来：亲家来了，也不到屋里坐坐？

庞通之说：我倒是想坐坐，可这老馋鬼听说有新酒喝，便等不及了。又问，秀儿呢？

哦，秀儿去南山采菊了。锦娘笑道。

陶渊明已等不及了，边拉着庞通之走边说：走吧走吧，招呼已打过了，你就别婆婆妈妈的。

庞通之回过头朝锦娘笑着说：你瞧，你瞧，急得像个猴嘛。

锦娘也笑着说：你们早些回来啊。

陶渊明边拉着庞通之走，边说：知道，知道。

不到一个时辰，俩人就来到了东山老吴家的酒庄。东山亭内，摆了三五张桌子板凳。三三两两的人在等新酒出锅。看见陶渊明与庞通之走过来，人们纷纷站起来朝他俩作揖：陶公、书办，也来喝新酒啊！

陶渊明和庞通一边回揖，一边说：尝尝鲜，尝尝鲜。

伙计过来擦了擦桌子说：陶公、书办，请稍等，新酒一会儿就出锅了。

陶渊明一边落座一边对庞通之说：老吴家的酒真是名不虚传哪，你瞧，这么多人都在等酒喝。

庞通之指点着旁边烧酒棚里的灶台数着说：一二三四五六七，嚯嚯，好家伙，烧了七锅酒呢，你别担心来喝酒的人多，今天够你喝的。

陶渊明吸了吸鼻子，急不可耐地说：真香呀，这酒怎么还不出锅呢？

伙计不是说了，叫你我稍等片刻吗？庞通之笑道，还不是你，猴急猴急的，你以为来早了就有酒喝？

我去看看。陶渊明说完便起身走向酿酒棚。

五十出头的吴老板从里间笑着迎了出来问候道：陶公来了。

这香味让人馋死了，能不来吗？陶渊明问道，你这酒怎么还不出锅呢？

要不，陶公先喝一碗酒糟糊，解解馋，如何？吴老板说着，从锅里舀出一瓢酒糟糊来递给陶渊明。

陶渊明慌忙解开头巾，说：让我滤滤，让我滤滤。

吴老板说：陶公啊，这不弄湿你的头巾吗？

陶渊明笑哈哈地说：无妨，无妨。

吴老板只好将酒糟倒进陶渊明的头巾里，又将瓢伸进头巾底下，装着从头巾里滤出的酒水。

这一幕被刚刚走进东山的王弘看在眼里。王弘一笑，摇了摇头。

坐在东山亭里等酒喝的人都朝陶渊明指指点点，一人笑着说：这个陶公啊，只顾要喝酒，便不顾头巾了。

另一人说：这人还没醉，头巾就先醉了。哈哈哈哈！

庞通之站起来，朝王弘一揖，小声说：小的见过王大人！

王弘手一摆，制止道：昨天不是说好了吗，今天我们只作布衣之交，不必兴师动众的。

庞通之赶紧说：是，大人请坐。

陶渊明将吴老板瓢里的酒接过来，一饮而尽，赞了句好酒，好酒，又将头巾里的酒糟倒进瓢里，将头巾抖了抖，系在头上，朝亭子里走来。

亭子里有人说：陶公，你这头发现在也饮了酒，就不怕回去熏着尊夫人了？

又有一人说：一床被子不盖两样的人，陶公夫人就不喜欢酒吗？这夫人一醉，陶公不就更那个了，哈哈哈哈！

陶渊明笑道：你说得极是，极是呀！

庞通之走过来小声说：亲家，你是什么人啊，怎么跟他们这些人插科打诨起来？

我是什么人？乃一山野之人也，说什么都无妨，无妨。饮过一瓢酒糊的陶渊明显得十分高兴，笑呵呵地对庞通之说。

不可乱说呀。庞通之正色道，来来来，我为你引荐一位贵人！

贵人？陶渊明说，你又在装什么神，弄什么鬼？说好了是来喝酒的，见什么贵人！

王弘走过来，朝陶渊明一揖：王弘见过陶公？

王弘？陶渊明立即反应过来，哦，莫非你便是新上任的刺史王大人？

王弘说：正是。

陶渊明回了王弘一揖，问道：王大人今天是微服私访，体察民情来了？

陶公笑话了。王弘笑言道，今天，王弘只想与陶公你作一布衣之交耳。

听见陶渊明与王弘的交谈，等酒喝的人都惊慌起来：刺史王大人来了！？

甲：谁说不是呢？陶公不是称他刺史王大人吗？

乙：不得了，不得了，刺史大人来陪陶公饮酒，我们赶紧走吧，惊扰了贵人，是要打板子的。

丙：说得对，我们千万不要触了霉头，还是走吧。

甲乙：走走走！

陶渊明对庞通之皱眉小声吼着：你搞什么名堂！

见陶渊明要发火的样子，王弘便朝等酒喝的人群一揖，朗声言道：诸位父老兄弟，千万别走啊！今天我王弘只以布衣之身来见陶公，与你们身份一样，没有贵贱之分。况我一人独来，未带一个兵丁衙役，只是不想惊扰了诸位父老兄弟！若是诸位还瞧得起我王弘，瞧得起陶公，就请留下来饮酒，大家和和谐谐，其乐融融，多好哇！

王弘边说，陶渊明边点头。

王弘说完，陶渊明便开口了：父老乡亲们哪，此前我确实不知道王大人会来陪大家饮酒，既然王大人如此亲民近民。我们这一走，就辜负了王大人这片爱民之心了。大家都坐下来吧，随便饮，随便说，王大人绝不怪罪大家。说完，陶渊明又回头对王弘说，王大人，你说是吗？

王弘笑道：陶公说得极是，大家畅饮吧！又小声对陶渊明说，陶公啊，瞧你把我抬得多高，本来我只是来陪你饮酒的，你这么一说，我倒成了一位深入民间、亲民近民、与民同乐的好官了！陶公啊，你高哇，王弘谢你抬爱了！

哈哈哈哈！笑罢，陶渊明说，就凭王大人你今天这身布衣，这番诚意，我陶某岂能不陪你多饮几杯！说完，陶渊明又转身对众人说：父老乡亲们哪，你们今天就开怀畅饮吧，王大人说了，这顿酒钱州府给大家出了！

陶公说得对呀，诸位都是官府的衣食父母，官府平日取之于民，今天官府孝敬衣食父母是应该的，应该的。王弘赶紧说。

众人跪下道谢：谢王大人赐酒！

王弘俯下身，伸张着双臂说：父老兄弟们请起，请起呀！今天没有王大人，只有布衣王弘。

众人欢笑起来。

皇宫内，一群大臣站在殿下。谢晦将一份禅让诏书递给皇帝司马德文。司马德文看了看禅让诏书，说：好手笔，是谁起草的？

谢晦说：回陛下，乃傅亮所起草。

司马德文问：傅亮为何不来见我？

谢晦说：傅亮无颜来见陛下。

司马德文又问：是吗？你为何就有颜面来见我？

谢晦只红着脸这个了一声，便无语。

好了，你不用羞愧了，我抄下便是！说罢，司马德文拿过一张红纸，抄写起来。抄好禅让诏书，司马德文将笔一搁，抛给谢晦，说声：拿去吧！便丢下群臣，甩手下殿。

群臣跪下：恭送陛下！

站在殿前的秘书监徐广伏在地上号啕大哭起来。

谢晦瞪了徐广一眼，说：徐大人，此刻，你是不是哭得有些过分了？

徐广说：你是刘宋的佐命元勋，我是晋室的前朝遗老，此时此境，悲欢之情，当然不同。

谢晦冷笑一声，问：你难道就不想食我新朝俸禄？

徐广长叹一声，说：我已老矣，明日便告老还乡。

谢晦哼了一声。

徐广也哼哼两声。

来到刘裕府邸，谢晦将司马德文抄好的禅让诏书朝刘裕递上，一脸谄笑地说：恭喜吾皇，请吾皇择日登基！

刘裕说：你用心了。又问，今日朝中有何动静？

谢晦说：除了秘书监徐广这老家伙在殿上当着众臣痛哭外，其他大臣都还正常。

看来，远公说得对呀，安帝之后尚有二帝，现在就只剩下司马德文了。刘裕阴着脸说。

将刘裕的话琢磨了一阵，谢晦赶忙说：臣，明白。

303

呵呵，你明白就好。刘裕说。

从刘裕的府邸走出来，谢晦便将几个大臣邀请到自己府中密谈起来。

大臣甲：谢大人，新皇何日登基啊？

大臣乙：是呀，禅让的诏书不是拿到了吗？

大臣丙：谢大人召我们来，必有见教。

谢晦：见教嘛，下官不敢。但是我听说，大凡新皇接受禅让，总得有个三请三辞吧。

众大臣：我等明白了。

谢晦：呵呵，明白就好。

刘裕府邸。刘裕高坐，众大臣站立在他面前，一个个谄谀着劝进。

刘裕：我刘裕何德何能，岂敢接受禅让？

大臣甲：相国大人不必过谦，若不是相国大人举义伐诛桓玄，晋已亡国二十余载了，相国大人无论于晋室，还是于天下百姓，都是再生父母啊！如今天命所归，群众拥戴，相国大人就不必再推辞了。

大臣乙：从义熙元年（405）至今，太白星在白天已出现了七次。据占卜，太白经天，民更生，异姓兴啊！

大臣丙：义熙七年（411），五道彩虹出现在东方。占卜为：五虹现，天子黜，圣人当出。

谢晦：相国大人如再推辞，将会令群臣寒心哪！

刘裕：你们就不要逼我了，禅让我是不会接受的，你们另推贤者吧。说完，刘裕退下，向后堂走去。

跪着的群臣纷纷站起来急呼：相国大人，三思啊！

大臣甲：这可怎么办？

众臣：是呀，怎么办？

谢晦一笑：只好明日再来了。

陶渊明家的竹篱边，开满了黄色、白色和紫红色的菊花。陶渊明站在菊花前，凝望着远方。许多逝去的往事在他脑海里一幕幕回闪。想起这幕幕过往之事，陶渊明俯下身躯，将菊花捧起贴在自己的脸上，喃喃道：老了，老了！

王弘一身平民装束走过来，身后远处跟着两个衙役，一人抱着一坛酒，一人扛着肉和鱼。

王弘老远就喊：陶公，赏菊啊！

哦，是王大人。经过在东山与王弘接触后，陶渊明对他持有明显好感，便高兴地问：是哪阵风把你给吹来了？

王弘道：那日东山与陶公一别，兴犹未尽哪。这不，今天我又带来了一坛好酒，再陪陶公小饮几杯。

王刺史真乃达人。陶渊明笑道，好，就与你对饮几杯！

那陶公还站在这里做什么？我们进屋啊！王弘笑道。

嘿，如此好花，我们岂能辜负了它，就在花丛中席地而饮，如何？说完陶渊明便朝屋里喊，秀儿，秀儿！

秀儿快步走出来问：爹，有事吗？

来客人了，你去拿张席子来吧。陶渊明吩咐道。

好嘞，爹。秀儿应道。

王弘看着身装青布小衫的秀儿的背影问：这位是？

陶渊明：哦，此乃五儿之媳，秀儿。

王弘：就是庞书办的女儿吧？

陶渊明：正是。

王弘：我可听说你这位儿媳是一位知书明理、贤淑孝顺的女子呀。

陶渊明笑一笑：只可惜嫁给了我家老五，委屈她了。

秀儿已将竹席拿过来，铺在菊花丛中说：爹，什么委屈呀，能在你身边尽孝，那可是秀儿天大福分呢。

王弘哈哈大笑：陶公，你瞧，果然是知书明理、贤淑孝顺之女子呀，难得，难得，陶公好福气！

托福，托福。陶渊明说，秀儿呀，还不拜见王大人！

秀儿朝王弘一福：秀儿见过王大人。

王弘将脸一沉：嘟！大胆民女，见了本刺史，为何不跪拜！

陶渊明一惊。

秀儿一脸沉静地说：王大人今天一身布衣，与我爹席地而饮，民女在旁侍候，已尽孝敬长辈之礼，为何还要跪拜？况且我家又不是官府大堂，民女安分守己，自食其力，只跪天跪地跪圣人跪父母！

王弘哈哈大笑起来，赞道：好！好一个跪天跪地跪圣人跪父母！

陶渊明：你？！

王弘说：陶公休怪呀，我听说你这个儿媳非同寻常，今日一试，果然聪颖慧秀，非同俗家之女啊。

陶渊明抚着长须，得意地呵呵笑起来，说：秀儿呀，还不谢王大人夸赞！

秀儿朝王弘一福：谢王大人夸赞。又说，爹，你陪王大人慢慢饮酒，我再去炒两个菜来。

陶渊明说：好好，你去吧。

陶渊明这才与王弘席地而坐，对饮起来。

谢晦等一群大臣又来到相国府劝刘裕接受禅让。

刘裕：诸位的好意我心领了，接受禅让之事，还是容后再议吧。

谢晦：相国大人……

刘裕一摆手：不必多言，诸位请回吧。

众大臣摇头叹息着从刘裕府邸大门走出来，朝各自的官轿走去。

谢晦：诸位大人，请留步！

众位大臣回身：谢大人有何见教？

谢晦：诸位不必垂头丧气，我等明日再来，务必，务必。

大臣：我等已劝进两次了，可相国大人还是如此固执，恐怕……

谢晦：诸位大人，既然我等已劝进了两次，岂在乎明天再多劝一次嘛！

众大臣：我等听谢大人的。

谢晦：好，那就说定了，我等明日巳时再来，告辞了。

陶渊明家门前的竹篱边，王弘与陶渊明席地而饮。

王弘说：陶公啊，我听说皇帝已写好了禅让诏书，准备禅位于刘相国，朝中大臣正在纷纷劝进呢，不知陶公对此事有何看法？

朝中的大事，岂是我一介山野草民能说得上话的。陶渊明边说边端酒而饮。

陶公此言就过于谦逊了。王弘说，相国大人对陶公可是垂青已久啊！况且陶公曾对相国进言，劝相国以民生为重，推迟登基，相国大人对陶公也是言听计从，此事朝野皆知啊！

此一时，彼一时也。陶渊明道，时过境迁，我已心如止水，更名陶潜，只想以饮酒吟诗了此残生，对朝中之事，实不愿与闻。

陶公啊，你胸怀韬晦，又德高望重。王弘劝道，新皇登基，正需你这样的经天纬地之才入朝辅佐，以开新朝气象，造福于万民哪！

天下之大，人才济济，哪里又多我一个陶潜。陶渊明回绝道，来来来，我们喝酒，山野之中，妄谈国事，岂不羞煞了我这些菊花！

陶公啊，你就听我一句劝吧。王弘一脸诚恳地说，你看，你现在身居茅屋，生活过得如此清苦，你不为自己想，也得为儿孙计吧？如此下去，你酒资都没有，又何来乐处呢？苦海无边哪！

陶渊明脸一沉，站起来望着远处厉声道：你别说了！什么苦海无边，告诉你王大人，我回头是岸，不回头也是岸！又说，时候不早了，你也该回你的刺史府了！

王弘摇了摇头：陶公……

别叫我陶公，叫我陶潜！陶渊明仍阴沉着脸说，话不投机半句多，你回去吧！

王弘只好朝陶渊明深深一揖：那，王弘告辞了。

陶渊明背着身说：不送！

离开陶家的王弘骑在马上，两个衙役跟在身边。

衙役甲：大人，这个陶渊明对你实在是无礼。我看不如派人将他抓到府里去，好好教训他一顿，看他还敢如此神气不？

衙役乙：是呀，大人，小的们实在是看不过去，大人你好心好意劝他去做官，他反而还将大人你羞辱一番，这样的狂人，不好好教训教训他，他还真不知道天有多高，地有多厚呢。

王弘：尔等休得胡说。是我王弘不知天有多高，地有多厚哇！

衙役甲：大人何出此言？

王弘：天下名士众多，又有谁真正做到视富贵如浮云呢？

衙役乙：那他去年为何还要进京去见相国大人？谁都知道相国大人是要当皇上的，他这还不是去求富贵吗？

尔等小小鸟雀，安知鸿鹄之志哉？陶公进京哪里是求个人富贵，他是为天下苍生免遭涂炭而请命啊！王弘感叹道：所谓君子和而不同，陶潜，好一个陶潜！潜于民间，不忘民本；潜于酒中，不失雅趣；潜于菊丛，凛寒傲雪。真乃前无古人，后无来者呀！我等只有仰视、仰视啊！

此时的陶渊明仍站在竹篱边望着远处。

秀儿出来走到他身边，紧张地说：爹，你轰走了王弘，就不怕他怪罪吗？

陶渊明回过身来道：以王弘的禀性，他只有羞愧，绝不会怪罪于你爹的。

何以见得呢，爹？秀儿问。

锦娘也走到陶渊明身边，对秀儿说：秀儿呀，你不用担心，你爹阅人无数，这点见识还是有的。

秀儿这才一笑：爹，媳妇真是佩服你呀！

锦娘撇嘴笑道：一个拙老头子，你佩服他干什么？

秀儿说：娘，我在屋里听王弘劝爹说苦海无边。爹说什么苦海无边，我回头是岸，不回头也是岸。爹说得多通透啊，别看这简简单单两句话，这里面饱含了名士的气节、个人的追求和人生的彻悟啊！

锦娘笑道：你这鬼丫头就你理解你爹！

秀儿一笑：瞧娘说的。要说理解爹，还是娘呀。你看我爹，与娘相敬相爱一生，从来对娘都是言听计从的。

锦娘笑道：你这丫头净瞎说，你爹什么时候对我言听计从过？

秀儿说：我听我家爹爹说，当年爹在彭泽任上，凡事都要听听娘的看法。

陶渊明也笑道：通之兄真是，跟孩子说这些干什么？

谁说不该说，要不是我家爹爹说爹如何如何，娘如何如何，我才不愿意嫁给阿通呢。秀儿说完，脸便一红。

刘裕府邸。

谢晦、太史令骆达、太尉兼尚书刘宣范等大臣十数人站在刘裕府邸大门口。

刘宣范手中捧着皇帝的印绶对谢晦说：谢大人哪，相国大人怎么还不传见？

骆达：是呀，我们快等了两个时辰了。

谢晦：诸位大人，少安毋躁，午时尚差一刻，我们再等等吧。

众大臣刚安静下来，内侍便从刘裕府邸赴出来，宣道：相国大人请诸位进府议事。

谢晦与刘宣范、骆达互看了一眼，捧着皇帝的印绶、皇冠鱼贯而入。

刘裕站在堂前中央，朝众臣深深一揖，说：诸位大人何故苦苦相逼啊！

刘宣范说：我等众臣乃奉天命行事，请相国大人接受天命！

骆达也说：天命人心已归相国，如相国大人还要推辞，实乃不祥啊！

司马德文已经离开了皇宫，回到了琅琊王府邸。见刘裕仍在沉吟，谢晦从刘宣范手中接过皇帝的印绶，举在头顶，大声道，相国大人，江山不可一日无主啊，请相国大人接受禅让！

刘裕流出了两行泪水，叹道：唉，想我刘裕，出身微寒，能位极人臣，已大过所望，哪有资格做天下之主啊。

骆达也跪下劝道：相国大人何不想想你的先祖汉高祖。

刘宣范见谢晦与骆达都跪下劝进，赶紧跪下边磕头边喊道：天下乃天下人之天下，唯有德者居之。相国德厚义重，天下归心哪。

刘裕说：只怕想当皇帝的人还多得是呀。

谢晦把头重重地磕下，誓道：我等万万不敢，如有异心，天诛地灭！

刘宣范与骆达也赶紧磕头发誓：如有异心，天诛地灭！

刘裕这才笑道：好吧。既然尔等如此抬爱，我再若推辞，就真辜负诸位了。

元熙二年（420）六月十四日，刘裕下令，在建康南面筑台，举行登基典礼，向上天报告即皇帝位。至此，五十八岁的刘裕代替了三十五岁的司马德文，建立刘宋国，成为江南地区最高的统治者。

　　皇宫内。刘裕大宴群臣。

　　刘裕：众位爱卿，今日乃旷世盛会，不可无诗以记之。

　　众大臣：陛下此言及是，我等当向陛下献诗。

　　刘裕：好，今日朕也正有诗兴，拿纸笔来。

　　谢晦站起来，朝刘裕深深一揖：陛下乃九五之尊，操劳国事已殚精竭虑，这赋诗之事，还是由臣等代劳吧。

　　刘裕：爱卿这是何意呀？

　　谢晦朝刘裕丢了一个眼色，说：陛下，你乃马上帝王，干的是治国平天下的大事，这舞文弄墨嘛，就让文臣来操刀吧。谢晦说完，便喊：颜延之！

　　颜延之站起来一揖：微臣在！

　　谢晦：你乃东宫侍读，素以才华见称，就由你代陛下捉刀如何？

　　颜延之看了刘裕一眼：这个？

　　刘裕：颜爱卿，难道你不愿意？

　　颜延之：微臣愿意，微臣领旨。

　　此时的刘裕脑中一闪，想起前几天的一幕。

　　刘裕在宫中写圣旨，字写得歪歪斜斜。写完递给站在他身边的刘穆之说：你将这道圣旨传下去。

　　刘穆之接过圣旨，朝刘裕躬身一揖：陛下！

　　刘裕：怎么了，让你传个旨也磨磨蹭蹭的。

　　刘穆之：陛下，臣有话，不知当讲不当讲？

　　刘裕：讲来。

　　刘穆之：是。臣以为，陛下现在乃一国之君，所有的细枝末节，都关乎到陛下的形象、尊严和威望，可陛下写的字嘛……

　　刘裕：呵呵，爱卿之言甚是有理。可我乃一粗人，读书甚少，知道这笔字是拿不出手的，而这写字要想写得好看嘛，岂是一日之功？

　　刘穆之：陛下，也不尽然哪。陛下英武盖世，气势非凡，我听说大人办大事，大笔写大字。陛下你何不将字写大一些，大就有气势，亦可藏盖小之拙呀。

　　刘裕：卿言甚善，甚善哪！你是真心实意为朕遮羞啊！

　　想到这里，颜延之已将作好的诗呈了上来。刘裕接过颜延之代他写的诗，念起来：先荡临淄秽，却清河洛尘。华阳有逸骥，桃林无伏轮。念毕赞道，好诗，好诗呀！又说，颜爱卿，朕自知才疏学浅，作不出如此好诗，若是贪你之功，将此诗流传后世，必定会让千年之后的人笑话于我，这首诗就算你今天的献诗吧。

颜延之跪下，磕头于地：臣惶恐，臣罪该万死！

刘裕下位，将颜延之扶起来说：你作出如此好诗，还说什么罪该万死。等着受赏吧！

颜延之再跪下，将头磕下去：微臣谢陛下！

哈哈哈哈！刘裕说，文人哪，礼就是多。众位爱卿，朕今日很是尽兴。当然，朕也多饮了几杯，有些微醉了。你们继续饮酒，朕就去后宫休息了。说罢喊一声，刘穆之！

刘穆之：臣在！

刘裕：你随我来吧。

刘穆之：是。

刘裕丢下群臣，领着刘穆之朝后宫走去。

才走进后宫，刘裕就怒气冲冲地对刘穆之说：谢晦今日可谓目中无人，竟敢当众臣之面羞辱于我！

刘穆之吓得一跪：请陛下息怒。

刘裕怒道：息什么怒！是可忍，孰不可忍！还有那颜延之，真是可笑，竟真代我作起诗来。如此不明事理之人，怎可任东宫侍读？

刘穆之奏道：陛下说得是。我听说这个颜延之一天到晚与谢晦的堂弟谢灵运聚在一起，口出狂言，挑唆太子与皇子们的关系。

刘裕：还有这等事？

刘穆之：千真万确。陛下，我担心将这些高门士族子弟留在京城，恐不利于皇室呀。

刘裕：既然颜延之附庸谢氏，那就将他调出京城吧。

刘穆之：始安太守报缺，陛下不如将他外放始安太守，免得他在京城与谢灵运等构扇异同，非毁执政。

刘裕：就这么办吧。

不日，外放颜延之任始安太守的圣旨颁下，颜延之心里十分清楚此乃作诗惹下的好祸。但事到如今他也没什么后悔的，整理好行装便打马上任。

马车刚出城门，便遇上了前来送行的谢灵运。饮罢谢灵运递上来的送行酒，谢灵运说：颜兄，你外放太守，乃诗之祸也。说起来还是我家堂兄误你呀。

塞翁失马，焉知非福。颜延之一笑，说，我外放太守，倒是安全了。若是哪天谢兄外放，便要当心哪！

颜兄此言何意？谢灵运问。

颜延之说：你谢家乃高门大族，祖辈又是前朝重臣。你堂兄谢晦谢大人虽说有拥立新朝之功，可位高权重，况他不如刘穆之行事稳重，注意分寸，而新皇是出身微寒之人，猜忌心极重，怕是他很难善终啊！

谢灵运思忖道：颜兄此言实乃出自肺腑呀。

还有，你千万要当心。颜延之叮嘱道，你往来于太子与皇子们之间，新皇若动你家堂兄，怕是要拿你先开刀哇！谢兄啊，你还是收敛些吧，从今往后，千万别再说天下之才，你独占八斗啊！

谢灵运：领教，领教。

颜延之：送君千里，终须一别，谢兄请回吧。

谢灵运：从此一别，不知何日才能再见，让我再送兄一程吧。

唉，朝中传言，说你我构扇异同，非毁执政，我怕被人看见，传入朝中，对你我都不利呀。我们还是就此别过吧。颜延之说完，对谢灵运深深一揖。

谢灵运也深还一揖：颜兄啊，一路山高水长，你多保重啊！

颜延之：保重，保重！

阿通扛着锄头进屋，一边放下锄头一边对陶渊说：爹，村外来了一个当官模样的人。

陶渊明：当官的？

阿通：嗯，好像说是什么，什么始安太守吧。

哦，我已多年未与官府之人来往，我出去避一避，若来人问及我，你就说我出门会友去了，不知哪日回来。说完，陶渊明拿过头巾系在头上，朝门外走出。刚走出大门，便一头遇上了颜延之。颜延之朝陶渊明深深一揖：延之见过先生！

延之，怎么是你啊？陶渊明又惊又喜地问，你不是在朝中任东宫侍读吗？怎么成了始安太守？

唉，说来话长。颜延之叹道，进屋去说吧。

慢，我这草庐向来不接待官者，便是王弘来了也只在我这门外一叙！陶渊明说。

我脱了这身官服，可否？颜延之一笑，便脱下官服，接过下人递过来的便装穿上问，现在，可否进得先生的草庐？

陶渊明这才欢愉地说：延之老弟真乃率真之人哪，请！

饮罢酒，陶渊明陪着颜延之来到东林寺，在寺前虎溪边的石头上，两个人坐了下来。

颜延之说：我们已谈了半天的诗，现在看看这流溪，看看身边的景物，顿时觉得天太高，山太重，人太小，诗原本就是颠倒的错觉啊。

陶渊明指着石头说：它比我年长，你比我年轻，在溪石旁谈诗，无非都是些闲言碎语。而我们还情不自禁，欲说还休。唉，高天浮云，深谷流水，半天时光，恍如一次轮回呀。

是呀！颜延之叹道，不知不觉地，阳光已退出了山林，丧失了象征的意义，林涛在山峰间低回，听起来，真如一片清凉的梵钟啊。

陶渊明望着远山一笑，道：延之贤弟呀，你我都难成正果，还是在山怀山吧。唉，山中清香山外烟火，真不知道，谁更逼近我们的呼吸？

是呀，是呀！颜延之也随着陶渊明深邃的目光，朝远山望去，重复道，山中清香山外烟火，谁更逼近我们的呼吸啊？！

天空下着雨。

司马德文与褚灵媛坐在琅琊王府的卧榻上。

侍女进来：禀报王妃，你家三位兄弟说是奉皇上圣旨，前来探望于你。

褚灵媛：他们人在哪里？

侍女：在前厅恭候王妃。

司马德文：既然是皇帝派他们来的，你就去见他们一面吧。

褚灵媛对侍女说：你先去给他们上茶吧，我随后就来。

侍女退去后，褚灵媛对司马德文说：我先去见见他们，将他们打发走了就来。你要小心，千万别吃侍女们送来的茶水和食物。

司马德文：我知道。你去吧，你家兄弟现在可都是刘家的狗，你也千万别得罪了他们。

褚灵媛：我知道。

褚灵媛刚离开司马德文，几个蒙面男人就悄悄进来了。司马德文脸色一变，厉声问：你们是谁！谁让你们进来的？

一人拿出一瓶毒酒：请琅琊王饮了此酒。

司马德文：不不不，你们别乱来！

一人说：此乃皇上所赐，你敢抗旨？

司马德文：佛说，凡是自杀之人，就不能再投人胎，我不能饮鸩自杀，不能饮鸩自杀！

拿着毒酒的人一声狞笑：你不自杀也可以，反正你今天得死！

司马德文：你们饶过我吧！我要见皇帝，我要见刘裕，他的皇位可是我禅让

312

的，他不能过河拆桥啊！

一人手一挥，几个男子一拥而上，拿过一床被子往司马德文头上一蒙，将他的身子压在榻上。

一声炸雷打下来，司马德文的腿伸了伸，便不再动弹了。

刘宋永初二年（421）九月，司马德文被刘裕派人用被子捂死，时年三十六岁。司马德文被杀后，刘裕在朝堂上率百官举行哀悼仪式，并命令太尉监护葬礼，谥号为晋恭帝。

司马德文被杀时，颜延之已告别了陶渊明，来到了始安任上。临行前，他赠予陶渊明三万钱。

这天上午，陶渊明把阿通叫过来，指着堆满了一大桌的钱说：这是你延之叔叔给我留下的三万钱，你给我拿去寄存在东山老吴家的酒庄里吧。往后，我在他家喝了多少酒，就让他在此钱中扣下来。

阿通惊道：爹，这么多钱都寄存进酒庄？可以买好多地呢！

唉，通儿啊，我家从前的田地可不少啊，现在又有多少再姓陶呢？陶渊明叹道。

也是哦。阿通说，可这么多钱得买多少酒啊，你一生哪喝得完？

我喝不完不还有你嘛。陶渊明笑道，去吧，别舍不得。

是是是，我这就去。阿通边说边把钱装进两个大竹筐。趁他爹不注意，又拿着几大串钱溜进自己的屋里，好一阵才斜着身子轻手轻脚走出门，挑起钱朝东山老吴家酒庄走去。可一路上，嘴里还是咕咕哝哝的：我爹真是，这么多钱都寄存到酒庄里，这得买多少田地啊！快到酒庄时，身后传来一声呼唤：阿通！

阿通回头一看，问道：秀儿，你来做甚？

秀儿说：爹叫我来的。

我知道，爹就信你，派你来看着我，怕我落了私房钱。阿通不高兴地说。

秀儿说：你先别瞎猜，我有话跟你说。

第二十章　贤媳刻书

阿通歇下担子，抹了一把脸上的汗，来到秀儿面前说：有话你就快说嘛，存好了钱，我还要等着下田呢。

秀儿将双手藏在背后问：你拿多少钱来存了？

你别瞎闹，爹不想事，你得想事。阿通说，你想想看，三万钱可以盘下老吴家这样好几个酒庄呢，这酒爹一生能喝得完吗？

秀儿将钱从身后拿出来说：爹喝不完是爹的事，你不能不和爹商量，就私自落下这些钱！

见秀儿揭了自己的短，阿通低着头说：爹这不是疯了吗，你也跟着爹疯啊？

秀儿伸出指头在阿通额头上用力一点：爹清醒得很，我看分明是你疯了。

阿通并不服气，喊道：我疯了！我疯了会白白将这么多钱送给酒庄去生息？你知道三万钱能买多少田地吗？

你呀，鼠目寸光，就知道地地地！秀儿说，你怎么就不明白爹的一番苦衷呢？

苦衷，爹的苦衷只愁没酒喝。阿通悻悻地说。

唉，爹真是白养你了，你一点都不理解自己的爹。秀儿口吻里充满了恨铁不成钢的意味。

理解，将这三万钱都存进酒庄就算理解爹？阿通嘟囔道。

你这山村野夫，我说了你也不懂。秀儿将自己手中的钱塞给阿通，呵斥道，拿去，将三万钱全都存进酒庄，要是你敢少存一个钱，晚上就别想上我的床！

哼，你呀，就知道讨好爹。阿通说完，拿着钱嘟囔着走进了酒庄。

秀儿这才抿嘴一笑。

转眼就到了晚上，吃过晚饭，陶渊明与锦娘在灯下说话。秀儿收拾完锅盘碗盏就进了二老的房间，笑着问道：爹、娘，还没睡呢？

人老了，晚上总是睡不着，不如坐着说说话。锦娘笑着说。

爹娘都是一生一世的老夫妻了,还有说不完的话吗?秀儿边找个杌子坐下来,边说。

这人生在世呀,都是少年夫妻老来伴。锦娘说,老伴老伴嘛,不说话做什么呢?

秀儿说:可阿通除了下田、吃饭、睡觉,总没话跟我说,即便说上几句,也无非是羡慕谁家的田好地好,什么时候也买一块,自己来当个地主。

陶渊明呵呵道:他想当地主呀!又问,秀儿呀,你也这么想吗?

当地主当然好,吃穿不愁的。秀儿想了想说,可还要看命啊,命里有来终是有,命里无来莫强求。在我看来,一切都是命运使然。

秀儿呀,你只说对了一半。陶渊明说,人各有命,这话不错。可命运命运,这命从哪里来,从运中来。运嘛,就是动,就是作为。可作为呀,又要讲时机和分寸。为什么说命里无来莫强求呢?作为过头,物极必反嘛。

爹这一说,就把命运二字说得十分通透了,可阿通就是不通啊。秀儿说完,轻叹了一声。

他慢慢会通的。陶渊明说,秀儿呀,听你娘说,阿通今天落下了几串钱,是你硬让他全部存进老吴家酒庄的,你是怎么想的呢?

爹呀,我想啊,就算你天天喝酒,这一生又能喝多少呢?秀儿望着陶渊明说,如果我想得不错的话,爹将三万钱全都存进酒庄,必有深意。

陶渊明点头道:嗯,秀儿果然聪慧。

秀儿呀,你想得不错。锦娘笑道,延之叔叔送你爹三万酒钱,这是瞒不住别人的,如果你爹将这笔钱用来买田置地,让官府的人知道了,便会猜度你爹不甘清贫寂寞,到时候又会上门劝你爹出门做官,让你爹清静不了呀。

我也正是这么想的。秀儿说完,笑着走出了二老的房门。

庞通之正朝鱼缸里喂鱼。秀儿走进来:爹,你闲着呢?

庞通之:哦,是秀儿呀,今日怎么有空回家看看你老爹呀?

秀儿:女儿这不是有事回来求你嘛。

庞通之:呵呵,你回来求我。颜太守不是送了你公爹三万钱嘛,现在不愁吃、不愁喝的,还有什么事要求老爹呀?

爹,来来来,你坐,听我跟你慢慢说。秀儿将庞通之拉到堂屋的椅子上坐下来继续说:爹,除了吃的穿的外,女儿就不能有别的事求你?

庞通之笑着说:嫁出去的女,泼出去的水,你可别老是回来打你爹的主意。过去租给阿通种的三十亩田,每年我只收他不到一半的租谷,现在可不行了,你家有钱了，这租谷可不能少我一粒了。

秀儿在庞通之额头上一点，嗔笑着说：我这老爹呀，越老越爱财。可惜呀，老爹，你就只我这么一个宝贝女儿，你百年之后，这偌大的家业又留给谁呢？爹呀，我跟你说，我和阿通可不愿承继你的家业，都让你带到黄土里去，你看这样可好？

庞通之装着不高兴的样子说：你这傻女儿，尽往爹的痛处上说。我可跟你公爹说好了，你生的第二个孩子，便要过继到我家来姓庞的。

爹，你休想，就算我公爹同意，我可不同意。秀儿故意说。

庞通之怨了秀儿一眼：你呀，牛角尽往外弯。

爹呀，亏你还说人家牛角尽往外弯，爹你不是说嫁出去的女，是泼出去的水吗？秀儿说，既然女儿是爹泼出去的水，那女儿就不赖在你这儿了。说完，秀儿拿起包袱装着要走。

看你，看你，爹这不是逗逗你嘛？见女儿生气了，庞通之赶紧笑着说，你又不是不知道，我就只你这么一个宝贝女儿，如今你娘又去世了，遍世界，我只有你这么一个亲人，我都恨不得把心拿出来疼你呢。说着说着，庞通之的眼泪都快掉下来了。

秀儿见状，朝庞通之扑通一跪，叫了一声爹，眼泪便流了出来。庞通之一把将秀儿拉起来，抚摸着她的头发，慈爱地问：秀儿呀，你不是说有事求爹吗？

秀儿擦了一把眼泪，仰起头抿嘴一笑，说：爹，你都说了要阿通交全租，女儿现在不求你了。

亲兄弟都要明算账嘛。庞通之说，何况我攒下的这些家业，将来还不是由你们的儿子来承继。

爹，我们的儿子姓陶，不过继给你姓庞。秀儿又逗起爹来。

你，你这不是回家来气你老爹的吗？半晌，庞通之说，好好好，从今年开始，我一粒租子都不收你们，这总行吧？

秀儿一笑：这还差不多。

庞通之也笑了：你这女儿呀，就只向着婆家。

爹，不是我向着婆家。秀儿说，你想啊，你既然打算让我和阿通生的儿子、你的外孙来过继，就算他跟你姓庞，可他身上淌的还是陶家的血，你何不趁早拿出诚意，把人情做在前头呢？

你不用多说了，爹都明白了。庞通之说，你说，有什么事求爹吧？

秀儿走过去，拿过一旁的包袱，在庞通之面前解开，一叠文稿出现在庞通之眼前。

陶渊明神情慌乱，在家中到处翻箱倒柜地找东西。

锦娘进来：夫君，瞧你神情不安的，找什么呀？

锦娘啊，你来得正好，你看见了我的文稿否？陶渊明问。

你的文稿？锦娘说，我家那年遭回禄后，一直都是你自己收检，后来秀儿嫁过来，你不是都交给了她保管吗？

是呀，我每完成一篇诗文，都是秀儿帮我整理抄正，然后都放在这个箱柜里。今天我想找出来看看，就不见了！陶渊明神情不安地说。

瞧把你急的。锦娘说，秀儿心思缜密，做事从来无误，你就放心吧。

那秀儿呢？陶渊明仍不安地问。

锦娘说：她今天回娘家去了，等她回来你再问问她吧。

陶渊明只哦哦了两声，在屋里走来走去。从神情上看，还是若有所失的样子。

见状，锦娘笑道：夫君哪，看来你对你的文稿还是不放心哪？

我倒不是不放心哪。陶渊明说，我是想啊，这秀儿为何要将我的文稿藏起来呢？这东西既当不得粮又当不得衣，她为何要藏得这么严实呢？

秀儿是懂得文理之人，这正说明她对你的文稿重视呀。锦娘说，你要是还着急，我去田畈里叫阿通去秀儿娘家把她接回来，你再问问她？

不急不急，她难得回趟娘家，让她在亲家面前多待一会儿吧。陶渊明说。

庞通之一听秀儿说要他拿钱帮陶渊明刻书，大吃一惊，顿脚说：秀儿啊，这书稿要想刻印成书，可是要花一大笔钱呀，你这不是要你爹的老命吗！

爹呀，用你几个钱你就这么心痛！可我公爹将来要把一个孙子过继给你都不说二话。秀儿笑着说，你想想，人和钱孰轻孰重？况且世人都说钱财如粪土，生不带来，死不带去，你积那么多钱不用，留着也是给我公公的亲孙子、你外孙的。说不定你百年之后，我公公的亲孙子一高兴，花更多的钱为我公公刻书，你睡在黄土里，又能奈何？

庞通之拿着书稿抖了抖：可这东西又当不了饭吃当不了衣穿，刻成书还不是白白浪费钱财吗？

爹呀，这就是你的不是了。秀儿劝道，你想啊，为什么你一生勤巴苦力也只当了一个州里的书办？而我公公呢，一天到晚，朝廷都派大员来劝说他去当官，还不是我爹这些书稿出名嘛！

庞通之想了想，拍着脑门说：是啊，倒还真是这个理呢。

见爹的心快被说动了，秀儿又话紧了紧：爹呀，你可别小看这些书稿，虽是微言，却藏大道。就算你有千千万万个这么大的家产也不如它宝贵呢！你若是将它刻刊好，让它流传百世，你也会跟着流芳千古呀。爹呀，你再想想，钱财能让你流芳千古吗？只有事业才能帮你办到啊！

庞通之想了想，说：行，爹就听你的，明天我就去州里请人刻刊去。

爹，女儿代我公爹在这里磕谢你了！说罢，秀儿双膝朝庞通之跪下，将头磕了下去。

起来吧，起来吧。庞通之撇嘴道，假惺惺的，你这一头磕下去啊，可就磕掉了我三年的租谷！

陶渊明拄着拐杖走进东山老吴家酒庄。

啊呀，是陶公啊，快快快，请坐。老吴迎上来将陶渊明扶到桌子边坐下来说，我这里有陈年封缸，新出锅的糯米酒，还有高粱酒，你看喝哪种？

随你的意吧，只要是酒就行。陶渊明随意地说。

老吴：那就来两升新出锅的糯米酒吧，这酒有劲道。

陶渊明：行。

老吴：陶公啊，你将三万钱都寄在我这酒庄里，你可要常来呀。

陶渊明：呵呵，我这不是来了嘛。

伙计将酒端上来。

老吴：去，再拿一碟黄豆、一碟鱼干来。

陶渊明：不用不用，一碟黄豆足矣。

老吴：这两碟下酒物是不算酒钱的。

陶渊明：怎么好意思让你破费。

老吴：陶公切莫如此说，你将三万钱存在小店内，让我本钱大增呐。这点孝敬，应该的，应该的！又问，陶公啊，今天怎么是你一人前来独饮呢？

陶渊明：众饮有众饮的风味，独饮有独饮的情趣。这酒啊，离开了味和趣，就不如不饮哪。

老吴：陶公说得是。我听说东林寺的慧远大师在世时，只准许你一人在他寺庙里饮酒，可有此事？

确有其事。可我毕竟在他寺庙里饮得少哇。如今远公已仙逝，怕是再也没有这等机会了！陶渊明说完，将一杯酒浇在地上，远公，陶潜在这里祭你一杯了！

老吴：陶公啊，你对慧远大师这么重情，看来民间传言都是假的了。

陶渊明：民间有何传言？

老吴：民间传言慧远大师生前劝你入朝为官，你以此事与大师反目，自后不相往来了。

陶渊明：民间传言岂可当真。

老吴：那，我斗胆再问一句，你为何不出去当官呢？

陶渊明：我为什么非要出去当官呢？

老吴：当官多好啊！住的是广厦，穿的是绫绸，吃鱼肉、喝美酒，还有，还有三妻四妾，那多惬意呀！

陶渊明：你怎么就知道我在你这里独饮就不惬意啊？官者，管也，下虽管民，可上却被人管。我既不愿鱼肉百姓，也不愿被人管控。

老吴：可天下哪有两全其美的事？

陶渊明：所以嘛，我既不愿鱼肉百姓喝血腥之酒，也不愿意趋炎附势喝苦闷之酒，便退而求其次，跑到你这儿喝我自由自在的醇香甘甜之酒啊。

老吴：陶公说得是，你慢用、慢用。

阿通肩扛木犁，赤着双脚，赶着牛回家。走到村口，遇到秀儿在村口张望。

阿通问：秀儿，你在张望什么呢？

秀儿说：天色已晚，爹去东山饮酒还没有回来呢，娘怕爹喝多了，叫我到村口来迎迎他。

阿通说：是呀，爹年纪大了，再不比年轻时，喝多了酒，怕是家门也找不到哇。

果真如此，那如何是好？秀儿的脸上不禁布满了忧色。

阿通放下犁，将牛交给秀儿说：你牵它去喂点草料，我去东山接爹。

一抹斜阳照进东山。

陶渊明已显出醉态。

嗯，好酒，好酒！陶渊明喊道，老吴，叫伙计再给我来一升。

老吴跑过来劝道：陶公，你看这日头已近西山了，你也喝得差不多了，改日再来吧。

陶渊明皱了皱眉头，乜斜了一眼西边的太阳，醉意浓重地问：日头就要落山了？

老吴指着太阳说：是呀，你瞧吧，这日头多红啊，它都要下山睡觉了，你还不该回家？

陶渊明站起来，斜了几步，指着太阳说：日头，红，哈哈，它也喝醉了！醉了，醉了好！红！哈哈哈，山川大地都醉了，醉了，都红了！

老吴扶着陶渊明说：是呀，陶公，都醉了，都醉了，都红了，你回家吧，哦！

不！不是红了，是血，血！陶渊明指着天空，口齿不清地说。

老吴问：哪来的血啊？

陶渊明说：日头在流血！江山在流血！大地在流血！

唉，都醉成这样了。老吴一边摇头一边对伙计喊，你快来！快快将陶公送到他家里去吧，他喝醉了。

醉了，醉了好哇！陶渊明脚步踉跄，手臂乱挥道，江山哪，大地呀，你们都醉了吗？

这时，太阳的一点亮光在山梁上一闪，完全隐没了。

日头落山了，江山和大地都沉默了，我还说什么呢！无言，无言哪！我该回家了，回家。陶渊明望了一眼西山，垂下头说。

伙计扶住陶渊明说：陶公，我送送你。

陶渊明一把推开伙计，大声道：拿我的竹杖来，我要一个人在黑暗中行走。

这时，阿通满头大汗跑进东山，一把扶住陶渊明，关切地问：爹，你喝多了吧？

陶渊明将头往阿通肩上一倒，醉乎乎地说：拿我的竹杖来，我要，一个人，在，黑暗中，行走。

伙计将竹杖送到阿通手中，阿通扶着陶渊明歪歪斜斜走出东山。

一轮红日升起。山间百鸟鸣叫。阿通正吆喝着牛走出村庄，却看见陶渊明挂着竹杖站在村口张望。

阿通：爹，你这么早就起来了，我还以为你的酒没醒呢？

陶渊明：人老了，睡不着。又问，秀儿回来没？

阿通：她昨天就回来了。

陶渊明：哦，你去忙你的吧，我找她去问点事。

陶渊明走进家门，边在椅子上坐下，边喊：秀儿，秀儿！

哎。秀儿应答着走出来问：爹，你叫我？

陶渊明说：你在忙什么呢？

哦，爹呀，你昨天喝多了点酒，我正给你熬点稀粥呢。秀儿笑道。

不急，不急。陶渊明说，我问你点事。

秀儿一笑：爹是问书稿的事吧？

正是，你将书稿藏在哪儿了？陶渊明问。

我拿去给我爹了。秀儿轻描淡写地说。

陶渊明一急，用挂在手中的竹杖在地上重重磕了两下，大声说：这，这，这东西给你爹有啥用啊！？

秀儿又笑道：爹呀，我家阿通不是租了我爹三十亩田种吗，我拿这书稿给我爹抵三十亩田的租子呀。

陶渊明更急了，将手中的竹杖在地上磕得更重：你呀！你呀！你平时倒是知事明理，如今、如今怎么会做出这等糊涂之事呀！唉，你呀，你呀！

爹呀，这书稿又当不得吃、当不得喝，我拿去给我爹抵三十亩的田租，这多划算哪。秀儿仍笑嘻嘻地说。

陶渊明朝秀儿无奈地挥挥手说：你去吧，去熬粥吧，我去找你爹要书稿去！

我爹今天一早就到州里去了。秀儿说。

那我就到州里去找他。说罢，陶渊明站起来要走。

爹，你真的要去州里找我爹去？秀儿问。

这时，锦娘走了出来，问：你翁媳俩一大早的，在说些什么呢？

唉，不谈，不谈。陶渊明阴着脸说。

什么不谈不谈，你是在为书稿的事对秀儿发急吧？锦娘笑问。

还说什么书稿呢，秀儿已将它拿给通之兄抵阿通租的三十亩田租去了。陶渊明恨声道，唉，这个通之兄啊，眼里除了田租，还有什么哟？

秀儿听得一笑，对锦娘说，娘，我去给爹熬粥了。说完，笑着走开了。

夫君，我扶你到门外走走吧，外面空气多好。锦娘扶住陶渊明说。

不走了，我要到州里找通之兄要书稿去。陶渊明没好气地说。

锦娘扶住陶渊明在他额头上一点，笑道：你呀，你呀，你也不想想，我家秀儿是什么样的人，她比你更看重你的书稿呢！

陶渊明：可她……

锦娘：她这不是哄你开心嘛。

陶渊明：哄我开心？

锦娘扶着陶渊明说：走吧，我陪你到外面走走，告诉你实情。

夫妻俩相携相扶来到门外，只见山势绵延，满目青葱，田野里禾苗随风起伏，路边开着三五朵不知名的野花，蝴蝶在花间翻飞。陶渊明在锦娘的扶携下，听着锦娘在他耳边絮叨着。

什么，秀儿让通之兄帮我刻刊书稿？陶渊明以为自己听错了。

谁说不是呢？锦娘说，瞧把你这老夫子给急的！

可是，这个通之兄呀，平时于钱财方面看得极重，他怎么会舍得出这么多钱帮我刊刻书稿？陶渊明还是不敢相信。

锦娘说：老夫子呀，你可要知道，我家秀儿是个多么灵通的人哟，她自然有办法去说服她爹的。

哦哦。陶渊明这才放下心来说，如此说来真是难为了秀儿呀！

我家有秀儿，真是家有一宝，千金难易呀。锦娘感叹道。

谁说不是呢！陶渊明也欣慰地说，没想到，我们老了老了，还能享此巨福。有秀儿这样的贤媳，夫复何求啊？

刘宋永初二年（422），刘裕驾崩，谥号为宋武帝。其长子刘义符即皇帝位，史称少帝。

刘义符坐在金銮殿上，群臣跪拜：臣等恭祝吾皇登基，吾皇万岁，万岁，万万岁！

刘义符伸出双手：众爱卿平身！

群臣齐声：谢吾皇！

刘义符：先皇起自布衣，自晋安帝隆安三年（399）随刘牢之与孙恩交战，屡立战功，至元兴三年（404）起义，推翻桓玄大楚政权，十余年间，率众削平群雄，一次西征，两度北伐，讨平南燕、后蜀、后秦三国，威震四海，才奠定了我刘宋万世基业。这其间，也得益于众卿鼎助。如今，蒙众卿不弃，扶朕为帝，往后，还望众卿如待先帝一样，用心辅佐于朕。

众臣：臣等定当竭力。

刘义符：好，好，众卿有何奏本？

徐羡之、傅亮、檀道济、谢晦出班：臣等有本要奏。

刘义符：四位爱卿乃先帝临终前任命的辅政大臣，今后有本可以随时奏来。

徐、傅、檀、谢：谢陛下隆恩。

徐羡之：我等要奏的是，请陛下施行德政，争取民心，释放劫匪及流放犯人家属；官府所需物资，均向民众公平交易，不得强行摊派；抚恤关中阵亡将士家属；废除战时严酷法律，恢复正常秩序。

刘义符：准奏。

刘义符是刘宋王朝的一个短命皇帝，仅只执政两年，于公元424年二月被徐羡之为首的辅政大臣谋杀，谥号少帝。随之，刘义隆即皇帝位。

锦娘将饭菜端上桌，对正在全神贯注翻看已刻刊好的书的陶渊明喊道：吃饭吧。陶渊明却全然不觉，锦娘只好走过来，将陶渊明手中的书拿过来，放在一边说：喊你吃饭呢。

陶渊明哦了两声，问：秀儿呢？

锦娘说：我让她在房中歇息。

陶渊明问：她身体不适吗？

锦娘笑道：她怀孕了，你又要做爷爷了。

那是好事啊，快拿酒来，我要庆祝庆祝！陶渊明听说秀儿怀孕了，十分高兴。

锦娘却叹息一声，说：可我为这孩子担心哪！她生头胎的时候，生了三天三夜，最后大出血，差一点要了她的命呢！

陶渊明：是得让她好好养息，这身体养好了，生起孩子来方有力气。

锦娘：就怕这孩子太懂事了，孝心太重了，不让我们操劳哇。

你多劝劝她吧。陶渊明说，我到外面走走去。

锦娘说：你又想去东山饮酒吧？

是呀，昨天不是没去吗。说完，陶渊明挂着竹杖走出家门，来到东山。

陶渊没想到，他人还没进门，王弘却从东山走出来，朝他问候：陶公，别来无恙？

哦，王大人。陶渊明问，你今天怎么也有雅兴到此地来饮酒啊？

知道陶公隔日就要来东山饮一次酒，今日便专程赶来会会陶公，与你作别呀！王弘说。

哦。王大人莫非要高升了？陶渊明问。

什么高升啊，不过是从州官迁为京官罢了。王弘坦然道。

陶渊明走进东山，拉过板凳坐下来，对王弘说：王大人，请坐。又喊道，伙计，拿酒来，我要敬王大人三杯。

王弘赶紧说：哎呀，陶公啊，该我请你喝酒哇！

王大人就别客气了，你在江州任职数年，无论是官声还是政绩，老百姓都有口皆碑。陶渊明由衷道，虽然你我人各有志，但你不失为一位好父母官，现在你要离任了，作为子民，不敬你三杯，是说不过去的。

王弘眼里含着泪，站起来朝陶渊明深深一揖：能得到陶公如此评价，我王弘此生无憾了！只是惜别之际，还是有一句肺腑之言要奉上啊，不知陶公愿闻否？

陶渊明说：你我也算是酒中知交，有话但说无妨。

王弘说：陶公啊，新任江州刺史乃檀道济，不知陶公可听说过此人？

略有耳闻，他乃前任江州刺史檀韶之弟，也是助徐羡之等人谋害少帝的帮凶，一介武夫也！陶渊明不屑地说。

此人虽是武夫，可又喜欢附庸风雅，好大喜功。王弘说，他来江州任刺史，不可能不与陶公相会。我只怕，以陶公你的性情会引起他的不快，到时候于陶公你不利呀！

陶渊明说：我不与他相见便是。

王弘问：可他硬是要来见你呢？

那就是他自讨无趣啰！陶渊明笑道，来来来，王大人，我们不谈那姓檀的武夫，我敬你一杯！说完，陶渊明一饮而尽。

王弘也饮尽杯中之酒，为陶渊明满上，说：陶公啊，我劝你还是……

陶渊明说：谢谢王大人一片好意，你也不用多劝了，我自有分寸。

那我就放心了。来，陶公，来而不往非礼也，我回敬你一杯。王弘端起酒一饮而尽。

陶渊明饮尽杯中之酒说：王大人，都说一朝天子一朝臣，这新皇登基，人事大动，不知你可听说颜延之这次可有转机？

哦，我忘了告诉你，他又要回京任职了。王弘高兴地说，升迁为中书侍郎。又说，谢灵运那小子也升了，当上了秘书监呢！

颜延之经受了这次贬官的挫折，必定会知道收敛，对他我倒是放心。陶渊明说，只担心谢灵运那狂妄小子，他这一升官，怕不是好事呀。

陶公是担心他会有性命之忧？王弘试探着问。

陶渊明说：谢灵运才华横溢，却又恃才自傲。若是他学学我，或隐于山水，或隐于酒中，此生倒也平安，可他不甘寂寞呀。

他的堂兄谢晦乃是拥立先帝的功臣，如今又是辅政大臣，就算谢灵运行事出点格，他堂兄保他一命应不是问题。王弘分析道。

可在我看来，并非如此。陶渊明说，四位辅政大臣中，徐羡之和傅亮才是核心，檀道济是保障，谢晦则是象征意义，代表着新朝对高门利益的兼顾。

陶公真乃高人哪，你身在山野，可对朝中之事的看法却是入木三分哪。佩服，佩服！王弘发自肺腑地说。

哪里，哪里。陶渊明逊道，我乃一局外之人，说的不一定准确。又说，而有一点你我都清楚，官当得越大，尔虞我诈，钩心斗角之事就越多。如今，辅政大臣们对保住自己的权力和利益，竟干出了弑主之事。依我看来，朝廷内部的斗争，不是一时能平静得下来的。你在地方，天高皇帝远，只要不反朝廷，身家性命还是安全的。现在入朝为官，可要千万小心哪。

王弘站起身朝陶渊明深深一揖：深谢陶公赐教！

辞别王弘，陶渊明拄着竹杖走进家门。

锦娘迎上来，关切地问：夫君，今天没喝多吧？

唉，本想多饮几杯，可遇上了王弘，便无心多饮了。陶渊明说。

锦娘：是不是王弘又让你不快了？

陶渊明：那倒不是，王弘是来向我辞行的。

锦娘：王弘贵为刺史，可对你一向还是尊重的。

陶渊明：是呀，是呀。王弘算是一位好刺史，可惜呀，他现在就要入朝为官了。

锦娘：那谁来当江州刺史呢？

陶渊明：檀道济。

锦娘：此人人品如何？

陶渊明：一介武夫，杀人如麻。

锦娘：如此说来，夫君可要当心哪！

陶渊明：放心吧，我喝我的酒，他当他的官，我不去惹他，他又能奈我何？

锦娘：可他，要是来惹你呢？

陶渊明：那就再说吧。

一抹夕阳照在山野，照在陶渊明的草庐上，一簇簇菊花盛开在竹篱边，三五只鸟飞入山林。锦娘提着竹篮，与陶渊明一起采菊。

颜延之远远地走过来，看见正在采菊的陶渊明与锦娘，便大声吟哦起来：结庐在人境，而无车马喧。问君何能尔，心远地自偏。

陶渊明抬头一看，是颜延之，便接着吟哦：采菊东篱下，悠然见南山。

颜延之快步向陶渊明走来，陶渊明朝颜延之迎上去，两人同吟：山气日夕佳，飞鸟相与还，此中有真意，欲辨已忘言。吟罢，两个人执手相视大笑。笑毕，陶渊明说：延之呀，我就知道你回京途中定会绕道来看我的。今日终于把你给盼来了！

锦娘也迎上来问候：延之呀，你这一路可辛苦了！

延之：哦，见过嫂夫人。

锦娘：千万别客气，快进屋吧，我去给你们温酒！

延之：谢过嫂夫人！

你我不是外人，就别站在这里寒暄了，快，进屋喝酒去！陶渊明说着就拉着颜延之走进了草庐。

灯盏下，陶渊明与颜延之一边对饮，一边畅谈。

陶渊明：你最近可有诗作，拿出来我欣赏欣赏！

颜延之：最近想写诗，可总是写不好，可能是公务太忙吧，没有时间去推敲。

陶渊明：依我看，这都是借口。写诗嘛，随心随性随感而发，你的诗写不好，千万不要归罪于公务太忙，我看你呀，就是名利心重，官瘾大了点，心静不下来呀。

颜延之：陶公如此说来，就令我汗颜了。

325

陶渊明：你也别说汗颜的话。我是个一无所求的人，无所求也就无所忌，说话也不怕得罪于你。你想想看，你在京城时，一天到晚与什么庐陵王、豫章公这些人搞在一起，侍宴啦、陪乘啦，应诏赋诗啦，俗务缠身，患得患失，哪里还有什么诗情画意？没有诗情，怎么写得出好诗？你看，我所欣赏你的那几首《五君咏》，还不是你的官当得不如意的时候写的。除此之外，呵呵呵呵，恕我直言，可就不太高明了。

颜延之：陶公此言极是，延之服气，服气！

陶渊明：当然了，你毕竟是个好人，重朋友，讲义气，一喝起酒来，便将什么俗事都忘却了，不能不说你是一个懂得酒中真味的人。至于想写好诗嘛，该抛却的一些东西还是要抛却的。比如谢灵运，人虽狂放不羁，诗却是让人敬服，这也是他把功名看得淡的缘故啊。

颜延之：是啊是啊，论起当下的诗人来，首推陶公和灵运。陶公你诗合自然，不可及处，在真在厚；灵运兄么，诗在经营而返于自然，不可及处，在升在后。陶公的诗胜人在于不排；灵运的诗胜人正在于排。

陶渊明：嗯，论起作诗，灵运值得推崇；论做人，灵运怕是往后多险哪！况且京城如今是水深且险，怕是不好待的地方啊。

这时，传来鸡鸣声。

锦娘披衣出来：夫君，鸡都打鸣了，你们早点休息吧，有话不妨明日再说。

陶渊明：你先睡吧。延之明日要急着回京赴任呢，我还有一些要紧的话没跟他说完。

那我去给你们把酒再温温。锦娘说着便拿起酒壶去温酒。

颜延之：陶公，请赐教！

陶渊明：朝中四大辅政大臣虽然已拥立刘义隆为帝，可他们毕竟是杀害他两位哥哥的凶手。他们有胆去谋杀新帝的两位哥哥，多谋杀一位又如何呢？

颜延之：你是说新帝他也有性命之忧，朝中还要大乱？

陶渊明：那倒不尽然。这就要看新帝的手腕了。依我看，这新帝刘义隆并非泛泛之辈，登基后，他已将四位辅政大臣分化瓦解其二，代表高门士族的谢晦已外放到荆州任刺史，将手握实权的檀道济派往江州任刺史。只剩下徐羡之和傅亮两位既无根基又无实权的辅政大臣在朝。按照这样的情势看，新帝快要动刀子了，如我猜想得不错的话，不出三月，徐羡之和傅亮便会死于非命；接下来，谢晦、檀道济也不会有好下场。

颜延之：他们四位可有拥立新皇之功啊！

陶渊明：我问你，当一个臣子的功劳大得再也没有办法封赏，怎么办？桓玄、刘裕就是因为功劳太大了，没有办法封赏，便将江山禅让于他们。新帝会这么做吗？

颜延之：我想不能。再说，他们四位目前也没有形成当年桓玄和宋武帝那么大的势力呀。

陶渊明：不错，如果新帝不提早防患于未然，势必会养虎成势，新帝难道就看不到这一点？

颜延之：陶公言之有理。

锦娘将温好的酒送上来。

颜延之拿起酒壶往陶渊明和自己面前的酒杯里斟满酒，端起来：陶公啊，我真要好好敬你一杯，要不是你这一番教诲，我这一进京，可就要蹚进浑水了。

与颜延之将杯中酒饮尽，陶渊明抹了一下嘴角的残酒说：自古以来，功高必震主。你要记住，当一个臣子的功劳高得没办法封赏的时候，必定会将其置之以法。法是什么？法就是皇权！皇权的作用就是清除掉长在皇宫门槛上的一切卑草和灵芝！唉，我担心谢灵运哪，他正是一棵长在皇宫门槛上的灵芝啊！

秀儿挺着大肚子拎着一篮衣服正要出门。锦娘赶出来，接过装衣服的竹篮，心疼地说：秀儿呀，你快要生了，怎么还下塘埠去洗衣裳呢？快，听娘的话，回房里歇着去。

娘啊，你都一把年纪了，怎么好意思让你去洗衣裳呢。秀儿挺着肚子说。

娘也洗不动了。锦娘说，等过几天，娘请个人来帮我们洗，这总行吧。

娘，现在到了春季了，这衣裳不洗，会发霉的。秀儿说。

是呀，山上的茶树也该吐新茶了，要不是你有孕在身，娘还想让你带我上山为你爹采点新茶呢。锦娘说，可娘算算日子，这山中桃花开的时候，你就要生了。现在你爹喝的新茶都顾不上了，慢说这洗衣裳的事，都搁下来吧，千事万事，你生孩子的事是头等大事，你就听娘一回，好好歇着去，哦！

陶渊明也走过来说：秀儿呀，这洗衣裳的事不急，我们都是农家人，脏了脏穿，穿在身上也没人笑话。你就听你娘的，好好歇着去吧。

这时，一位官员带着一群兵丁，前呼后拥朝陶渊明的村庄而来。一村的男女老幼吓得惊慌失措地边往家里躲，边纷纷把门关上。

陶渊明、锦娘、秀儿站在门口，正疑惑地看着惊慌失措、躲进家门的人群时，一个老头子气喘吁吁地朝村里来，走过陶渊明的家门口，陶渊明迎上去问：刘老伯，一村的人为何如此慌张啊？

刘老伯摆着手说：不得了，不得了，吓死人了！当官的带着一群兵丁进村了，他们又是吆吆喝喝，又是鸣锣开道，凶得很呢，也不知道他们要来干什么？我们只有躲避了。刘老伯说完，便赶紧离开陶渊明家门口。

当官的？还带着兵丁进村？陶渊明也疑惑道，现在才刚刚开春，还没到征粮的时候，他们进村里来干什么？

可能是路过这里吧。锦娘说。

村里只有一条进来的路，进了村便没路了。陶渊明摇了摇头说：不可能是路过。

秀儿走到陶渊明身边说：爹，当官的是不是奔你来的呢？

奔我来的？陶渊明听得一惊，思忖道，莫非是……？

第二十一章　桃源梦醒

爹，你的意思是，莫非是新刺史来了。秀儿问。

十有八九。陶渊明想了想说，此人好大喜功，附庸风雅。又说，可他为什么不请我去州里与他相见，或者提前打声招呼呢？

他或许听州里人说过，你脾气古怪，不喜欢与官府来往。他请你你也不会去呢。秀儿笑道。

夫君哪，你还是去村口迎迎他吧，你也说过，这新刺史可是一个杀人不眨眼的魔头啊。锦娘担心地说。

他既然不提前打声招呼，又如此兴师动众，弄得村里鸡飞狗跳的，是他失礼在先，我还去迎他做甚？陶渊明说着，便愤怒起来，将手一挥，走，我们进屋去，关门！

人家既然都到家门口了，你关门也没用啊。你要是弄得他恼羞成怒，他让兵丁们毁坏了我家的宅门还是小事，只怕会让同村的人受连累呀！锦娘刚说完，一群兵丁便跑到了陶渊明的草庐边，三步一个，持枪直挺挺地站立着。

檀道济骑着马也来到陶渊明的篱门边，翻身下马，打量着一言不发的陶渊明。只听见他身边一个随从喝了一声：大胆陶渊明，见了刺史大人，为何不迎拜？

陶渊明昂首道：山野草民，哪里知道刺史大人！

随从喝道：大胆，刺史大人就在你眼前！

檀道济朝随从一摆手，制止道：休得无礼！又说，你就是陶公？

陶渊明说：在下正是陶潜！

檀道济点了点，问：陶潜！为何要潜？

陶渊明回道：大人，你说呢？

檀道济说：是否取之于《易》，见潜龙在田哪？好哇，昔有诸葛亮卧龙在冈，今有陶渊明潜龙在田！

陶渊明朗声道：大人，现如今没有陶渊明，唯有陶潜尔！

无道则潜，有道嘛，则不能言潜了。檀道济将笑堆在脸上说，呵呵，陶公就如此将我拒之门外吗？

锦娘拉了拉仍站着不动的陶渊明的衣袖，小声说：夫君，请檀大人进屋坐坐吧。又对檀道济说，檀大人休怪，我夫君他昨晚饮醉，至今还未醒酒呢，请大人进屋坐坐。

陶渊明这才说：大人，请吧。

檀道济与陶渊明等走进屋内，坐了下来。锦娘将茶端上来，在檀道济和陶渊明面前各摆放一碗。檀道济饮过一口茶，放下茶碗，又看看四周，说：没想到哇，陶公家中竟是如此清贫。

清贫也一生，富贵也一生。陶渊明说，于我陶潜而言，此生有书读，有酒喝，不冷不饿便足矣。

檀道济呵呵一笑，道：人各有志，陶公乃清雅之士，视富贵如浮云，所以你当年逃禄归耕，被天下人传为佳话呀。

不敢当。陶渊明说，陶潜非逃禄，实无能尔！

陶公此言过于谦逊了。檀道济说，檀某以为，你自称陶潜，实乃逃隐也！

陶渊明冷笑一声：我安贫守道，自耕自食，山水为伴，乐酒逍遥，何逃之有？

陶公不逃，又何潜之有？檀道济正色道，檀某虽不才，倒也知道天下无道则隐、有道则至的道理。陶公你饱读圣贤之书，难道不明此理？

大人休拿圣贤与我说话，我这一生只求无己、无功、无名。陶渊明冷淡地说。

嗯，好一个无己、无功、无名。至人无己，神人无功，圣人无名。檀道济说，先生可谓一生逍遥啊，比之先生，檀某实在惭愧，惭愧！

先生我不敢当，惭愧大人也不必。陶渊明冷言道，大人为新朝建立了不朽功勋，今日又得此高位，这都是大人的过人之处嘛。

唉！檀道济先叹后说：只怕是花无百日红啊！

陶渊明心里说：都说此人是一介好大喜功的武夫，看来他倒是有几分自知之明。便说：大人何出此言？

嘿，我跟你说这些又有何用。檀道济说：哦，对了，先生乃当世贤者，我此次是来专门看看你的，听说你生活清苦，给你带来了几百斛粳米和数头猪羊，还望先生笑纳！

陶渊明站起来，断然地说：这决不敢当，决不敢当！我陶潜哪里能够称得上贤者。

见陶渊明断然拒绝，檀道济脸上有些不高兴：你是不是贤者我不管，但你不能不给我面子。

330

哈哈哈哈！陶渊明笑罢说，我既非贤者，又能伤及大人脸面几何？这并非我装腔作势，只是由于我个人的夙愿，不敢妄与那些借归隐博名、一心取得高官厚禄的贤者们高攀。如此而已，请大人见谅。

檀道济猛地站起身来，大声说：有空到州里来坐坐吧，州里的酒还是够你喝的。

陶渊明也大声说：好。等我的腿疾好了，再去拜访大人。

檀道济哼了一声，朝门外走去。

檀道济在陶渊明家碰了一鼻子灰后不久的一天，一个满脸胡须的人，头戴斗笠，身披蓑衣，朝陶渊明的村庄走来。

陶渊明将头伸出门外，一看天上下起了雨，便说：哦，下雨了，我还说今天到东山老吴家饮几杯呢。

锦娘说：夫君，这下雨天，道路泥泞，你腿脚又不便，今天就别去了，就在家里饮几杯吧。

陶渊明说：可这春天雨水多，秀儿又快要生了，家里弄个小菜，温个酒的人都没有，我还是慢慢走吧，也没几里路。

两个人正说着，满脸胡须的人歪歪斜斜走到陶渊明家的竹篱边，一头栽倒在地上，头上的斗笠滚落到一边，那人在雨中痛苦地呻吟起来。

陶渊明一惊，说声不好，这人可能有病！便急忙拄着竹杖，走出大门，一拐一拐快步来到那人身边，跪在泥水中，抱着那人的脖子问：你这汉子，这是怎么啦？

那人痛苦地呻吟一声，摇了摇头。

一个炸雷打下来，急雨朝陶渊明和那汉子头脸上打下来，陶渊明赶紧拿过滚落在一边的斗笠遮在那人的脸上，喊道：锦娘，锦娘，有人病倒在我家门口，你快出来，帮我扶进屋去。

锦娘拿着一把油纸伞碎步跑出来，两个人用力扶起那人，将他拖进屋。将那人扶坐在椅上，陶渊明对锦娘说：你快去熬点姜汤，给他驱驱寒。哦，对了。他浑身湿透，你去找两件我的衣裳来，赶紧让他换上。

锦娘担心地说：你身上也湿透了，你也快换身干衣裳吧。

陶渊明催促道：你快去吧，先别管我，病人要紧。

锦娘哦了一声，便拿干衣裳去了。那人有气无力地对陶渊明说：谢过，谢过。

直到晚上，屋檐下的水还滴滴答答地响着。那人在铺上呻吟了一声。坐在一旁看书的陶渊明放下书，端着灯盏来到那人铺前，小声说：你醒了，是不是想喝水？

那人挣扎着坐了起来，说：是有些口干，只是不好劳动尊驾。

陶渊明一边走过去倒水，一边说：你说这话就见外了，在外行走的人难免遇上个三病四痛的，你既然遇上了我，就是你我有缘哪。来，喝水。陶渊明将水递给那人。那人喝完水，将碗递给陶渊明，问：尊驾腿脚好像有些不便？

陶渊明笑着说：早年落下的风湿。

那人又说：已经很晚了，尊驾为何还不歇息？

陶渊明说：我这不是看你病得不轻吗，没有人在你跟前招呼，我哪放心！

那人说：你救了我一命，我该怎样报答你呢？

陶渊明说：说这话就言重了，我只求世间无灾无难，家家无病无痛，人人享百福，个个纳千祥，不图任何报答。

陶公真乃贤人也！那人说完，翻身下床，在陶渊明面前跪下来，请陶公受我一拜！那人拜下去时，身后腰上露出一把短刀。

陶渊明惊道：你，你，你到底是谁？

那人站起来说：陶公别问我是谁，但我保证，陶公从此性命无忧。

此话何意？陶渊明问。

那人说：我是有人花重金请来的杀手，虽说得人钱财，与人消灾。但我辈乃重情义之人，只杀无道，不杀贤者。陶公今日所为所言，乃当世圣贤，我辈怎能违背天道，诛圣杀贤？

陶渊明忧心地说：你今日不杀我，可他日难免没有见钱眼开者！

请陶公放心，我会在江湖中放话，谁敢伤及陶公你一根毫发，便是与在下过不去，便是与天道过不去，我必得而诛之。告辞了！那人说完，大步走到门边，打开大门，走进雨中，消失在黑夜里。

江州刺史府。檀道济坐在厅里饮茶，一内侍进来小声禀道：大人，陶渊明未死！

檀道济放下茶碗问：怎么，我的钱不是白花了吗？

内侍说：杀手半夜已将钱于扔进了府里，还附上了一封书信，说陶渊明乃当世圣贤，今后谁要再对陶渊明起杀心，他便得而诛之！

娘的，也不知道陶渊明那老匹夫是怎么买通江湖人士的。檀道济恨恨地说。

大人，既然江湖中人都向着他，我看一时也不好对他动手啊。内侍说。

檀道济不甘地说：难道就这样放过这个目中无人的老匹夫？

大人，既然江湖中人不去杀他，何不借朝廷之手杀他？内侍讨好地说。

檀道济听得心中一喜：如何借朝廷之手杀他，你说来听听？

陶渊明一向出言不逊，尤其是喝酒后，更是口无遮拦，何不……内侍如此这般地向檀道济献上了一计。

陶渊明在野外信步行走。路旁的柳树吐出一片鹅黄。山野已开遍了红的花、白的花。他走到一棵桃树下，抬头望着开得正艳的桃花发呆。是的，此时的他回想起了在湖南五溪见到小师妹玉如的那一幕：一片桃林一望无际，小师妹在桃林中时而若隐若现，时而回眸一笑。他又回想起了年轻仗剑出游时遇到那位老翁的一幕，老翁讲故事的场景还历历在目。

回到现实中的陶渊明，口中喃喃道：桃花又开了，春天又回来了，可我已经老了。

这时，张野兴冲冲地朝他走过来，老远的便打起了招呼：亲家，你这是要去哪里呀？

哦，亲家，草绿了，花开了，春暖了，出来走走。陶渊明说，你不是也在家里待不住，出来走走吗？

我可不像你是专门出来踏青的，我找你有事。张野迫不及待地说，周续之他们今天在东山搞一个什么辩论，我想邀你一起去听听，顺便饮上几杯。

嘿，他们啊，虽说自称隐士，可我听说最近他们与官府走得很近，所谓的辩论，不过是为官府代言，不听也罢。陶渊明摇头道。

他们辩论他们的，我们喝我们的，他们辩得好，我们便多喝几杯；若辩不出个真章，你我权当笑话听一听，亦可佐酒啊。别愣着，走吧走吧，我可是有很长时间没去喝东山老吴家的酒呢。张野说完，拉起陶渊明便走。

此时东山老吴家的酒庄里。周续之、雷次宗、宗炳等人正在高谈阔论。看见张野和陶渊明相携着走进东山，便都赶紧站了起来迎道：哦，陶公啊，你也来了。

怎么，你们把莲社从东林寺搬到东山来了？陶渊明嘲讽道。

陶公啊，难道只准你在东山饮酒，就不准我们在东山结社？周续之说。

这倒没有什么不可以的。陶渊明继续嘲道，不过，这白莲社从此就得更名为东山社了。

陶公啊，话可不能这么说。宗炳听得出陶渊明在嘲讽他们，也不说破，只说，白莲种在我等心里，也开在我等心里，我们人在什么地方倒不重要，次宗兄，你说是吗？

极是，极是。雷次宗道，我们多次邀陶公入社，陶公都不曾应允。如今远公仙逝了，陶公乃我等领袖。听说陶公只要天气好，隔日必定会到东山小饮一次，我等来东山结社，正是冲着陶公你来的呀。

千万不要这样说，我来东山只饮酒，只怕今天是扰了诸位高贤的雅兴啊。陶渊明说完，与张野在旁边的一张桌子旁坐下来。

这时，雷次宗回想起了前几天的一幕：

檀道济的内侍走进雷次宗家，如此这般地说了一通。雷次宗听完一惊：哦，如此说来，檀大人莫非是想加害陶公。可陶公乃当世圣贤，在下实难从命！

雷先生，檀大人还有一样东西，让在下带来，呈送于你。内侍说完，拿出一个布包呈给雷次宗。

雷次宗接过布包，打开一看，是一把明晃晃的匕首。

内侍：请先生早拿主意，檀大人还等着我去回话呢。

雷次宗想了想说：请你去回复檀大人，我只能想办法让莲社的人去东山饮酒结社，开展辩论，并将陶公也请去，至于陶公说些什么，不说什么，就不关在下的事了。

内侍道：如此甚好，不过到时候，我们的人要躲在一旁记录。

雷次宗站起来，怒道：你们这么做是不是太过分了？

内侍把脸一沉，说：雷先生还是先想想自己吧。

雷次宗又坐下来，垂下头，无奈地唉叹了一声。

就在雷次宗回想起这件让他揪心的事时，东山内一场辩论已经开始了。

周续之：圣人用来掌控天下的办法，神人不会过问；贤人用来掌握世道的办法，圣人不会过问；君子用来掌控国人的办法，贤人不曾过问；小人用来投机取巧以合乎时宜的办法，君子也不会过问。

陶渊明小声对张野说：你听听，这个周续之满口的圣人、神人、贤人、君子、小人。什么嘴脸，来来来，我们喝酒。

宗炳说：周公说得好哇，难怪陶公有诗：此中有其意，欲辩已忘言哪！

陶渊明小声对张野说：他们如此闹腾，哪里还寻得出真意。这些人真是可笑哇，一天到晚言必为天地立心，语必为民生请命，把自己摆到天与地之上，民与命之上，往圣绝学之上，万世太平之上。

张野笑着说：亲家翁，你既然觉得他们所言有谬，何不说出你的高见呢？

陶渊明也一笑，说：再听听他们说些什么吧。

周续之：圣人、神人、贤人、君子，相同之处，都崇自然之道。弯曲也罢，强直也罢，一切顺其自然。我等立之于世，要观察四方，跟随四时变化而消长变易；是也罢，非也好，都要牢牢掌握循环变化的中枢，自有主意，往返进退，永远与大道在一起。

陶渊明实在忍不住了，站起来大声说：何为大道？如若诸君执着于德行的说教，满足于现成的仁义规范，那将迷失自我！

宗炳：那以陶公之见呢？

陶渊明：生于乱世，别无他法，只有拯救自身，解脱自身，不必死守道德，死把规范；不必求私人膨胀，应顺性而活，随遇而安。成败利纯，祸福通塞，高低贵贱，全部随便。自在逍遥，无所不可，无所不乐！

宗炳：请问，难道乱世就不需圣贤吗？

陶渊明：你们一天到晚张口闭口不离天人、圣贤、君子如何如何。请问，人民百姓呢？我告诉诸公，最接近天人的应该不是君王将相，更不是我等坐而论道之人，乃是日出而作、日落而息、凿井而饮、耕田而食的百姓。他们同样也可以称为圣人。你们再琢磨琢磨我说的话，想通了，悟透了，诸公便成神人了。哈哈哈哈！当然了，无价值、无规范、无美丑、无是非、无高下、无差别，讲得再好也只能是衣食无忧、酒肉果腹者的玄谈、玄思，终难成为治国、治家、治身、治人的方略。人把自己弄成呆板的规范的附庸品固然可笑复可悲，若是把自己搞成与他人无关、与民众无关、与民族无关的独行鲲鹏、神仙、圣贤就越发可笑了。你们还是谈点实在的，比如，老百姓如何把田耕种好，多些收成，不受官府欺压，衣食无忧，岂不功莫大焉！

雷次宗：陶公啊，喝酒吧，喝酒吧，人生在世，不光是为了衣食呀。

陶渊明：不为衣食为了什么？

雷次宗：人活一世，不就为个名吗？衣食乃利，名事为大，利次之。陶公你可以不屑名利，可古往今来，天下大多数人呢？

陶渊明：哈哈哈哈！我告诉你，名头越大就越不自由，人就更容易成为名利的祭品。许多人成天忙忙碌碌，辛辛苦苦，焦头烂额，四处碰壁，无非是为了争名夺利，最后便丧失了自我甚至贻害九族，这是何等的荒谬！名利者，狗屁也！有什么了不起，我从不拿名利当回事，又有什么新鲜？难道名利之忧之诱之热衷之煎熬，是从娘肚子里带出来的吗？不，不是！名利不是心肺，不是肝肾，不是灵魂，也不是心地。名利是俗出来的，是俗人闹腾出来的，诸公到如今，还有什么看不开放不下的啊！

周续之：呵呵，以陶公之见，我们今天的辩论毫无意义了，倒不如学你回家种田地！

哼哼！所谓大道，岂是诸公参得透的。我说：太阳出来，你们看见了吗？除了几声鸟叫，却没有一个人醒来啊。告辞了！陶渊明说完，丢下张野、周续之等一群人，拄着竹杖走出了东山，边走边继续自语：除了几声鸟叫，没有一个人醒来。可悲呀，可悲！

江州刺史府。

内侍进来：大人，收获很大呀。

檀道济：哦，拿来我看看。

内侍将一叠记录的纸递给檀道济。檀道济看了一阵，笑着说：好，好哇！我马上写一封参陶渊明大逆不道的折子，你派人明日乘快船送进朝廷，我看他陶渊明还能狂妄到几时！又说，参倒了陶渊明，朝廷要了他的性命，我定会重用你的。

内侍：谢大人栽培。

檀道济：你先下去吧，待我写好奏折，再叫你进来。

内侍：是，小的告退。

当檀道济将一封参陶渊明的奏折发往京城时，秀儿在床上临盆待产。她已痛得满头大汗，不停地叫唤。锦娘在一边自语：这如何是好，都快两天了，怎么还生不下来。

接生婆也开始慌乱起来，她也想不出什么助产的好办法来，只说：你忍忍，别这么用力叫唤，要用力生哪。

锦娘一边帮秀儿擦汗一边说：秀儿呀，再用把力吧。

秀儿喘着气说：娘，我，我的力气已经用完了。怕是，怕是……

别胡说，你匀口气，再用把力，哦！对秀儿说完，锦娘又对稳婆说，你帮我招呼着，水都冷了，我再去烧点水来。

秀儿虚弱地说：娘，你别走，我怕！

秀儿呀，别怕，哪个女人不生孩子呢，娘是过来人，知道你会平安的。锦娘安抚道，你只管用力生，我先去烧水，就过来，哦！

秀儿点了点头。

看见锦娘从秀儿房里走出来，阿通站起来，紧张地问：娘，秀儿没事吧？

陶渊明也焦急地问：是呀，怎么还没生下来？

锦娘一半心疼一半焦虑地说：秀儿这孩子身体虚呀，都生两天了，现在折腾得连力气都没有了。

阿通急道：娘，秀儿不要紧吧？

锦娘叹一声，说：但愿老天爷保佑她平安无事。

此时，一丝不祥的预感朝陶渊明心头袭来，他感觉到秀儿可能正在鬼门关上徘徊。自从慧远死后，他再也没有一位思想上的交锋者，加之在东山刚刚结束的一场辩论上，让他对周续之、宗炳等人更加失望。现在唯一能让他精神感到愉悦的只有这位五儿媳秀儿了。秀儿如有不测，陶渊明则成了一位思想上真正的孤家寡人了！

想到这里，陶渊明心中不由得悲凉起来。为了驱走心中的悲凉，陶渊明叫阿通将酒取来了。他端起酒杯，放在唇边，却没饮下。

阿通问：爹，你怎么不喝呢？

陶渊明端起酒杯将酒庄重地洒在地上，心里说：求天地保佑秀儿平安！祈祷完，陶渊明拿过酒壶，再往自己的酒杯里斟了一杯，对阿通说：这就喝。

阿通又忧郁地对陶渊明说：爹，房里好像没有什么声音。

陶渊明说：你别急，稳婆不是在房里嘛，有事她会喊的。

锦娘端着一盆热水走来。

阿通说：娘，你听啊，秀儿好像没什么声音了。

锦娘不耐烦说：你急什么，娘心里比你更急呢！

这时，房里传来秀儿一声大叫，接着，一声婴儿的啼哭声传来。

锦娘终于松了一口气，大声说：谢天谢地。

稳婆也将头伸出房门笑着出来说：生了，生了，生了个胖小子！说完将锦娘端着的热水接了过去。

阿通拍着胸口长舒一口气说：唉，我这颗心总算踏实了。话刚说完，听见房里的稳婆失声喊道，不好了，大出血了！

锦娘一头冲进房中，接着惊慌地叫喊起来：秀儿，秀儿，你醒醒啊，秀儿！

阿通拔腿冲进房里。陶渊明一声长叹：唉，老天爷，你可千万别跟我过不去啊！秀儿呀，你可要挺住啊！

房里却传来锦娘急促而悲切的声音：秀儿，秀儿呀，你怎么就忍心抛下我们啊？

陶渊明悲切地仰起面孔，任两行老泪在脸上纵横。

一座青山，一条清溪，几棵花树，一座孤独的新坟。白色的招魂幡在坟头上随风飘动。

坟头碑石写着：陶庞氏秀儿之墓。

陶渊明似乎一夜之间老了许多。他披着长衫，拄着竹杖一拐一拐地朝新坟走来。走到小溪边，隔着溪水凝望着那座新坟。他心里说：秀儿呀，爹来看你了！这个地方还美吧，是爹给你选的，你还满意吧？这地方离家虽然远了点，可是风景宜人，清静秀美，你看见了吗？青山郁郁，溪流潺潺，桃林夹岸，鸟语花香。当年的康王曾在这里避秦之乱呢。爹娘死后，也将长眠于此啊！快了，秀儿呀，快了，你不会寂寞的，爹娘也不会孤单的。

这时，春风吹动了陶渊明的长衫，吹动了他的发丝，吹落了夹岸桃树上的花瓣，片片落红随溪水而淌。

一片花瓣在空中旋转着，飘落在陶渊明的衣袖上。

陶渊明回想起了他仗剑出游时，一位老者说：

有一位打鱼人，一天他摇着渔船来到一条溪水之上，溪两岸盛开着各色叫不出名来的野花……

渔人把渔船摇进了山洞，结果却发现山洞里是一个很大的别样的世界，里面良田千顷，四季如春，住了百十户人家。他们老少相安，和睦相处……

这里没有战火，没有官家的征派，人们过着自由自在的生活……

陶渊明回到现实中，心里说：秀儿呀，爹相信，人间有净土，世外无桃源，桃源就在这人间，就在你爹我的心里！到时候，爹要带上娘陪你在这里厮守，守他一千年，千年之后的人间，一定会是一片桃源世界，太平人间！

皇宫内。皇帝刘义隆召集几位大臣在宫殿议事。

刘义隆说：朕昨日接到江州刺史檀道济的奏折，说是陶渊明聚众饮酒，构扇异同，非议朝政。众位爱卿看看对陶渊明如何处置呀？

王弘奏道：陛下，陶公乃当世贤人，绝非构扇异同者，恐怕檀大人也是风闻奏事啊。

刘义隆说：檀道济随奏折还附上了一份陶渊明他们的谈话记录，可谓是证据确凿。

颜延之也出班奏道：陛下，依臣看来，其中必有误会。当年慧远在世时，在东林寺结莲社，十八高贤齐聚，唯独陶公没有参与其中。如今，陶公改名为陶潜，更表明了他不问世事、潜隐山林的决心。他从来不与官府人之来往，即便说了些什么，檀大人又怎么知道，更别说什么谈话记录了。

见颜延之说得有理，刘义隆便对王弘说：王爱卿，你在江州担任了多年的刺史，对陶渊明这个人应有所了解吧？

王弘回禀：陛下，臣在江州多年，与陶公也曾会过数面，他除了饮酒赋诗外，从来不谈论朝政。我还听说，檀大人上任后，曾携粳米、酒肉去拜访陶公，被陶公拒绝。依臣看来，必定是陶公没有给檀大人面子，致使檀大人恼羞成怒，从而构害陶公！

可刘义隆却说：他不出来做官，为朝廷出力也就罢了。就凭他藐视朝官，对大臣不逊，此罪当诛！

陛下，不可诛陶公啊。颜延之见刘义隆要诛杀陶渊明，急忙奏道，先帝曾说过，远公高人，渊明侠士，智者也！陶公虽然深居山野，但是贤名布于海内，先帝不曾杀他，目的便是让天下归心哪。如果仅凭檀大人一己私见诛杀陶公，会让天下名士寒心啊！

王弘也忙奏道：陛下，颜大人此言极是。当年孙恩曾受谢道韫当面之辱，却不曾杀她，还将其礼送进京。连孙恩都知道，像谢道韫这样的大才女杀一个天下便少了一颗种子。陛下乃英明聪睿之主，难道就容不下一个大隐士吗？

刘义隆只好说：这个嘛，容我再想想。

颜延之见刘义隆还在犹豫，继续奏道：陛下，此事可想而知，纯然是檀道济居心不良，想借陛下之手来诛杀陶公。陛下请想，檀道济乃一方诸侯，想杀一个陶渊明还不是一件极其容易之事，他是不想担一个杀天下名士的名声，于是便借陛下之手，逞他个人胸意，让陛下来担一个诛杀名士贤人的名声。其心可诛啊！

刘义隆听得心头一震，说：朕知道了，你们退下吧。

陶渊明在家中一杯接一杯地饮酒。

锦娘劝道：你少喝几杯吧，年岁不饶人啊。

锦娘啊，我也不想多喝啊，可一想起秀儿，唉，我这心里就……陶渊明说着，眼窝里便蓄满了泪水。

夫君哪，我心里也跟你一样苦，可通儿心里更苦啊。锦娘也含着泪说，还有那刚出世就没了娘的孙儿，唉，真是苦比黄连哪！

陶渊明又饮下一杯，摇了摇头：人生实难，实难哪！

锦娘说：你还是早点歇息吧，身体要紧呢。

你先去睡吧，我想趁着喝了几杯酒，将已打好了腹稿的《挽歌》和那篇《自祭文》用纸笔记下来。陶渊明说。

夫君哪，虽说你上了年纪，可也不十分老，怎么一天到晚尽想着你的《挽歌》和《自祭文》呢？锦娘劝道。

人生自古谁无死呢？不要说起生死就放不开。陶渊明说，况且，我也知道自己的身体，我喝酒已大不如前了，一旦我不能喝酒了，那就是要上路啊。

锦娘说：你既然知道自己的身体不适，就要好好养息。

是呀，是呀，我现在脚软，站立起来都困难，这正表明我所剩的时间已经不多了，我要趁自己还动得了，将该写的东西都写下来。陶渊明说，锦娘啊，给我拿笔墨来吧。

你呀，越来越固执。锦娘说完，将一旁的纸笔拿过来，站在陶渊明身边磨墨。

陶渊明提提笔，念一句：有生必有死，早终非命促。写下来，凝神想一想，又念：亲戚或余悲，他人亦已歌。写完，陶渊明端起纸看一遍，又放下纸，拿起笔：嘿，不能够这样就完结，还得同慧远辩下去，表明我对生死大事的最终看法：死去何所道，托体同山阿！不错不错，死又算得了什么？人死了，还不是与山阿草木同归于朽么。好，这首诗就该这样结束，不必再作什么添改了。

这时，传来了鸡鸣声。

锦娘说：夫君，鸡都打鸣了，你也写完了，还不歇息吗？

别急，别急，等我将《自祭文》一并抄写好，再去歇息吧。陶渊明说完，又提笔在纸上写下《自祭文》。写完，陶渊明端起来看过一遍，念道：匪贵前誉，孰重后歌，人生实难，死如之何？呜呼哀哉！

念毕，陶渊明将笔一抛，大声道：人生实难，死如之何啊？他刚想站起来，人就歪着一倒。锦娘一把扶住：夫君，怎么了？

陶渊明虚弱地说：腿脚发软，无力站立呀，你扶我上床吧。

几天过去了，陶渊明仍躺在床上，头上缠着头巾。整个人时而清醒，时而迷糊。

傍晚时分，锦娘见陶渊明又清醒了些许，说：夫君，你总算好转点了？

陶渊明摇了摇头：浑身酸痛啊。

锦娘将手在陶渊明额头上摸了摸，叹道：唉，还在发烫呢！这草药也喝了几副，怎么不见效啊？

你就别管我了，帮通儿照顾孩子去吧。陶渊明微喘着说。

我知道，孩子睡着了。锦娘说，我再熬点药你喝吧。

陶渊明摇头道：怕是没用了。你就别为我瞎忙吧，等我躺上几天，能起来喝酒，病就好了。

锦娘嗔道：瞧你，都病成这样了，还忘不了你的酒。

陶渊明说：你别唠叨了，给我找本书来吧。

皇宫内。

内侍：陛下，司徒刘义康已宣到。

刘义隆：叫他进来吧。

内侍：是。

内侍走到门口：宣刘司徒晋见。

刘义康进来：臣刘义康见过陛下。

刘义隆：平身吧。

刘义康：谢陛下。

刘义隆：你去给我拟道旨，将谢灵运流放到江州刺史檀道济手下去任职吧。

刘义康：陛下，谢灵运除了喝酒写诗、口吐狂言外，一天到晚从来不干正经事，将其外放到江州去，他又能做什么呢？

刘隆隆：如此狂妄之人，留在京城难道不是祸害吗？让檀道济那个武夫去治他吧！

刘义康：陛下，你这是要借刀……

刘义隆：嗯——！

刘义康：哦，陛下圣明，臣这就去拟旨。

刘义隆：去吧。

刘义康退去。

刘义隆：哼哼，檀道济呀檀道济，你不是想借我之手杀陶渊明陷我于不义吗？现在我看你怎么对付谢灵运这个狂徒！如果你能容忍他，我就论你一个纵容奸人的罪名；如果你不能容忍他，看你与谢家如何相处？哼哼，跟我玩心机，做你的春秋大梦。

半夜时分，一直处于迷迷糊糊状态的陶渊明在病床上醒来，听见窗外蛙鼓虫鸣，他侧身动了动，艰难地坐起来，呻吟几声。

锦娘：你醒了，想喝水吗？

陶渊明：你将灯挑亮些吧，我睡不着，想看看书。

锦娘下床将灯挑亮。陶渊明从枕边拿起书，诵读了起来：穷发之北有冥海者，天池也。有鱼焉，其广数千里，未有知其修者，其名为鲲。有鸟焉，其名为鹏，背若泰山，翼若垂天之云，抟扶摇羊角而上者九万里！读到这里，陶渊明又由衷赞叹起来：这个庄子呀，有气势，有气势啊！赞毕，又接着诵读：绝云气，负青天，然后图南，且适南冥也。斥鷃笑之曰：彼且奚适也？我腾跃而上，不过数仞而下，翱翔蓬蒿之间，此亦飞之至也。而彼且奚适也？读着，陶渊明会心一笑：有意思，这个庄子真有意思。又读：此虽免乎行，犹有所待者也。若夫乘天地之正，而御六气之辩，以游无穷者，彼且恶乎待哉？故曰：至人无己，神人无功，圣人无名。

好哇！至人无己，神人无功，圣人无名！陶渊明兴奋地说，锦娘啊，读到如此好的文章，我就想喝酒啊！

锦娘一听，高兴起来：夫君，你想喝酒了，看来你的病好了！

陶渊明笑道：什么良药都不敌一篇好文章啊。快，拿酒来！

锦娘一边忙着下床一边说：你等着，我这就给你温酒去。

陶渊明也挣扎着下了床，推开窗户，望着苍穹一弯月亮，自语着：形神影，儒道佛，从此都可以不读了。宇宙、自然、苍生不都包含在一篇《逍遥游》里吗？宇宙广袤，自然和谐，苍生如何？天下苍生不只求个四季平安，八节康泰吗？

锦娘将酒温好，端了过来。陶渊明端起酒便饮。饮罢赞道：好哇，多日未饮，这酒的味道就是自然的味道，就是苍生的味道啊！

陶渊明又饮下一杯，又赞道：好哇，我相信人间有净土，世外无桃源，现在我才明白，桃源自在人间呀！

锦娘说：夫君哪，你今天尽说些没头没脑的话，我怎么听不懂啊？

陶渊明兴奋地说：锦娘，你要相信，一千年、一万年之后，当我的双眼再次流出了泪水，我会告诉人们，那些战争、瘟疫和魔虐丛生的时代已经远去，人间自有净土，世间便是桃源！

锦娘说：你才饮了几杯，就醉了吗？

是醉了，醉了啊！说罢，陶渊明问，纸笔呢？我的纸笔呢？

锦娘问：你又要写啊？

我不能将《自祭文》作为我此生的终篇啊！陶渊明大声说，我要告诉后人们，天下苍生需要的是什么？

见锦娘将纸笔拿过来了，陶渊明又连饮三杯，提笔写下《桃花源记》。

　　晋太元中，武陵人捕鱼为业，缘溪行，忘路之远近。忽逢桃花林，夹岸数百步，中无杂树，芳草鲜美，落英缤纷。

　　渔人甚异之，复前行，欲穷其林。林尽水源，便得一山，山有小口，仿佛若有光。便舍船，从口入。初极狭，才通人。复行数十步，豁然开朗。

　　土地平旷，屋舍俨然，有良田、美池、桑竹之属。阡陌交通，鸡犬相闻。其中往来种作，男女衣着，悉如外人。黄发垂髫，并怡然自乐……

　　不知有汉，无论魏晋。……

锦娘边看边点头。

陶渊明的身躯忽然晃了晃。锦娘一把扶住他：夫君，你写累了吧？上床躺一会儿再写吧？

还有两句，待我写完。陶渊明笑了笑，又挥起笔来，愿言蹑清风，高举寻吾契。写完，陶渊明将笔一抛，对着窗外发出一声长笑：哈哈哈哈！

笑毕，又对着窗外，高呼一声：愿言蹑清风，高举寻吾契！

喊完，陶渊明踉跄几步，来到窗前，用双手抵住窗沿。

窗外，山梁上已出现了旭光。

陶渊明又大喊一声：天亮了！刚喊完，一口鲜血从他口中喷出，瞬即便染红了整个天空。

一轮红日从东方喷薄而出，照亮了整个大地。

图书在版编目（CIP）数据

陶渊明 / 陈杰敏著. -- 北京 ：中国文史出版社，
2018.11
ISBN 978-7-5205-0774-5

Ⅰ．①陶… Ⅱ．①陈… Ⅲ．①长篇历史小说－中国－
当代 Ⅳ．①I247.5

中国版本图书馆 CIP 数据核字（2018）第 257940 号

责任编辑：全秋生
封面设计：徐　晴

出版发行：中国文史出版社
地　　址：北京市海淀区西八里庄路 69 号　　邮编：100142
电　　话：010－81136602　　81136603　　81136606 （发行部）
传　　真：010－81136655
印　　装：廊坊市海涛印刷有限公司
经　　销：全国新华书店
开　　本：787×1092　　1/16
印　　张：21.75　　字数：340 千字
版　　次：2019 年 3 月北京第 1 版
印　　次：2019 年 3 月第 1 次印刷
定　　价：58.00 元